소설은 프랑스군이 강화도를 침략한 병인양요(1866)때부터 시작한다. 열 다섯 살 소년승려 이동인이 병인양요를 목도하며 미지의 문명에 눈을 뜨는 것부터 시작하여, 유홍기, 오경석, 박규수 등 개화 1세대들의 애국심과 개화에 대한 열정, 그들의 문도로 역시 조선의 개화를 위해 헌신하고자 했던 이동인 및 김옥균, 유길준, 홍영식, 박영효 등 젊은이들의 활약이 당시 조선 정권의 핵심이었던 흥선대원군을 위시한 훈구세력과, 명성황후를 비롯한 외척 민씨 일문의 정권 다툼 속에 박진감 넘치게 그려진다.

작가는 또한 당시 서구 열강의 개항 요구라는 우리와 흡사한 처지를 맞았던 이웃 나라 일본의 예에 관심을 기울인다. 1853년 일본 동경만 우라가항에 미국의 군함이 처음 들어온 이후 16년의 세월 동안 선각의 젊은이들이 국내의 혼란을 잠재우면서 '명치유신'에 성공하여 정신적, 물질적인 근대화를 성공적으로 이루어 낸 반면, 우리는 1866년 프랑스의 군함이 한강 양화 나루에 들어온 이후 똑같은 16년을 보내는 동안 우리 역사상 가장 걸출했던 선각자 한 사람을 암살로 죽였을 뿐이라는 것이다. 작가는 그 16년간의 성공과 실패가 21세기로 들어선 오늘의 일본과 대한민국의 격차를 무려 133년이나 벌려 놓았다고 말한다. 소설속에 소개된 사카모토 료마를 비롯한 일본의 젊은 선각자들이 조국의 근대화를 이루어가는 과정은 나라를 생각하는 사람들이라면 한번쯤 곱씹어 볼 만한 교훈을 담고 있다.

이동인의 나라

3

신봉승

1933년 강릉에서 출생하여 강릉사범학교, 경희대학교 국어국문학과 및 동 대학원을 졸업하였다. 〈현대문학〉에 시·문학평론을 추천받아 문단에 나왔다. 한양대·동국대·경희대 강사, 한국시나리오작가협회 회장, 대종상·청룡상 심사위원장, 공연윤리위원회 부위원장, 1999년 강원국제관광EXPO 총감독 등을 역임하였으며, 현재 대한민국 예술원 회원, 추계영상문예대학원 석좌교수로 재직 중이다. 한국방송대상, 서울시 문화상, 위암 장지연상, 대한민국 예술원상 등을 수상하였고, 보관문화훈장을 받았다. 저서로는《대하소설 조선왕조 5백년》(전 48권)《난세의 칼》(전 5권)《임금님의 첫사랑》(전 2권)《이동인의 나라》등의 역사소설과 시집《초당동 소나무 떼》《초당동 아라리》등과 역사에세이《역사 그리고 도전》《양식과 오만》《문묘 18현》《조선의 마음》《직언》《일본을 답하다》외《TV드라마 시나리오 창작의 길라잡이》자전적 에세이《청사초롱 불 밝히고》등이 있다.

이동인의 나라 3

지은이 **신봉승** · 발행인 **김윤태** · 발행처 **도서출판 선** · 교열 **김민경** · 내지디자인 **디자인이즈 정승연**
등록번호 제15-201호 · 등록일자 1995년 3월 27일 · 초판 1쇄 발행 2010년 7월 7일
주소 서울시 종로구 낙원동 58-1 종로오피스텔 1409호 · 전화 02-762-3335 · 전송 02-762-3371

값 11,000원
ISBN 978-89-6312-030 0 04810 · 전3권 978-89-6312-027 0 04810

이 책의 판권은 지은이와 도서출판 선에 있습니다.

이동인의 나라 3

보아라
조선 개항의 횃불을 짊어지고
스스로 불덩이가 된 선각의 젊음을

신봉승 역사소설

산

머 리 말

국민에게 바치는 소설

'선각先覺의 젊은이'란 얼마나 아름답고 멋진 명예인가.

강자에게는 강하고 약자에게는 자애로우며, 공명하고 정대하여 누굴 만나도 꿀림이 없는 도덕적 용기를 가진 젊은이들……, 나라의 미래를 위해 몸소 횃불을 짊어지고 스스로 불덩이가 되었던 선각자의 숭고한 희생이 있고 없음에 민족의 명운이 갈라지는 것이 역사의 가르침이다.

이동인李東仁은 30세의 아까운 나이로 헐벗고 가난한 조국 조선의 근대화를 위해 불꽃처럼 살다가 사라진 선각이지만, 이 땅의 교과서에는 단 한 줄도 나오지 않는다. 이 점에 대해 나는 역사학자들의 무책임을 수없이 질타해 왔다. 이동인이 없었다면 김옥균, 박영효, 홍영식, 서광범, 서재필 등 개화파의 젊은이가 탄생될 수 없다. 학자들이여, 왜 이 엄연한 사실을 외면하는가!

1980년, 영국 외무성에서는 비공개시효가 만료된 외교문서 『사토 페이퍼Satow Paper』를 공개하였다. 이 문건은 조선 말기의 외교사를 다시 써야 할 만큼 충격적인 내용을 담고 있다. 이 『사토 페이퍼』가 쓰인 시기가 1880년 무렵이니 장장 100년 만에 햇빛을 보게 된 셈이다.

문건을 적은 어니스트 사토Ernest Satow는 이동인이 일본국 교토에 있는 히가시 혼간지東本願寺의 승려가 되어 활동하고 있을 무렵, 주일 영국 공사관의 2등 서기관으로 근무하고 있던 37세의 외교관이다. 1880년 5월 12일, 그는 조선인 승려 이동인과 첫 대면을 한다.

"처음 뵙겠습니다. 제 이름은 아사노朝野라고 합니다."

"아사노라니요? 그것은 일본 이름이 아닙니까?"

"그렇지요. 그러나 나는 조선에서 왔으니까 조선 야만인Korean Savage이라는 뜻이지요."

너무도 구체적인 기록이다. 이동인은 어니스트 사토의 조선어 교사가 되어 그로부터 급변하는 세계의 정세를 익혀 가면서 조선의 선각자로 성장한다. 이에 앞서 「병자수호조약丙子修好條約」이 체결된 이듬해인 1877년, 일본인 승려 오쿠무라 엔신奧村圓心

과 그의 미모의 여동생 오쿠무라 이오코奧村五百子는 부산포에 상륙하여 동본원사東本願寺 부산 별원別院을 열고, 당시의 조선과 일본의 사정을 세세히 적은 『조선국포교일지朝鮮國布敎日誌』라는 희귀한 기록을 남겼다. 이 기록에도 청년 이동인과의 만남과 일본으로의 밀항 과정이 세세히 적혀 있다.

이 땅의 역사학자들은 왜 이 엄연한 사실史實을 끝까지 외면하는지 내 상식으로는 이해가 되지 않는다. 불행하게도 우리의 지식인들은 일본과 일본인들의 근대화 과정을 제대로 헤아리지 못한 채, 일본적인 사고로 세상을 바라보는 데 익숙해지고 말았다. 마침내 대한민국 정부수립을 선포한 지 반세기가 지나도록 식민지 사관의 늪에서 허덕이는 우리의 참담한 현실이 되었고, 젊은 지식인들마저 거기에 물들면서 자가당착의 모순에서 헤어나지 못하고 있다.

나는 이 모순된 현실을 자성自省하는 마음으로 역사를 주제로 한 여러 장르의 작품을 써 왔다. 그것이 정사正史를 대중화하는 작업이었고, 우리의 진솔하고 아름다웠던 삶의 모습을 복원하는 일이었으며, 민족의 자긍심을 일깨우는 일이었다. 이 힘들고 고달팠던 작업을 격려하고 지지해 준 이 땅의 지식인들에게 보은의 길을 찾는 것이 나의 소임임을 단 한 번도 잊은 적이 없다.

소설 『이동인의 나라』는 우리의 정신적인 근대화가 실패로 끝날 수밖에 없었던 근원을 세세히 살피면서, 일본국의 물질적·정신적 근대화 과정인 '명치유신明治維新'의 성공을 동시에 그려 간다. 그러므로 오늘 우리가 겪어야 하는 역사교과서의 왜곡 문제 등 한일 양국의 갈등이 어디에서 비롯된 것인지의 원천을 확연하게 살필 수가 있게 구성되었다. 선각의 지식인이란 국가가 아무런 변란 없이 태평할 때는 독물毒物이 되어 제거되기도 하지만, 천하가 위급할 때는 없어서는 아니 될 묘약妙藥과도 같은 절대적인 존재임을 이 소설은 확연하게 보여 줄 것으로 믿는다.

소설 『이동인의 나라』는 아버지가 먼저 읽고, 사랑하는 아들에게 선물해 주기를 바라는 간절한 염원을 모아서 썼다. 곧 자취 없이 사라질지도 모르는 '호연지기浩然之氣'를 다시 살려 낸다면 우리의 가정과 사회, 나아가서는 국가의 미래에 꿈을 심을 수가 있을 것이라는 확신 때문이다.

지난 40여 년 세월 동안 역사드라마를 쓸 때도, 역사를 입에 담으면서 전국을 누비고 다닌 강연장에서도 한결같이 분에 넘치는 찬사와 예우로 나를 이끌어 준 이 땅의 모든 국민들에게 이 한 편의 소설을 헌정하는 것으로 그 은혜에 보답하고자 한다.

2010년 2월
관훈동 '초당서실草堂書室'에서

차례

머 리 말 _국민에게 바치는 소설 4

수신사의 왕래 11
신헌의 진언 · 수신사는 떠나가고 · 무역장정
대원군의 분노 · 회한의 세월 · 흐르는 별

일본국 공사관 61
아버지와 아들 · 일본국 공사관 · 산홍의 급보 · 우정의 시계

동본원사 부산별원 103
동본원사의 정체 · 오쿠무라 엔신 · 공사와의 약속
현해탄을 건너서 · 고베에서 오사카까지

교토와 도쿄 159
교토의 인상 · 이동인의 득도 · 아사쿠사 별원 · 후쿠자와 유키치

부마의 추억 만들기 197
오경석의 죽음 · 계책 · 진장방에서 · 오쿠무라 이오코 · 부마의 외도

사토 페이퍼 239
외무경과 만나서 · 시오도메 기차역 · 가쓰 가이슈
어니스트 사토 · 군함을 사고 싶소 · 천우신조

조선책략 287
유홍기의 노여움 · 휘청거리는 수신사 · 조선책략
마지막 회담 · 급거 귀국

비밀외교관 325
고국 · 선진문물 · 근친 반차 · 고종과 승려
역성혁명 · 신임장

아, 이동인 383
다시 출항 · 청국 공사관의 음모 · 왕명의 거역
선생님의 마중 · 통리기무아문 · 참모관 · 위대한 실종

수신사의 왕래

신헌의 진언

 분열된 국론은 집권층에 의해 가닥이 잡혀 가게 된다.
 설혹 그것이 얼마 되지 않아 매도의 대상이 된다고 하더라도 당시대에는 그렇게 흘러가게 마련이다. 우리의 근대사가 그랬고 또 현대사가 그랬음을 지켜보지 않았던가.
 19세기가 후반을 달리던 조선의 사정도 집권층에 의해 국론이 가닥을 잡아 가는 듯한 형국이었으나, 그때의 집권층도 따지고 보면 훈구세력의 집단이어서 일본국의 유신정부와의 접촉을 탐탁히 여기지 않았다. 그러나 무력을 앞세운 일본국의 강권을 뿌리치지 못하였으므로 「병자수호조약丙子修好條約」이라고 불리는 「강화도조약江華島條約」을 비준하는 것으로 닫혔던 쇄국鎖國의 문을 여는 시늉이라도 하게 되었다.
 "회담에 임했던 역관 오경석吳慶錫과 현석운玄昔運에게 한 직급

씩을 가자加資하여 그간의 노고를 치하하라."

고종의 어명은 여기서 끝났다. 역관들에게는 노고를 치하하면서도 접견대신인 신헌申櫶이나 부사인 윤자승尹滋承에 대해서는 일언반구의 언급도 없다. 이 사실만으로도 조약으로 인한 조선 조정의 불편한 심기는 충분히 읽을 수가 있다.

그리고 다음 날, 만당한 대소 신료들의 따가운 시선을 받으면서 신헌과 윤자승이 마치 대죄를 지은 사람처럼 고종의 탑전에 부복하였다.

고종은 그들의 모습이 안쓰럽게 보였는지 위로의 말부터 입에 담는다.

"전일…, 과인이 경들에게 현지의 사정을 감안하여 조약을 체결해도 무방할 것이라는 명을 내린 바가 있으니 어찌 추호라도 경들을 책망할 수가 있겠는가. 따라서 경들은 회담에 임하면서 보고 들은 바를 소상히 고하여 장차 그 조약이 슬기롭게 시행될 수 있도록 힘을 보태야 할 것이야."

"전하, 성은이 망극하옵니다."

신헌은 상체를 굽혀서 고종의 성은에 예를 표하고, 강화부에서 있었던 일본국 육전대陸戰隊(지금의 해병대)의 행패와 특히 구로다 기요타카黑田淸隆의 오만방자했던 행태를 소상히 전한다.

"저들은 전단戰端(전쟁을 일으킬 빌미)을 찾기 위해 혈안이 되어 있는 와중에서도 저들의 '명치유신明治維新'에 대하여 자랑하는 일도 주저하지를 않았사옵니다. 신등은 그것을 들으면서 한편으로는 두렵고, 또 한편으로는 부러운 생각을 뿌리칠 수가 없었사옵니다."

신헌이 전하는 일본국의 발전상은 충격이 아닐 수가 없다.

일본국이 이른바 '명치개원明治改元'을 선언하면서 새로운 근대국가로 발돋움한 것이 1868년, 고종 5년의 일이었으니 약 8년 전의 일이 된다.

그 8년 동안에 이루어 놓은 일본의 근대화는 참으로 엄청난 것이었다. 일본국의 수도인 도쿄東京와 그 관문인 요코하마橫浜 간에 무선전신이 개통된 것이 1869년 12월 25일이었고, 도쿄의 신바시新橋와 요코하마 간에 철도가 개통된 것은 1872년 9월 12일이었으며, 더욱 놀라운 것은 규슈九州의 나가사키長崎와 중국의 상해上海 간에 해저전선이 가설된 것이 5년 전인 1871년 6월이었다는 사실이다.

게다가 각급 신식 학교를 개교하여 세계의 신문물을 받아들여서 청소년들을 교육하고, 무기창武器廠을 건설하여 대포와 소총을 양산하면서 징병제도를 실시하여 부국강병을 이루어 냈다는 대목에 이르러서는 신료들의 숨소리마저도 잦아들게 하였다.

물론 신헌은 명치유신이 성공한 지 불과 8년 동안에 급격히 달라진 일본국의 변혁을 소개하면서 기차는 대량수송의 수단이며 무선전신은 천 리 밖에 있는 사람과 의사소통을 할 수 있는 통신수단임도 아울러 설명하였다.

대소 신료들은 말할 것도 없고 고종도 크게 놀랐던 모양으로 어리둥절해진 표정으로 하문한다.

"그렇다면……, 가령, 상해에 있는 일본인과 일본 땅에 있는 사람이 서로 마주 앉아 있는 것처럼 이야기를 나눌 수가 있다는 말인가?"

"이야기하듯이야 되겠습니까만……, 서로 약정한 신호를 통해서 충분히 소통할 수가 있다고 하옵니다."

"그 즉시 말이지……?"

"예. 그 전신이라 하는 것은 빠르기를 측량할 수가 없어서, 눈을 한 번 깜빡거릴 시간이면 상해와 일본 간을 몇 번이라도 오갈 수 있다 하옵니다."

마침내 고종은 탄식을 토한다.

"우리가 중국 조정과 뜻을 통하자면 아무리 급주急走를 놓아도 왕복에 두 달은 걸리는 것을……."

그것은 공포가 아닐 수 없다. 그 전신이라는 것이 군사적인 목적으로 사용되면서 기선汽船과 기차로 대포와 병력을 실어 나른다면 어찌 되는가. 생각만 해도 끔찍한 노릇이 아닐 수 없다.

이윽고 신헌은 마지막 진언을 입에 담는다.

"전하, 참으로 외람된 말씀이오나 신이 천하의 대세를 살펴보건대, 여러 나라가 우리 조선을 향해 군사를 움직임으로써 이미 전후 수차례에 걸친 수모를 겪은 바가 있사옵니다. 이번 조약의 체결만 해도 군사력의 부족으로 인해 강요당할 수밖에 없었던 굴욕적인 결과가 아닐 수 없사옵니다. 엎드려 생각하건대 지금과 같은 군사력으로는 앞으로 여러 나라와 접촉할 경우 그 수모와 치욕이 어떠할지 짐작조차도 할 수가 없사옵니다. 병법에 이르기를 공격하기에는 부족함이 있더라도 수비하는 데는 여유가 있어야 한다고 하였사오니, 천하에 어찌 스스로 지키지 못하는 나라가 있겠사옵니까. 일찍이 등국藤國과 설국薛國과 같은 작은 나라도 사대교린事大交隣하고 비어수국備禦守國함으로써 전국시대에도 능히 보존하였사온대, 전하께서는 삼천리 봉강封疆으로써 어찌 지켜 낼 방책이 없사오리까. 이는 하지 않았음이지 할 수 없음이 아니옵니다. 엎드려 바라옵건대 전하께서 성지聖志를 분발하여 빨리 염려에 대비하는 처분을 내리시면 군국軍國이 심히 다행일 것이옵니다. 신의 망언을 중벌로 다스려 주오소서."

"……."

신헌의 충정은 눈물겨운 것이었다. 불과 보름여 동안의 경험으로 고종을 비롯한 대소 신료들을 압도할 수 있었다면, 조약의 실행을 앞둔 조정의 분위기가 암울해지는 것은 당연하지를 않겠는가.

수신사는 떠나가고

"수신사를 보내기로 했다는군⋯⋯."

그랬다. 아무리 억지 조약이라도 그것이 체결되면 실행을 서둘러야 한다. 수구세력의 집단이나 다름이 없었던 의정부나 육조에서는 당연히 쟁점이 되어야 할 부산의 초량항草梁港 외에 별도로 개항開港하게 될 두 개의 항구를 선정해야 하는 등의 논쟁거리는 아예 거론조차도 하지를 않은 채, 곧 일본국으로 떠나갈 수신사修信使의 인선人選부터 착수하고 나선다.

"격을 낮춘다면 뒤탈도 없겠지."

'궁즉통窮則通'이라는 속언이 있다. 지난날에도 일본에 통신사通信使를 파견한 일은 수없이 많았다. 그때는 조선의 문물을 저들에게 전파한다는 자부심이 있었지만, 이번에는 저들의 오만과 비아냥을 들으면서까지 문물을 배워 온다는 수치심을 동반해야 한다. 따라서 일본국에 다녀와야 할 사람들의 격을 어찌할 것인지부터 궁리하는 조정이었다. 그것은 무성의랄 수도 있었고, 보고 배울 것이 무엇인지도 모르는 무지랄 수도 있었다.

조정은 겨우 4품직인 응교應敎 김기수金綺秀를 예조참의禮曹參議로 승차시켜 수신정사修信正使로 삼았고, 그 수행원으로 별유당상 가선대부別遣堂上嘉善大夫가 된 역관 현석운, 장무관掌務官 현제순玄濟舜 등 10명에, 이들을 수종할 사람으로 노자奴子, 악공 등을 포함한 65명을 선발하였다. 결국 모두 75명이나 되는 만만치 않은 규모의 사절단을 구성한 셈이었으나, 조정의 요직에 있는 사람은 단 한 사람도 끼어 있지를 않았다.

김옥균金玉均으로부터 수신사의 명단을 전해 들은 이동인李東仁은 고함부터 내지르며 분통을 터트린다.

"이게 어디 말이 되는가. 이자들을 보내서 대체 뭘 배우고……, 뭘 알아 오라는 것이야. 썩어 문드러질 놈들 같으니!"

유홍기劉鴻基는 말없이 고개만 끄덕였고 오경석이 탄식하듯 입을 연다.

"나로서도 심히 안타깝고 아쉬운 일이나, 조정에서 하는 일인데 어찌하겠나."

"바로 그 조정이 나라를 망치고 있지를 않소이까. 그림을 그리는 화공들이 가고, 가무를 즐길 악공들도 가고, 허드렛일 하는 노자며, 가마를 메는 교군轎軍도 간다 하는데……, 아니 그래 왜

어왜倭語라도 지껄일 수 있는 중놈 하나 끼워 주질 않는대서야 이게 어디 온전한 것들이 모여 있는 조정이라고 하겠습니까."

"이 사람, 동인, 내가 자네의 심기를 모르는 것은 아니나……."

"알면 실행을 해야지요. 그동안 빈도貧道는 여러 경로를 찾아다니면서 간곡히 자청하고 당부한 바가 있었어요. 대체 국익이라는 것이 무엇이오이까!"

"자네의 말이 옳아. 다만……."

이동인은 유홍기의 말을 가로채면서 언성을 높인다.

"그렇지가 않다니까요. 촌각을 아껴 쓰고도 따라잡기가 어려운 마당인데……, 원거元秬(오경석의 자) 선생이나 빈도를 내세워도 될까 말까 한 일을……, 대체 저 어리석은 훈구대신이라는 것들의 무지를 어찌 다스려야 합니까!"

"허어, 아직 이 나라에는 신분의 벽이라는 것이 있기에 하는 소리야."

"헛, 그 잘난 배불숭유排佛崇儒의 나라다 이 말씀인가 본데……, 그 양반 나부랭이들이 중보다 나은 게 뭐가 있으며, 아무렴 식견이 있는 중놈이 환쟁이만 못하단 말씀이오이까. 이러니 일본놈들에게 당하지요. 암, 당할 수밖에!"

가쁜 숨을 몰아쉬며 울분을 토하던 이동인은 세차게 몸을 일으킨다. 김옥균이 재빨리 그의 앞을 막아서며 말한다.

"그만 고정하소서. 수신사를 선발하면서도 불가피한 사정이 있었을 것으로 압니다. 다음 기회에는 시생이라도 나서서 애를 써 보겠습니다."

"이 사람, 고균古筠(김옥균의 호), 다음 기회라니. 그게 아니질 않은가. 어차피 조약은 체결되었고, 그것을 실행하는 마당이면 하나라도 더 빨리 배워서 미구에 닥쳐올 새로운 재난에 대한 대비책을 강구하는 것이 신민 된 도리가 아니겠는가. 이 쉬운 이치를 깨닫지 못하는 위인들에게 종사를 맡겨 둬야 하는 현실이 안타깝다는 것일세!"

"앉아. 어서 앉으라니까."

유홍기의 간곡한 당부를 이동인은 거역하지 않는다.

"천하의 이동인이 수신사의 수행원이 되다니, 말이 되는가! 동인에게는 아무도 따를 수 없는 신학문이 있고, 세계를 내다보는 지혜가 있질 않은가. 동인이 가야 할 길은 다른 방도로 개척해 보는 것이 좋을 것이야."

"동감이야. 소 잡는 칼로, 닭을 잡을 수는 없지. 따로 방도를 강구해 보세."

"……!"

"일본과의 관계는 하루 이틀에 결말이 나지 않아. 떠나간 수신사가 돌아온 후에 그들로부터 일본의 내막을 소상히 알아본 다음 자네가 할 일을 정하도록 하세."

"알겠사옵니다."

이동인은 천정이 내려앉는 듯한 한숨을 놓으면서 고개를 떨군다. 뚝, 눈물방울이 방바닥을 적신다.

김옥균은 분통을 씹는 스승의 모습에서 전율감을 느낀다.

김기수를 정사로 하는 수신사 일행이 도성을 떠난 것은 4월 초나흗날(양력 4월 27일)이었고, 스무아흐렛날에 일본 기선 고류마루黃龍丸를 타고 부산포를 떠났다.

현해탄의 파도는 춤추듯 일렁거렸으나 거대한 선체는 녹이 슨 듯한 무적霧笛을 울리면서 전진을 거듭하였다. 갑판으로 올라와 아스라이 멀어지는 부산포를 바라보는 조선인 사신들은 마치 약속이나 한 듯 비장한 각오를 다짐하였다. 누구도 즐겨서 가는 길이 아니었고, 또 보내는 사람들도 탐탁히 여기지 않았던 행로이기 때문이다.

실상 김기수는 집을 떠날 때 사당에 고제告祭를 올리면서 자신이 일본으로 가는 것을 '단장의 비애'라고 토로했을 정도였다. 그러나 이들이 나가사키와 고베神戸를 거치면서 일본국의 수도인 도쿄에 당도했을 때는 고국에서 품었던 두려운 생각은 말끔히 가시고야 만다. 자신들을 영접하는 일본국 외무성의 환대가 너무도 극진하였기 때문이다.

수신사 일행이 도쿄에 머문 것은 불과 20일이었으나,「병자수호조약」을 체결할 때의 일본 측 수행원이었던 모리야마 시게루森山茂와 미야모토 고이치宮本小一의 성심을 다한 안내는 김기수 일행을 감동하게 하고도 남았다.

조선 사신들의 눈에 비친 일본의 문물은 모두가 놀랍고 경이로운 것이었지만, 전신, 철도, 군함 등을 살펴보면서는 자신들의 나라가 얼마나 낙후되어 있는가를 뼈아프게 느껴야 했고, 병기창兵器廠의 근대화된 설비에서 쏟아져 나오는 병장기의 제조공정은 대장간만을 보아 온 사신들에게는 눈앞이 아찔해지는 광경이 아닐 수가 없었다.

게다가 두 번에 걸친 일본 정부의 공식연회는 융숭하고도 격조를 갖춘 것이었다. 이토 히로부미伊藤博文를 비롯한 구로다 기요타카, 이노우에 가오루井上馨 등 일본국 고관들이 몸소 나와서 김기수 일행을 정중하게 예우하였고, 이와는 별도로 개인적인 초청으로 이루어진 연회도 여섯 차례나 있었다.

"내일은 대일본국 천황폐하를 배알하셔야 합니다."

모리야마 시게루가 정중하게 말하자 김기수는 당황하지 않을 수가 없다. 비록 일본 땅에서는 융숭한 대접을 받고 있으나, 조선으로 돌아간다면 또 다른 눈총에 시달려야 할 것이 뻔한 노릇인데 일본국의 임금까지 만나고 간다면 무슨 수모를 당할지 모른다. 김기수는 사양하지 않을 수가 없다.

"나는 우리 전하께서 보낸 국서도 가지고 오지를 않았는데,

어찌 귀국의 천황폐하를 배알할 수가 있겠소. 결례가 되는 일은 사양해서 마땅할 것으로 압니다."

"허허허, 당치 않아요. 우리 폐하께서 조선 수신사가 오셨음을 아시고 친히 노고를 치하하시겠다는 하명이 계셨는데, 이를 사양하는 것은 사신 된 도리가 아니질 않습니까."

"······!"

참으로 치밀하게 꾸며진 계책이 아니고 무엇인가.

일본국 천황이 조선에서 온 수신사를 불러서 노고를 치하한다면, 미구에 조선을 방문하게 될 일본국의 사신에게 조선의 국왕도 치하의 옥음을 내리지 않을 수 없게 된다. 그것을 빌미로 일본국의 사신은 아무 저항도 받지 아니하고 조선의 도성과 궁궐에 입성할 수가 있지를 않겠는가.

김기수 일행이 일본국 외무성에서 제공한 휘황한 마차에 나눠 타고 아카사카 이궁赤坂離宮으로 향한 것은 5월 10일 이른 아침이었다.

이궁은 넓은 해자垓子(성 주위를 둘러 판 못)로 둘러싸인 울창한 수림 속에 있었다. 물빛은 초록색으로 보였고 김기수 일행을 태운 마차는 넓은 도랑에 걸쳐진 정교한 돌다리를 건너고도 한참 동안이나 숲 속을 달리고서야 이궁의 건물 앞에 당도할 수가 있었다.

"어서 오십시오. 기다리고 있었습니다."

검은 연미복의 예장 차림인 이토 히로부미의 가슴에는 여러

개의 훈장이 달려 있다. 그는 이노우에 가오루와 함께 조선에서 온 사절들을 정중하게 건물 안 접견실로 인도한다.

접견실의 분위기는 호화롭고 장중하였고, 정면에는 얕은 단이 설치되어 있었는데 단상에는 금빛 병풍이 펼쳐져 있다.

"천황폐하께서 친임하십니다."

협문으로 들어선 궁내성 관원이 낮은 소리로 알리자 시립한 일본국의 고위관리는 모두 허리를 굽혀서 예를 표한다. 그리고 잠시 후 검은색 군복 차림인 이른바 명치천황睦仁이 가슴에 매달린 훈장을 번쩍이며 단의 중앙인 황금빛 병풍 앞으로 다가와 섰다.

일본국 황실의 기록에 따르면 명치천황은 122대째 임금이며, 이때의 나이 스물다섯 살이었다. 아직은 앳된 모습이랄 수밖에 없었으나 체격은 건장하였다.

그는 붉은색 사모관대 차림인 김기수 일행의 복색을 신기하다는 눈빛으로 바라보다가 마침내 입을 연다.

"원로에 노고가 크셨을 것으로 압니다만, 여러분의 견문이 일조 양국의 우의를 돈독히 하는 데 이바지할 것으로 압니다. 귀국할 때까지 건강에 유념하시어 보다 많은 것을 배우고 익혀서 귀국의 근대화에 역군이 되어 주기를 간곡히 바랍니다."

현석운의 통역으로 명치천황의 뜻을 전해 들은 김기수가 허리를 굽혀서 감사의 예를 표하자 젊은 임금은 흡족해하는 미소를 입가에 담으면서 시립한 이토 히로부미 등에게 조선 수신사를 극진하게 예우할 것을 재삼 당부하였다.

짧은 만남이었지만 왕명을 받드는 일본국 고위관리들의 동태가 어찌나 장중하였던지 조선의 수신사들에게는 숨통이 막힐 지경이었다.

김기수를 비롯한 조선 수신사 일행이 일본 땅에서 보고 들은 서양 문물의 위력은 참으로 엄청난 것이었지만, 그것을 일본적인 것으로 소화하는 일본국 조야朝野의 분투는 더욱 눈물겹게 느껴졌다. 그러므로 조선 수신사 일행은 일본국의 잠재력을 두려워할 수밖에 없었다. 언젠가는, 아니 미구에 그 문물을 앞세우고 조선으로 밀어닥칠 것이라는 불안 때문이었다.

감동으로 뼈개질 듯한 가슴과 두려움으로 오므라든 가슴을 동시에 간직한 채 김기수 일행이 도쿄를 떠나 요코하마, 고베, 나가사키 항을 거쳐 부산포에 귀임한 것이 윤 5월 7일, 고종에게 복명復命한 것은 그날로부터 20여 일이 지난 6월 1일이었다.

김기수는 떠날 때의 수치스러웠던 심회를 솔직히 토로하고 나서야 일본 땅에서 보고 겪었던 갖가지 감동적인 사연들을 경탄에 찬 목소리로 고해 올렸는데, 때로는 새로운 일본 문물에 대해 듣기 민망할 정도의 찬사도 아끼질 않았다.

새로운 일본국에 대한 고종의 관심이 헤아릴 길이 없을 만큼 세세한 것이어서 왕실과 정부의 관계자를 비롯하여 정부의 조직과 지방 행정의 관장 등에 관한 것은 말할 나위도 없었고, 심지어 관원들의 복식과 명치천황의 인상까지도 하문하는 지경이었다.

김기수는 일본 땅에서 보고 느낀 문물의 융성함뿐만이 아니라 급변하는 국제정세에 관한 정보도 소홀하게 넘기지 않는다.

"전하, 신이 일본국 동경에 머무는 동안 정부의 요인들을 많이 만났사온데 한결같이 입을 모아 말하기를 노서아露西亞(러시아)를 경계하는 당부가 있었사옵니다."

"노서아……, 그런 나라도 있었던가."

고종이 반문한다. 그에게는 노서아라는 말이 생소하게 들렸기 때문이다.

"아라사俄羅斯를 그렇게 부르옵니다."

"오, 아라사를. 한데, 아라사가 무엇을 어찌하기에 경계를 해야 하는가?"

"이미 노서아는 우리 북변을 위협한 일이 있사옵니다만……, 거기에는 필연적인 연유가 있었사옵니다."

"연유라……?"

"그러하옵니다. 노서아는 그 국토가 크고 넓으나, 대부분이 눈과 얼음으로 뒤덮여 있사옵고 추위가 혹독하여 살기가 어렵다고 하는데도 군사력만은 강대하다 하옵니다."

"딱한 나라로고……."

"예. 그러한 까닭으로 고래로부터 노서아는 추위도 얼지 않는 항구가 있는 남쪽의 따뜻한 항구를 탐내어 왔는데, 우리 조선도 저들의 노림을 받고 있다고 하옵니다."

고종이 상체를 당겨 앉을 만큼 크게 놀라자 좌중은 술렁거린다.

"그러한 까닭으로 노서아를 경계하여 마땅하옵고, 만에 하나라도 노서아가 조선과의 교섭을 원할 때는 일본 정부와 의논하여 준다면 성심을 다해 협력할 것이라고 장담하기도 하였사옵니다."

"그렇다면, 만일 노서아가 우리 조선을 침범한다면 함께 싸워주기라도 하겠다는 말인가."

"그러하옵니다. 신에게는 그렇게 들렸사옵니다."

"……알 수 없는 노릇이로고."

"이미 중국은 서양 각국의 각축장이 되어 힘을 쓸 수가 없는지라, 이제부터는 욱일승천의 기세로 떠오르는 일본과 더불어 아시아의 장래를 의논하는 것이 바람직할 것이라는 견해가 지배적이었사옵니다."

"……!"

고종은 말없이 부르르 진저리를 한 번 친다.

김기수가 마치 일본 사람으로 돌변한 듯 일본국의 속내를 고스란히 쏟아 놓고 있는데도 대소 신료들은 입을 열지 못한다. 백문이 불여일견이라고 했던가. 그들은 듣도 보도 못 한 새로운 사실에 두려움을 느끼고 있었기 때문이다.

결국 「강화도조약」을 체결하면서 사신의 교환을 관철한 일본국의 계책은 완벽하게 성공을 거둔 것이나 다름이 없다.

"전하, 곧 일본에서 사신이 올 것이옵니다."

"사신이라니……, 이미 양쪽이 모두 한 번씩 오가지 않았는가!"

"한번 수교한 나라는 수시로 사신을 교환하여 현안 문제를 상의하는 것이 국제간의 관례임을 유념하소서."

고종도 신료들도 입을 열지 못한다. 국제간의 관례라는 말이 위력을 발휘하던 시절이었으므로 그 말에 꼬리를 달면 국제정세에 어두운 사람으로 낙인찍히기 십상이 아니겠는가.

무역장정

 김기수가 고종에게 일본국의 사정을 복명한 지 나흘 뒤인 6월 5일, 일본국 외무성의 이사관理事官인 미야모토 고이치가 군함 아사마 호淺間號를 타고 제물포濟物浦에 도착하여 도성으로 들어오겠다고 통보해 왔다.
 당혹해진 조선 조정에서는 설왕설래가 다시 시작될 수밖에 없다. 개항을 마땅치 않게 여기는 훈구대신들은 말할 나위도 없고, 오직 중국만을 상국으로 섬기고 있었던 유림에서도 왜국의 사신을 도성에 발을 들여놓게 하는 것은 어불성설임을 소리 높여 외쳐 대기 시작했다. 그들은 근대화된 일본국을 서양의 앞잡이(倭則洋之茅)로 보고 있었다.
 조정에서도 시정에서도 찬반의 격론이 일었으나, 국제간의 관례를 거역할 수 없다는 명분론이 우세하여 일단 받아들이는 쪽으로 정해진다.

마침내 6월 10일.
일본국 외무성의 이사관인 미야모토 고이치는 일본에서 운반해 온 마차를 타고 도성으로 입성한다. 마차의 앞뒤로 일본군 기마병이 호위하고 있다.
연도에 운집한 도성 안 백성들은 그들의 위풍당당함에 혀를 찰 수밖에 없다.
"허, 서양 오랑캐의 복색인 것을……!"
어찌 놀랍지 않은가. 척화비斥和碑가 서 있는 조선 땅에, 그것도 도성 한복판에 이른바 검정색 연미복을 입고 하이칼라라는 머리 모양을 한 일본인들이 발을 들여놓지를 않았는가.
"남의 나라에 와서 어찌 저렇듯 당당할 수 있나."
이동인은 나란히 선 김옥균에게 탄식하듯 말한다.
"당당함이라기보다는 강한 나라의 거만함이라야 옳지를 않겠습니까."
"끔, 나도 서둘러 떠나야겠어."
이동인은 두 주먹을 불끈 쥐면서 청수관淸水館 앞에 멈추어 서는 저들의 마차를 쏘아보고 있다. 청수관은 사대부 자제들의 놀이터로 쓰였던 건물이며, 지금의 서대문 네거리, 적십자병원 자리에 있었다.

"전하, 저들을 인견하시어 노고를 치하하소서."

고종은 김기수의 진언을 거부할 수가 없다. 마침내 6월 12일, 일본국 외무성의 이사관 미야모토 고이치를 어전으로 불러 인견한다. 이것이 청나라 사신을 제외한 다른 나라 사신과의 첫 번째 공식접견이었다면, 일본의 지위가 엄청나게 격상되었음을 알 수 있다.

"지난번 우리 조선의 수신사가 귀국을 방문했을 때 극진히 보살펴 준 것을 고맙게 생각하고 있소. 이번 귀하의 체재 중에 어려운 점이 있으면 지체 없이 말해 주시오."

"전하의 성은에 감격할 따름이옵니다. 제가 원하는 바는, 수호조규의 부록과 무역장정안貿易章程案의 조속한 타결이 있을 것을 기대해 마지않습니다. 전하."

"의정부 당상堂上 조인희趙寅熙와 논의가 된 것으로 알고 있소만, 매사 서로의 처지를 세심히 살펴서 협의토록 하시오!"

고종은 미야모토뿐만이 아니라, 부복한 신료들에게도 당부의 말을 잊질 않는다.

"일본국과의 무역장정은 의정부 당상 조인희에게만 맡길 것이 아니라, 경들의 경륜을 발휘하여 면밀하게 검토를 하도록 하시오!"

경험이 없다는 것……, 그것은 손실을 자초하는 필연적인 수순일 수밖에 없다. 여염의 사사로운 일도 그러할진대 나라와 나라의 무역에 관한 일이라면 그 손실이 얼마나 클 것인지 짐작을 하고도 남는다.

조선 조정은 일본국에서 초안한 「무역장정」을 검토에 검토를 거듭하였으나, 일본국이 제시한 내용을 수용하지 않을 방도가 없었다. 근대적인 외교문서를 처음 보는 판국인데 적혀 있는 조항의 이해를 따질 수가 있던가.

결국 7월 6일(양력 8월 24일), 「수호조약부록」 11관과 「무역장정(무역규칙)」 11칙이 조인, 공포되기에 이르니 이는 일본국의 수출입 상품에 대한 무관세를 인정한 꼴이고, 일본국의 경제 침탈행위를 보장해 준 것이나 다름이 없다.

대원군의 분노

"이런 얼뜨기 같은 놈들이 있나. 저들이 나라를 망치고 있음을 모른대서야 말이 되는가!"

흥선대원군興宣大院君 이하응李昰應은 자신의 분신과도 같은 영돈령부사領敦寧府事 홍순목洪淳穆을 향해 목청을 높인다. 서울과 부산 등지에 척화비를 세우면서까지 조선왕조의 법통을 지키고자 했던 흥선대원군이다.

"왜놈들이 우격다짐으로 밀어붙이니까 받아들일 수밖에 없었다고는 합니다만……."

"그 무슨 당치 않은 소리. 나라를 망치는 일이라면 몸을 던져서라도 막아야지. 그렇게 천박한 무리들에게 종사를 맡겨 두고서야 종묘를 대할 면목이 서겠는가!"

흥선대원군은 치밀어 오른 분노를 문밖으로 토해 낸다.

"밖에 천하장안千河張安(대원군을 호종하는 네 사람을 이르는 말) 있거든……, 출타 차비 서둘라!"

"어딜 가시려고요?"

"망국지변亡國之變이 무엇인지, 영의정에게라도 알려 주어야 하질 않겠는가!"

흥선대원군 이하응이 섭정의 자리에 앉아 막강한 권력을 휘두를 때도 형님인 이최응李最應에게만은 변변한 벼슬자리 하나 주지를 않았었다. 탐욕의 덩어리나 다름이 없는 형님의 사람됨이 싫어서였다.

'잘했지. 암, 잘했다마나!'

흥선대원군 이하응은 자비에 흔들리면서도 영의정의 자리를 차고앉은 중형 이최응의 음흉하면서도 노회老獪한 몰골을 떠올리고 있다.

"대원위大院位가 웬일이야. 내 집에 발걸음을 다 하고……?"

"못 올 데는 아닐 테지요!"

묻는 말에도 대답하는 말에도 가시가 섞여 있다. 겉으로는 형제의 만남이었어도 안으로는 일촉즉발의 위기감이 감돌고 있다.

"하긴 그렇지……. 그래, 댁내는 두루 무고하시고?"

"가장의 심기가 사납기 이를 데 없는데, 식솔들이 편하대서야 말이 됩니까. 죽지 못해서 살 테지요!"

"끄음……."

두 사람은 좌정을 하면서도 뒤틀린 심기를 감추질 못한다.

이윽고 흥선대원군 이하응은 비수를 뽑아 들 듯 카랑카랑한 목소리를 토해 낸다.

"대체 이 나라 종사를 어디로 끌고 가려 하십니까. 오백 년 사직이 이런 꼴로 주저앉는대서야 말이 됩니까!"

"꼴이라니. 자네가 맡아서 다스리던 조정을 꼴이라니."

"내가 맡아서 다스리던 조정은 이런 꼴이 아니었어요. 대동강으로 기어오른 미리견米利堅(미국)의 상선은 불태워 없앴고, 강화도에 밀려와서 총질을 하던 이양인異樣人의 무리들은 창칼로 물리치지를 않았습니까. 한데, 형님이 영상의 자리에 오른 후에는 서양 옷을 입은 왜놈들이 도성을 활보하는 것은 고사하고……, 대체 이 무역장정이라는 것이 뭘 하자는 것이오이까!"

흥선대원군 이하응은 들고 온 「무역장정」의 사본을 이최응의 연상 위에 팽개치듯 내던지면서 찌렁하게 언성을 높인다.

"허어, 언성 낮추게."

"언성을 낮추라니요. 불과 삼백 년 전에 임진년의 왜란이 있었어요. 이 나라 삼천리강토가 왜적들에 의해 초토화되었었는데……, 그 왜적들에게 바다를 내주고 땅덩이를 내주다니요. 어떻게 우리 조선이 왜적들과 평등하고 대등할 수가 있다는 말씀이오이까."

"글쎄, 언성 낮추라는데도!"

이최응은 연상을 내리치면서 호통치고 나선다. 형의 완력으로라도 밀리지 않겠다는 안간힘이리라.

"그대, 대원위가 지금의 일본국을 아는가. 저들의 병기창에서 하루에도 수백 수천 정의 신식 소총이 쏟아져 나오고 있는가 하면, 조선창造船廠에서 만든 수십 척의 함선을 바다 위에 띄워 놓고 대포를 쏘아 대는 군사 훈련에 임하고 있는데……, 대체 언제까지 우물 안의 개구리로 머물러 있겠다는 것이야!"

"시거든 떫지나 말라는 속언이 있어요."

"무엇이 어째!"

"이 나라의 유림이 뭘 생각하고 있는지는 형님도 아시질 않습니까. 형님이 영도領導하는 조정이 이 나라의 유림을 다스릴 수 있다고 보시오이까."

"그 무슨 당치 않은 소리. 유림을 짓밟아 놓은 게 누군데……. 그 많은 서원을 철폐하고 유림의 지탄을 받은 게 누구야. 바로 대원위 자네가 아닌가."

"그게 바로 위정입니다. 그때는 위정이 시급했고, 지금은 위정과 척사斥邪가 모두 시급하질 않습니까. 이게 시세의 흐름이 아니오이까!"

물론 이최응도 훈구세력의 일원이다. 그가 어찌 반상班常의 구별이 없는 평등한 세상이 되기를 바랄 것이며, 선원일족璿源一族(왕실의 일원)이 누리는 엄청난 기득권을 포기할 것인가. 다만 조정의 수장인 영의정의 권세에 현혹되어 있었기에 철벽과도 같은 홍선대원군의 논리에 반발하고 있을 뿐이다.

"작금의 국제정세는……."

"국제정세라니요. 서툴게 아는 국제정세가 이 나라 젊은이들을 병들게 하고 있지를 않소이까. 이젠 사대부가의 자식들마저도 양이洋夷들의 문물을 받아들이겠다고 나섰답니다. 그런 무리들의 두령이 홍문관弘文館 부교리副校理라고 들었어요. 관직의 윗자리에 있는 자가 갈피를 잡질 못하면 도리가 무너지고 국기國紀가 흔들리는 것이 고금의 이치인데……, 이 순리를 아신다면 내일 당장 무역장정이 잘못되었음을 대내에 알리고 사직을 하세요. 그게 바로 영상의 도리요, 종친 된 도리가 아닙니까."

"사, 사직을……!"

"당연하질 않습니까. 왜적들과 결탁하여 오백 년 종사를 풍전등화로 만들었으면 당연히 물러나서 종묘에 용서를 빌어야지요."

"결단코 말하거니와 나는 결탁한 일이 없어!"

"없다니……, 이 나라 방방곡곡에 척화비가 서 있어요. 그 척화비에 양이와 화친하고자 하는 것은 곧 나라를 파는 일이요, 이는 이 나라 모든 백성들에게 경계로 삼는다고 적혀 있질 않습니까!"

"허, 세월이 달라졌음을 알아야지. 일본국과 수교를 한 마당이야. 서로 수신사가 오고 가는 처지에 척화비가 무슨 소용이 있는가. 그거야 말로 한낱 돌조각에 불과하지 않은가!"

"아니, 뭐라……?"

"홍선의 얘기가 모두 틀렸다는 것이 아닐세. 하나, 나라의 경영도 시대가 변하면 시세를 따라야 하는 것이고, 또 나라와 나라 사이에 체결된 조약은 지켜야 하는 것이 외교의 관례가 아닌가. 이제 홍선은 대원위의 위세로 편하게 살면 될 것인데, 왜 자꾸 쓸데없는 일에 나서는가, 나서길……!"

"쓸데없는 일이라니. 그 말씀……, 조정의 뜻으로 받아들여도 되는 일이오이까."

"당연한 게지. 일인지하요 만인지상인 영의정의 말일세!"

"형님, 민심이 떠난 조정은 결코 오래가질 못합니다. 이 점 명심하세요."

"그건 악담이야. 금상^{今上}(지금의 임금)이 자네의 소생인데도 그런 악담을 입에 담겠는가."

"못난 신하들을 탓하고 있어요. 국록만 축내는 얼뜨기들을 나무라고 있다니까!"

"저, 저런……."

이최응의 안색이 하얗게 바래면서 눈자위가 풀리고 있다. 홍선대원군은 더 앉아 있을 수가 없다.

"형님……."

"썩 물러가지 못할까!"

흥선대원군 이하응은 조용히 몸을 일으키며 뒤돌아선다. 이최응의 거친 숨소리가 그의 등판에 엉겨 붙는다. 방문을 열자 여름 땡볕이 눈뿌리 시큰하게 쏟아져 내리고 있다.

회한의 세월

박진령朴眞鈴은 중궁전에서 물러나오면서 발걸음을 재촉한다. 새롭게 체결된 「무역장정」으로 인해 갈등을 겪고 있는 대궐 안의 소식을 이동인에게 전하기 위해서다.

"중전 마마께오서 아주 간곡한 하교가 계셨사옵니다."

"하교라니?"

"이번에 체결된 부록과 무역장정의 내용에 얼마간 부실한 곳이 있음은 알고 있으나……, 기위 맺어진 조약이면 하나라도 더 배운다는 심정으로 시행할 수밖에 없다고요."

"그렇지가 않아……."

"또한 진실로 종사를 위하는 일이라면 그것이 오랑캐의 법도라도 배워서 익히는 것이 선현의 가르침이라는 부분도 계셨사옵고……, 지난날 후금後金을 오랑캐로 얕잡아 보다가 병자, 정묘년의 수모를 당했음도 잊어서는 안 될 것이라고도 하셨사옵니다."

"이것아, 이 부록과 장정이 시행되면 병자, 정묘년에 당한 수모보다 더 큰 불행을 자초한다는 사실을 알아야지!"

이동인이 병자호란丙子胡亂에 비길 만한 불행을 예견한 것은 새로 체결된 「부록」과 「무역장정」의 다음과 같은 대목 때문이다.

「수호조약부록」

제3관, 조선국 통상 각 항구의 조임지租賃地에 거주하는 일본 국민은 지주와 합의하여 그 액수를 정하고, 관속지官屬地일 경우에는 조선 국민과 같은 액수의 조租를 내야 한다. 부산 초량의 일본관에 있던 수문守門과 설문設門은 철폐하고 경계상에 표를 세우며, 다른 두 항구도 똑같이 한다.

제4관, 부산항에서 일본 국민이 다닐 수 있는 도로의 이정里程은 부두로부터 동서남북 각 10리(조선 里法)로 정한다. 동래부東萊府는 특히 왕래할 수 있으며, 이 지역 내에서 일본 국민은 마음대로 통행하고 매매할 수 있다.

제5관, 정해진 각 항구에서 일본 국민은 조선 국민을 고용할 수 있으며, 만약 조선 국민이 조선 정부의 허가를 얻으면 일본국으로 가는 것도 무방하다.

제10관, 조선은 아직 해외 제국諸國과 통교하지 않고 있으나 일본은 이미 각국과 수호한 지 오래이므로, 다른 나라의 선박이 표류하여 조선 땅에 닿았을 때에는 각 항구에 있는 일본 관리관에게 넘겨 본국에 송환하도록 한다.

「무역장정(무역규칙)」
제5칙, 일본국 상선이 출항을 요할 때에는 전일 오시午時 이전에 조선국 관청에 알려야 한다. 관청에서는 입항 시에 받아 두었던 증서를 돌려주고 출구준단出口准單을 발급한다.
단, 일본국 우편선은 정해진 시간에 구애받지를 않고 출항할 수 있으나, 역시 반드시 조선국 관청에 알려야 한다.
제6칙, 조선국 제항구에 머무르는 일본인은 양미糧米와 잡곡을 수출입 할 수 있다.

그리고 제7칙은 더욱 한심하다. '일본국 정부에 속한 모든 배는 항구의 사용세를 내지 않는다'라면 어찌 되는가.

결국, 이로 인해 양국은 몇 해를 두고 마찰을 거듭하게 되지만, 조약의 체결에 임한 조선 조정이 얼마나 무지했던가를 여실히 드러내고 만 셈이다.

"이건 침략이야!"

「강화도조약」의 체결을 계기로 비록 타의로나마 조선국의 개항이 앞당겨질 것이라는 기대에 젖었던 이동인은 너무도 일방적인「부록」과「무역장정」의 내용을 확인하면서부터는 일본국의 간특함에 치를 떨어야 할 지경이다.

일본국의 사신들은 조선 땅에 오래 머무르고자 하지를 않았다. 그들이 자신들에게 필요한 모든 실리를 챙기고 귀국을 서둘렀던 것은 오래 머물러서 뒤탈을 자초하느니 서둘러 돌아가서 조약의 내용이 실행되는 날을 기다리면 될 것이기 때문이다. 그러나 조선의 사정은 달랐다.

일본국 사신을 떠나보낸 조선 조정은 해야 할 일을 찾질 못하고 허둥거린다. 이미 체결된「조약」이나「부록」, 또는「무역장정」의 실행을 서두는 것은 모두가 국익에 역행되는 일이라고 생각하고 있었기에 그것을 채근하면 매국노로 낙인찍히기 십상이었기 때문이다.

조정의 젊은 관원들이 대부분 명문가의 출신이라 수구세력으로 분류되었고, 그들을 지휘하는 고위관직들이 기득권을 지켜야 하는 훈구세력들이었다면 요즘 흔히 말하는 공직자의 복지부동伏地不動과 다를 바가 없었으므로 조약의 실행은 까마득히 먼 곳에 있을 뿐이다.

"빌어먹을……!"

이동인은 세차게 몸을 일으킨다.

"어딜 가시려고요?"

"원거 선생 댁에 들렀다가 재동齋洞으로 갈 것일세."

"환경桓卿(박규수의 자) 대감의 병세가 심상치 않으시답니다."

"원거 선생의 거동이 편하시면 함께 갈 것이니 먼저 가 있어도 좋고."

광음여류光陰如流라고 했던가.

지난 10여 년 세월 동안 오직 조선의 개항만을 열망하면서 살아왔다면 이른바 「병자수호조약」이나 그에 부수된 「부록」이나 「무역장정」의 내용이 조선과 조선인들에게 불이익을 초래하는 것이라고 하더라도, 개항이라는 의미에서는 다소간 소망을 이룬 것이나 다를 바가 없다. 그러나 박규수朴珪壽와 유홍기 등은 그것을 막지 못한 과실이 자신들에게 있다는 자책감을 떨쳐 내지를 못하고 있다. 특히 「무역장정」의 내용이 그들을 몸서리치게 했다.

병상의 박규수는 회한에 찬 목소리를 토해 낸다.

"……내가 자주개항을 염원했던 것은 오늘 이와 같은 불이익을 사전에 막아 보자는 것이었는데……, 일본국이라는 새로운 외세의 억압을 뿌리치지 못한 채 타의에 의해 개항을 하게 되었으니 통한에 사무칠 일이 아닌가."

"대감의 높으신 뜻을 받들고 있으면서도 아무 보탬이 되어 드리지 못한 것이 못내 아쉽고 답답할 따름이옵니다. 용서하소서."

유홍기의 목소리가 비장하게 흘러나왔으나 박규수의 입가에는 잔잔한 웃음이 담긴다.

"자네들이 끼어들 틈이 없었질 않았나. 또 자네들이 나선다 해도 내가 말렸을 터이고……."

"대감."

"일본국과 조약이 체결된 마당이면, 그 조약의 내용이 마음에 들지 않는다 하여 폐기만을 고집할 수도 없지를 않겠나. 이같이 어려운 때에 자네들과 같은 선각先覺의 일꾼들이 한 사람도 다치지 아니하고 건재하다는 것이 내게는 얼마나 고맙고 대견한지를 몰라. 나라를 위해서는 더욱 그러할 것이고…."

"받자옵기 민망하옵니다. 대감."

"이젠 대치 자네가 나설 차례야……. 자네의 학덕으로 이 나라의 개항을 이끌어야 한다는 뜻일세. 그러기 위해서는 첫째 인재를 소중히 해야 할 것이고, 둘째는 그 인재들이 마음 놓고 뜻을 펼칠 수 있는 터전을 마련해 주어야 하지를 않겠나."

"명심하겠습니다. 대감."

유홍기는 눈물을 흘리고 있다. 중인中人의 신분으로 태어났으면서도 남다른 정열로 학업과 가업家業(약국)에 몰두할 수가 있었던 것은 실사구시實事求是를 추구하는 실학의 이념에 접근할 수가 있었기 때문이었다. 또한 오경석과의 우정이 세계정세에 눈뜨게 하였고, 그의 소개로 알게 된 환경 박규수와는 동시대의 지식인으로 자부하면서 선각자의 길을 함께 걸어오지를 않았던가.

"대감의 배려만은 죽어서도 잊지 않을 것이옵니다."

박규수는 일개 중인 출신의 의원에 불과한 유홍기를 백의정승白衣政丞으로 예우해 주었고, 박영효朴泳孝, 김옥균, 유길준兪吉濬 등 사대부가 출신의 문도들로 하여금 그를 스승으로 받들게 하면서 개항사상을 이어받게 하였다. 그것은 몸소 반상의 벽을 무너뜨려 보인 것이며, 의식의 개혁을 실천해 보인 것이나 다름이 없다.

　유홍기는 스승의 병고를 대신하지 못하는 것이 못내 안타깝고 송구할 뿐이다.

　"대감, 지금이야말로 대감의 가르침이 긴요한 때가 아니옵니까. 이 땅의 어리석은 백성들을 위해서라도 하루속히 쾌차하셔야 하옵니다."

　"여름이 가고 가을이 오는 것은 천지만물의 섭리가 아니겠나. 이제 이 나라의 개항은 백의정승의 가르침으로 이어져야 해."

　박규수는 지극히 담담한 모습으로 사계절이 바뀌는 자연의 섭리를 입에 담았다. 그것은 세월의 흐름에 따라서 사람의 성쇠도 흘러간다는 뜻일 것이다.

　유홍기는 그것이 스승의 마지막 당부가 될지도 모른다는 불길한 예감에 젖는다.

　"아니옵니다. 그게 아니질 않사옵니까."

　"허허허, 내 섭리라는 말을 입에 담았거늘……."

　"대감."

유홍기는 박규수의 곁으로 다가앉으면서 그의 두 손을 움켜잡는다. 체온은 정상이었으나 까칠하게 느껴지는 촉감과 악력에서 전해지던 힘찬 열정이 소진된 것으로 미루어 이미 죽음의 그림자가 스며들어 있음이 분명하다.

"……미리견 상선이 대동강으로 올라왔을 때……, 대치大致(유홍기의 호) 자네의 모습은 하늘이 보낸 사자使者와 같았어. 그때 자네의 가르침을 따르지 못한 것이 내겐 두고두고 한으로 남았고……."

"대감."

"허허허, 내 걱정은 그만 하고 약국을 지켜야지……."

유홍기는 치미는 설움을 견딜 수가 없는데, 박규수의 모습은 오히려 평온하고 아름답다.

"아이들을 부르겠습니다."

유홍기는 박규수의 거처를 물러나온다. 두 볼을 적시며 흘러내리는 뜨거운 눈물을 주체할 수 없다. 스승의 임종이 목전에 다다라 있었기 때문이다.

외정外庭을 서성이던 박진령이 유홍기에게로 다가선다.

"서사書舍로 드시지요. 모두들 걱정하고 있사옵니다."

젊은 문도들이 온 모양이다. 유홍기는 박규수에게 아이들을 부르겠노라고 말한 것을 다행하게 여기면서 박진령의 여린 어깨를 다독인다.

"네 총명함이 참으로 놀랍다."

유홍기가 충혈 된 눈으로 서사로 들어섰을 때 김옥균, 유길준, 박영효 등의 개화 2세대가 자리에서 일어선다. 그리고 상체를 굽히는 것으로 스승의 고뇌에 경의를 표했다. 유홍기는 젖은 시선으로 젊은 문도들의 면면을 직시하면서 좌정한다.

오늘따라 그들의 진지하고 초롱초롱한 눈매가 고맙고 대견해 보이는 것은 미구에 자신이 좌장座長이 되어야 하는 절박한 사정 때문만은 아닐 것이다.

신분만으로 따진다면 반상의 벽을 뛰어넘어서 중인을 스승으로 섬겨 온 젊은이들이 아니던가. 그들로 하여금 파격의 용기로 새로운 시대를 열어 가게 한 것이 바로 박규수의 학덕과 공헌이었기에, 유홍기는 뿌듯한 감회와 찢어지는 아픔을 함께 느끼고 있다.

"비록 남의 힘으로나마 개항은 이미 시작이 되었다고 보아야 하겠지……. 하나, 그 모양새가 좋지를 아니하여 훈구세력의 벽은 더욱 견고해지고 더욱 높아지는 판국인데 환경 대감의 병세가 호전되지 않으니 앞으로의 일이 암담한 지경일세."

유홍기는 불타는 듯한 문도들의 시선을 지켜보면서 자신의 심회를 솔직하게 토로한다.

김옥균, 유길준 등의 젊은 인재들이 자신의 문하에 있는 것이 언제나 마음 든든하고 자랑스러웠으며, 박영효와 같은 부마도

위駙馬都尉(임금의 사위에게 주던 칭호)가 개항 2세대의 중심부에 자리하고 있는 것이 큰 희망이었다. 그러나 지금의 유홍기에게는 그들이 두려운 것을 어찌하랴. 만일 그들이 의지하고 존경하던 박규수라는 거벽이 세상을 뜬다면, 그때도 중인을 스승으로 섬기는 문도로서의 도리를 다해 줄 것인지를 가늠할 수가 없어서다.

유홍기는 젊은 문도들의 눈초리를 뚫어지게 살핀다. 박규수 사후에 빚어질지도 모르는 개항세력의 분열이나, 지리멸렬은 나라의 존망과도 관계되는 일이었기에 그는 사대부 출신의 문도들에게 새로운 다짐을 받아 두고 싶다.

"급변하고 있는 세계정세를 직시하고 거기에 대처할 수 있는 지도자라고 해야 할지……, 오늘 우리가 직면한 위기를 슬기롭게 풀어 갈 고위관직이라고 해야 할지……. 우리에게는 아직 믿고 의지할 기둥이 있어야 하는데, 환경 대감께서 위중하시고 보니 나로서는 눈앞이 캄캄해지는 지경일세."

비록 우회적이긴 하지만 유홍기의 의도적인 속내가 토로되자, 열정의 덩어리인 김옥균이 상체를 당겨 앉으면서 우렁차게 소리친다.

"대치 선생님!"

"그래……. 말해 보게나."

유홍기는 두근거리는 가슴을 애써 짓누르며 열정으로 가득한 김옥균의 눈빛을 빨아들인다.

"저희가 대치 선생님을 비롯한 원거 선생님이나 동인 선사의 가르침을 소중히 받들고 있는 것은 환경 대감께서 지켜보고 계시기 때문만이 아니질 않사옵니까."

"……!"

"선생님들께서 저희들에게 보여 주신 학문의 깊이가, 또한 가없는 덕망이 저희들로 하여금 선생님의 문도가 되게 하였다는 점을 유념하소서!"

그의 외침과 같은 결기는 유홍기에게도 동료들에게도 감동으로 전해지기에 충분하였다.

"그러나 나는 말일세……."

"아니옵니다. 선생님. 저희들은 이번에 발효되는 수호조약의 부수 법안들이 편협하고 무지한 사대부들에 의해 맺어진 망국의 조약임을 잘 알고 있사옵니다. 또한 조정의 관원들이 이 조약이 실행될 때 어떤 결과가 빚어질지를 예견하지 못하고 있다는 사실에 울분을 토하고 있사옵니다. 따라서 일본국 전권대신과의 회담에 대치 선생님이나 동인 선사께서 나가셨다면 결단코 지금과 같은 불이익은 받아들여지지 않았을 것이라는 사실도 시생 등은 굳게 믿고 있사옵니다. 그러기에 그 대비책도 선생님들께서 세워 주셔야만……, 저희가 선생님의 문도이어야 하는 도리가 아니겠사옵니까. 원컨대 앞으로도 호된 질책과 큰 가르침을 함께 주셨으면 하옵니다."

"……!"

유홍기의 가슴은 빠개질 듯 요동치고 있다. 그리고 온몸이 물기에 젖어 드는 듯한 감격을 맛본다. 마치 절규와도 같은 김옥균의 결기가 고맙고 대견해서다.

기침소리가 들리면서 서사의 미닫이가 열린다.

이동인이 오경석을 부액하고 들어선다. 그들의 뒤로는 열세 살 난 오세창吳世昌이 따르고 있다.

오세창은 오경석의 아들, 물론 후일에 이르러 당대의 전예서篆隸書의 명필로 일세를 풍미했고, 3·1독립선언문에 서명한 33인 중의 한 사람이 될 바로 그 위창葦滄 오세창이다.

"자네들은 대감의 거처로 가게나."

이동인이 젊은 문도들에게 말한다.

"그럼, 저희들은……."

김옥균을 비롯한 개항 2세대들이 서사를 나가자 오경석이 쉰 목소리로 입을 연다.

"어떤가, 오늘만은 무사히 넘기시겠지……?"

박규수의 임종을 걱정하는 오경석의 목소리를 듣는 순간 유홍기는 등골이 오싹해지는 전율감에 젖는다. 오경석 역시 중병에 시달리고 있음이 분명했기 때문이다.

명의가 병을 살피기 위해서는 여러 가지 비책을 강구하지만, 모두가 안색을 살피고 목소리를 듣는 문진問診에서부터 시작된다.

"목소리가 그 지경이 되자면 저녁마다 신열이 만만치 않았을 터이고, 머리가 뻐개지는 고통을 겪었을 것인데……, 아무리 돌팔이기로 의원을 지척에 두고도 부르질 않다니. 그래가지고서야 명인들 온전하게 부지하겠는가."

"내 병은 괘념할 거 없어……."

"칠칠치 못하긴……. 내가 어디 역관 오경석의 두통을 심려하고 있다던가. 나라의 앞날을 걱정하자니 자네의 몸뚱이도 건사하지 않을 수가 없음이야. 어서 일어서게. 세창이는 어서 아버지 뫼시지 않고 뭘 하는 게야."

"어딜 가려구……?"

오경석이 엉거주춤 묻자 유홍기는 열화 같은 짜증을 토해 낸다.

"따르라면 따르는 게지, 웬 말이 그리 많아!"

오경석은 몸을 일으키지 않을 수가 없다. 그는 유홍기와의 끈끈한 우정을 다시 확인하면서 느릿하게 서사를 나선다.

중문께서 그를 기다리고 있던 유홍기는 비로소 빠른 걸음을 내딛는다.

오경석은 유홍기와의 30년 우의를 뇌리에 되새기며 아들 세창에게 부액된 채 느릿하게 걷는다. 그들은 대대로 이웃하고 살았기에 허물이 없었고, 오경석의 연행燕行이 잦아지면서 이른바 서양 문물에 눈뜨기 시작하지를 않았던가. 그때만 해도 개항은 뜬구름을 잡는 듯 생소한 말이었는데, 지금은 일본국과의 수호조약을 체결하고 수신사가 교환되고 있으니 이들의 벅찬 감회는 이만저만한 것이 아니다.

오경석의 거처로 들어선 유홍기는 거침없이 자리부터 편다. 진맥을 서둘기 위해서다.

"어서 편하게 눕게나."

오경석은 묵묵히 그의 강청을 따른다.

유홍기가 눈을 감은 채 가만히 쥐고 있던 오경석의 손목을 놓으면서 탄식한다.

"무지몽매한 사람 같으니……."

"……!"

오경석은 자신의 병을 알고 있다는 듯 한숨만 놓는다.

"이 사람, 원거, 우리가 염원하던 개항의 시대가 눈앞으로 밀려와 있는데, 그걸 발의했던 자네의 몸이 상해서는 하늘도 야속해야 할 일이야."

"환경 대감께서 불행을 당하시면 대치 자네가 나서야지. 난 아무래도……, 힘이 되지 못할 것 같으이."

"그 무슨 병약한 소리야. 정작 우리가 해야 할 일은 이제부터가 아닌가. 세창인 내 말 각별히 유념해야 될 것이니라."

"하교하소서."

"네 아버지의 과로가 여기서 더하면 필시 반신불수가 될 것이니라."

오세창의 앳된 얼굴에 눈물이 주룩 흐른다.

"아무리 나이가 어리기로 애비의 과로를 눈치 채면, 편히 쉬기를 청하는 것이 자식 된 도리인데……, 대체 너는 뭘 하고 있었다는 게야. 앞으로는 네가 지극정성을 다하여 아버지의 병구완에 임해야 할 것이니라. 알아들었으렷다."

"명심하겠사옵니다."

오세창은 소리 내 흐느끼며 쏟아져 내리는 눈물을 손등으로 닦아낸다.

"이 사람, 원거, 따로 해야 할 말은 없네만……, 세창의 효성을 믿고서만이 자네의 목숨을 보전할 수가 있을 것일세. 세창에게 탕제를 지어 보낼 테니 섭생과 요양을 소홀히 말게."

"고마우이……."

"세창이는 나와 함께 약국으로 가자꾸나!"

유홍기는 어린 세창을 거느리고 약국으로 가면서 아버지 오경석의 병고가 우국충정憂國衷情에서 비롯되었음을 세세히 일러 준다.

지난 봄 「병자수호조약」이 체결될 때 수역首譯으로 회담에 참여하였으면서도 일본국이 제시한 망국적인 내용을 저지하지 못한 것을 통한에 사무치도록 자책하고 있었을 것이라는 사실과 조약이 실행되는 과정에서도 조선이 주장할 바를 간추리는 일에 사력을 다하는 동안 심신의 쇠약을 자초한 것이 분명하다는 유홍기의 말을 들으면서 세창은 흐르는 눈물을 주체하지 못한다.

약국으로 돌아온 유홍기는 후계자로 지목한 강창균을 불러 오경석의 진맥 결과를 세세히 설명하면서 군신좌사君臣佐使(약을 짓는 비방)의 처방을 정해 나간다. 그 자리에 나어린 세창을 배석하게 한 것은 그의 총명함이 남달랐기 때문이다.

"아버지의 병환은 들은 바와 같다만, 네 지극한 효성이 병세를 호전하게 할 것이니라."

"……"

"아버지의 금석학金石學을 이어받는 것도 병상을 지키는 한 가지 방법은 될 것이고……, 또 붓글씨를 배우고 익히는 것도 네게는 효도가 아니겠느냐."

"명심하겠사옵니다."

유홍기는 세창에게 될 수 있는 대로 아버지의 곁을 떠나지 않도록 주의를 환기시킨다. 그것은 오경석으로 하여금 조약의 체결에서 빚어진 마음의 상처를 치유하게 하려는 배려이리라.

흐르는 별

가을은 짧고 민심은 흉흉하다.

반상의 벽이 무너지면 상것들이 상전을 위해하는 난을 일으킬 것이라는 풍설이 난무하자, 사대부가에서는 하인 종속들을 더욱 엄하게 조여서 숨도 쉬지 못하게 한다는 풍설도 자자하다.

그런 와중에서 동짓달로 접어든 초나흗날에 이르러 경복궁景福宮에 또다시 대화재가 일어나 고종의 침전인 교태전交泰殿을 비롯하여 무려 8백30여 간이 소실되는 불행이 있었다.

민심이 흉흉하면 유언비어도 난무하게 마련이어서 개항에 반대하는 훈구세력들의 방화일 것이라는 소문이 돌더니, 마침내 임금을 시해하려는 무리가 저지른 소행이라는 요설까지 난무하였으나 끝내 범인은 잡히질 않았다.

세모가 가까워지면서 도성 안은 더욱 웅성거렸다.

"새해가 밝으면 일본인들이 떼를 지어 몰려올 것이고……, 이 젠 그들과 손을 잡아야 살길이 열린다는 걸."

"암, 여부가 있나. 이젠 왜놈들이 나라의 주인이 된다는 게야."

실로 맹랑한 풍설이 아닐 수가 없는데, 더욱 놀라운 것은 사대부가의 종복들이 떼 지어 몰려다니면서 폭도화되고 있다는 소문까지 도는 지경이다.

함박눈이 탐스럽게 내리는 섣달 스무이렛날, 환경 박규수가 임종을 맞는다. 유홍기가 재동에 당도하였을 때는 족히 한 뼘은 쌓일 만큼 폭설로 변해 있었고, 마당에 우뚝한 백송白松 가지에도 탐스러운 눈덩이가 쌓여 있었다.

"어서 오게나……. 막 북향 사배北向四拜를 마치는 길이야."

박규수의 모습은 초췌하고 창백해 보였으나 어깨에 관복을 걸치고 있다. 그것은 스스로 죽음이 임박했음을 알고 있는 것이 아니고 무엇인가.

"심기를 굳건히 하소서. 밖에는 서설瑞雪이 내리고 있사옵니다."

"그래, 풍년을 구가하는 개항이면 더욱 좋겠지……."

"대감, 좀 누우소서."

"괘념치 마시게. 내가 비록 시세時勢에 어두워서 자네들의 힘이 되어 주지 못한 어리석은 사람이었지만……, 내 수壽만은 알고 있다네."

힘겹게 말을 이어 가던 박규수가 보료 밑을 더듬더니 권총 한

자루를 찾아서 유홍기에게 내민다.

"내가 너무 오래 간직하고 있었나 보이……."

유홍기는 불현듯 박규수의 인품을 떠올리며 눈시울을 적신다. 언제였던가, 이동인이 권총의 위력을 시험해 보이다가 의금부 낭청들의 추궁을 받게 되었을 때 박규수는 자신의 권총임을 과시하면서 낭청들의 오만을 잠재운 바가 있었다.

"마치 엊그제의 일과 같사옵니다만……."

유홍기는 싸느랗게 느껴지는 권총을 받아 들면서 중얼거린다. 박규수는 권총을 돌려주는 시기까지 염두에 두고 있던 모양이다. 행여 이동인과 같은 열혈한에게 권총이 넘겨진다면 뜻하지 않은 사태가 빚어질 것이었고, 또 그것은 개항세대에게 큰 손실을 안겨다 줄 것임을 걱정하고 있었음이 아니겠는가.

"돌려주시는 진의를 헤아리겠사옵니다."

"고마우이……. 하나, 나는 이미 틀렸고, 무거운 책무만 대치에게 떠맡긴 꼴이 되지를 않았나."

"당치 않으십니다. 아이들의 다짐이 있는 것을요."

"과시 백의정승의 덕망이로세……."

박규수의 눈이 감기고 있다. 유홍기는 자리를 함께한 문도들에게 눈짓한다. 가솔들로 하여금 임종을 지켜보게 하자는 배려일 것이다. 유홍기는 툇마루로 나서면서 비로소 쏟아져 내리는 눈물을 훔친다.

함박눈은 멎었으나 마당은 눈 속에 묻혀 있다. 문도들은 마당으로 내려서며 약속이나 한 듯이 검게 내려앉은 하늘을 쳐다본다. 허황해지는 심기를 달래기 위해서가 아니겠는가. 그리고 얼마의 시간이 흐르고 박규수의 거처에서는 흐느낌 소리가 새어나왔다. 그 흐느낌은 곧 호곡소리로 변했다.

"아미타불……."

이동인은 굵은 단주短珠 알을 굴리며 눈 위에 털썩 주저앉는다. 그리고 스승의 영혼이 극락왕생하기를 발원하였고, 젊은 문도들의 통곡은 애간장을 찢어내는 듯 비통하게 이어진다.

이 나라 개화사상의 상징이자 개항세력의 두령이었던 환경 박규수가 재동 사저에서 세상을 떠나니 향년 70세, 그러나 그는 살아 있는 것이나 다를 바가 없다. 그의 가없는 학문과 고매한 인품은 고스란히 백의정승 유홍기에게 전해져 있었고 또 그것은 이동인을 통하여 김옥균, 유길준, 홍영식洪英植, 박영효 등 개화 2세대로 맥맥히 이어져 갈 것이 분명해서다. 그리고 뒤늦게 합류한 서광범徐光範, 서재필徐載弼 등의 준재들에게도 빛이 되지를 않겠는가.

일본국 공사관

아버지와 아들

 겨울이 가면 봄이 오는 것, 그것은 자연의 섭리이며 하늘의 이치다. 이 나라 조선왕조는 그 섭리와 다름이 없는 천리를 근간으로 하는 성리학^{性理學}을 국학으로 삼았기에 강상^{綱常}과 윤기^{倫紀}를 통치이념으로 하여 장장 4백85년이라는 세월 동안 단일 왕조로서의 위엄을 세워 왔다.
 예부터 조선은 동방에서 으뜸가는 예절의 나라로 상찬되어 왔으나, 이때에 이르러서는 '동방의 작은 은둔의 나라'로 불리기도 하였고, 더러는 '조용한 아침의 나라'라고도 불리게 되었다.
 그 조선이 문을 열었다. 자의로 연 것이 아니라 외부로부터 밀려드는 폭력에 굴복한 것이 일본국의 명치유신과 다른 점이다.
 역사를 어떤 가정 위에서 살피는 것은 금물이다. 그렇다고 하더라도 왜 하필이면 일본국에 의해 강제 개항되었고, 주체적인 개혁의지를 내세우지 못했던가에 대해서는 여러모로 아쉬움이 남는다.

정축년丁丑年(1877)의 새해가 밝았어도 조선 조정은 스스로 나아가야 할 진로를 잡기에도 역부족임을 드러내고 있다. 급변하는 국제정세에 대처할 수 있는 지식과 능력을 갖춘 일꾼들이 없었기 때문이다.

의금부의 도사都事(종5품)로 승차한 이승준李承俊이 진장방鎭長坊 이동인의 거처로 달려와 홍영식이 감금되었다는 급보를 알린다.

"무슨 소리야. 중육仲育(홍영식의 자)이 감금되다니. 대체 무슨 죄목이라던가?"

"허어, 참. 분계 대감의 노여움을 사고서도 무사할 수가 있겠는가."

"아니, 뭐야……?"

분계汾溪면 전 영의정이자 수구세력의 두령 격인 홍순목이다. 홍영식은 홍순목의 둘째 아들로서, 박규수의 문하생으로 김옥균보다 네 살 밑이기는 했어도 열혈과도 같은 학구열이 있었기에 유홍기의 문하를 자청했던 개화 2세대의 늦둥이다. 그가 유홍기의 약국에 드나들면서 개항의지를 날 세우고 있다는 사실이 유림에게 알려지자 아버지 홍순목은 격노했고, 당사자인 홍영식은 개항만이 조선이 나아갈 길임을 아버지의 면전에서 주장했다는 소문이 돌 정도로 그의 소신은 강했다.

"분계 대감의 성품이면 중육을 의금부에 넘겨서 호된 옥고를 치르게 할 수도 있지를 않겠나. 광에 가둔 지가 벌써 여러 날이 되었는데도 굶기고 있다는 게야."

"도리 없지. 나라도 달려가서 구해 낼 수밖에……!"

이동인은 치밀어 오르는 울분을 거침없이 토해 낸다. 이승준은 신중론을 개진한다.

"아무리 그렇기로 자식을 굶겨 죽이기야 하겠는가. 자네가 나설 일은 더욱 아니고."

"그렇지가 않아. 이젠 행동으로 보여야 할 때가 아닌가. 특히 분계 대감이라면 한바탕 붙어 볼 만한 훈구이기에 하는 소릴세!"

"글쎄, 사사롭게는 부자간의 일이라는데도……."

"허어, 참!"

두 사람의 실랑이를 듣고만 있던 박진령이 애원하는 듯한 목소리로 이승준에게 설명한다.

"……그렇지가 아니하옵니다. 분계 대감께서는 이미 자제분의 일로 여러 차례 운현궁雲峴宮으로 불려 간 바가 있사옵고, 또 중전 마마께서 유림들의 숨통을 죄기 시작하신 때라 불행한 일이 있을지도 모르옵니다. 유념하소서."

"아무리 그렇기로, 명분을 찾고자 자식을 죽이지는 못할 것일세!"

"허어, 이거야 원, 난 결심이 섰으이. 따르고 싶으면 따르고 그렇지 않으면, 그만두시게!"

이동인은 튕겨지듯 자리를 박차고 일어선다.

"이 사람, 동인!"

이승준은 이동인의 뒤를 따라나서면서 황급히 소리친다. 박진령은 온몸이 후들후들 떨려 오는 것을 느끼면서 힘없이 주저앉을 수밖에 없다.

어둑어둑 땅거미가 스며들고 있는 비탈길을 이동인은 빠르게 달린다. 이승준이 숨 가쁘게 뒤따라 와서 그의 앞을 막아서며 말한다.

"제발 좀 내 말 들어. 이건 무모한 짓이야!"

"허어, 내키지 않으면 따르지 말라는데도!"

"이 사람아, 정 그렇다면 빙부聘父님께라도 말씀을 여쭙고 떠나자니까."

지난해 여름, 수신사들이 오가는 와중에서 이승준은 유홍기의 맏딸 다슬이와 혼례를 올렸다. 무과를 급제한 의금부의 도사라면 당당한 서반西班이다. 그런 이승준이 약국을 경영하는 중인의 딸을 지어미로 맞이했다면 반상의 개념을 뛰어넘는 파격이 아닐 수가 없다. 물론 이 혼인으로 이승준은 가솔들과의 인연을 끊어야 하는 시련을 겪을 수밖에 없었으나, 유홍기는 나라의 미래를 내다볼 줄 아는 조선 젊은이의 용단을 흔쾌히 받아들였다.

비 온 후에 땅이 굳는다고 했던가. 이승준은 유홍기의 서랑壻

郎이 되고부터 이동인과는 마치 척분과도 같은 유대를 이어 오고 있다. 이동인으로서도 이승준의 장부다움에 날로 마음이 끌리는 것을 어찌하랴.

"자네가 선생님께 여쭐 때쯤이면……, 난 이미 중육을 멀리 피신시켜 놓았을 것이야. 알았으면 물러서시게!"

이동인은 이승준의 가슴팍을 밀어젖히면서 힘찬 발걸음을 다시 내딛는다. 그의 뇌리에는 홍순목과 격론을 벌여서라도 홍영식으로 하여금 이 땅의 개항을 주도하는 선각의 길을 열게 하리라는 다짐으로 가득하다.

훈구세력의 거벽인 홍순목이 기거하는 거택은 어둠 속인데도 우뚝해 보였다. 후문 쪽으로 스며든 이동인은 담장을 끼고 돌았다. 낮은 곳을 택하여 뛰어넘을 생각이다. 월장할 곳을 찾기는 어렵지 않았다. 이동인은 훌쩍 담을 넘는다. 그가 행랑채를 끼고 후정後庭으로 나섰을 때, 등불을 든 두 사람의 사내가 다가오고 있다.

"시정이 온통 어수선하니……, 아이들에게 일러 집안 단속 엄히 하라 이르게!"

"심려 마시오소서."

명을 내린 젊은이는 홍순목의 장자 홍만식洪萬植이었고, 공손히 대답한 사람은 청지기가 분명했다. 이동인은 그들이 사라지자 재빨리 후원으로 달린다.

"웬 놈이냐!"

소리치면서 다가서던 하인은 이동인의 비호같은 일격에 맥없이 쓰러진다. 이동인은 쓰러진 하인의 허리춤에서 광의 열쇠를 찾아 들었다. 광문은 쉽게 열렸다.
"이 사람, 중육……, 어딘가 중육!"
"아니, 선사님께서……!"
"여기서 여러 소리 할 것 없어. 어서 나가세."
이동인은 비스듬히 기대앉은 홍영식을 부액해 일으키고자 했으나, 힘없이 흘러나온 홍영식의 대답이 이동인을 놀라게 한다.
"선사님……, 시생이 있어야 할 곳은 바로 여깁니다."
"여기라니. 그게 무슨 소리야!"
"시생, 아버님의 분부를 받들고 있질 않습니까. 또 아버님도 설득하지 못하고서야 어찌 조선의 미래를 입에 담을 수가 있사옵니까!"
어둠 속인데도 홍영식의 눈은 불빛을 뿜어내고 있다.
"이 사람아, 지금 도성이 온통 발칵 뒤집혔어. 머지않아 유림들의 분기가 있을 것이란 말일세. 자네가 여기 있다가는 살아남질 못해!"
"죽음이 두려웠다면……, 선각의 길을 자청하진 않았을 것입니다. 장부로 태어나서 정도를 걷다가 목숨을 잃는다 해서 그것이 어찌 부끄러울 수가 있겠습니까!"
쿵쿵 발자국소리가 들리면서 홍만식의 고함소리가 들렸다.

"웬 놈이냐!"

이동인은 홍영식에게 채근하듯 말한다.

"고집 부리지 말고, 나와 함께 가세나. 어서!"

"아버님의 뜻을 거역하는 것은 한 번으로 족하질 않겠습니까. 시생은 정도를 걸을 것입니다. 선사님, 심려치 마십시오!"

이동인은 홍영식의 당당함이 마음에 든다. 그가 자력으로 아버지 홍순목을 설득할 수 있다면 조선의 앞날을 위해서도 바랄 나위가 없다.

"도리 없지. 중육의 의지에 나라의 앞날이 걸렸음을 명심하게나. 나 가네……!"

이동인은 홍영식을 뒤로 하고 광을 나선다.

횃불을 든 하인들을 거느린 홍만식이 서 있다. 이동인은 당당한 걸음으로 그의 앞으로 다가선다.

"훌륭한 아우님을 두셨습니다. 이 나라 종묘사직을 아우님이 지켜 가고 있음을 유념하십시오."

"이런 고얀 것이 있나!"

"이 나라 조선은 이미 어제의 조선이 아니라, 신천지를 열어 가는 새로운 조선임을 명심하시오. 대세를 거역하지 마시오!"

"당장 저놈을 포박하렷다!"

홍만식의 목소리가 찌렁하게 울렸으나, 이동인은 막아서는 하인 몇 사람을 호되게 후려치고 나서 유유히 담장을 뛰어넘는다.

일본국 공사관

 "선생님, 일본국 대리공사가 쓸 숙소를 마련하는 일로 의정부가 발칵 뒤집혔다 하옵니다."

 "무슨 소리야. 그게!"

 이동인은 뉘었던 몸을 일으키며 소리치듯 반문한다. 김옥균은 박영효와 함께 다소곳이 앉으며 저간의 사정을 입에 담는다.

 "우리 조선에 주재할 일본국 대리공사가 곧 입성한다 하옵니다."

 "사실인가……?"

 "저들의 대리공사가 도성에 상주할 것이라 하옵니다."

 "누구라던가. 서울에 상주할 대리공사라는 자가?"

 "화방의질花房義質이라고 하옵니다."

 "오, 그래. 그자의 이름은 화방의질이 아니라, 하나부사 요시타다라는 자일세."

"하나부사……?"

"요시타다. 일본인들은 그렇게 부를 것일세. 그리고……."

"예. 선생님."

"서둘라 하게. 저들에게 공사관을 제공하고서야 우리도 일본국 동경 땅에 공사관을 둘 것이 아닌가."

"일본 땅 동경에 말씀입니까?"

"어디 일본 땅뿐이겠는가. 앞으로 미리견과도 수호조약이 맺어지면 미리견의 수도에도, 또 불란서佛蘭西와 수교하면 거기에도 조선의 공사가 상주하게 될 것이 아니겠나. 그것이 외교의 관행일진대 우리 조정에서도 서둘러 일본국 공사관을 마련해 주어야 할 것일세."

"……?"

개항 2세대의 두령이랄 수 있는 김옥균이나 금릉위錦陵尉 박영효에게는 생소하게 들릴 수밖에 없다. 여러 수교국에 공사관을 설치하고 서로 공사를 상주하게 하는 것이 외교의 관행임이 김옥균이나 박영효에게 생소하다면 조정 중신들에게는 잠꼬대가 아니면, 헛소리로 들릴 것이 뻔한 노릇이다.

조선 조정의 사정은 어둠 속이나 다를 바가 없다. 일본국 대리공사가 상주하게 된다는 통보는 무덥고 지루한 여름에 짜증만 더하게 하는 일이다. 사신이라는 것은 내왕하면 그만이지 상주한다는 개념부터가 생소한 시절에 더구나 일본국의 대리공사를 서울에 상주하게 한다는 것은 이만저만 자존심 상하는 일이 아니니다.

"사신을 내왕하게 한 것만도 감지덕지해야 할 일이거늘, 대체 어디에 와서 상주하겠다는 것이야!"

영의정 이최응이 벌컥 화를 냈으나, 회담에 임했던 신헌은 설득에 설득을 거듭한다.

"조약에 명시되어 있지를 않사옵니까?"

"그 조약이라는 것도 왜인들이 제 놈들 편리하게만 적어 놓은 것인데, 항차 왜인들이 도성 한복판에서 상주를 하겠다니. 조종祖宗의 혼백께서 진노하실 일이라면 목숨을 버려서라도 저지해야 할 일이 아니겠는가!"

명분만을 중시해 온 사대모화事大慕華의 나라 조선 훈구대신들의 옹고집이다. 조약이 체결되면 시행되어야 하는 국제관례까지도 깡그리 무시하려는 강경론이 다시 고개를 들기 시작한 것은 조약의 체결에 대한 유림들의 반발이 있었기 때문이다.

"이제 또다시 저들에게 빌미를 준다면 뒷일을 감당하기 어렵사온지라……, 우선 저들에게 거처를 마련해 준 연후에 대비책을 세우는 것이 상책일 줄로 압니다. 유념하소서."

결국 조선 조정은 일본국 대리공사의 숙소를 제공한다는 구실로 서대문에 있는 청수관을 비워 주기로 한다.

청수관은 지금의 서대문 네거리, 적십자병원이 있는 자리였으니 사대부가의 자제들이 모여 시회詩會를 열기도 하고, 때로는 활을 쏘는 등 무예를 연마하던 천연정天然亭을 말한다.

"그대로 시행하라."

훈구대신들이 청수관을 일본국 공사관으로 쓰게 하라는 고종의 어명을 해괴히 여기고 있을 때, 전라감사로부터 장계 한 통이 날아든다. 일장기를 펄럭이는 군함 한 척이 나타나더니 무안현務安縣과 목포진木浦鎭 연해의 수심을 재고 있다는 내용이다. 그러나 어찌하랴. 일본국은 조선 연안의 수심을 실측할 수가 있다고 조약에 명시되어 있었던 것을.

후일에 알려진 일이지만 바로 그 군함이 다카오마루高雄丸였고, 교활하게도 조선 주재 일본국 대리공사로 부임하는 하나부사 요시타다가 거기에 탑승하여 수심의 측량을 진두지휘하고 있었다면 어찌 되는가.

일본국 대리공사 하나부사 요시타다의 일행은 10월이 되어서야 다시 북상하여 인천부仁川府의 월미도月尾島 먼 바다에 닻을 내렸다가, 10월 하순에 이르러 김포에서 일박하고 도성으로 들어왔다.

청수관 앞길은 아침 일찍부터 인파로 웅성거렸다.

조선 주재 일본국 대리공사 하나부사 요시타다의 부임 행렬을 구경하기 위해 몰려든 사람들 때문이다. 이미 지난해 미야모토 고이치가 김기수 일행이 일본국을 방문한 데 대한 답방의 형식으로 조선 땅을 밟았던 일이 있었으므로 일본인에 대한 관심이 아주 생소한 것은 아니었다. 그러나 이번에는 상주하게 될 것이라는 풍설 때문인지 누군가가 불을 댕기기만 하면 거침없이 타오를 것만 같은 위기감까지 고조되고 있다.

"교활한 왜놈들에게 청수관을 팔아넘겼다는 게야!"

"하면, 아주 눌러앉겠다는 배짱이 아닌가."

"예끼, 눈뜬 소경 같으니. 저들의 사신만 와서 살게 하는 것이 아니라, 아예 항구를 열어서 뱃놈들까지 올라와서 장사를 하게 했다는데도!"

"이런 때려죽일 놈들이 있나!"

정보의 유통이 오늘과 같지를 않았으므로 소외된 계층인 이른바 민중들에게는 유언비어로 들렸을 것이지만, 그것은 엄연한 사실이었다. 멋모르고 모여든 민초들의 가슴을 할퀴고 지나가는 낯선 화제는 그들의 울분을 자극하고도 남았다.

"온다. 왜놈들이 온다!"

민중들의 고개가 한쪽으로 쏠린다. 마치 소용돌이치는 급류와도 같다. 조금이라도 더 소상하게 살펴보려는 동작이겠지만 호기심보다는 울분으로 가득한 눈빛들이다.

일본국 대리공사를 태운 마차가 나타났다.

외양은 검은색이었으나 드문드문 금빛 문양이 그려져 있어서인지 화려하면서도 위풍당당하게 보였고, 그 마차의 앞뒤로 호위한 기마병들의 말굽소리는 전율감을 돌게 하는 지경이다. 그들은 검은색 바탕에 붉은 테가 둘러진 군모를 쓰고 있었고, 복색은 양복이었으되 관리들이 입었던 것과는 사뭇 다른 모양이었다. 기마병들이 비스듬하게 등에 메고 있는 신식 소총에는 시퍼렇게 날이 선 단검이 꽂혀 있다. 그들의 외양은 미리견 해병대의 모습과 흡사하게 보였다.

"왜놈이 곧 오랑캐의 앞잡이라더니!"

운현궁의 청직廳直인 김응원金應元이 씹어뱉듯 중얼거리자 주위에 둘러섰던 천하장안은 각자 돌멩이를 들고 있는 손에 불끈 힘을 주었다.

이윽고 마차의 행렬이 청수관 앞길에 당도한다. 먼저 마차를 호위했던 기마병들이 기민하게 움직인다. 수많은 병사들이었는데도 마치 한 사람이 움직이는 것으로 보일 만큼 일사불란한 동작이라 지켜보고 있던 조선 민중들에게는 숨이 막힐 일이었다. 부관인 듯한 장교가 말에서 내리더니 마차의 문을 열었다.

연미복 차림에 고산모高山帽를 쓴 하나부사 요시타다가 마차에서 내린다. 그는 인산인해를 이룬 조선의 민중들을 천천히 둘러보면서 함박 같은 웃음을 입게 담는다. 자신을 환영하기 위한 인파라고 착각을 한 모양이었다.

"저런 후안무치가 있나!"

김응원이 다시 중얼거렸다. 건너편 쪽에서 마차를 주시하고 있던 천희연千喜然이 하나부사 요시타다를 향해 힘껏 돌을 날렸다. 목표물을 빗나간 돌덩이는 기마병을 태우고 있던 말을 때렸던 모양으로 말 한 마리가 허공으로 치솟으면서 발광을 했다.

"어느 놈인지, 당장 사살하라!"

칼날 같은 장교의 목소리가 울리자 기마병들은 거침없이 소총을 쏘아 댔다.

조선의 민중들은 보기에도 민망하리만큼 우왕좌왕하더니 쓰러지고 짓밟히는 아비규환에 휩쓸렸다. 일본군 기마병들은 허공을 향해 총질을 계속하면서도 조선 민중들이 허둥거리는 몰골들을 보면서 소리 내 웃었다.

참담하기까지 하였던 청수관 앞길에서의 소란은 순식간에 수습된다. 총소리에 놀란 조선의 민중들이 혼비백산을 거듭하면서 자리를 떠났기 때문이다. 돌 하나를 던졌다가 너무도 엄청난 대가를 치룬 셈이었다.

"트집을 잡힐까 큰 걱정이로세."

이동인이 침통한 목소리로 우려한다. 조약에 명시된 여러 가지 사안들이 아직 시행되지 않고 있는 마당인데, 일본국 대리공사를 향해 투석하였다는 약점을 빌미로 또 저들만의 실익을 챙기고 나선다면 어찌 되는가.

"걱정되옵니다."

김옥균의 대답도 탄식과 같다.

"저들과 대좌할 사람들을 누구로 정했는가?"

"우선은 저들의 동태를 지켜볼 생각인 것으로 압니다."

"허어, 이거야 원……."

이동인은 혀를 찼다. 조정에 아무리 사람이 없기로 어찌 이럴 수가 있는가. 그는 병석에 누워 있는 오경석을 떠올려 본다. 그라면 역관으로서의 소임을 다할 것이라는 생각이 들어서다.

조용하기만 하던 청수관 앞길이 분주해졌다.

조선 주재 일본국 대리공사 하나부사 요시타다가 움직이기 시작한 때문이다. 그는 기마병의 호위를 받으면서 마차로 거동했지만 투석 사건이 있었던 탓으로 조선 조정은 항의조차도 할 수가 없다.

하나부사 요시타다를 태운 마차는 광화문이 바라보이는 육조관아의 거리를 시위하듯 활보하다가 예조의 대문 앞에 멈추어 섰다.

예조판서禮曹判書 조영하趙寧夏가 몸소 그를 영접하기 위해 대문 밖까지 나왔다. 일본국 외무경外務卿(외무대신)의 서계書契를 봉납奉納하겠다는 통보를 받았기 때문이다.

역관 현석운이 다가서는 하나부사 요시타다에게 조영하를 소개한다.

"조선국 예조판서 조영하 대감이십니다."

"아, 각하, 명성은 일찍부터 듣고 있었는데 이렇게 뵙게 되어 참으로 영광입니다. 조선에 주재하게 될 일본국 대리공사 하나부사 요시타다라고 합니다."

하나부사 대리공사가 고산모를 벗어 들면서 상체를 있는 대로 꺾어서 최상의 예를 표하자 조영하는 민망해진 목소리로 말한다.

"그렇게까지야……. 자, 드십시다."

"고맙습니다. 대감."

두 사람은 조선국 예조판서의 거처로 들었다.

하나부사 요시타다는 일본국 외무경 데라시마 무네노리寺島宗則가 보내는 서계부터 올린다. 조영하는 처음 경험하는 일이었으므로 엉거주춤 그가 올리는 문서를 받아서 연상 위에 가지런히 놓는다.

이윽고 하나부사 요시타다는 외교적인 수사를 섞으면서 자신이 해야 할 임무가 무엇인지를 입에 담는다.

"각하, 저는 조선의 법도와 관행을 소상히 모릅니다. 각하의 따뜻한 지도와 편달이 있기를 진심으로 바라면서 양국의 우호관계가 더욱 돈독해지기를 기대하는 바입니다."

"나 또한 그리 생각하고 있어요."

"다만 불미스러웠던 일은……."

하나부사 요시타다가 청수관 앞길에서의 투석 사건을 거론할 기미를 보이자 조영하는 시선 둘 곳을 찾지 못한다.

"……주재하는 외교관을 모욕하는 것은 곧 수교한 나라를 모욕하는 것과 같은 것이라, 처음에는 공식적인 통로를 빌려서 엄중항의할까도 생각했습니다만, 비 온 뒤에 땅이 굳는다는 조선의 속담을 상기하며 불문에 부쳤음을 헤아려 주셨으면 합니다!"

하나부사 요시타다가 나긋나긋한 어투로 숨겨진 오만을 드러내자 현석운은 조영하에게 일단 사죄의 뜻을 밝히는 것이 좋겠다는 의향을 귀엣말로 전한다.

"공사, 우리 조선 백성들이 아직 개항의 참뜻을 헤아리지 못하고 있는 데서 비롯된 불상사라고 생각합니다만, 공사의 노여움을 사게 되었다면 예조판서인 내가 그들을 대신하여 유감의 뜻을 전하는 바이오."

외교적인 수사가 동원된 현석운의 통변通辯이 끝나자 조영하는 머리를 숙여 보이는 시늉까지 한다.

"본 대리공사는 지난 일에 집착하여 앞으로의 일을 그르칠 수 없다는 충정으로……, 조선국 정부는 저희 일본국과의 우호협력을 협의할 관원을 선정해 줄 것을 요청하는 바입니다."

거부할 수가 없다. 청수관 앞길에서 있었던 불상사가 불문에 부쳐지는 것이 우선은 다행이었기 때문이다.

조선 조정은 동래부사東萊府使로 재임하면서 왜인들에게 강경

책을 서슴지 않았던 홍우창洪祐昌을 반접관伴接官으로 삼아서 일본국 대리공사인 하나부사 요시타다를 상대하게 하였다.

수역으로는 현석운이 선임되었는데 그 역시 동래에서 홍우창과 호흡을 맞추었던 터이라 안성맞춤이었다.

회담의 주된 안건은 「병자수호조약」에 명시된 두 곳의 개항지를 어디로 정하느냐 하는 것이었다. 일본국에서는 서둘러야 하고 조선에서는 지연시켜야 할 정도로 이해가 상반된 안건이었으므로 회담은 지지부진 제자리를 맴돌 수밖에 없다.

초조해진 하나부사 대리공사는 점차 마각을 드러내기 시작한다.

"일조 양국의 유대협력과 관계개선을 염두에 둔다면 서해안에서는 제물포濟物浦를 개항해야 될 것이며, 동해안에서는 원산元山을 개항해야 될 것으로 압니다."

"공사는 망언을 삼가시오!"

홍우창은 자신도 모르게 언성을 높였으나 현석운의 통변은 냉정하였다.

"망언이라 하였는가."

하나부사 대리공사의 반격도 만만치가 않다.

"망언이 아니면, 제물포가 도성으로 들어서는 문턱인데 거기부터 열라는 것은 도성을 개방하라는 저의가 아닌가."

"허허허, 도성 가까운 항구를 열어야 새로운 문물을 받아들이기가 수월하다는 이치를 감안한다면……."

"닥치시오. 제물포는 내가 아닌 어느 누구도 개항에 찬성하지 않을 것임을 명심하시오."

"제물포가 그래서 안 된다면……, 원산도 안 되는 까닭이 있을 것이 아니오."

"암, 있다마다!"

홍우창이 기세등등한 눈초리로 하나부사 대리공사를 쏘아보면서 대답하자, 현석운은 불안한 생각에 젖는다. 원산항의 개항을 반대하는 명분이 있을까 싶어서다.

"잘 들으시오. 원산은 우리 조선이 오백 년 사직을 창업한 성지聖地이기 때문이오."

"성지……?"

어찌 하나부사 대리공사뿐이랴. 통역에 임한 현석운도 회담에 배석한 또 다른 조선의 관원들도 홍우창의 기민한 순발력에 감탄하지 않을 수가 없다.

"함경도 문천군文川郡 송전리松田里는 우리 조선왕조를 창업하신 태조강헌대왕太祖康獻大王의 향리인지라 거기에 또한 이궁離宮이 있는데, 그 관문이나 다름이 없는 원산의 개항을 요구하는 저의가 무엇인지를 분명히 하시오."

"……."

"조선의 성지부터 개항하자는 것이 일본국의 속셈이라면 불순한 저의가 있음일 것이오!"

"아니오. 우리는 항구의 입지적인 조건을 검토하였을 뿐, 조선의 성지인지는 몰랐소. 다만……."

"다만?"

"우리 일본국도 도쿄의 관문인 요코하마부터 개항하였고, 또한 유서 깊은 성지인 교토京都의 관문인 고베를 개항하였다는 사실을 유념하시기 바랄 뿐이오."

"헛, 나는 대리공사의 해명을 온전한 것으로 받아들일 수가 없소이다."

홍우창의 두둑한 배짱과 번뜩이는 기지가 일본국 대리공사 하나부사 요시타다의 처지를 난감한 쪽으로 몰아가자, 두 곳의 개항지를 정하는 것은 고사하고 회담 자체가 무산될 위기에 놓이게 된다.

조선 조정은 일본국이 제물포와 원산의 개항을 노리고 있다는 사실을 확인하면서 그들의 야심찬 계책에 체머리를 흔들었고, 일본국으로서는 초조한 나날을 보내면서 조선 조정의 변화를 기다릴 수밖에 없었다.

산홍의 급보

 동짓달 열이렛날이 되자 조선 주재 일본국 대리공사 하나부사 요시타다는 부산포에 다녀온다는 구실을 내세우면서 청수관을 떠났다.
 "갑자기 부산포에는 왜?"
 이동인은 놀라지 않을 수가 없다. 주재국 공사라면 당연히 도성인 한양에 있어야 옳을 것인데도, 아직 개항지조차 매듭짓지 못한 처지로 임지를 벗어난 연유가 무엇인가.
 "소상한 것은 모르옵고……, 다만 대리공사가 떠났다는 소문이 나돌면서 모두 짐을 벗은 듯이 홀가분해한다고들 하옵니다."
 박진령의 대답은 애매했지만 이동인에게는 그냥 지나칠 일이 아니었다.
 "잠시 나갔다 와야겠군……."

이동인이 몸을 일으켰을 때 그를 찾는 소리가 들렸다.

"동인 선사님, 잠시 나와 보오소서."

최우동의 목소리다. 유홍기의 전언일 것이라는 생각으로 이동인은 황급히 툇마루로 달려 나갔다.

"아니……, 자네."

놀랍게도 최우동의 곁에는 동래 관기官妓 산홍汕紅이가 지친 모습으로 서 있다. 이동인에게는 왈칵 눈물을 쏟을 만큼 반가운 손님이 아닐 수가 없다. 물론 박진령인들 마다할 까닭이 있을까.

"아니, 이게 얼마만인가. 지난번에는 느닷없이 서찰을 보내더니 오늘은 몸소 예까지……."

박진령은 버선발로 마당으로 내려서면서 산홍의 손을 잡아서 흔든다.

"선사님의 대은을 입어……, 이렇게 다시 뵙게 되었사옵니다."

"아무리 그렇기로 부산포가 예서 어디라고……."

이동인이 두 여인의 재회를 지켜보고 있을 때 최우동이 그의 곁으로 다가서며 귀엣말로 전한다.

"부산포에 왜인들이 사찰寺刹을 열었답니다요."

"사찰이면……, 저들의 승려도 왔더라는 말인가!"

"소상한 것이야 알겠습니까만……, 서둘러 선사님을 약국으로 뫼시랍시는 선생님의 분부가 계셨습니다요."

"애썼으이."

이동인은 빠르게 대답하면서 산홍에게로 시선을 옮긴다.

일본인 승려가 부산포에 상륙하여 일본 불교의 포교를 시작했다는 사실을 알리기 위해 불원천리하고 달려온 그녀의 정성이 고마워서다.

"대치 선생께는 곧 찾아뵐 것이라고 전해 올리게나."

유홍기 역시 부산포에 상륙한 일본 불교의 정체가 궁금하겠지만, 이동인으로 하여금 소상히 살피게 하려는 배려로 산홍을 진장방으로 보냈을 것이다.

"자네에게는 늘 신세만 지는군. 안으로 드세나."

"그러세요. 전 다과상 차비할께요."

박진령이 안채 쪽으로 모습을 감추자 이동인은 산홍을 거처로 인도한다. 다소곳이 좌정하는 산홍의 모습은 초췌해 보인다. 천 리 길을 달려온 여독 때문일 것이다.

"며칠 쉬노라면 여독은 풀릴 것이네만……, 부산포에 일본인 승려가 올라와서 절을 열었다는 게 사실인가?"

"그렇기는 합니다만……, 무불 스님께서 아무 소식도 아니 주셨사옵니까?"

"무불은 왜?"

"무불 스님께서 근자 일본인 승려들과 자주 만나고 있는 것으로 아옵니다."

"이런 못된 것 하고는……."

이동인은 무불無不 탁정식卓挺埴을 야속히 여겼으나 거기에 매달릴 겨를이 없다.

"일본인들의 사찰은 대체 어디에 있으며 그 사찰의 이름은 무엇이라고 하던가!"

"초량에 있사온데, '동본원사東本願寺 부산별원釜山別院'이라고 쓰여 있었사옵니다."

"동본원사라니……?"

산홍의 전언이 아무리 정확한 것이라고 하더라도 이동인에게는 생소한 내용일 수밖에 없다. 우선 그녀가 말하는 바를 알 수가 없고, 일본의 불교가 추구하고 지향하는 일반적인 교리에 대해서도 아는 것이 없었기 때문이다.

"불상도 모셨다고 하던가?"

"들어가 보지는 못하였사옵니다."

"하면, 저들의 승려가 몇 사람이나 왔다는 것이야!"

"정확히는 모르겠사오나……, 우두머리 주지는 여동생까지 거느렸다고 하옵니다."

"그 두 남매가 모두 승려라고 하던가?"

"그렇다고 들었사옵니다만, 떠나오기 며칠 전 그 여승의 모습을 얼핏 보았사온데……, 어찌나 젊고 아름다운지 불현듯 부럽다는 생각까지 들었사옵니다."

"……"

이동인은 수렁에 빠지는 느낌이다. 일본국 유신정부의 저의가 무엇인지를 가늠할 수가 없어서다. 그들이 조선을 개항하여 막대한 실익을 챙기려는 것은 알고도 남는 일이지만, 아직 두 개의 개항지도 정하지 못하고 있는 판국인데 사찰을 열어서 포교를 서두는 연유가 무엇인가. 게다가 아무리 주지승의 동생이기로 미모의 여승까지 동원하였다면 숨겨 둔 저의가 있을지도 모른다.

여기서 우리는 당시 그들에 의해 기록된 『조선국포교일지朝鮮國布敎日誌』를 살펴보지 않을 수 없다.

「병자수호조약」이 체결된 이듬해인 1877년, 부산포에 상륙하여 일본 불교의 포교에 나선 승려는 예의 『조선국포교일지』라는 희귀한 기록을 남긴 바 있는 오쿠무라 엔신奧村圓心이었다. 그는 일본국 교토에 있는 동본원사의 말사末寺인 나가사키 현의 고덕사高德寺의 주지로 있다가 본사의 명으로 부산포에 건너오게 된 활달한 성품의 활동가였다.

오래비를 따라다니면서 숱한 화제를 뿌렸던 미모의 여인은 오쿠무라 이오코奧村五百子. 그녀는 낭사浪士나 정한론자征韓論者들과 가까이 지내면서 사회개혁을 주장한 여장부로, 이때 이미 세 번씩이나 결혼에 실패한 경력을 갖고 있었다.

후일에 이르러 청일전쟁과 노일전쟁에 최초의 여기자로 종군

하여 세인들을 놀라게 하였고, 금릉위 박영효가 일본 땅에 망명하여 불우한 나날을 보내고 있을 때는 마치 여비서와 같이 그를 따라다니면서 손발이 되어 주기도 하였다. 말년에 이르러서는 〈일본애국부인회日本愛國婦人會〉를 창설할 정도로 적극적인 성격의 여성이었다.

산홍은 조금 더 소상하게 그들의 정체를 입에 담는다.
"주지승은 조선 사람들을 만날 때마다 선대의 유지를 받들어서 부산포에 나오게 되었노라고 자랑하더라 하옵니다."
"무슨 소린지 알아들을 수가 있나. 제 놈이 무엇이관대 선대의 유지를 받들었다는 것이야!"
"그 사람의 선대도 조선에서 포교에 임했다고 들었사옵니다."
"조선에서……?"

그 또한 엄연한 사실이다. 오쿠무라 엔신이 주지로 있었던 나가사키 현의 고덕사는 임진왜란 전부터 부산에 있었던 사찰이다.
그 고덕사를 엔신의 선조인 오쿠무라 죠신奧村淨信이 개창開創하였는데, 그는 승려가 되기 전까지 오다 노부나가織田信長의 문도로 있다가 상전이 죽자 곧 출가하여 본원사의 주지인 교뇨죠닌敎如上人의 문도가 되었으며, 1585년에 부산포로 건너와 일본 불교의 포교를 위해 고덕사를 세웠다는 기록이 보인다.

그로부터 6년 후인 신묘년(1591, 임진왜란 1년 전)에 이르러 도요토미 히데요시豊臣秀吉의 조선 침략을 돕기 위해 일시 귀국하기도 하였으나, 임진왜란 중에는 침략군의 군승軍僧 노릇을 하기도 하였다.

1596년(정유재란 1년 전)에 다시 일본으로 갔다가 해금령海禁令으로 뱃길이 막혀 부산포로 돌아오지 못하였다. 그 무렵 가라쓰唐津 성주城主인 데라사와 시마노카미寺澤志摩守의 간청을 받아들여서 그곳에 절을 세우고 고덕사라고 하였는데, 바로 그 오쿠무라 죠신의 후손인 오쿠무라 엔신이 지금 부산에 나타난 것이다.

"저들이 부산포에 올라온 것이 언제라고 하던가."
"구월 스무여드렛날이옵니다."
"그렇다면 조선 주재 대리공사라는 자가 거기부터 먼저 들른 것이 분명하질 않은가."
"쇤네도 그리 알고 있사옵니다."

이동인은 부산포에 나타나 동본원사의 부산별원을 개설한 오쿠무라 엔신이라는 일본인 승려가 정치적인 임무를 띠고 있거나, 그렇지 않다면 일본국의 정계 지도자와 밀접한 관계를 유지하고 있을 것이라고 믿었다. 그것이 사실이라면 일본 땅으로의 밀항을 기도하고 있는 자신에게는 구원의 사자가 될 수도 있질 않겠는가.

"혹여 그자들이 세를 과시하거나, 숨겨 둔 신분을 발설한 일이 있었다더냐."

"무불 선사님께 들었사옵니다만……."

"말하게나. 아무리 작은 일이라도 빠뜨림 없이 말해 주어야 할 것일세."

"'근왕파勤王派'라는 말이 무슨 뜻인지요?"

이동인의 얼굴에 긴장감이 돌았다. 일본국 명치유신이 근왕파에 의해 주도되지를 않았던가. 그러므로 오쿠무라 엔신이 근왕파로 분류되는 사람이라면 일본국 유신정부의 실세이거나 그들로부터 비호를 받고 있을 것이 분명하다.

"그자가 근왕파라고 하던가?"

"그것이 아니옵고……, 막부에게 쫓긴 근왕파 지사志士들이 그 사람의 절에서 은신하였다고 들었사옵니다."

"……!"

이동인은 마른침을 꿀꺽 삼켰다.

일본국의 명치유신을 주도하던 이른바 근왕파의 우두머리들은 도쿠가와 막부德川幕府의 전위행동대나 다름이 없었던 신센구미新選組(유신세력을 제거하는 사무라이 조직)의 습격을 따돌리기 위해 은신처를 옮겨 다녀야 했다. 게다가 나가사키는 네덜란드 사람들을 비롯한 외국인들이 상주하고 있었으므로 근왕파 지사들이 자주 모여들던 곳……. 오쿠무라 엔신의 고덕사가 그들의 은신처로 활용되었다면 그의 정치적인 입지는 결코 만만치 않을 것이었다.

조선 주재 일본국 대리공사 하나부사 요시타다가 부임하는 길에 부산포에 먼저 들러 그부터 만났다는 사실이 이를 입증하고도 남는다.

'만나야 해!'

이동인은 다시 부산으로 내려가 오쿠무라 엔신과 접촉하리라고 다짐한다. 국적은 다르지만 승려라는 동지의식이 작용한다면 모리야마 시게루와의 접촉처럼 실익에만 연연하지 않아도 될 것이었다. 더구나 조선과 일본의 불교진흥을 표면에 내세울 수만 있다면 일본국으로의 밀항도 성사될 수가 있지를 않겠는가.

소담하게 차려진 다과상이 들었다. 박진령은 산홍을 다과상 앞으로 다가앉게 하면서 다정하게 입을 연다.

"아무 걱정 말고 며칠 푹 쉬어요. 귀로에는 동인 선사와 동행하게 될지도 모르잖아요."

산홍은 동행이라는 말에 이동인을 빤히 쳐다보면서 머뭇거린다.

"관에 매인 몸이라……."

"매이다니, 이젠 그런 걱정하지 않아도 되네."

이동인의 목소리에 단호함이 넘치고 있었던 탓일까, 산홍의 안색에 비로소 생기가 돌았다.

"개항에는 관기를 두어서 사대부의 노리개를 만드는 따위의 구습을 타파하는 일도 포함되어 있어. 이젠 산홍이 자네가 동래부로 돌아가지 않아도 탓하는 사람이 없을 것일세."

"……!"

"우리는 모두 애초에 평등하게 태어났으니, 우리 위에도 우리 밑에도 사람이 있어서는 아니 되는 것일세."

산홍의 가슴은 두근거렸다. 사람 위에 사람 없고, 사람 밑에도 사람이 없다는 평등의 이치는 핍박을 받으면서 살아온 사람들에게는 아무리 들어도 싫지 않은 말이지만……, 부산에 상륙한 동본원사의 주지 오쿠무라 엔신의 남매도 입버릇처럼 되뇌더라는 소문을 들었기 때문이다.

"동본원사의 여승도 그런 말을 입버릇처럼 하고 다닌다 하옵고, 주지승은 한술 더 떠서 조선의 불교가 하루속히 유교의 탄압에서 해방되어야 한다고 열을 올리더라 하옵니다."

"……!"

이동인은 핏기가 가시는 듯한 긴장감을 맛본다. 또 그것은 쇠몽치로 뒤통수를 얻어맞으면서 느끼는 얼떨떨함이기도 하였다.

고구려가 불교를 받아들인 이래 통일신라에 이르러서는 찬란한 불교문화의 꽃을 피웠고, 고려왕조 5백 년을 거치는 동안에는 국교로 숭앙되기까지 하였다. 그러나 조선왕조의 창업과 때를 같이하여 조선 불교는 쇠퇴일로를 걷다가 마침내는 탄압의 대상으로 전락하더니 승복을 걸치고는 성문의 출입도 자유롭지 못한 지경에 이르렀다.

이러한 때에 동본원사 부산별원의 오쿠무라 엔신이 조선의 승려들에게 유교로부터의 탄압에서 벗어나 새로운 조선 불교의 진흥에 나서기를 촉구한다면, 따르는 조선의 승려들이 만만치 않을 것이었고, 마침내 조선 불교가 일본 불교에 예속될 위험까지 있다. 생각이 여기에 이르면서 이동인은 눈앞이 아찔해진다.

'서둘러 떠나야 한다!'

이동인은 지체 없이 부산포로 달려가 오쿠무라 엔신을 만나리라고 다짐한다. 그의 영향력이 더 커지기 전에 일본 불교의 포교를 서두는 저의를 헤아릴 필요가 있었기 때문이다.

우정의 시계

날이 밝기가 무섭게 이동인은 광통방廣通坊으로 달렸다.

산홍을 진장방에 남겨 둔 것은 여독을 풀게 하려는 배려이기도 하였지만, 조금이라도 더 박진령의 영향을 받게 함으로써 개항에 앞장세울 수 있는 신여성을 만들려는 의도이기도 하였다.

"알 수 없는 노릇이로군……."

유홍기는 이동인으로부터 부산포에 상륙하였다는 동본원사에 관한 여러 가지 정보를 취합해 보면서 고개만 갸웃거린다. 특히 오쿠무라 엔신과 그의 여동생인 오쿠무라 이오코의 정체가 불명하다는 사실이 마음에 걸려서다.

"빈도가 다시 부산포에 내려가서라도 저들의 정체가 무엇인지 알아보아야 하지 않겠사옵니까."

"그렇기는 하네만……, 일본인 승려와 접촉을 하고 있다는 무불이 너무 태평하지를 않은가."

유홍기는 무불 탁정식을 거명하면서 못마땅한 기색을 감추지 않는다. 오쿠무라 엔신의 언동을 기별해 주지 않은 것이 서운해서다.

"무불에게만 맡겨 둘 일은 아니질 않습니까. 빈도 스스로 저들의 실체를 확인해 보고 싶사옵니다. 허락해 주소서."

"실익에만 연연하다 보면, 모리야마 시게루 때처럼 얻는 것보다 잃는 것이 더 많을 수도 있질 않겠나."

"국적은 다르지만 승려라는 동지의식이 작용한다면 뜻밖의 후원자가 될 수도 있으리라고 봅니다. 더구나 조선과 일본의 불교진흥을 표면에 내세울 수만 있다면 일본국으로의 밀항도 성사될 수가 있을 테고요."

이동인의 설득은 진지하고 집요하다. 유홍기가 고개를 끄덕이며 수긍해 보이고 있을 때 오세창의 울음 섞인 목소리가 들렸다.

"선생님, 아버님의 용태가……."

유홍기와 이동인은 누가 먼저랄 것도 없이 튕겨지듯 송죽재松竹齋를 달려 나간다. 오경석의 병세가 조선의 개항에 막대한 손실을 안겨다 줄 것은 불문가지의 일이다. 댓돌 밑에 서 있는 오세창은 이미 사색이 된 얼굴을 눈물로 적시고 있다.

"혼절하였으렷다!"

유홍기의 지적은 날카로웠다. 그는 오경석의 병세가 빚어낼 수 있는 최악의 사태에 대비하고 있는 듯했다.

"예. 아침진지를 드시다가 수저를 떨구시더니……."

오세창은 목이 메어 말을 이어 가질 못했으나 다음 얘기는 들을 것도 없다. 젓가락을 떨구면서 혼절하였다면 깨어난다 해도 오른쪽을 못 쓰는 반신불수가 되기 십상이다. 그렇다고 하더라도 어찌 최선의 조처를 소홀히 할 수가 있으랴.

유홍기는 강창균을 불러서 오경석에게 중풍이 들었음을 알리고 서둘러 탕제를 차비하여 뒤따를 것을 명한다.

"가자. 동인 선사도 함께 가세나……."

유홍기가 몇 가지 다급한 일들을 일방적으로 정하고 이동인에게 동행할 것을 청하면서 대문으로 달려 나가기까지 그야말로 눈 깜짝할 사이였다.

"너무 심려치 마라……. 대치 선생님의 보살핌이라면 쾌차하실 것이니라."

이동인은 여리게 느껴지는 오세창의 어깨를 다독이며 발걸음을 옮긴다.

유홍기의 약국을 나서면 청계천淸溪川을 흐르는 물소리가 들려야 하지만 오랜 가뭄 끝에 찾아온 겨울이어서인지 개천은 하얗게 얼어붙어 있다. 청계천의 둑방을 따라서 잠시 걷다가 왼쪽으로 꺾어 들면 중인의 거처답지 않은 큰 기와집과 만나게 된다. 대대로 역관을 지냈다는 오경석의 집이다.

오세창과 이동인이 오경석이 누워 있는 중사랑으로 들어섰을 때 유홍기는 이미 응급조처를 마친 듯 이불깃을 바로 하고 있다.

"어떠십니까?"

이동인이 오세창을 대신하여 조심스럽게 묻는다.

"반신불수를 면하기는 어렵겠구먼……."

유홍기의 반응은 담담한 것이었지만 오세창은 흐느낌을 삼키고 있다. 아직은 나어린 처지라 당연한 두려움일 것이었다.

"육신을 나라에 바친 사람이 아닌가."

마침내 유홍기는 탄식을 토해 낸다. 그것은 자신과의 오랜 우정을 토로하는 것이 아니라, 이 나라 조선의 개항에 끼친 오경석의 공헌을 회고하고 있음이다.

중국을 다녀오는 조선의 역관들이 한결같이 개인의 치부에만 몰두하고 있을 때, 오경석은 중원의 금석문金石文을 두루 섭렵하고 수집하여 조선의 문화와 중원의 문화를 비교할 수 있는 탁월한 안목을 보였고, 서양 문화의 실상과 산업의 융성을 알리는 전적典籍은 물론, 급변하는 국제정세를 한눈에 알 수 있는 실물들을 구입하여 죽마고우 유홍기에게 전하는 것으로 이 땅에서 첫손에 꼽히는 선각자를 태어나게 하였다.

특히 박규수의 수역으로 중국 땅을 내왕하면서 그로 하여금 개항사상에 빠져 들게 한 공헌은 아무리 찬사를 아끼지 않아도 부족함이 없지를 않겠는가.

"곧 깨어나기는 할 것일세만……."

유홍기는 오경석으로부터 선물로 받은 회중시계를 꺼내 들고 만지작거린다. 서로의 우의를 다짐하는 각별한 정이 담긴 것이어서인지 오늘따라 감회가 새로워지는 모양이다.

오경석이 의주義州에서의 임무를 무사히 마치고 도성으로 귀환하던 해의 정초에 있었던 일이다.

두 사람은 그해의 운세를 화제로 삼으면서 덕담을 나누고 있던 중에 유홍기가 자시子時라는 말을 입에 담자, 오경석이 그 말을 정정하였다.

"그 자시를 서양의 모든 나라에서는 상오 열두 시라고 하거든……. 그러니까 하루를 스물네 시간으로 하고 또 그것을 열두 시간씩으로 나누어서 상오上午와 하오下午라고 구분하지를 않겠나."

"헛, 한 시간이 육십 분이요, 일분이 또한 육십 초라는 것이야 알고도 남지만, 그 실질적인 쓰임이 어떤 것인지를 알기 전에는 아무 짝에도 쓸모가 없는 것이 서양 시간이 아니겠나. 우리에게도 각刻이 있고 점點이 있으니까 특별히 불편한 것은 없겠고……."

"허허허……, 대치 선생답지 않게시리. 이걸 보게나. 서양 시계라는 것일세."

오경석은 유홍기의 손에 겉 딱지가 은으로 장식된 회중시계 한 개를 들려 주면서 뚜껑을 열었다. 하얀 자판에 1에서 12까지 쓰인 숫자가 동그랗게 그려져 있고, 길고 짧은 바늘이 어느 지점을 가리키고 있다.

"이 시계가 지금 상오 열한 시 이십 분임을 알리고 있지를 않은가."

"하면, 이 두 개의 바늘이 쉬지 않고 돌아가야 하는데……."

"그야 이를 말인가. 살아 있어야 시계의 구실을 다하는 게지."

오경석은 회중시계가 들려 있는 유홍기의 손을 그의 귓가에 대 주었다. 째깍째깍, 시계가 움직이는 소리를 들으면서 유홍기는 중얼거린다.

"무슨 힘으로, 대체 무슨 힘으로 바늘이 살아 있다는 것이야?"

오경석은 회중시계의 꼭지를 여러 번 돌려서 태엽을 감아 주어야 시계가 멈추지 않는다는 사실을 알려 주었다. 그제야 유홍기는 경탄을 토해 낸다.

"『담헌집』을 읽으면서 뜻이 통하지 않는 대목이 있었는데, 이제야 그 뜻을 알겠으이."

정조조의 과학자이자 조선 실학의 거봉이며, 양명학陽明學의 거벽이기도 했던 담헌湛軒 홍대용洪大容은 1일 1주의 '지구회전설地球回轉說'을 주장하여 당시 중국에 와 있던 서양 과학자들을 놀라게 한 인물이다. 유홍기가 실학에서도 북학파北學派를 흠모하고 양명학에 몰두하게 된 것도 따지고 보면 홍대용의 영향 때문이었다.

유홍기는 홍대용이 남긴 『담헌집』을 탐독하면서 그의 과학적인 재능과 인간적인 매력에 빠져 들게 되었는데, 도무지 이해할 수 없는 구절이 있었다.

홍대용은 아버지의 뜻을 받아서 석당石塘 선생이라고 불리는 당대의 과학자 나경적羅景績이 산다는 물염정勿染亭을 찾아갔을 때, 그 초입에서 낭랑하게 울려오는 괘종소리를 들었고, 그의 책상 위에 놓인 서양식 시계에서 그 소리가 울렸음을 알았다고 기록하였는데, 유홍기는 그 대목을 읽으면서 그것이 무엇을 뜻하는 것인지를 모르고 있다가 오경석이 들려 준 회중시계를 보고서야 비로소 영조조 말기에 조선에도 괘종시계가 있었다는 사실을 확인할 수가 있게 된 셈이다.

"허허허, 그런 인연이면 자네가 그 시계의 임잘세."

유홍기는 그날의 감격을 잊지 않고 있었기에 오경석이 선물한 회중시계를 언제나 몸에 지니고 다녔다.

오경석이 마치 그것을 확인하듯,

"지금 몇 점이나 되었을꼬?"

라고 물으면, 유홍기는 회중시계를 꺼내 들고,

"아직 상호 열 시 이십 분인걸."

하며 너털웃음을 웃곤 하였는데, 동석한 사람들은 그 말뜻을 실감하지 못하여 실소하곤 하였다.

유홍기는 오경석과의 찐득한 우정이 담긴 회중시계를 움켜쥔다. 만감이 교차되어서다. 그와의 인간적인 우애가 남 못지않았음을 말해 무엇 하랴.

실사구시의 정신으로 학문을 연마하면서도 그것을 조선의 개항을 위해 쓰고자 하였고, 이웃과 문도 들에게 베푼 공여供與가 또한 만만치 않았다면 그가 조선 개항의 선각이 아니고 무엇인가.

"이 사람, 원거, 개항은 기필코 보아야 해!"

유홍기가 통한을 섞어서 중얼거리자, 이동인이 침중한 어조로 다시 묻는다.

"깨어는 나시겠습니까?"

"그야 이를 말인가. 다만 선사의 부산행만은 뒤로 미루었으면 하네……."

"……!"

이동인은 문득 제정신으로 돌아온다.

부산포에 상륙한 동본원사의 정체와 오쿠무라 엔신 남매의 임무가 무엇인지를 파악해야 할 것이라는 의논을 하던 중에 오경석이 위중하다는 전언에 접하였는데, 진찰을 마친 유홍기가 오경석이 곧 깨어날 것이라고 확언을 하면서도 이동인의 부산행을 만류하는 까닭은 무엇인가. 특히 나어린 오세창에게는 아버지의 병세와 무관하지 않을 것만 같아서 숨이 막힐 지경이다.

"개항을 염원하던 원거가 아닌가……. 의식이 돌아왔을 때 동인 선사의 모습이 곁에 있으면 마음의 안정을 쉽게 찾을 수가 있을 것으로 보네."

"빈도보다야, 젊은 문도들의 늠름한 모습이 더 힘이 되지를 않겠습니까."

꼭 부산포로 떠나겠다는 뜻이라기보다 유홍기의 내심을 살피려는 반문이다.

"젊은 문도들의 모습이 아무리 늠름해도 선사의 결기를 당할 수는 없을 테지!"

유홍기의 대답은 단호하다. 이동인은 깨어날 오경석을 위해서가 아니라 아직은 부산포로 내려가는 것이 시기상조임을 깨우쳐 주는 스승의 가르침으로 받아들일 수밖에 없다.

오경석이 혼절에서 깨어난 것은 그로부터 이틀이나 지나서다. 유홍기의 예언대로 그는 말을 하지 못하였고, 오른쪽 몸을 쓰지 못하는 반신불수로 깨어났다.

오경석의 병상을 지키던 이동인과 젊은 문도들은 통한에 사무치는 눈물을 흘렸으나, 유홍기는 그들의 설움을 따뜻이 어루만져 주었다.

"내 무슨 수를 써서라도 원거의 말문을 열어 놓을 것이니 아직은 낙망할 것 없네……."

"고맙습니다. 선생님."

오세창은 유홍기를 향해 상체를 굽혔다. 그의 지극한 병간病看에 대한 보답이었다.

동본원사 부산별원

동본원사의 정체

 1878년^(고종 15) 새해가 밝으면서 오경석의 병세가 호전되는 기미를 보이더니, 정월달 중순을 넘어서면서는 굳게 닫혔던 말문을 열기 시작하였다. 심하게 더듬거리는 어눌함이었지만 의사소통에는 지장이 없었고, 지팡이를 짚고 마당을 서성일 수가 있게 되면서는 그 자신도 잃었던 삶을 다시 찾은 듯한 의욕을 보였다. 그의 빠른 회복을 지켜보았던 젊은 문도들은 낮밤을 가리지 아니한 유홍기의 간병이 이루어 낸 기적이라고들 입을 모았다.

 오경석의 회복이 궤도에 오르자 비로소 유홍기는 부산포에 상륙한 동본원사의 일을 다시 입에 담는다.

 "산홍이는 아직 진장방에 머무르고 있는가?"

 유홍기가 저간의 사정을 모를 까닭이 없을 것인데도 산홍을 빗대어 부산포의 일을 다시 거론한 것은 이동인의 자유로운 행보를 보장하겠다는 통보나 다름이 없다.

"지난해의 세밑에 내려 보냈습니다."

"그랬던가. 선사와 동행이 아니어서 서운했을 것이네만……, 그 후에 있었던 부산포의 일을 알려 온 바가 있는가."

"무불에게 동본원사의 사정을 알리는 서찰을 보내든가……, 불연이면 한번 다녀가는 것이 좋겠다는 전언을 보냈습니다."

"허허허, 그런데도 아직 아무 소식이 없는 것을 보면 일본 승려들의 저의에 허세가 있었던 게 아닌지……?"

"빈도도 그리 보고 있사옵니다."

그리고 두 사람은 아무 말도 하지를 않았다. 이심전심이라는 고사처럼 무불 탁정식으로부터 소식이 있기를 기다리는 심중은 서로가 조금도 다르지 않았기 때문이다.

시절이 어수선하면 계절의 흐름에도 굴곡이 있게 마련이다. 이해의 봄도 시늉만으로 끝나는가 싶더니 눈 깜짝할 사이에 청계천 둑방을 온통 초록빛으로 물들여 놓는다.

이동인은 진장방의 산자락과 광통방의 둑방을 내왕하면서 탁정식으로부터 전해질 부산포의 소식을 애타게 기다리고 있다.

"무소식이 희소식이라는데, 동본원사의 일은 선사님의 기우에 그치는 것이 나라를 위해서도 다행한 일이 아니오니까."

박진령도 이동인의 심중을 헤아린 모양이다. 그녀는 언제나 정인의 번민을 안타까이 여겼다.

"시是면 시, 비非면 비……, 어느 쪽이든 간에 소식은 들어 두는 게 좋아."

"무불 선사께서 어련히 알아서 하실려고요."

박진령은 부산포에 상륙한 동본원사 별원의 주지라는 오쿠무라 엔신 남매의 언동에 일본국 유신정부의 저의가 숨겨져 있다면 탁정식이 눈치 채지 못할 까닭이 없노라고 여러 차례 진언하였으나, 일본국으로의 밀항을 서둘러야 하는 이동인에게는 하루가 여삼추와 같이 초조한 나날이다.

박진령은 화두를 바꾸듯 대궐의 일을 전한다.

"오늘……, 분계 대감의 둘째 자제가 옥당에 제수되었답니다."

"오, 영식이가?"

옥당玉堂이란 홍문관 교리校理의 별칭인데, 홍문관은 국가 차원의 문서를 처리하는 기관인 데다가 임금의 자문에 응하고 경연經筵을 관장하고 있었으므로 임금의 눈에 띄는 기회가 많아서 관직의 꽃이라고도 한다.

"잘됐어. 기적 같은 일이 아닌가."

"혹여 분계 대감께 서약이라도 한 것이 아닐지요?"

아, 그럴 수도 있겠다. 훈구세력의 거벽인 분계 홍순목이 광에 가두면서까지 신문물과의 접촉을 끊으려고 했던 홍영식이 옥당의 자리에 올랐다면 훈구세력의 비호를 받았을지도 모른다.

'그럴 리가, 그럴 리가…….'

이동인은 체머리를 흔들면서 굳건했던 홍영식의 모습을 상기했다. 그가 홍순목의 명으로 광에 갇혔을 때, 이동인은 홍영식을 구출하기 위해 월장을 한 일이 있었다. 그때 홍영식은 아버지의 분부를 두 번 거역할 수가 없다면서 탈출을 거부하질 않았던가. 그렇듯 단호하고 영특했던 홍영식이 개항의지를 버리면서까지 승차에 연연하지 않았을 것이라고 이동인은 스스로를 위로한다.

"고균에게는 큰 힘이 되겠지."

이동인의 예상은 적중한다. 김옥균과 홍영식은 유홍기와 이동인을 매개로 각별한 우의를 나누게 된다. 물론 후일의 일이지만, 홍영식이 갑신정변甲申政變의 실패로 그 처참했던 현장에서 생을 마감할 때까지 두 사람은 형제처럼 지내게 되질 않던가.

"선사님, 무불께서 약국으로 드셨습니다."

최우동의 전언이다. 이동인에게는 끝 간 데 없는 희소식이다. 무불 탁정식이 왔다면 부산포에서의 일……, 특히 오쿠무라 엔신이라는 동본원사의 주지에 관해 더 소상히 알 수가 있지를 않겠는가.

이동인은 튕겨지듯 몸을 일으키며 광통방으로 달린다. 그의 눈에는 아무것도 보이는 것이 없다. 오직 무불 탁정식의 모습만이 뇌리에 어른거릴 뿐이다.

송죽재의 댓돌에는 매끈한 각신들이 놓여 있었다.

이동인은 젊은 문도들이 먼저 와 있음을 직감하면서 안으로 들었다. 김옥균, 유길준, 홍영식, 박영효 등이 몸을 일으키며 중인 스승을 맞는다. 이동인은 경황 중에서도 홍영식의 어깨를 툭 치면서 "드디어 옥당이 되었군" 하며 치하했다. 아버지 홍순목과의 밀약이 없었음을 확인한다는 반색이었다.

"이런 칠칠치 못한 중놈 같으니. 산홍이 다녀간 지가 언젠데 이제야 어슬렁거리면서 나타난 게야."

이동인은 무불 탁정식의 곁으로 황급히 다가앉으면서 거칠어진 목소리를 토해 낸다. 탁정식의 얼굴이 빨갛게 달아오른다. 달리 변명할 말이 없어서다.

유홍기가 호탕하게 웃으면서 어색해진 분위기를 푼다.

"허허허, 그렇긴 하지. 나도 부산포에 상륙하였다는 동본원사의 일이 궁금하기는 하였지만, 이쪽에서 먼저 서둘 일이 아니어서 동인 선사의 부산행을 간곡하게 만류하고 있었구먼."

젊은 문도들이 두 귀를 곤두세운다. 스승들의 화두에 따르면 부산포에서 무슨 변화가 있는 것이 분명하였고, 무불 탁정식이 그 정보를 가지고 급히 상경한 것으로 보여서다.

이동인은 잠시도 참지를 못한다.

"부산포에 기어 올라와서 일본 불교를 포교하겠다는 동본원사의 정체가 대체 뭐라는 것이야. 그들이 무엇이관데 미인계를 쓰면서까지 조선인의 환심을 사려 들더라는 말인가!"

"미인계는 아니고……."

"아니면? 주지승의 동생이라는 계집이 절세의 미인이라면서!"
"이목구비가 반듯하고 성품이 활달해서 호감은 가더군."
"저런 멀쩡한 중놈이 있나. 잿밥에 마음을 써도 유만부동이지……. 허허허."

무뚝뚝하고 직설적이긴 하였어도 이동인의 화술에는 사람을 끌어당기는 힘이 있다. 그는 무불 탁정식을 몰아세우는 듯하면서도 웃음을 앞세울 줄을 안다.

탁정식은 부산포에 상륙한 동본원사에 관한 여러 가지 정보를 때로는 유홍기에게 보고하듯, 또 때로는 이동인에게 알리듯, 그러면서도 젊은 문도들의 이해를 돕듯이 소상하게 입에 담는다.

"애초에는 그들이 승려인지 알 까닭이 없었사옵니다. 지난해의 시월 중순께에 초량 왜관의 근방을 대대적으로 개축한 일이 있었는데……, 그야 일본국과의 수교가 되었으니 그럴 수도 있겠거니 하고 있었사온데……, 초량 왜관의 곤도 마스키가 거기에 일본의 절이 들어서게 되었다면서 이미 승려 세 사람이 들어와 있다고 귀띔해 주었사옵니다."

곤도 마스키近藤眞鋤는 이동인과도 아주 절친한 사이였다. 그는 모리야마 시게루가 부렸던 관리관이었으므로 동래 관아나 부산포의 사정뿐만이 아니라 조선의 내정까지도 꿰뚫어 보고 있을 정도의 민완敏腕이었다. 그가 탁정식에게 인심을 쓰듯 동본원사의 정보를 흘렸다면 조선 개화파開化派와의 거래를 트겠다는 속셈일 것이라고 이동인은 직감한다.

"저들의 승려는 둘이라고 하질 않았는가."

유홍기는 이동인을 건너다보면서 의아해하였지만 탁정식의 대답은 명쾌하다.

"오쿠무라 엔신과 그의 여동생인 오쿠무라 이오코가 부산 별원의 주인이라면……, 그들 남매를 돕기 위해 함께 온 히라노 게이스이平野惠粹라는 젊은이가 있으니까 세 사람으로 보아도 무방할 것으로 압니다."

이동인은 자신의 정보와 식견을 과시하듯 보다 구체적인 사항을 따지고 든다.

"초량 왜관의 근방에 사찰이 들어설 만한 빈터가 없는데, 거기다가 별원을 세웠다는 게 어디 말이 되는가."

"아주 대대적으로 증축, 보수를 했다니까."

동본원사 측은 초량 왜관에 이웃한 가옥 30여 호를 매입하고 본격적인 개축공사를 하여 동관東館과 서관西館을 설치하는 한편 조선인을 맞이할 넓은 응접간應接間까지 마련하였고, 장차 조선어를 가르치는 강습소까지 개설하였다고 한다.

이동인은 미간을 찌푸리며 화제의 핵심으로 뛰어든다.

"하면, 그 동본원사의 부산별원이라는 것도 조선 불교와 같아서 석가여래를 모시고, 우리와 같은 불경을 읽으면서 발원하는 그런 사찰이던가?"

좌중은 탁정식을 주시한다. 그의 대답 한마디가 동본원사의 정체를 밝혀 줄 것이기 때문이다.

"일본의 불교는 우리 조선 불교와는 사뭇 다른 점이 있다면서, 그들이 말하는 동본원사는 '진종대곡파'라는 종파를 내세운다고 하더군……."

"그렇다면 사교邪敎가 분명해!"

이동인은 단호한 어조로 동본원사를 사교라고 몰아붙였다. 탁정식의 반발에서 더 새로운 것을 알아내겠다는 속셈일 것이다.

"사교라고 매도할 일만은 아니었어."

"아니라니!"

"일본국 경도京都에 있는 동본원사의 본찰은 그들이 자랑할만한 역사를 간직하고 있고, 그들의 신도들을 교화하고 이끌어 갈 법리法理가 있었으니까."

동본원사는 '진종대곡파眞宗大谷派'라고도 하지만 그보다는 '진종본묘眞宗本廟'임을 더 강하게 내세운다. 본원사에 '동東' 자를 붙여서 동본원사라고 하는 것은 서본원사西本願寺와 구별하기 위해서이지만, 그 역사가 깊어서 창건 연대가 무려 1272년으로 거슬러 올라간다. 가쿠신니 공覺信尼公으로 불리는 이가 동산東山 대곡大谷의 땅에 불당을 세우고 자신의 아버지인 신란 성인親鸞聖人을 종조宗祖로 섬기면서 진종대곡파를 탄생시켰으되, 물론 아미타불도 함께 모시는 종파였다.

"우리와는 법리가 다르다면서?"

이동인의 반문이 집요하게 이어졌지만 탁정식의 대답에는 막힘이 없다.

"저들의 불교는 우리와 달라서 불경보다 종파의 법리를 더 중히 여기는 것 같았어. 오쿠무라 엔신이 내게 이르기를 '사람 위에 사람 없듯이 사람 밑에도 사람이 없으므로 모든 인간은 태어난 의미를 깨닫게 됨으로써 살아가는 즐거움도 깨달을 수가 있다'라고 했는데, 그 말을 무턱대고 아니라고 하기보다는 한 번쯤 곱씹어 본다고 해서 손해될 일은 아니질 않겠나."

"……!"

"……뿐만이 아니라 우리가 살면서 겪게 되는 큰 혼미昏迷를 풀어 가면서, 또 뜻한 바를 성취하기 위해서라도 아미타불을 섬기면서 신란 성인의 가르침을 따라야 한다는 법리를 펴는데, 그건 뜻도 모르면서 불경을 외워야 하는 조선 불교에 비하여 상당한 설득력을 갖춘 것이고……."

개항의 산실인 송죽재에 모인 이 땅의 선각자들은 무불 탁정식의 진솔한 설명을 들으면서 동본원사로 일컬어지는 '진종대곡파'의 법리가 일본인 신도들에게는 아주 소중하게 간직된다고 하더라도 조선인들의 구미에는 맞지 않을 것이라고 생각했다. 김옥균이 조심스럽게 그 점을 개진하자, 탁정식의 부연은 참으로 놀라운 것이었다.

"꼭 그렇게만 보고자 한다면 자가당착에 빠지기가 십상이지요."

"자가당착……, 어째서요?"

"조선의 불교가 유학의 탄압을 받으면서 숨도 제대로 쉬지 못한 지가 무려 오백 년이 아닙니까. 또 백성들이 평등의 이치에 눈뜨고 있는 터에 '사람 위에 사람 없고, 사람 밑에 사람 없으니까 모두들 태어난 의미를 깨달아서 보람 있는 삶을 누려야 한다' 라는 법리는 조선 사람들에게도 얼마든지 솔깃해질 수가 있다는 점을 헤아려야지요."

"헛! 하면, 무불이 먼저 저들의 승복을 걸치려는가!"

이동인이 퉁명스러운 말투로 탁정식을 비아냥거리자, 탁정식의 얼굴에 변화가 일었다. 그는 이동인의 비아냥에 반발하듯 격앙된 어조로 부산포에서 벌어지고 있는 어이없는 사태를 입에 담는다.

"내가 저들의 승복을 걸치기도 전에……, 지난 정초부터 동본원사의 별원에는 이미 조선 사람들이 들끓기 시작했어!"

"사람들이라니, 누가……?"

"승려들이 몰려드는 마당인데, 선비들인들 없겠는가."

"승려라니, 대체 어느 절의 승려가 그런 터무니없는 곳에 발을 들여 놓았다는 것이야!"

"놀라지 말게나. 동본원사의 부산별원이 문을 열었다는 소문은 이미 금강산까지 번졌어. 어디 그뿐인가, 인근의 사대부들도 찾아와서 오쿠무라 엔신과 시문 화답을 하면서 삶이란 무엇인가를 토론하고 있는 지경이야."

"······!"

좌중은 아연해질 수밖에 없다. 부산포에 세워진 동본원사의 별원에 금강산의 승려들이 몰려들었다는 사실이 해괴해서다. 더구나 인근의 사대부까지 찾아들고 있다는 사실을 어찌 믿을 수가 있겠는가.

"좀 더 소상히 말씀해 주셨으면 합니다만······."

김옥균은 더 참아 내지를 못했다. 그가 침중해진 목소리로 탁정식을 채근한 것은 부산에서의 사태를 보다 세세히 살펴서 민심의 동향으로 삼으려는 생각에서다.

오쿠무라 엔신이 쓴 『조선국포교일지』에는 1878년 1월에 동본원사의 부산별원을 찾아온 금강산 신계사神溪寺 보광암普光庵의 승려인 태묵당太默堂을 비롯한 수많은 조선 승려들의 이름을 날짜에 맞추어 적고 있으며, 경남 일원의 유림들을 거명하면서 그들과도 진종교지眞宗敎旨에 관해 의견을 주고받았다고 기록하고 있다.

뿐만이 아니라, 오쿠무라 엔신의 보조승인 히라노 게이스이는 본국으로 돌아가 조선어를 배우겠다는 청년 세 사람을 데리고 왔으며, 그들을 위해 학당을 열고 조선어를 가르친 사실도 기록해 놓고 있다. 또 3월로 들어서면서는 방문하는 승려들의 수가 부쩍 늘고 있을 뿐만 아니라, 충청도 일원의 유림들까지 동본원사의 부산별원을 찾아와 진종교지에 대해 토론하였다고 적으면서 그들의 이름을 모두 밝히고 있다.

탁정식은 그가 지켜본 동본원사 부산별원에서의 일을 되도록 차분하게 말하다가도 때로는 격앙된 목소리로 설명하는 등, 내용의 진상을 바르게 전하려는 노력을 아끼지 않았다. 그것은 조선 반도의 남단에서 예견하지 않았던 변화의 바람이 불고 있음이 아니고 무엇인가.

탁정식의 진지한 토로가 주효했음인가, 그가 말을 마칠 무렵에는 거칠게 이어지던 이동인의 비아냥 섞인 반격까지도 말끔하게 가신 다음이었다. 자리를 함께한 젊은 문도들은 유홍기에게로 시선을 모은다. 이럴 때일수록 그의 말 한마디에 천근의 무게가 실리기 때문이다.

"아무래도 동인 선사가 일단 부산포로 내려가야겠구먼……. 선사의 열정이라면 오쿠무라 엔신의 진종교지를 녹이고도 남을 테니까."

"빈도도 그리 권하고 싶었사옵니다."

탁정식의 의향에는 몇 가지 복합된 희망이 담겨 있다. 그가 만난 오쿠무라 엔신의 화통한 성품이라면 이동인과는 얼마든지 의기투합할 수가 있을 것으로 믿었고, 또 그와의 만남이 이동인의 밀항을 성사시키는 절호의 기회를 제공할 것이라고 확신한 때문이다. 그리고 무엇보다 중요한 것은 자신의 도일渡日도 앞당길 수가 있을 것이라는 신념이었다.

이동인을 부산포로 끌어내리기 위해서는 유홍기의 결심이 선행되어야 한다는 사실을 알고 있었기에, 탁정식은 동본원사 부산별원의 동태를 세세하게 파악한 연후에 상경한 것이 아니겠는가.

"나는 이번에야말로 동인 선사의 오랜 염원이 성사될 것으로 확신하고 있으이. 또 동본원사 부산별원의 주지 오쿠무라 엔신이 선사뿐만 아니라 우리 모두에게도 대단히 소중한 사람이 되어야 한다면……, 그와의 만남을 헛되이 할 수는 없질 않겠나."

"명심하겠사옵니다."

이동인의 가슴에 감동의 물결이 일었다. 자신이 오쿠무라 엔신을 만나는 일이 아직 성사되지 못한 일본으로의 밀항만을 위한 것이 아니라, 이 나라 조선의 개항을 앞당길 전초기지를 만들어야 하는 책무까지 주어진 것으로 믿었기 때문이다.

"허허허, 동인 선사를 보내는 송별연은 중육의 승차를 위한 술자리와 겸해야 되지를 않겠는가."

유홍기는 이동인의 출발을 서둘고 있는 기색이면서도 홍영식을 향해 인자한 웃음을 지어 보인다. 홍영식은 자세를 고쳐 앉으면서 솔직한 심회를 토로한다.

"시생은 대치 선생님의 가르침을 천명으로 받들 것이오며, 동문들의 편달이라면 어떠한 어려움이 있어도 달게 받을 것임을 맹세하겠사옵니다. 거두어 주소서."

홍영식은 상기되어 있다. 유길준이 오랜만에 만나는 친구인 그의 곁으로 다가와 뜨거운 손을 움켜잡으면서 눈시울을 적시자, 김옥균도 그들의 아름다운 우정에 동참한다.

"우리들의 만남에는 하늘의 가호가 계실 것일세."

산해진미로 가득한 술상이 들었다. 순배巡杯가 돌면서 송죽재는 선각의 열기로 뜨겁게 달아올랐다.

순배가 돌자 유홍기는 이동인의 책무를 다시 한 번 구체적으로 거론한다.

"동인 선사에게 주어진 책무가 막중하지만……, 당장 서둘러야 할 일은 선사가 일본으로 떠나기 전에 부산에 있는 오쿠무라 엔신에게 여기에 모여 있는 사람들의 이름과 인적 사항을 모두 기억하도록 해야 할 것일세."

"……!"

"다시 말하면 이 중의 누가 부산포로 내려가서 그와 만나게 되더라도 조선의 개항에 관한 의견을 허심탄회하게 주고받을 수가 있어야 한다는 뜻이네."

"신명을 바치겠사옵니다."

유홍기는 오쿠무라 엔신을 만나게 되면 일본과 무역할 수 있는 통로를 열어 볼 생각이다. 조선의 개항이 본격화되자면 수많은 난제를 뛰어넘어야 하는데, 그러기 위해서는 강력한 조직이 있어야 하고 그 조직을 활발하게 움직이게 하자면 막대한 자금이 필요하게 된다. 지금까지는 약국의 수입만으로 경비를 충당할 수가 있었지만, 조직의 규모가 커지고 활동하는 범위가 넓어지면 새로운 자금원을 마련할 수밖에 없다. 이에 유홍기는 오쿠무라 엔신의 협력을 얻어서라도 대일무역의 길을 열어 볼 작정이지만, 아직 구체적으로 발설하기에는 시기상조였으므로 우회적인 방법을 빌려 설명하고 있을 뿐이다.

"나도 짬을 만들어……, 부산포로 달려가 오쿠무라 엔신과의 교분을 두터이 할 생각일세만 그때를 위해서라도 선사의 힘이 비축되어 있어야 한다는 사실을 명심하라는 것일세."

이동인은 좌중의 결연해진 모습에 보답하듯 한껏 목소리를 높인다.

"보잘것없는 빈도에게 분에 넘치는 임무를 주셨사옵니다. 분골쇄신으로 보답하겠사옵니다."

이날의 술자리는 홍영식의 승차를 환영하는 데도 부족함이 없었지만, 이동인을 떠나보내는 전별餞別의 자리로도 손색이 없었다. 특히 신중론으로 일관해 오던 유홍기가 스스로 부산포로 내려가 오쿠무라 엔신과 교유하겠다는 적극적인 의지를 표명한 것은 젊은 문도들에게도 부산포로 내려가 그와 만나게 하려는 배려이기도 했다.

오쿠무라 엔신

이동인과 탁정식이 오랜 숙원의 하나인 밀항의 뜻을 품고 다시 도성을 떠난 것은 5월 그믐께였고, 젊은 문도들 역시 두모포 豆毛浦 나루까지 나와서 그들 두 사람을 전송하였다.

이동인과 탁정식은 따르는 후학들의 뜨거운 손을 움켜잡아 흔들면서도 개항의지를 심어 주는 일을 소홀히 하지 않는다.

"내가 일본 땅으로 떠나기 전에 무슨 일이 있어도 한 번씩은 부산포에 다녀가야 할 것일세."

"명심하겠사옵니다."

김옥균이 힘차게 대답한다. 이동인은 홍영식에게도 당부의 말을 잊질 않는다.

"조정의 바람은 중육에게서 불어야 해요."

"이를 말씀이겠사옵니까. 심려치 마오소서."

"자, 또 만납시다."

이동인이 활짝 두 손을 들어 흔들면서 나룻배에 오르자 먼저 타고 있던 탁정식도 작별의 손을 높이 들었다.

나룻배가 움직이기 시작했다. 김옥균, 홍영식, 유길준 그리고 금릉위 박영효 등 젊은 문도들은 뭔가 기대에 찬 시선을 보내면서 두 손을 힘차게 흔든다. 강심江心에 그려지는 하얀 물줄기에 햇살이 부서지며 반짝인다. 떠나는 두 사람을 태운 나룻배는 노량나루를 향해 미끄러지고 있다.

이동인과 탁정식은 도성에서 동래부에 이르는 천 리 길 기나긴 노정을 오직 조선의 개항만을 입에 담으면서 걸었고, 동본원사의 주지 오쿠무라 엔신과의 감동적인 만남을 위해서는 세밀하게 짜인 계책이 필요하다는 사실에 공감한다.

"그럼, 무불의 수완을 믿고 기다릴 테니까……."

금정산金井山 범어사梵魚寺의 일주문一柱門을 들어서면서 이동인이 뱉어 낸다. 그는 탁정식에게 휴식할 시간도 주지 않을 생각이다.

"허허허, 내 그럴 줄 알았지……."

"목마른 놈이 물 찾는다질 않았나. 촌각을 아낄 수밖에."

"이를 말인가. 맡겨 두면 최선을 다할 테니까."

이동인은 금정산 범어사에서 6월을 맞는다.

그가 부산포로 가질 않고 범어사에서 며칠을 머문 것은 오쿠무라 엔신의 기대를 부풀게 하려는 계책이기도 했다.

 탁정식이 먼저 동본원사 부산별원으로 달려가서 조선 개항의 선각자 이동인이 범어사에 와 있음을 알린다. 뒤이어 초량 왜관의 관리관 곤도 마스키가 다시 오쿠무라 엔신을 만나서 이동인과 모리야마 시게루와의 우여곡절을 부연한다면, 이동인의 인물됨이 부각될 것은 당연하다. 이동인은 이 같은 밀계가 차질 없이 진행되기를 기다린다는 속셈이었다.

 "면담일을 유월 초이튿날로 정했으니 차질이 없도록 유념하시게."

 급기야 이동인은 초량에 머물고 있던 탁정식으로부터 오쿠무라 엔신과의 면담일이 정해졌음을 통고받는다. 승부를 걸어야 하는 이동인으로서는 가슴 설레는 일이 아닐 수 없다.

 금정산 산허리는 초록 물로 출렁거렸다.

 이동인은 싱그러운 초여름 바람을 받아 안으면서 불이문不二門에서 천왕문天王門으로 이어지는 비탈길을 단숨에 내려와 일주문을 지난다. 커다란 팽나무 밑에서 조잘거리는 물소리가 그의 가슴을 후련하게 한다.

 산허리를 휘감는 비탈길을 한참이나 내려오자 뚜우, 하고 울리는 무적소리가 들렸다. 그 소리의 둔중함으로 미루어 필시 일본 군함이 뿜어내는 고동소리일 것이라고 이동인은 확신한다.

 '저 군함을 타고……!'

그랬다. 이동인은 부산포의 내항에 떠 있는 일본국의 군함 히에 호比叡號를 바라보면서 자신을 태우고 갈 선편일 것임을 애써 다짐해 본다.

탁정식은 초량으로 들어서는 초입에서 이동인을 기다리고 있다.

"허허허, 어서 오시게……. 학수고대하는 심정이었어."

"무불의 노고가 컸으이."

탁정식의 표정에 자신감이 넘치고 있었다면 오쿠무라 엔신과의 감동적인 만남에 아무 차질이 없다는 뜻이 아니겠는가.

두 사람은 일본국 교토에 본원을 둔 동본원사의 부산별원을 향해 발걸음을 재촉한다. 이동인은 이전과 달라진 거리가 나타나면 거기가 부산별원일 것이라는 생각으로 사방을 두리번거리다가 눈앞이 아찔해지는 광경을 목격한다.

올망졸망하게 늘어선 초가집의 한가운데에 어울리지 않을 만큼 크고 우뚝한 새 목조건물이 세 채나 들어서 있는데, 그 모양새부터가 조선의 가옥과는 판이하게 달랐다.

"일본의 사찰은 모두가 저런 모양이라고 하던가?"

"나도 동인과 똑같이 물어본 적이 있었네만……, 아니라고 하면서 부연하기를 오히려 그쪽의 민가와 비슷할 것이라고 하더군."

"이거야 원, 무엇엔가 홀리지 않고서야."

이동인은 머릿속에 그려 왔던 광경과 사뭇 다른 낯선 건물께로 다가간다. 아직 대문이 달리지 않은 굵은 나무기둥에 '동본원사 부산별원'이라고 적은 입간판이 걸려 있다.

"어서 오십시오. 기다리고 있었습니다. 무불 선사님……."

스물대여섯으로 보이는 젊은 승려가 달려 나오면서 탁정식을 반긴다. 이동인은 그가 오쿠무라 엔신의 보조승인 히라노 게이스이임을 한눈에 알아본다. 서툰대로 조선말을 하고 있어서다.

두 사람은 보조승의 인도로 동본원사 부산별원의 응접간으로 안내된다. 오쿠무라 엔신은 보이질 않았으나, 다다미가 깔린 넓은 응접간은 단순하면서도 품위 있게 꾸며져 있다.

"잠시만 기다리시면 곧 스승님을 모시겠습니다."

히라노 게이스이가 자리를 비우자 곧바로 오쿠무라 엔신으로 보이는 건장한 사내가 방으로 들어와서 공손하게 무릎을 꿇고 앉는다.

그는 검은색 겉옷에 금빛으로 장식한 어깨띠를 양옆으로 내려 드리우고 있다. 이른바 진종대곡파의 법복인 모양이다.

"잘 오셨습니다. 소승이 진종본묘 부산별원의 주지로 부임한 오쿠무라 엔신입니다만……, 조선 땅에 발을 딛으면서 동인 선사의 명망은 잘 들어서 알고 있습니다. 지척에서 뵙게 된 것을 무한히 영광으로 생각합니다. 많은 편달 주시길 감히 청하는 바입니다."

오쿠무라 엔신은 두 손을 공손하게 방바닥에 모으면서 상체를 깊게 숙이는, 그야말로 최상의 경의를 표한다.

이동인은 얼굴이 화끈거리고 숨결이 거칠어지는 것을 느낀다. 처음 대면하는 연하의 외국인에게, 더구나 법복을 입은 처지로 어찌 코가 방바닥에 닿을 만큼 상체를 굽힐 수가 있던가.

이동인은 탁정식과 곤도 마스키가 오쿠무라 엔신에게 들려준 자신에 대한 정보가 지나치게 부풀려진 탓일 것이라고 생각하면서도 짐짓 우렁우렁한 목소리로 인사치례를 한다.

"과찬의 말씀이 지나친 듯싶습니다만, 빈도 또한 선사를 만나게 되어서 반갑고, 우리가 독실한 불도임을 감안한다면 모든 일이 순조롭게 흘러갈 것으로 압니다."

"……?"

오쿠무라 엔신은 모든 일이 순조롭게 흘러갈 것이라는 이동인의 예단豫斷에 경계의 눈빛을 굴린다. 상대에게 내심을 읽혔다는 긴장감일지도 모른다.

그러나 이동인의 순발력 넘치는 화술은 다시 한 번 그를 압도한다.

"진종본묘임을 자부하는 귀 동본원사의 부산별원이 조선에 진출하여 소기의 목적을 달성하기 위해서는 무엇보다 중한 것이 조선의 개항을 돕는 일일 것으로 압니다. 조선의 개항이 늦어지면 늦어지는 만큼 동본원사의 포교도 지지부진할 것이 아니겠습니까."

"그렇습니다. 말씀하신 대로라고 확신합니다."

"빈도가 모든 일이 순조롭게 흘러갈 것이라고 장담한 것은……, 동본원사나 선사께서 조선의 개항에 적극적으로 협력을 아끼지 않을 것이라는 전제로 말씀드렸음을 유념해 주시길 바랍니다."

"아, 예. 참으로 옳은 말씀이십니다. 가슴에 새겨 둘 교훈으로 간직하겠습니다."

오쿠무라 엔신은 다시 상체를 숙인다. 탁정식은 이동인의 화술이 능란하면서도 용기를 수반하고 있다는 사실이 부럽기까지 하다.

오쿠무라 이오코가 찻종이 놓인 소반을 들고 방 안으로 들어선 것은 오래비 엔신이 숙였던 상체를 들었을 때다.

그녀는 흰색 바탕에 노란 국화가 그려진 기모노着物을 입었는데 가슴과 등에 고정된 금빛 띠는 눈부실 만큼 아름답고 찬란하였다.

"시생의 아우 이오코입니다."

아무리 옷이 날개라고 하지만 미모를 갖추지 않고서야 어찌 아름답다고 할 수가 있으랴. 오쿠무라 이오코는 이목구비가 반듯하고 단아한 용모를 갖춘 그림 같은 미인이었다.

"인사 여쭈어야지. 우리 모두가 학수고대로 기다렸던 조선 개항의 선구자이신 동인 선사시니라."

"오쿠무라 이오코입니다. 제게 주시는 한 말씀, 한 말씀을 부처님의 가르침으로 받들겠습니다."

오쿠무라 이오코는 오래비 엔신보다 더 깊게 상체를 굽혔으므로 목덜미에서 등판까지 하얀 살결이 환하게 드러나 보였다. 그러나 이동인은 그런 해괴한 몰골도 외면하지 않은 채 그녀가 자세를 가다듬기를 기다렸다가 실로 충격적인 선언을 입에 담는다.

"만나게 되어서 반갑습니다. 내가 불원천리하고 서울에서 예까지 달려온 것은 부산포의 내항에 떠 있는 일본국 해군의 군함을 타 보고 싶어섭니다. 두 분 남매께서 주선한다면 내 소망이 이루어질 것으로 압니다."

"……!"

오쿠무라 이오코는 이동인의 도전적인 언동에 적이 놀라면서 오래비의 얼굴에 시선을 옮겼고, 엔신 또한 놀랐던 모양으로 어이없어 하는 눈빛을 탁정식에게로 보낸다. 두 사람 사이에 그런 언약이 있었는지를 묻고 있음일 것이리라.

탁정식의 당황도 이만저만이 아니다. 그는 속삭이는 듯한 어조였지만 이동인의 무례를 따끔하게 나무라고 나선다.

"그 무슨 무례한 언동이야. 절을 찾아왔으면 분향을 서두는 것이 승려가 취할 도리인데……, 타국의 군함에 먼저 오르겠다면 선후가 전도되지를 않았나."

"난 지금 준비된 순서대로 말을 하고 있어."

"순서라니……?"

"들어 보면 알 테지."

이동인은 탁정식의 충고에도 아랑곳하지 않은 채, 오쿠무라 엔신을 향해 보다 더 의도적인 제안을 하고 나선다.

"오늘 내가 선사를 찾아온 것은 조선의 승려로서가 아니라 조선의 개항을 열망하는……, 다시 말하면 귀국의 명치유신을 성사시키기 위해 불굴의 투혼은 물론 목숨까지 내던진 사카모토 료마坂本龍馬의 열정을 앞세우고 있음을 유념해 주기를 바랄 따름이오."

"……!"

오쿠무라 이오코는 다시 한 번 놀란다. 자신이 그토록 존경하는 사카모토 료마의 열정을 입에 담는 조선의 승려가 있으리라고 어찌 짐작이나 했던가. 그러나 이오코는 한 번쯤 이동인의 의표를 찔러 보고 싶다.

"사카모토 료마 님은 그 열정 때문에 명치유신의 성사를 보지 못하고 세상을 떠나질 않았습니까."

"허허허, 그 말을 들으니까 요시다 쇼인吉田松陰 선생 생각이 납니다. 그분은 사랑하는 제자들에게 나라의 큰일大業을 이루려면 오래 살 것이로되, 죽어서 불후不朽가 되려거든 때와 장소를 가리지 말라고 가르쳤다고 들었어요. 나야 지금 죽은들 불후까지야 되겠습니까만……, 조선의 개항을 위한 일이라면 이 한 목숨 미련 없이 던질 생각입니다."

"……!"

대체 이 일을 어찌해야 하는가. 사카모토 료마의 열정을 알고

요시다 쇼인의 가르침을 알고 있는 조선의 젊은 승려를! 오쿠무라 엔신의 파리해진 얼굴을 건너다보면서 이동인은 더 엄청난 말을 입에 담는다.

"다시 한 번 부탁드리겠습니다만, 부산포의 내항에 떠 있는 군함을 세세히 살펴보게 해 주시오. 그리고 빈도로 하여금 일본의 새로운 문물을 두루 살펴볼 수 있도록 도일을 주선해 주신다면 더 없이 큰 영광으로 알겠습니다. 만일 선사께서 빈도의 소망을 거두어 주신다면, 나는 진종대곡파를 위해……, 아니 진종본묘의 뜻에 따라 득도할 생각이오!"

좌중은 벌어진 입을 다물지 못한다. 이동인은 부산포의 내항에 떠 있는 군함을 구경하고 싶다고 했고, 일본으로 건너가 그들의 새로운 문물을 배울 수만 있다면 동본원사의 승려가 되겠다고 선언하지 않았는가.

탁정식은 걱정스러운 표정으로 그의 진의를 타진해 본다.

"그 무슨 황당한 언동인가."

"황당할 것 없어. 내 한 몸을 버려서 조선에 쓰임이 된다면 저들의 발바닥인들 핥아 주지 못하겠는가."

탁정식은 고개를 돌린다. 이동인의 언동이 이미 살신殺身의 경지를 넘어서 있었기 때문이다. 그는 문득 유홍기의 말을 상기한다.

"이동인은 법복을 걸쳤으되 승려가 아니라 지사志士일세!"

오쿠무라 엔신은 대답을 바라는 이동인의 시선을 피할 수가 없다.

"군함을 보시는 일은 해군성의 허가가 있어야 하고, 일본으로 가시는 일은 외무성의 허가를 얻어야 하는 일입니다만……, 제 힘이 미치는 데까지 애써 주선하겠습니다. 그렇게 아시고 얼마 동안만 기다려 주셨으면 합니다."

이동인은 지난날 모리야마 시게루와의 교유가 아무 성과 없이 끝났던 것은 자신의 저자세에서 기인되었음을 알고 있다. 그러므로 오쿠무라 엔신과의 접촉은 시작부터 당당하게 맞서 나가겠다는 결기를 실행하고 있음이다.

"아직도 빈도를 믿지 못하겠다는 의향이시면……."

"선사, 못 믿어서가 아니라 전후의 사정을 말씀드리고 있지를 않습니까."

이동인은 오쿠무라 엔신의 변명에 찬물을 끼얹으면서 자신의 의지를 분명하게 밝힌다.

"선사, 조선과 일본은 이미 수교하지를 않았습니까. 두 나라의 국민들이 서로 상대국을 왕래할 수 있다는 것이 조약에 명시되어 있다면, 빈도는 조선 조정의 허가만으로도 일본국을 여행할 수가 있어요. 또 일본국의 군함을 구경하는 것도 조선 조정을 대신하여 동래 관아에서 공식적으로 요청할 수도 있지를 않겠습니까. 다만 그것이 번거롭고 여의치 못하여 빈도가 선사를 찾아와 내 소망을 거두어 준다면 동본원사의 승려가 되겠다는 내심까지를 토로하였는데……, 선사께서 본국의 해군성을 들먹이고 외무성을 거론한다면 우리가 만나서 두 나라의 장래를 논의할 아무런 의미가 없지를 않소이까."

"……!"

오쿠무라 엔신의 안색이 창백하게 바랜다. 이동인의 칼날 같은 질타가 그의 폐부를 찌르면서 수치심을 자극했기 때문이 아니겠는가.

오래비의 난감해하는 몰골을 지켜보던 이오코가 이동인을 향해 자세를 가다듬으면서 정중하게 입을 연다.

"송구스러운 말씀이나, 선사님의 노여움을 사게 한 오래비의 용렬함을 제가 대신 사죄하겠습니다. 용서하십시오."

"사죄를 할 것까지는 없으되……."

"아닙니다. 해군성의 힘을 빌리지 아니하고도 군함을 구경하실 수가 있을 것이며, 외무성의 허가가 없이도 일본으로 가실 수 있는 길이 열릴 것으로 압니다."

"이오코……!"

오쿠무라 엔신은 여동생의 천방지축에 제동을 걸었으나, 이오코의 대답은 더욱 명쾌해질 뿐이다.

"잘못이 오라버니에게 있었질 않았습니까. 그 잘못을 용서받기 위해서라도 저희가 동인 선사님의 소망이 이루어지도록 백방으로 주선하는 것이 동본원사의 소임이라고 생각합니다."

오쿠무라 이오코는 총명하였다. 그녀는 오래비 엔신의 단순 논리를 훌륭하게 보완하면서도 화제의 흐름을 해치지 않는 능란함을 보이고 있어서다.

이동인은 비로소 이혼 경력이 세 번씩이나 되는 이오코를 거느리고 조선 땅으로 건너온 오쿠무라 엔신의 속내를 짐작할 수가 있었다.

이동인은 오쿠무라 엔신에게 작별을 청한다.

"오늘은 이만 돌아갈까 합니다."

"내 말에 오해가 계셨다면……."

"아닙니다. 빈도는 금정산 범어사에 머물면서 선사의 하회下回를 기다리고 있겠습니다."

부산별원을 나오자마자, 이동인의 자신감 넘치는 언동을 지켜보면서 내심 혀를 차고 있었으면서도 꼭 확인해 두고 싶은 것이 있었던 탁정식이 이동인에게 묻는다.

"어떤가, 저들이 주선한다면 우리의 소망이 이루어질 수가 있겠는가?"

이동인의 대답은 명쾌하다.

"어차피 저들 남매의 큰 신세를 지게는 되겠지만……, 소망을 이루기는 쉽지가 않을 것일세."

"그렇다면 오쿠무라 엔신에게 그렇게까지 수모를 줄 필요는 없었질 않았나."

"허허허, 그런 덕분으로, 이오코라는 미녀를 손아귀에 넣게 되었지……."

"손아귀에 넣다니?"

"썩 마음에 드는 계집이었어. 허허허, 생각 같아서는 금릉위의 소실로 삼았으면 하네만……."

"예끼, 누가 들으면 어쩔려구!"

"어차피 우리는 그런 시대를 헤쳐 가고 있지 않은가."

이동인의 예견은 적중한다. 이동인과 박진령의 적극적인 주선으로, 오쿠무라 이오코는 금릉위 박영효의 각별한 사랑을 받게 된다.

일본국 유신정부의 지지를 등에 업은 동본원사 부산별원의 승려에게도 능력의 한계가 있었던 모양으로 오쿠무라 엔신으로부터는 아무 소식도 전해지지를 않는다. 다만 오쿠무라 이오코가 동래 관기 산홍을 앞세우고 범어사를 찾아와 이동인을 위로하기도 하고, 조선 사찰의 웅대하면서도 오밀조밀한 건축양식에 넋을 잃는 것이 진일보한 실증일 뿐이다.

오쿠무라 이오코의 방문이 거듭되자 이동인은 답방의 형식을 빌려 동본원사 부산별원을 찾아가 오쿠무라 엔신과 더불어 진종교지에 관해 토론하기도 하였으나, 자신이 열망하는 소망이 실현될 기미는 좀처럼 보이질 않았다.

공사와의 약속

가을이 가고 겨울이 왔다.

금정산 범어사에 뜻밖의 손님이 찾아온 것은 섣달 초아흐렛날이었다. 오쿠무라 이오코가 새로 부임한 부산항의 관리관 마에다 겐키치前田獻吉(후일의 원산 주재 일본 영사)와 함께 이동인의 승방을 방문하였다.

"동인 선사님, 새로 부임한 부산항의 관리관입니다."

오쿠무라 이오코는 연미복으로 정장한 일본국 외무성의 오등출사五等出仕를 마치 아랫사람처럼 소개한다.

"처음 뵙겠습니다. 시생은 일본국 외무성의 오등출사로 부산항의 관리를 맡게 된 마에다 겐키치라고 합니다만, 조선 주재 일본국 공사님의 명을 받들어 선사님을 모시러 왔습니다."

"조선 주재 공사라면……, 하나부사 요시타다?"

이동인은 의아해진 표정으로 반문한다.

"그렇습니다. 바로 그분이십니다."

"나는 아직 하나부사 공사와 일면식도 없는데, 무슨 연유로 나를 만나겠다고 한다는 말씀이오."

마에다 겐키치는 마치 아첨하는 듯한 어조로 오쿠무라 이오코에게 구체적인 설명을 청한다.

"제가 설명하겠습니다. 하나부사 공사께서 보름간의 예정으로 부산포에 머물게 되셨는데 거처가 저희 부산별원으로 정해졌기에 오라버니와 제가 동인 선사님과의 만남을 주선하게 되었습니다."

"하면, 내 소망도 거론되었다는 말씀이오?"

"당연한 일인 것을요. 하나부사 공사께서는 지대한 관심을 보이시며 동인 선사님을 정중히 뫼시라고 하명하셨습니다."

"결국 이오코 님의 큰 신세를 지게 되었군. 고맙소이다."

"공사께서 기다리고 계십니다. 출발을 서둘러 주셨으면 합니다."

이동인은 마에다 겐키치의 채근을 받아들인다.

세 사람은 대웅전大雄殿의 마당으로 내려선다. 오쿠무라 이오코는 우람하면서도 소박하게 보이는 관음전觀音殿과 대웅전, 그리고 금어선원金魚禪院을 뒤돌아보면서 다시 경탄의 말을 입에 담는다.

"어쩜 저렇게 정교하고 아름다울 수가 있어요. 일본의 고건축물이 모두 조선에서 건너왔다는 것을 한눈에 알 수가 있어요."

"불행하게도 저 아름다운 전각들은 임진년의 왜란 때 모두 불탄 것을 전란이 끝난 다음에 다시 세운 것이에요."

"어머나……!"

오쿠무라 이오코의 얼굴이 홍당무로 변하면서 걸음을 멈추어 선다. 어지간히 충격을 받은 모양이다. 이동인은 타이르듯 다시 말을 잇는다.

"그러나 모두가 지난 일이 아니겠습니까. 우리 조선에는 비온 뒤에 땅이 굳는다는 속담이 있어요. 일본은 지난날 조선 통신사를 맞아들일 때의 순수한 마음으로 돌아가야 합니다."

오쿠무라 이오코는 대답대신 허리를 굽히는 것으로 속죄를 대신하는 듯한 모습을 보인다.

"허허허, 어서 갑시다."

이동인은 너털웃음을 토하면서 앞장서서 걷는다. 오쿠무라 이오코와 마에다 겐키치는 자신감 넘치는 이동인의 당당한 등판에 주눅이 들면서 뒤를 따른다. 대웅전과 마주한 보제루普濟樓를 지나자 곧 불이문, 천왕문으로 이어지는 비탈길이 나온다.

세 대의 인력거人力車가 일주문 밖에 나란히 서 있다. 이동인은 인력거로 다가가면서 왠지 께름칙하다는 느낌이 든다. 등판에 커다란 글자가 새겨진 검정 옷을 입은 사내들이 길게 뻗은 인력거의 손잡이 끝에 장승처럼 서 있어서다.

"오르세요. 사람의 힘으로 간다는 뜻으로 인력거입니다."

이동인은 오쿠무라 이오코의 도움으로 인력거에 오른다. 커다란 바퀴에 올려진 의자의 주위는 검은 천으로 둘러 처져 있다. 검정 옷의 장정에 의해 인력거가 들려지는 순간 이동인은 허공으로 떠오르는 듯한 울렁거림을 맛본다.

"떠나지……."

마에다 겐키치의 목소리가 들리면서 인력거는 거침없이 움직이기 시작한다. 일주문에서 산허리를 지날 때까지는 5리 남짓한 비탈길을 달려야 한다. 비록 사람의 힘으로 끌려가는 인력거지만 자갈밭을 지날 때를 제외한다면 승차감은 양호한 편이었다.

미끈하게 뻗어 나간 노송가지 너머로 팽나무, 단풍나무 등이 그림같이 스쳐 지나간다. 세 대의 인력거는 순식간에 어산교魚山橋를 지나 산허리를 감도는 내리막길을 달린다.

세 대의 인력거는 20리 길을 바람처럼 달려서 동본원사 부산별원의 대문 앞에 도착한다.

이동인이 인력거에서 내리자 만면에 웃음이 가득한 오쿠무라 엔신이 반갑게 맞는다.

"어서 오십시오. 이제야 동인 선사의 소망이 이루어질 것으로 보입니다."

"고맙습니다. 선사……."

"허허허, 이오코의 노고를 위로해 주셨으면 합니다. 내 동생이어서가 아니라 그 아이가 애를 많이 썼습니다."

역시 짐작한 대로다. 오쿠무라 이오코의 활달하고 적극적인 성품이 조선 주재 일본국 공사 하나부사 요시타다의 마음을 움직였다면 군함의 구경이나 일본국으로의 밀항이 모두 성사될지도 모른다.

주한 일본국 대리공사 하나부사 요시타다는 응접간으로 들어서는 이동인을 마치 백년지기처럼 반갑게 맞는다.

"오, 동인 선사, 이렇게 만나게 되어 정말 반갑습니다."

"빈도는 이동인이라 하옵고……."

"허허허, 수인사는 생략하기로 하지요. 사카모토 료마가 걸었던 가시밭길을 자청하셨다고 들었는데……, 그렇다면 조선의 개항은 선사의 노고로 이루어질 것이 아니겠습니까. 나는 적극적으로 선사를 도와 드리면 될 것이고요."

"고맙습니다. 공사님……."

"아니에요. 내 신의를 확인하시겠다면 오늘이라도 부산포의 내항에 떠 있는 일본국 해군이 자랑하는 군함 히에 호를 구경하십시오. 함장에게는 선사를 극진히 예우할 것도 당부해 두었습니다."

이동인은 하나부사 공사의 깊은 배려에 머리를 숙인다.

십수 년 전, 강화섬을 쑥밭으로 만들었던 프랑스군 함대의 위력을 지켜보면서, 또 신미년에 밀려왔던 미리견 함정들을 상기하면서 조선도 군함이 있고서만이 자주국방이 가능할 것이라는 신념을 가지게 되었는데, 오늘에 이르러서야 그 실체를 살펴볼 수 있게 되지를 않았는가.

"결례가 되지 않는다면 지금 당장 승선해 보고 싶습니다. 공사님……."

"어려운 일이 아닙니다. 마에다 군으로 하여금 동인 선사를 함상까지 인도하게 하겠습니다. 다만 또 한 분의 조선인이 동행을 하게 된 것을 양해해 주셨으면 합니다."

"……?"

이동인은 얼굴을 붉힌다. 동행하게 될 또 한 사람의 조선인이란 자신을 감시하는 정탐꾼일 것이라는 생각이 들어서다.

남달리 예민하고 적극적인 오쿠무라 이오코가 이동인의 불편해진 심기를 헤아리지 못할 까닭이 없다. 그녀는 하나부사 공사의 눈치를 힐끔 살피면서 시키지 않은 변명을 입에 담는다.

"동행하실 분은 김철주金鐵柱라는 분입니다만……, 선사님이 생각하시는 그런 분이 아니라 단순하게 구경만을 희망하였을 뿐입니다. 믿어 주십시오."

이동인은 오쿠무라 이오코의 마음씀을 고맙게 여긴다.

"괘념하지 않을 테니 심려를 거두세요."

"고맙습니다. 선사님……."

이번에도 마에다 겐키치가 이동인을 인도한다.

그들은 곧 부산포의 내항에 새로 만들어진 선착장에 당도한다. 김철주로 보이는 30대의 건장한 조선인은 이미 보트에 타고 있다. 그는 이동인이 보트에 오르자 몸을 일으키며 아는 체를 한다.

"스님과 동행하게 된 것이 광영입니다."

"아, 예. 많은 공부가 되었으면 합니다. 아미타불……."

보트는 모함 히에 호를 향해 선착장을 떠났다. 내항의 물결은 잔잔하다. 보트의 양쪽에 앉은 네 사람의 수병이 구령에 맞추어 노를 젓는데, 마치 한 사람의 동작과도 같다.

이동인과 김철주는 히에 호에서 내려진 밧줄 사다리를 타고 갑판으로 올랐다.

함장으로 보이는 제복의 장교가 두 사람에게 다가오더니 거수로 예를 표하면서 말한다.

"어서 오십시오. 극진히 모시랍시는 하나부사 공사님의 하명이 계셨습니다."

"폐를 끼치게 되었습니다."

"당치 않으십니다. 따르시지요."

군함 히에 호의 장비와 시설을 둘러보면서 이동인은 가슴이 뻐개질 듯한 충격에서 헤어나지를 못한다. 동력실에 설치된 각종 기계는 무쇠로 만들어져 있는데도 스위치 하나로 전체의 움직임을 조작할 수가 있고, 갑판과 선체에 고정되어 있으면서도 상하좌우로 움직이는 함포의 위용은 가위 바다 위에 떠 있는 요새이고도 남았다. 게다가 병사들의 편의를 위한 침실과 식당도 그 규모에 못지않게 청결하였다.

'군함이 없고서는……!'

그랬다. 삼면이 바다인 조선의 강토를 지켜 가기 위해서는 바다의 요새와 같은 군함이 있고서만이 가능하다는 사실을 이동인은 뼈에 사무치도록 절감한다.

'만들지 못하면…….'

구입할 수는 있지를 않겠는가. 이동인의 가슴에는 열매를 거둘 수 있을 것이라는 결기가 새겨진다. 그것은 더욱 밀항을 서둘러야 하는 초조감으로 연결될 수밖에 없다.

그러나 이동인의 도일은 쉽지가 않아서 해가 바뀌어도 성사될 기미를 보이지 않았다.

해가 바뀌어 봄이 되자 김옥균, 박영효가 부산포로 내려왔다.

이동인이 여비로 쓸 금봉金棒 네 개를 전하기 위해서다.

오쿠무라 엔신은 조선의 관원인 김옥균과 왕실의 부마駙馬인 박영효가 중인 출신의 승려인 이동인을 극진히 예우하는 것을 보면서 다시 한 번 그의 지도력에 신뢰를 보낸다.

"허허허, 제 식견이 너무 모자랐습니다. 정말 훌륭하십니다.

선사."

"우리 조선의 반상은……."

"그야 태산보다 더 높고 단단한 법도였지요."

"하나, 그 높고 단단한 법도가 이미 무너지고 있질 않습니까. 우리에게도 선각의 지도자가 계셨으니까요."

"그 선각의 지도자가 바로 동인 선사라는 사실을 저는 오늘 분명히 확인했습니다. 참으로 놀라우신 선견이십니다."

오쿠무라 엔신은 진실로 놀라워한다. 동방의 예의지국이라고 일컬어지는 조선 땅에서 왕실의 부마와 조정의 관원이 신분은 중인이요, 더구나 탄압받고 있는 불가의 승려에게 예를 다하는 모습에 너무도 큰 충격을 받았기 때문일 것이리라.

'훌륭해. 진실로 훌륭한 분이야.'

이동인에 대한 오쿠무라 엔신의 감동은 놀라움 그 자체나 다름이 없다. 그러면서도 엔신은 이동인의 속내를 빠짐없이 읽고자 한다. 그를 도와 조선을 개항하게 한다면, 과연 이동인은 일본국의 실익에 얼마나 큰 보탬이 될 것인가를 면밀히 검토하고 있음일 것이리라. 이 같은 오래비의 소극적인 자세가 이오코에게는 큰 불만이다.

"오라버니, 지금의 조선 땅에 사카모토 료마를 아는 사람이 과연 몇 사람이나 있다고 생각하십니까?"

"사카모토 료마를 안다는 이유만으로 우리 일본국의 군비와

정세를 살피게 할 수는 없겠지."

"제가 알기로는……, 동인 선사께서 밀항을 원하는 것은 조선의 개혁을 위해 우리 일본의 부강함을 몸소 체험하시려는 것일 뿐……, 다른 의도가 있지는 않을 거예요."

"동인 선사의 기개와 그 높은 식견으로 본다면……, 그에 대한 맹목적인 신뢰는 곤란해."

"오라버니, 진종본묘의 법리에 따라, 동본원사의 승려도 마다하지 않겠다는 동인 선사가 아닙니까. 게다가 조선의 사카모토 료마이기를 자처하신다면……, 의구심보다는 마땅히 힘이 되어 주는 것이 오라버니의 소임이에요."

"……!"

"일단 본찰의 대교정님에게 서찰을 보내세요. 어쩌면 우리 일본국을 위해서도 극히 필요한 인물이 될지도 몰라요."

며칠 후, 오쿠무라 엔신은 붓을 들었다. 본찰의 대교정大敎正(일본 정부에서 내리는 관위)에게 조선인 승려 이동인을 받아 줄 것인지에 대한 하회를 묻는 서찰이었다. 물론 이와 같은 부산별원의 움직임은 오쿠무라 이오코에 의해 이동인에게로 빠짐없이 전해지고 있었다.

"선사님, 곧 도일하실 것으로 아옵니다."

"도…… 일이면?"

"저희 진종본묘의 대교정 법사께서 선사의 모든 편의를 돌보시게 될 것입니다."

무슨 소린가. 진종본묘의 대교정이 이동인의 편의를 돌보아 준다면 도일한 다음의 계책까지 보장된 것이나 다를 바가 없다.

"고맙소. 내 이오코 상의 고마움을 죽어서도 잊지 않을 것이오."

"호호호, 자 우리 불공을 드려요."

오쿠무라 이오코의 적극적인 지원에 힘입어 이동인의 밀항은 뜻밖으로 빠르게 진척된다. 부산항의 관리관 마에다 겐키치는 공식적인 통로로 일본국 해군과의 교섭에 성공하였고, 오쿠무라 이오코의 은밀한 명에 따라 동본원사 부산별원의 교육과 서기인 와다 엔주和田圓什 또한 본찰의 소교정小敎正에게 서찰을 올려 이동인의 사람됨을 알린 데 힘입어 동본원사 대교정의 허락이 내려지게 된다. 사정이 이와 같다면 이동인은 밀항이 아니라 동본원사 대교정의 초청으로 일본국의 해군 함정을 타게 된 것이나 다름이 없다.

마침내 이동인은 꿈에 그리던 소망을 이룬다. 그렇게도 염원하던 출발일이 확정되었기 때문이다.

현해탄을 건너서

뚜우우, 무적霧笛이 울린다.

고종 16년(1879) 6월 8일, 이날 부산항에 울린 무적은 한 사람이 선각자를 위한 것이라기보다 조선의 미래를 열어 주는 희망에 찬 소리라 해도 부족함이 없다.

바람은 싱그럽다. 일본국 동본원사 승려의 복색으로 변장한 이동인이 선창에 나타나자 오쿠무라 이오코가 환한 웃음으로 반겨 맞는다.

"어쩜, 오라버니 것을 조금 줄였는데, 꼭 맞질 않사옵니까."

"영락없는 진종본묘의 승려십니다. 허허허."

"허허허, 득도도 하기 전에 법복부터 입었으니, 대교정께 꾸지람을 들을 일이 아니겠습니까."

오쿠무라 남매는 농담을 섞으면서도 이동인의 각오를 다지게 하는 작별 인사를 나누었다. 그들은 이동인에게 전송객이 없는 것이 서운한 모양이다.

"이렇게 광영스러운 자리에 전송객이 없다니요. 무불 선사께서는 왜 아니 보이십니까?"

"무불이라니요. 일본인 승려가 귀국을 하는데 조선 승려가 환송을 나올 까닭이 없질 않겠습니까."

이동인의 대답은 태연하였지만 담긴 뜻은 깊다. 오쿠무라 엔신은 이동인의 순발력에 얼굴을 붉힌다.

"오, 참. 그렇던가요. 허허허, 선사의 말씀이 옳습니다. 제 생각이 짧았습니다. 용서하세요."

"대치 선생님의 전언을 가지고 온 금릉위와 고균도 새벽 일찍 올려 보낸 것을요."

"과시 동인 선사이십니다."

본찰의 대교정으로부터 이동인을 인도하라는 명을 받은 오쿠무라 엔신의 얼굴에는 감동과 경계심이 동시에 일었다. 조선의 미래를 개척하려는 이동인의 다짐과 의욕의 크기를 헤아릴 수가 없어서다.

"자, 그만 오르십시다."

"고맙습니다."

이동인은 보트에 올랐다. 그리고 오쿠무라 이오코에게 감사의 시선을 보낸다.

"비로소 조선 땅에 세계와 어깨를 나란히 하는 지도자가 태어나게 되었습니다. 축하드립니다."

"명심하고 다녀오리다."

"조선은 선사님의 의지대로 근대화될 것이옵니다."

오쿠무라 이오코의 눈빛에 물기가 보인다. 그녀는 조선의 미래가 이동인의 의지로 열릴 것임을 확신하고 있다.

"선사님, 두려움을 버리시고 의지의 날을 세우소서. 길이 환하게 열리도록 기도하겠사옵니다."

"고맙소."

"그럼, 안녕히……."

상체를 숙이는 오쿠무라 이오코의 옷자락이 바람에 날린다.

이동인의 밀항에는 조선 개항사의 막후가 열리는, 실로 중차대한 의미가 부여되어야 마땅하다.

군함 히에 호는 긴 무적소리를 울리며 서서히 움직이기 시작한다. 이동인은 시원한 바닷바람을 가슴 가득 들이마시며 조금씩 멀어지는 고국산천을 향해 번쩍 손을 흔든다.

후일, 이날의 일을 '조선의 개화당이 최초로 일본에 건너간 사건'이라고 적는 동본원사 부산별원의 주지 오쿠무라 엔신이 이동인에게로 다가서며 조용히 묻는다.

"허허허, 어떻습니까. 조선을 떠나시는 감회가……?"

"그걸 어찌 한마디로 입에 담겠습니까. 강화도에서 불란서의 군함을 구경한 지 꼭 13년 만입니다."

"오······."

오쿠무라 엔신은 뭉클해하는 이동인의 감회에 눈시울을 적신다.

"그때 난 열다섯 살이었어요."

얼마나 기막힌 사연이던가. 조선의 땅덩이를 분탕질하던 프랑스군의 함대를 보겠다며 강화도로 달려갔던 때가 열다섯 살······. 통진부通津府의 폐허에서 부상당한 백의정승 유홍기로부터 바다 건너에 미지의 문명이 있다는 말을 듣질 않았던가. 그날 이후 이동인은 스스로 질곡을 흐르는 바람으로 자처하며 미지의 문명을 찾고 또 찾았다. 그런 곡절의 세월이 장장 13년······. 이제 스물여덟 살의 불같은 청년이 되어서야 비로소 미지의 문명국으로 향해 떠나가고 있는 감회는 또 얼마나 클 것인가.

"솔직히 두렵기도 하지만······, 지난 13년 동안의 우여곡절을 생각하면 오직 만감이 교차할 뿐입니다."

"그러실 테지요. 선사의 심중······, 헤아리고도 남습니다."

현해탄의 파도는 높고 거칠다.

동서남북 어디를 살펴보아도 육지라고는 보이지 않는 망망대해를 떠가는 군함······. 바람 불고 파도치는 스산한 첫 경험이 이동인의 가슴을 짓이기듯 쪼개는 것을 어찌 나무랄 수 있으랴.

'군함이 있어야 하거늘······!'

그랬다. 서구 열강과의 수교는 물론 일본의 유신정부와 대등한 교섭에 임하기 위해서는 군함이 있어야 한다는 사실을 이동인은 뼈저리게 느낄 수밖에 없다.

갑판의 오른쪽으로 육지가 보이자 오쿠무라 엔신이 다시 다가온다.

"선사, 곧 나가사키 항에 입항할 것으로 압니다."

"하선도 합니까?"

"바로 그 일을 의논드릴까 합니다. 가시지요."

이동인은 오쿠무라 엔신의 뒤를 따라 선복船腹으로 이어진 계단을 내려간다. 좁은 복도의 한가운데쯤에 서양풍으로 장식된 아담한 방이 있다. 두 사람이 방으로 들어서자 일본인 장교 한 사람이 옷상자를 들고 다가선다.

"선사……, 여기서부터는 그 승복을 벗으시고 양복으로 갈아입었으면 합니다."

오쿠무라 엔신이 조심스럽게 말한다.

"양복을요……?"

"다른 뜻에서가 아니라 번거로운 일들을 피하기 위해섭니다. 역시 군함이니까요."

오쿠무라 엔신이 다가선 일본인 장교에게 눈짓을 하자 장교는 옷상자를 열어 이동인의 앞으로 밀어 놓는다. 검정색 양복이었다.

"장교가 선사께서 옷 입으시는 것을 도와 드릴 것입니다."

일본인 해군 장교는 공손하면서도 능숙한 몸놀림으로 이동인의 승복을 벗기고 양복으로 갈아입게 한다.

"아니, 이거야 원……, 이렇게 잘 어울릴 수가 있나. 허허허."

오쿠무라 엔신은 이동인의 등을 밀어 거울 앞에 서게 하고는 다시 한 번 너스레를 떤다.

"이거 도무지 뭐가 뭔지, 원……. 허허허."

이동인은 거울에 비친 자신의 모습을 바라보며 어색하게 웃는다.

"허허허, 썩 어울려요. 외양이 그만하면 누가 선사더러 조선인이라고 하겠소. 그럴듯한 이름만 있다면 영락없는 일본인이 아닙니까."

"아무리 남의 나라에 밀항을 했기로 이름까지 없대서야 말이 되겠소. 까짓것 아사노 게이인朝野繼允이라고 하겠소이다."

"허허허, 하필이면 왜 아사노랍니까?"

"아사노는 조선에서 온 야만인이라는 뜻이외다."

이동인의 어조가 어찌나 강경하고 빈틈이 없었던지 오쿠무라 엔신은 잠시 넋이 나간 사람처럼 우두커니 서 있을 뿐이다. 조선의 개항을 이끌어 갈 젊은 선각자의 입에서 스스로 조선에서 온 야만인이기에 성을 '아사노朝野'로 한다는 말이 나왔다면 그 말에 담긴 진의가 무엇인가.

"고국으로 돌아갈 무렵에는 야만을 면할 것이 아니겠습니까. 허허허……."

"선사의 심성에는 감복할 일입니다만……, 제 처지로는 어쩐지 듣기가 민망해서요."

"허허허, 감복만으로도 영광입니다."

"그러시다면, 빈도 또한 그리 불러 드리지요. '아사노 상', 이렇게 말이에요. 허허허."

뚜우, 하는 무적소리를 울리면서 히에 호는 서서히 나가사키 항을 벗어나기 시작한다.

이동인은 연안에 펼쳐지는 이국의 풍물을 눈여겨 살핀다. 그에게는 모든 것을 빠짐없이 배워 가리라는 결기가 넘치고 있다.

히에 호는 혼슈本州와 시코쿠四國 사이의 내해를 유영하듯 지나간다. 잔잔한 물결 위에 점점이 떠 있는 수많은 섬들의 모양새가 천하절경을 이룬 세토나이카이瀨戶內海의 풍광에서 이동인은 눈을 뗄 수가 없다.

그리고 얼마를 더 갔을까. 군함 히에 호는 육지 쪽으로 방향을 틀기 시작한다.

"저기 보이는 항구가 우리가 내릴 고베라는 곳입니다."

"오, 고베……!"

이동인은 물기에 젖은 탄성을 토해 낸다. 병인양요, 신미양요, 운양호 사건과 같은 참담한 외침을 겪으면서 다짐에 다짐을 거듭했던 미지의 문명과의 접촉이 마침내 이루어지고 있다는 감회가 그의 눈시울을 뜨겁게 하고 있다.

고베에서 오사카까지

 두 사람은 군함에서 내려진 보트에 몸을 싣고 고베神戶 항의 선착장에 내렸다. 그들을 기다리고 있던 건장한 사내가 천천히 다가서며 합장한다. 검은 승복의 양 어깨에 금빛으로 빛나는 띠를 내려뜨린 복색으로 미루어 동본원사에서도 높은 지위에 있는 승려임이 분명하다.

 아니나 다를까, 오쿠무라 엔신은 그의 앞으로 다가가서 정중히 예를 올리고 몸소 영접을 나온 데 대한 송구함을 고하는데, 아무리 이동인의 앞이라 하여도 지나치다 싶을 만큼 공손을 다한다. 그런 연후에야 우두커니 서 있는 이동인에게로 다가와서 상전을 소개한다.

 "진종본묘의 소교정 법사이십니다."

 여기에는 약간의 부연 설명이 필요하다. '진종본묘'란, 물론 교토에 있는 동본원사를 말하는 것이나, '소교정'이란 일본 정부의 관위로 동본원사의 집사執事(두 번째 승려)에게 내려진 이를 테면 벼슬인 셈이다.

"처음 뵙겠습니다. 빈도는 조선 땅 봉원사奉元寺에서 온 이동인이옵니다만, 군함 위에서 아사노 게이인이라는 일본 이름도 지어 놓았사온지라 어느 쪽을 부르신다 하여도 괘념치 아니할 것입니다. 나무관세음보살······."

서글서글한 눈매를 굴리면서 자신을 소개하는 이동인의 모습은 사내다웠다. 그러나 동본원사의 소교정도 파안대소로 그의 재담을 받아넘길 줄 알았다.

"허허허, 나는 동본원사의 집사일을 보는 시노하라 준메이篠原順明라고 합니다만, 동인 선사의 일본어가 참으로 놀라운 경지라고 생각됩니다. 어떻든 원로에 노고가 크셨습니다."

"오쿠무라 주지께서 큰 힘이 되어 주셨습니다."

"아, 그렇다면 다행이지요. 좀 먼 길입니다만, 이제부턴 걸으셔야 합니다. 자······."

고베에서 교토까지는 만만치 않게 먼 길이었으나, 이동인에게는 조금도 지루하지 않았다. 동본원사의 소교정인 시노하라 준메이의 해박한 지식이 이미 열린 이동인의 가슴에 더 새로운 바람을 불어넣고 있었기에 배울 것이 많았고, 처음으로 경험하는 이국의 정취와 풍물이 그를 부족함 없이 설레게 하였기 때문이다.

세 사람은 오사카大阪에서 하룻밤을 묵었다. 운하라고도 불리는 도톤보리道頓堀의 도리게야鳥毛屋라는 여인숙이었다. 집 뒤가 강물에 면하여 물소리를 들을 수가 있었고, 까마득한 상류에 오사카 성이 보이는 곳이었다.

"허허허, 사카모토 료마도 여기에서 묵은 일이 있었지요."

시노하라의 설명에 이동인의 가슴은 두근거렸다. 명치유신의 화신이었던 사카모토 료마의 체취가 풍기는 여인숙에 첫 여장을 푼 탓도 있었지만……, 지난 13년 동안 일구월심 간직해 왔던 소망을 이루는 첫 밤이어서 이동인은 잠을 이룰 수가 없다.

일본국의 군함을 타고 현해탄의 파도를 헤치던 일, 나가사키 항에서 보았던 미국 전함과 활기에 찬 서양인들의 모습들, 그 모두가 이동인에게는 상상을 초월하는 별천지의 풍경이 아닐 수가 없었다. 그리고 고베 항에서 오사카에 이르는 일본국의 풍물에서 감지된 묘한 광기狂氣는 가슴을 섬뜩하게 하는 두려움이기도 하였다.

다음 날 이른 아침, 이동인의 간청으로 일행은 교토로 가는 길에 오사카 성을 둘러보기로 하였다. 이날도 동본원사의 소교정 시노하라 준메이는 이동인의 개명開明을 위해 정성을 아끼지 않는다.

"명치유신을 말하기 위해서는 도쿠가와 바쿠후德川幕府를 거론해야 하고, 도쿠가와 바쿠후를 거론하자면 전국일본戰國日本을 통일한 세 사람의 걸출한 대장군을 거명하지 않을 수가 없어요. 그 세 장군은 오다 노부나가織田信長, 도요토미 히데요시豊臣秀吉, 도쿠가와 이에야스德川家康입니다. 그중에서도 도요토미 히데요시는 약 삼백 년 전에 조선 정벌에 나섰던 고집불통인데, 이 오사카 성을 축성한 장본인이지요."

이동인은 고개를 들어 오사카 성의 천수각天守閣(삼각형으로 보이는 성의 맨 위층)에 시선을 멈추었다가 천천히 아래로 내려오면서 차츰 전경을 살폈고, 거대한 해자垓子에 둘러싸인 석축의 규모를 둘러보면서 우선 절도 있고 아름답다는 느낌을 받는다.

"아무리 큰 영화도 오래가지 않는다는 것이야 고금의 역사가 잘 말해 주고 있지만, 상전의 집안에 등을 돌리면서까지 이 오사카 성을 차지한 도쿠가와 이에야스는 그래도 막부 삼백 년이라는 긴 세월의 영화를 누릴 수 있는 기틀을 다져 놓지 않았습니까. 그 요인을 알기 쉽게 설명하기 위해서 우리 일본 사람들은 앞에 거명한 세 장군의 성격을 각각 한마디로 규정하곤 합니다."

시노하라 준메이가 들려준 세 장군의 성격은 너무도 판이하고 선명하여 다른 어떠한 설명도 사족이 될 만큼 재미있고 교훈적이었다.

이를테면 사육하고 있는 꾀꼬리가 울지 않는다는 보고를 받았을 때, 오다 노부나가는 "울지 않는 꾀꼬리는 죽여 버리라!"라고 소리쳤다는 것이었고, 도요토미 히데요시는 "어떤 방법으로든 울게 하라!"라는 명을 내렸으며, 도쿠가와 이에야스는 "울 때까지 기다려라"라고 말했다는 것이다. 이러한 성격은 당연히 그들의 통치방법과 연관되어 마침내는 흥망과 성쇠를 스스로 자초하는 결과를 초래할 수밖에 없었다.

"참고 기다린다는 선대의 이념을 계승한 도쿠가와 바쿠후는 에도江戶(막부가 있었던 곳. 지금의 동경)에 본거지를 차려 놓고, 장장 이백칠십년에 걸친 세습통치를 할 수 있었습니다만……, 그러자니 권력의 상층부가 부패하고 오만해지는 것은 당연하지 않겠습니까. 그래서 황실의 존엄성을 다시 찾고 부패한 도쿠가와 바쿠후를 때려눕히자는 이른바 존황토막尊皇討幕의 깃발을 올릴 수가 있었던 것이지요."

"존황토막은 알고 있습니다만……."

이동인은 세 사람이 길을 가도 그중의 한 사람은 반드시 스승일 것이라는 공자의 말(三者行 必有我師)을 상기하면서 입가에 웃음을 담는다. 시노하라 준메이는 되도록 알기 쉬운 말로 일본의 근대화 과정인 명치유신의 불가피성과 성공하게 된 배경을 일깨워 주고 있었기 때문이다.

"그게 겉보기와는 사뭇 다릅니다. 탈법과 부패로 얼룩진 바쿠후를 토벌하자는 것은 착취에 시달려 온, 특히 백성들에게는 꿈을 심어 주는 일이었습니다. 대다수의 농민 대중들이 쌍수를 들고 유신의 깃발을 흔든 것은 그 때문이었지요."

"……!"

"그러나 조선은 장구한 세월 동안 왕실 중심의 통치가 가능했던 까닭으로 곧 사대부가 지배세력일 수밖에 없는데……, 그들을 일률적으로 타도집단으로 매도하기란 불가능하지를 않겠습니까. 바로 여기에 우리 일본의 명치유신과 조선의 개항이 향배를 달리하는 까닭이 있을 것으로 압니다."

이동인은 가슴에 맺힌 응어리가 풀어지는 후련함을 느낀다. 조선인들이 입에 담기 가장 어려운 말을 시노하라 준메이가 대신 말해 주었기 때문이다.

이동인의 목소리는 감동에 젖어서 울려 나왔다.

"잘 보셨습니다. 설사, 그렇다고 해도 서양 제국의 문물을 받아들여서 나라를 부강하게 한다는 근본 취지는 같지를 않습니까?"

"물론 같지요. 다만 일본의 경우는 토막을 주장하는 그 자체가 개항이었기에 토막만을 위해서 싸우면 성사되게 마련이었지요. 그러나 조선의 경우는 자칫 사대부를 타도하자는 계급투쟁으로 비화될 위험이 있습니다. 따라서 사대부로 구성된 이른바 수구세력의 방어가 날이 갈수록 거칠어질 것은 자명하지를 않습니까."

"……!"

이동인은 시노하라 준메이의 해박하면서도 냉정한 지적을 반박할 수가 없었기에 그와 기거를 같이하게 된 것을 천우신조로 여겼다. 조선의 개항을 앞당길 수 있는 논리적인 근거를 마련하고 또 유신을 성공하게 한 현장을 눈으로 확인하면서 배울 수가 있게 된 것이 얼마나 행운인가.

"선사께서 머물게 될 교토는 유신 전까지 일본국 황실이 있었던 유서 깊은 고도古都이기도 합니다만……, 바로 그곳이 명치유신의 핵심 무대라는 사실이 선사에게 큰 감명을 줄 것으로 압니다."

"많은 가르침을 주십시오. 성심을 다해 배우겠습니다."

이동인은 일본국 제일의 고도이자 명치유신의 발자취가 고스란히 남아 있을 교토를 향해 힘찬 발걸음을 내딛었다.

동본원사의 소교정 시노하라 준메이와 부산별원의 오쿠무라 엔신의 얼굴에도 뭔가 들뜨는 듯한 결기가 담기고 있었다.

교토와 도쿄

교토의 인상

교토京都는 짙은 노을 속에 잠겨 있었다.

고색이 창연한 교토의 거리에는 오밀조밀한 기와 담장이 줄줄이 이어져 있고, 족히 8, 9층으로 보이는 붉은빛 목탑들이 하늘에 치솟아 있어, 마치 환상의 거리처럼 보였다.

"여기가 시마바라島原라는 유곽 거리지요."

'유곽遊廓'이라는 말은 이동인에게 무척도 생소하였다. 명치유신 이전의 일본은 사무라이武士와 백성들의 격차가 하늘과 땅만큼이나 골이 깊었다. 인권이 그랬고 삶이 그랬다. 가난을 이기지 못한 백성들은 어린 딸들을 팔아서 입에 풀칠을 했고, 팔려간 딸들이 유곽에서 몸을 팔았다는 화제는 정말로 비일비재하다.

"허허허, 교토의 치부만 드러내는 것 같습니다. 여기를 기온祇園 거리라고 합니다만……, 대단한 유흥가遊興街인 셈이지요. 저기가 기요미즈야淸水屋, 저쪽에 기쿠야菊屋가 있습니다. 모두가 이름 있는 요정들이지요."

동본원사의 소교정 시노하라 준메이는 조선의 선각자 이동인에게 하나라도 더 많은 것을 보여 주고자 했다. 동본원사로 가는 가까운 길을 두고 먼 길을 돌아가면서까지 유곽이 즐비한 시마바라 거리와 기온 거리를 구경시키면서 일본인들의 삶의 모습을 꾸밈없이 보여 주고 있음이다.

이윽고 일행은 목적지인 동본원사에 당도한다.

조선의 명찰名刹은 대개가 깊은 산중에 있는데 진종본묘임을 자랑하는 교토의 동본원사는 평지에 자리 잡고 있었기에 이동인에게는 황당한 노릇이기도 했다.

"곧 익숙해지실 것으로 압니다."

오쿠무라 엔신은 이동인의 내심을 읽은 듯 위로하듯 속삭여 주었지만, 이동인은 태연한 표정으로 사위부터 살핀다.

3만 평을 자랑하는 대가람인 동본원사의 주위는 일본식 축성의 특징이기도 한 이른바 해자로 불리는 도랑으로 둘러싸여 있고, 물결이 잔잔한 도랑에는 아름답게 다듬어진 돌다리가 여러 곳에 걸쳐져 있다.

거대하면서도 정교하게 꾸며진 목조 2층의 정문인 어영문御影門으로 들어서자 본당은 보이질 않고 목재가 산처럼 쌓여 있다.

"아니……, 웬 목재들입니까?"

"아, 예. 바로 저 자리에 우리 동본원사가 자랑하는 어영당御影堂과 아미타당阿彌陀堂의 웅장한 모습이 있었습니다만……, 명치유신의 과정에서 병화로 불타고 말았습니다. 이제야 재건에 나서게 된 것이지요."

"아, 예……."

"조선으로서도 곧 경험하게 될 것입니다만……, 개항이란 때로는 귀중 문화재도 소실하게 합니다. 이를테면 껍질이 깨지는 아픔이라고도 하겠지요."

소교정 시노하라 준메이의 말은 언제나 이동인의 가슴을 설레게 했다. 그는 모든 설명을 명치유신에 빗대면서 조선의 개항과 연관지었기 때문이다. 물론 그것이 이동인의 관심사라는 사실에 마음을 쓰고 있는 것이기도 했다.

"선사, 선사께서 기거하시게 될 곳은 저기 '대침전'이 될 것입니다. 아니……, 법사님께서 나와 계시는군요."

시노하라 준메이의 어조가 장중하게 변했다. 이동인은 그가 가리키는 곳을 바라본다. 어영문을 들어서면서 오른쪽 멀리에 보이는 거대한 건물이 대침전大寢殿. 대교정으로 보이는 노법사가 그 건물의 석계 밑에 서 있다.

이동인은 동본원사의 집사에게 내려진 벼슬이 소교정이라면 주지에게 내려진 관위는 대교정일 것이라고 생각하면서 일행의 뒤를 따라서 그에게로 다가간다.

"뫼시고 왔습니다. 법사님……."

시노하라 준메이가 정중하게 복명하자 대교정 오타니 고쇼大谷光勝는 길게 늘어진 하얀 눈썹을 움직이며 함박 같은 웃음을 동안에 담아 보이는데, 고승의 면모가 여실하였다.

"어서 오세요. 선사의 도일을 주선하겠다는 오쿠무라 군의 편지를 받은 지가 꽤 오래되었는데, 이제야 만나게 되었어요. 허허허……."

"처음 뵙겠습니다. 조선에서 온 이동인입니다. 머무는 동안 많은 가르침을 주셨으면 합니다."

이동인은 두 손을 가지런히 모아서 합장한다. 대교정은 다시 환하게 웃는다.

"허허허, 소상한 수인사는 내 방에서 해요."

"고맙습니다."

이동인은 대교정 오타니 고쇼와 나란히 대침전의 복도를 걸었다. 길고 긴 목조건물의 운치는 당당하였고, 복도를 낀 내정에는 인공의 동산이 있고, 물이 있으며, 비단 잉어가 노닐고 있었다.

"동인 선사."

"예."

"우리 일본 사람들은 속이 좁아서 자연의 풍물까지 저렇게 올망졸망 줄여 놓기를 좋아하지요. 허허허……."

"아……?"

조금은 민망하게 들렸기에 이동인은 미처 대답할 말을 찾질 못한다. 오타니 대교정은 거침없이 말을 이었다.
 "하나, 내가 아는 조선의 문화는 자연을 그대로 둘 만큼 크고 웅장하다고 들었어요. 틀린 말이 아닌지 모르겠구먼……."
 "옳게 보셨습니다. 참으로 놀라우신 혜안이십니다. 관세음보살."
 진종본묘의 대교정이 쓰는 방은 정결하면서도 검소하여 오타니 고쇼의 인품을 보는 것과 같았다.
 이동인을 비롯한 소교정 시노하라 준메이, 부산별원의 오쿠무라 엔신이 좌정을 하자 대교정 오타니 고쇼는 다시 활짝 웃는 얼굴로 이동인을 바라보면서 입을 연다.
 "허허허……, 조선에는 도승이 많은데 양복을 입어서 그런지 동인 선사는 지사의 풍모야."
 "바로 보셨습니다. 동인 선사께서는 사카모토 료마가 걸었던 길을 걸어서라도 조선의 개항을 이끌어 가겠다는 의욕을 불태우고 계십니다."
 오쿠무라 엔신은 이동인의 결기가 명치유신의 씨앗이 된 사카모토 료마의 집념과 비교하여 설명하였으나, 대교정은 그의 부연을 무시한 채 거침없는 어조로 이동인에게 묻는다.
 "무슨 소리요. 대조선의 승려가 사카모토 료마의 화신이라니?"
 "빈도는 그저 명치유신의 화신이라는 뜻으로……."

"그래서는 안 되지. 우리 일본에서는 조선에서 말하는 임진년의 왜란을 '문록文祿·경장慶長의 역役'이라고 합니다만……, 그때 평양성에서 고니시 유키나가小西行長 군을 궤멸한 것이 바로 조선의 승군僧軍이 아니었습니까. 허허허, 동인 선사는 사카모토 료마를 배우기보다는 서산대사西山大師의 화신이 되어야 조선의 개화를 이끌어 갈 수가 있을 것이오."

"……!"

이동인은 얼굴을 붉힌다. 사카모토 료마를 배우기보다 서산대사의 화신이 되어야 조선의 개화를 이끌어 갈 수가 있을 것이라는 주지 대교정 오타니 고쇼의 따끔한 가르침은 이동인의 느슨해진 마음을 다시 조이게 하는 극약이고도 남았다.

이동인은 다시 두 손을 공손하게 모으면서 대교정을 향해 깊숙이 상체를 숙인다.

"길이 멀고 험했을 것인데, 며칠 동안은 아무 걱정 말고 편히 쉬도록 하세요. 오쿠무라 군과 우리 소교정이 크고 작은 편의를 돌보아 줄 것으로 압니다."

"고맙습니다. 법사님……."

대교정 오타니 고쇼는 조용히 눈을 감는다. 5척 단구였으나, 온몸에서 풍기는 법도와 위험은 스승인 무공 선사無空禪師를 연상하게 하였다.

이동인의 득도

이동인의 동본원사 생활이 시작되었다.

이동인에 대한 대교정의 각별한 배려가 있었기에 소교정인 시노하라 준메이의 보살핌도 극진하였다. 게다가 오쿠무라 엔신까지 조선으로의 귀환을 미루면서 그를 돌보아 주었던 탓으로 이동인은 하루가 다르게 진종 승려의 길을 익혀 갈 수가 있었다.

무더웠던 여름이 지나가고 서늘한 바람이 불어오자 이동인의 진가가 서서히 드러나기 시작하였다. 그는 조선에서의 행자승처럼 힘겨운 허드렛일을 자청하여 수행하는 것으로 일본인 수련승들을 놀라게 하였고, 이미 조선에서 익혀 온 불경의 뜻을 원용하면서 진종대곡파의 교리에 접근하였던 탓으로 일본어의 수준도 하루가 다르게 향상되어 갔다.

"우리 동본원사의 승려 모두가 동인 선사의 부지런함과 교법의 수련을 모범으로 삼는다면……, 누구나 득도할 수 있을 것이 아닌가."

이동인의 학구적인 탐구와 몸을 사리지 않는 노고는 대교정 오타니 고쇼를 감동하게 하였고 또 그것은 소교정 시노하라 준메이에게도 놀라운 발견이었다.

"그렇습니다. 참으로 놀라운 적응력이 아닙니까. 법사님."

"그처럼 빠른 적응력이 동인 선사의 적극적인 성품과 날카로운 현실 파악에서 기인된 것이라면……, 머지않아 동인 선사는 홀로 설 수가 있을 것이야."

대교정 오타니 고쇼는 이동인을 자주 거처로 불러 객지살이의 고달픔을 위로하였고, 이동인의 일본어 향상을 위해 명치유신의 진상과 유신정부를 움직이고 있는 고위인사들의 인품과 사상을 강론해 주기도 하였다.

조선 승려에게 베푸는 동본원사의 은전恩典으로는 엄청난 파격이 아닐 수 없다.

시노하라 준메이도 이동인의 적극적인 성품과 날카로운 현실 파악에서 기인되는 빠른 적응력에 감동을 거듭하더니, 마침내 이동인이 홀로 설 수 있을 것이라고 확신하게 된다. 그는 이동인을 보살피기 위해 조선으로 돌아가지 못하고 함께 기거하고 있는 오쿠무라 엔신을 가까이로 불렀다.

"동인 선사의 적응력이 참으로 놀랍지 않은가. 대교정께서도 아주 흡족해하시니 오쿠무라 군은 임지로 돌아가도 무방할 것일세."

"저도 그리 생각하고 있었습니다."

"그렇겠지……. 내년 봄쯤에는 득도식得道式을 올릴 수 있겠다고 대교정께서 분부하셨네."

"아, 예. 이제야 소승도 조금은 소임을 다하고 있다는 자부심을 가질 수가 있게 되었습니다."

"조금이 아니라 대공을 세우고 있음일세."

몇 년 뒤의 일이지만 동본원사는 본격적인 조선 진출을 시도하면서 부산항에 개설한 별원 말고도 원산별원과 인천별원 등을 개원하게 되고, 특히 원산별원의 경우는 대치 유홍기 등의 조선 개화파가 무시로 출입하는 무역 본부의 역할을 하게 된다. 사정이 이와 같다면 이동인의 득도야말로 동본원사로서는 큰 이벤트가 아니고 무엇인가.

시노하라 준메이의 거처를 물러나온 오쿠무라 엔신의 표정은 상기되어 있다. 그는 부산별원의 주지로 발탁되면서 조선 포교의 교두보를 확보하려는 남다른 야심을 키운 인물이다. 그러기에 정세가 불안한 조선 땅에 여동생인 이오코까지 거느리고 부임하지 않았던가.

그런 결기가 있었기에 이동인의 밀항을 주선하게 되었고, 마침내 조선의 개항을 위해 목숨도 버릴 수 있는 이동인을 진종 승려로 득도하게 하였다면 그보다 큰 보람이 어느 천지에 다시 있겠는가.

오쿠무라 엔신은 이동인의 승방으로 들었다. 그리고 자신의 솔직한 심회를 토로한다.

"동인 선사의 명성이 자자하여, 이젠 안심하고 돌아가도 제 소용됨이 없을 것으로 압니다."

"그 모든 것이 선사께서 빈도에게 베푸신 은혜의 결정이 아니겠습니까. 보답할 일이 참으로 걱정입니다."

이동인은 작별할 날이 머지않았을 것이라는 분위기를 감지하고 있었으므로 서운하다는 느낌은 들지 않았으나, 오쿠무라 엔신이 베풀어 준 은혜가 너무 크고 고맙다는 사실만은 숨길 수가 없다.

"은혜랄 것이 무에 있겠습니까만……."

"아니에요. 선사!"

이동인은 오쿠무라 엔신의 손을 힘차게 움켜잡는다. 뭉클하게 치밀어 오르는 격정을 추스르지 못해서다. 오쿠무라 엔신은 그런 이동인의 심중을 헤아리고도 남았으나, 슬며시 화제를 돌려서 새로운 관심거리를 제공한다.

"이번에 조선으로 돌아가게 되면 원산항에도 동본원사의 별원을 열게 됩니다."

이동인은 화들짝 놀라면서 반문한다.

"아니, 그렇다면 조선 조정에서 원산항의 개항을 허락했다는 뜻이 아닙니까."

오쿠무라 엔신의 대답은 너무도 태연하였다.

"당연하지요. 「강화도조약」과 「무역장정」의 이행이니까요."

"······!"

이동인은 잠시 말문이 막힌다. 원산항의 개항이 천하의 대세요, 그것이 실행되었다면 당연히 기뻐해야 할 처지인데도 이동인은 미로에 빠져 드는 느낌이다. 자신이 조선 땅을 떠나오기 전만 하여도 제물포는 도성의 관문이어서 안 되고, 원산은 가까이에 함흥본궁咸興本宮이 있다 하여 완강히 거부하던 사안인데, 대체 무슨 변화가 있었기에 원산의 개항을 허가하였다는 말인가. 이동인은 일본군의 무력도발이 있었을지도 모른다는 불길한 생각이 들었다.

"원산항이 개항지로 정해지기까지 무슨 불미한 일은 없었습니까."

"있을 까닭이 없지요. 대세의 흐름에는 적응이 빠를수록 좋은 게 아니겠습니까."

이동인은 한숨을 놓으면서 고개를 끄덕인다. 고국의 스산한 변화를 뇌리에 그려 보고 있음일 것이었다.

"저는 부산에 도착하는 대로 곧 아우와 함께 원산에 다녀올 예정으로 있습니다. 육로를 이용하는 여행이어서 한양에 주재하고 있는 공사관에도 들러 보아야 하는데……, 기위 한양에 들른다면 저로서는 백의정승 유홍기 선생께 인사를 여쭙는 것이 도리가 아닌가 싶습니다."

이동인은 문득 제정신으로 돌아온다. 백의정승 유홍기. 얼마나 그리운 이름이던가. 그리고 병석에 누워 있을 오경석을 비롯한 김옥균, 유길준, 홍영식, 박영효 등은 또 어찌 지내고 있는지, 이동인은 만감이 착잡해지는 심정으로 오쿠무라 엔신에게 화답한다.

"허허허……, 그렇게만 해 주신다면 대치 선생께서도 크게 기뻐하실 것으로 압니다."

"고맙습니다. 소개의 편지라도 한 통 써 주셨으면 합니다."

"쓰다마다요. 대치 선생께만이 아니라 고균에게도 쓰겠습니다. 우리에게는 아주 소중한 동지이신 것을요."

이동인이 오쿠무라 엔신을 동지라고 부른 것은 같은 종파의 승려로서가 아니라 각각 우국하는 지사로서의 유대를 제의하고 있는 것인데도, 그는 아무 거부감도 드러내 보이질 않는다.

이동인이 지필묵이 놓인 연상 앞으로 자리를 옮기자 오쿠무라 엔신은 출발준비를 서둘겠다면서 자리를 비켜 준다. 서찰을 적어야 하는 이동인의 마음을 편하게 해 주려는 인간적인 배려가 아니고 무엇인가.

이동인은 잠시 명상을 끝내고 붓을 들었다.

백의정승 유홍기에게 보내는 서찰에는 부산항을 떠나서 교토에 이르기까지의 모든 여정과 동본원사에서의 생활을 보고문의 형식을 빌려 소상하게 적었고, 오쿠무라 엔신 남매가 장차 크게 쓰일 인물임을 강조하고 예우에 소홀함이 없도록 보살펴 줄 것을 간청하였다.

　그리고 김옥균에게 보내는 편지에는 명치유신을 성공하게 한 일본국의 젊은 주역들의 결기를 세세히 소개하면서도 일본의 발전된 사회상에 초점을 맞추는 것을 주된 내용으로 하였다. 그것은 조선에서의 개혁을 주도하기 위한 방법론을 제시하면서 일깨우는 것이나 다름이 없었다. 거기에 부수하여 기회가 되면 박영효와 오쿠무라 이오코의 은밀한 만남도 주선해 볼 것을 당부하였다. 물론 박진령에게 읽게 하면 협력이 있을 것임을 부연하는 것도 잊질 않았다.

　이동인은 서찰이 든 두툼한 보자기를 챙겨 들고 승방을 나섰다. 내정을 서성이던 오쿠무라 엔신이 다가서자 그에게 보자기를 들려 주면서 작별의 말을 입에 담는다.

　"빈도의 득도가 선사의 은혜에 보답하는 길일 것으로 압니다."

　"고맙습니다. 조선에 돌아가 있어도 동인 선사를 도울 수가 있을 것으로 압니다."

　"고맙습니다."

　"선사의 득도식을 지켜보지 못하는 것이 아쉽습니다만, 도쿄에서의 활약에도 큰 성과가 있기를 기원하겠습니다."

　오쿠무라 엔신은 이동인의 가슴에 국경을 초월하는 우정을 심어 놓고 조선으로 돌아갔다. 이동인은 그의 성원에 보답하리라고 다짐하면서 진종대곡파의 교리를 터득하는 일에 더욱 매진하였다.

아사쿠사 별원

고종 17년[1880] 4월 5일.

마침내 이동인은 진종본묘임을 자랑하는 동본원사의 대침전에서 대교정 오타니 고쇼의 집전에 의해 진종 승려로 변신하는 득도식을 올리게 된다.

검은색 바탕의 법복과 그 양쪽 어깨에 금빛 찬란한 띠가 드리워진 진종 승려의 정장을 한 이동인의 모습은 누가 보아도 일본인 승려의 행색이 아닐 수 없다.

성대하게 거행된 득도식이 끝나자 함께 수행한 젊은 수도승들의 축하가 있었고, 소교정 시노하라 준메이도 진심에서 우러나는 축하와 격려의 말을 아끼지 않았다.

이동인의 진로에 큰 변화가 있은 것은 그날 밤의 일이었다.

대교정 오타니 고쇼가 이동인을 거처로 불렀다. 이동인은 다시 한 번 상체를 굽혀서 감사의 예를 올린다.

"대교정 법사님의 집전으로 진종본묘의 승려가 된 것을 큰 광영으로 알겠사옵니다."

"아니에요. 나는 동인 선사의 소망을 잘 알고 있으며, 그동안 참고 애써 온 선사의 노고에 큰 감명을 받았어요."

"빈도는 오직 법사님의 가르침을 따랐을 뿐이옵니다."

"허허허, 도와 드린 일은 있어도 가르친 것은 없어요. 그런 연유로 날이 밝는 대로 선사는 도쿄에 있는 아사쿠사 별원淺草別院으로 가시게 됩니다."

"......!"

이동인은 흠칫 놀라면서 자세를 고쳐 앉는다. 아무리 소망을 이루는 일이라고 해도 너무 창졸간의 일이어서 갈피를 잡을 수가 없어서다.

"이제 막 득도식을 마친 풋내기 돌중이옵니다. 법사님."

"괘념치 말아요. 나는 선사의 모습을 빠짐없이 지켜보고 있었습니다. 이제야 선사의 큰 뜻을 이루게 되지를 않았습니까!"

대교정 오타니 고쇼가 탁자 위에 놓인 작은 종을 집어서 흔들자, 낯선 승려 한 사람이 들어와 앉는다.

이동인은 그가 며칠 전부터 자신의 주위를 맴돌고 있었던 승려임을 알아차렸다. 그렇다면 이동인이 아사쿠사 별원으로 전출되는 것은 이미 계획된 일임이 분명하다. 대교정 오타니 고쇼는 예의 그 하얗고 긴 눈썹을 꿈틀거리며 동석하게 된 승려를 소개한다.

"서로 알고 지내는 것이 좋겠어. 아사쿠사 별원에서 온 니시타 겐조西田玄三 군이에요. 물론 선사의 길잡이로 불렸지만 아는 게 많은 학승學僧이기도 합니다."

"과찬의 분부십니다. 동인 선사를 아사쿠사 별원까지 뫼시게 되다니, 제게는 이보다 더 큰 광영은 없을 것으로 아옵니다."

"오늘에서야 겨우 득도식을 올린 아사노 게이인이라고 합니다. 많은 편달이 계셨으면 합니다."

이동인은 '아사노 게이인'이라는 일본 이름으로 니시타와의 수인사를 나눈다. 진종 승려가 되었음을 대교정의 면전에서 확인해 보이는 자신감이 아니고 무엇인가.

"허허허, 역시 동인 선사시구먼……. 니시타 군의 소상한 설명이 있겠지만 도쿄에 있는 아사쿠사 별원은 조선과의 인연이 아주 깊은 가람이지요. 조선에서 오신 역대의 통신사 일행이 모두 거기서 머물렀으니까요."

"……!"

이동인은 놀라지 않을 수가 없다. 역대의 조선 통신사가 동본원사의 아사쿠사 별원에서 머물렀다면 지난번에 다녀간 김기수 일행도 거기서 머무른 것이 된다.

"가장 최근에 오셨던 분들도 저희가 모셨습니다."

김기수 일행을 모셨다는 니시타 겐조의 부연을 들으면서 이동인은 그와의 거리감을 말끔히 씻어 낼 수 있었다.

"지난날에 있었던 일은 그렇다 치고, 앞으로 일본국을 방문하게 될 조선 수신사의 일행도 우리 아사쿠사 별원에서 기거하게 될 것으로 압니다. 동인 선사가 거기에 머물러야 하는 까닭은 바로 그 때문입니다."

"……!"

"아사쿠사에서 머무는 동안 후쿠자와 유키치 선생과도 만나게 되실 것으로 압니다."

"……!"

"유신일본의 정신적인 지주나 다름이 없는 훌륭한 석학이자 사상가이십니다. 서른다섯의 젊은 나이로 게이오의숙慶應義塾(지금의 게이오의숙대학)을 설립하여 일본국의 미래를 이끌어 갈 새로운 인재들을 양성하고 계시는 분이지요."

후쿠자와 유키치福澤諭吉가 누구이던가. 우선 알기 쉽게 설명하자면 지금 쓰이고 있는 일본 지폐의 1만 엔권에 그려진 초상화의 주인공이자, 명문 사립대학인 게이오의숙대학慶應義塾大學을 설립한 선각의 석학이다.

물론 1년 뒤의 일이지만 조선 개화파의 주역인 유길준이 조선인 최초의 일본 유학생이자 게이오의숙 최초의 외국인 유학생이 되면서 후쿠자와 유키치의 집에 하숙을 하게 된다면, 이동인을 아사쿠사 별원에 머물면서 후쿠자와 유키치를 비롯한 일본국 조야의 지도자들과 교유하게 한 오타니 고쇼의 배려가 조선의 개화에 미친 영향이 얼마나 큰 것인가를 짐작하고도 남는다.

이동인의 설렘은 그대로 감동일 수밖에 없다. 대교정 오타니 고쇼의 배려가 너무도 자애로워서다.

"아사쿠사 별원에서 기거하신다 해도 동인 선사께서 하실 일은 별로 없을 것으로 알아요. 따라서 니시타 군과 모든 것을 의논하신다면 동본원사의 명예를 걸고라도 협력을 아끼지 않을 것으로 압니다."

이동인은 대교정의 배려를 확인하려는 듯 니시타 겐조를 바라본다. 그는 마치 하늘의 명을 받들어야 하는 신관神官처럼 정중히 상체를 굽혀 보였다.

대교정 오타니 고쇼는 티 없이 맑은 웃음을 만면에 담아 보이면서 이동인에게 묻는다.

"내가 미처 깨닫지 못한 선사의 소망이 있다면 서슴지 마시고 들려주셨으면 합니다."

"아니옵니다. 법사님의 따뜻하신 배려에 보답하기 위해서라도 진충보국盡忠報國을 목숨보다 소중히 하겠사옵니다."

"허허허……, 이제야 마음이 놓이는구먼."

이동인은 흡족해하는 대교정 오타니 고쇼의 인품에 다시 한 번 감동한다. 자신은 대교정의 은혜에 보답하는 길이 조선을 위해 진충보국하는 것이라고 분명하게 말했는데, 그는 이제야 마음이 놓인다며 흡족해하지 않는가.

이동인은 마음에서 우러나는 작별의 인사를 올리고 대교정의 거처를 물러나온다.

어느 사이엔가 사위는 어둠에 잠겨 들고 있다. 이동인은 니시타 겐조와 함께 경내를 걸었으나, 착잡해지는 심중을 가눌 길이 없다. 교토에서의 시간이 촌각도 헛되이 하지 않은, 그야말로 각고의 세월이었다는 생각이 들어서다.

"도쿄까지는 먼 노정입니다. 편히 쉬십시오."

니시타 겐조는 이동인의 승방까지 왔다가 뒤돌아선다. 어둠 속으로 사라지는 그의 뒷모습을 지켜보면서 이동인은 새로운 시작의 동반자가 되어 주기를 마음속으로 빌었다.

진종본묘인 동본원사에서의 마지막 밤은 짧기만 하였다. 이동인은 들떠 오르는 심회를 애써 달래면서 일본국의 수도이자 서양 제국의 공사관이 즐비한 정치 중심지로 진출하는 결기를 다짐하면서, 조선의 개화가 자신의 두 어깨에 매여 있다는 사실에 새삼스러운 보람과 자부심을 느꼈다.

교토의 봄은 화창하였다.

진종 승려의 법복으로 성장한 이동인은 동본원사의 소교정 시노하라 준메이의 전송을 받으면서 어영문을 나섰지만, 석별을 아쉬워하던 승려들의 모습이 삼삼하여 걸음을 멈추고 다시 뒤돌아보았다.

아니나 다를까, 대교정을 위시한 수많은 승려들이 처음 배웅하던 그 자리에 아직도 석상처럼 서 있다. 이동인은 힘차게 손을 흔들어서 그들의 우정에 화답한다.

"그동안 소교정께서 베풀어 주신 은혜는 목숨이 다하는 날까지 잊지 않을 것입니다."

이동인은 시노하라 준메이의 협조와 편달에 남다른 우정을 느끼고 있다. 고베에서 교토에 이르는 초행길을 마음 편하게 인도해 주었고, 동본원사에서의 수련도 따지고 보면 그의 각별한 후의가 있었기에 가능하지를 않았던가.

"모든 소망이 이루어지기를 기원하겠습니다."

마침내 이동인은 도쿄로 향하는 힘찬 발걸음을 내딛기 시작한다. 그 길은 조선의 개화를 앞당기는 험로이기도 하였다.

후쿠자와 유키치

아사쿠사에는 벚꽃이 흐드러지게 피어 있다.

에돗코^{江戸子}라고 불리는 토박이 서민들의 본거지라 하여 스스로 시타마치^{下町}라고도 부르는 아사쿠사의 거리에는 활력이 넘쳐흘렀다.

분주하게 움직이는 서민들의 몸짓에서 유신일본의 약진상을 읽으면서 이동인은 들떠 오르는 마음을 가눌 수가 없다. 그것은 새로운 체험에 대한 설렘이기도 했다.

"여기가 바로 아사쿠사 별원입니다."

동본원사 아사쿠사 별원의 규모는 어마어마하여 조선 통신사의 숙사로 제공될 만한 시설을 갖추고 있었다.

"오, 명당입니다. 한눈에도 명찰^{名刹}이라는 느낌입니다."

"동인 선사와는 깊은 인연을 맺게 될 사찰일 것으로 알아요."

"깊은 인연이면?"

"동인 선사께서 여기에 머무시는 동안 조선에서 사절단이 온다면, 그야말로 금상첨화가 아니겠습니까."

이동인은 니시타 겐조의 인도로 경내를 둘러보며 선현들이 남기고 갔을 만한 발자취를 찾아보려고 애썼으나 눈에 뜨이는 것은 없다.

'후쿠자와 선생은 언제쯤 만나게 될지……'

아사쿠사의 풍물은 이동인의 허허해진 마음을 자극하고도 남았다. 길거리를 가득 메운 소시민들의 모습에 활기가 넘치고 있었기 때문이다. 이름 없는 백성들의 삶에 활기를 불어넣은 것이 명치유신이라면, 명치유신의 이념을 만들고 그것을 실천하게 한 선각자의 신념을 배워야 한다.

이동인의 뇌리에 후쿠자와 유키치의 상념이 떠나지 않고 맴돈 것은 그가 유신 이후의 일본국 건설에 이념적, 철학적인 기둥이라고 여겼으며, 또 그것이 조선 근대화의 이념과 일맥상통할 것이라고 믿었기 때문이다.

"게이오의숙으로 서찰을 보내 두었습니다. 곧 소상한 연락이 있을 것으로 압니다."

"기다려집니다."

후쿠자와 유키치는 1834년 12월 12일(양력 1835년 1월 10일), 오사카의 나카쓰 번中津藩에서 태어났다. 하급무사의 아들로 태어나 생후 1년 만에 아버지를 여의는 등 불우한 환경에서 자라난 소년 유키치는 봉건시대의 계급제도에 심한 환멸을 느끼다가 청년기로 접어들면서 신학문이 성행하고 있는 나가사키로 진출하여 난학蘭學(네덜란드의 학문과 문화)에 몰두한다. 이때부터 그의 명성이 자자해지더니 스물일곱 살이 되던 1860년에 이르러서는 도쿠가와 막부의 통역관으로 기용되어 태평양을 건너가 미국 문물을 체험하게 된다.

난학만이 신학문이라고 믿었던 후쿠자와는 미국과 유럽을 둘러보게 된 것을 계기로 새로운 지식, 새로운 문물을 수용하여 일본 개화에 기여한 당시대 제일의 사상가로 변모하게 된다.

후쿠자와 유키치의 나이 서른다섯 살이 되었을 때, 일본 정부는 그를 고위관직으로 등용하고자 백방으로 노력했으나, 그는 국민교육과 계몽이 시급하다는 사실을 절감하고 지금의 게이오 의숙대학의 전신인 게이오의숙을 설립하였다. 인재의 양성만이 새로운 일본을 건설할 수 있다는 확신이 있었기 때문이었다.

"젊은이들이여, 학업에 열중하라!"

후쿠자와 유키치는 유신일본을 이끌어 나갈 젊은이들을 깨우치기 위해 몸소 『학문의 권장』이란 저술을 남겼다. 그 내용만 살펴보아도 그가 무엇을 생각하고 있었는가를 확연히 알게 된다. 이 책은 우리나라 말로 번역되어 출간되어 있다. 그리고 저 유명한 '탈아입구론脫亞入歐論(아시아에서 뛰쳐나가 유럽에 합세한다.)'을 주장하여 일본국 우경화右傾化의 사상적인 배경을 제공한 장본인이기도 하였다.

"선사, 후쿠자와 선생께서 방문해도 좋다는 허락이 계셨답니다."

니시타 겐조가 승방으로 달려들면서 소리치자 이동인은 꿈인지 생신지를 가늠할 수 없을 만큼 놀란다.

"방문이라니요. 게이오의숙으로 말입니까?"

"그렇습니다. 저도 대단한 영광으로 생각합니다."

게이오의숙이 처음으로 문을 연 곳은 쓰키지築地였지만, 그 후 잠시 신긴자新銀座로 옮겼다가 지금의 미타三田에 정착한 것은 1871년의 일이다.

아사쿠사에서 미타까지는 뱃길을 이용하기로 하였다. 스미다가와隅田川의 양쪽 연안은 초여름의 초록빛으로 물들어 가고 있다. 이동인은 처음으로 경험하게 되는 근대학문의 요람인 게이오의숙을 머릿속에 그리면서 지그시 입술을 물었다.

게이오의숙을 에워싼 넓은 캠퍼스는 이동인의 발길을 멈추게 하였다. 그의 뇌리에 새겨진 학당이라는 개념은 서당이 아니면 사찰의 공부방 정도가 아니었던가. 넓은 정원을 거닐면서 젊은 학도들이 내뿜는 면학의 열기는 생동감 바로 그것이었다.

소탈하게 보이는 일본식 고유의상 차림의 장년의 사내가 이동인의 앞으로 거침없이 다가와 서양식 악수를 청하면서 수인사를 건넨다.
 "어서 오십시오. 제가 후쿠자와 유키치입니다."
 이때 후쿠자와 유키치의 나이 마흔일곱 살, 당대 제일의 사상가로 예우받고 있으면서도 예사 일본 사람과 조금도 다름이 없는 옷차림으로 이방의 승려를 맞이하였다. 이동인에게는 그의 온화하고 소박한 모습이 참으로 인상적이었다.
 이동인은 그의 손을 세차게 움켜잡으면서 자신을 소개한다.
 "진종 승려의 복색입니다만……, 조선의 개화승 이동인입니다. 많은 가르침을 주셨으면 합니다."
 "잘 알고 있습니다만, 선사의 일본어는……?"
 후쿠자와 유키치는 이동인의 유창한 일본어가 예상 밖이었던 모양으로 대단히 놀라워한다.
 "딴에는 열심히 수련하였습니다만……, 역시 남의 나라 말이라 이제야 겨우 입이 뚫린 정도가 아니겠습니까."
 "아니에요. 놀랍습니다. 선사의 일본어는 내 영어보다 썩 훌륭합니다. 덕분에 소통의 불편함을 덜지 않았습니까. 허허허."
 후쿠자와 유키치는 격의 없는 웃음을 터트리며 자신의 집무실로 두 사람을 안내한다.
 "앉으세요. 서양식이긴 합니다만……, 편한 점이 많아서요."

이동인은 서양식으로 꾸며진 그의 집무실을 둘러보면서 새로운 세계로 들어섰음을 실감하였다. 초량 왜관이나 타고 온 군함에도 서양식 응접간은 있었으나, 그 공간과는 전혀 다른 분위기가 그를 압도했기 때문이다.

유리로 장식된 서가에는 형형색색의 서양 서적이 즐비하였고, 자신이 앉은 서양식 소파는 품위가 있으면서도 편안하게 느껴졌다.

니시타 겐조가 보다 더 소상하게 이동인을 소개하는 것으로 방문하게 된 연유를 설명하자, 후쿠자와 유키치는 이동인의 내방을 헛되게 하지 않으려는 배려인 듯 조선의 개항을 화제로 삼아 주었다.

"허허허, 조선의 개항이 큰 어려움을 겪고 있는 것으로 들었습니다. 오랜 세월 동안 계급사회에서 살아온 탓으로 구습을 벗어던지기가 쉽지 않을 것이기 때문이라고 생각됩니다만……."

"빈도가 선생님을 뵙게 될 날을 손꼽아 기다린 것은 바로 그와 같은 어려움을 타개하기 위한 방도를 깨우치기 위해섭니다. 바라건대 많은 가르침을 주셨으면 합니다."

"가르침이랄 것은 없겠지요. 다만 모든 조선인이 평등하게 태어났으므로 평등하게 영화를 누릴 수 있는 권리가 있다는 사실을 깨닫게 하는 것이 최선일 것으로 알아요."

사람은 누구나 평등하게 태어났다는 논리는 조선의 선각자

유흥기로부터도, 동본원사 부산별원의 오쿠무라 엔신으로부터도, 심지어 진종본묘의 대교정 오타니 고쇼로부터도 귀가 따갑도록 들어 온 말이었으나, 후쿠자와 유키치의 비유는 정신이 번쩍 들 만큼 새롭다.

"평등의 소중함을 나라에 비유하면 알기 쉬워집니다. 만에 하나라도 다른 어떤 나라가 조선에 치욕이나 경멸을 강요한다면 조선의 모든 국민들은 목숨을 던져서라도 나라의 명예를 지켜야만, 나라의 자유와 독립을 쟁취할 수 있지 않겠습니까."

"……!"

"설혹 그것이 일본이라도 마찬가지 이치가 아니겠습니까. 나라의 독립은 지킬 줄 알면서 자기의 권리가 침해당하고 있는데도 항거하지 아니한다면 온전한 삶이라고 할 수 없을 것입니다. 지금의 조선이 바로 계급사회의 관행에 짓눌려서 개인의 평등권을 포기하고 있질 않습니까."

이동인은 비로소 평등의 원리를 아는 일보다 평등의 쟁취가 더 시급하다는 것을 확연하게 깨닫는다. 후쿠자와 유키치는 조선 민중의 무지를 냉정하게 지적한다.

"듣기 거북하시겠지만……, 조선은 분명히 반야만半野蠻의 길을 걷고 있다는 사실을 알아야 합니다."

"……!"

아, 이동인은 자리를 차고 일어서고 싶다. 일본국을 대표할 만한 사상가가 조선을 일러 거침없이 반야만으로 비하한다면 어찌 되는가. 별쭝게 상기된 이동인의 표정이 민망했던지 후쿠자와 유키치는 재빨리 화제를 바꾼다.

"그래서 나는 이 땅의 젊은이들에게 서양의 학문을 권장하고 있습니다."

"우리 동양에도 훌륭한 학문이 있지 않습니까?"

이동인은 조선인의 기백을 보이고 싶다. 아무리 후쿠자와 유키치가 당대의 석학이라고 하더라도 조선의 학문이 그들보다 우위에 있다는 사실을 부정하지는 못할 것이기 때문이다.

"있었지요. 그러나 어려운 글자를 안다든가, 이해하기 힘든 고문古文을 읽으면서 음풍영월吟風詠月에만 몰두하는 것이 학문의 전부일 수는 없지요. 그것은 실제생활에 아무 도움이 되지 않습니다. 따라서 이제는 그와 같은 공염불은 보류해 두고, 먼저 공부해야 할 것이 바로 만인공용萬人供用의……, 그리고 일상생활과 긴밀하게 연결되는 합리적이고도 실용적인 학문이어야 한다는 사실을 잊어서는 아니 됩니다."

그리고 후쿠자와 유키치는 전도가 유망한 젊은이들에게 서양의 원서를 본격적으로 읽게 하여 그 내용을 객관적으로 이해하게 하고, 그 자체의 적용을 철저하게 활용하게 하는 과학정신의 함양이 절대 필요하다고 강조하였다.

"일본의 경우는 장군의 집안이 되겠습니다만, 조선의 경우는 사대부의 가문이 되겠지요. 그런 명가에 있는 기왓장이나 장롱 하나가 그 집에서 부리는 하인 한 사람의 목숨보다 더 소중하게 여겨지고 있지를 않습니까. 또 집안에서 키우는 가축들을 위해 머슴들의 목숨이 희생되는 비극이 허다한데도 거기에 항거하지 못하는 것이 엄연한 현실이 아닙니까. 그게 바로 수치스러운 삶이 아니고 무엇입니까. 이와 같이 국민 대부분의 의식이 깨어나지를 못한다면 정부는 당연히 오만한 위세와 폭력으로 통치를 하게 됩니다."

여기에 부연하여 후쿠자와 유키치는 '무지한 백성은 부도덕한 정부에 지배된다' 라는 서양 속담을 알기 쉽게 풀어서 설명하고 국민의 의식수준이 곧 정부의 수준임을 누누이 강조한다.

"국민의 의식수준이 보잘것없으면 정부는 교만해지는 법입니다. 국민이 무학과 무지에 빠져 있으면 정부의 법률은 더욱 잔인하고 가혹해집니다. 이와는 반대로 국민이 학문을 존중하고 문명을 누리고 있다면 정부는 관대해질 수밖에 없습니다."

얼마나 뼈아픈 지적인가. 그러나 이동인은 가슴이 답답해지는 고통에서 헤어나지를 못한다. 새로운 문명을 누릴 수 있는 개항을 눈앞에 두고도 그것을 쟁취하지 못하는 조선 민중들의 무지와 무기력이 뇌리를 어지럽혔기 때문이다.

'조선의 개항은 혁명으로만 성사될 것인가.'

이동인은 절망감을 느꼈다. 후쿠자와 유키치의 지적이 아니더라도 국민의 의식수준이 보잘것없으면 조정이 교만해지고, 훈구세력들의 위세와 폭력이 잔인하고 혹독해진다는 사실을 조선의 현실이 극명하게 보여 주고 있었기에 이동인은 문득 '혁명'이라는 단어를 떠올리게 되었지만, 차마 입에 담을 수는 없었다.

"사람으로서 악정惡政을 즐기고 선정善政을 싫어할 자가 어디에 있을 것이며, 외국으로부터 경멸을 받으면서 태연히 있을 인간이 몇이나 되겠습니까. 정치적인 자유를 사랑하고, 조국의 부강을 염원하며, 외국의 경멸을 물리칠 줄 아는 국민을 만들어야 합니다. 그것이 선사에게 주어진 책무일 것입니다."

후쿠자와 유키치는 일본의 미래를 짊어질 젊은 학도들에게 새로운 변화를 촉구하기 위해 집필하였다는 자신의 저서 『학문의 권장』을 보여 주면서 이동인에게 묻는다.

"어떻습니까. 이 같은 일본 글도 읽으실 수 있겠습니까?"

"있다마다요. 후쿠자와 선생님의 저술이라면 밤을 새워서라도 숙독하겠습니다."

"그렇다면 영광이지요. 허허허……."

후쿠자와 유키치는 붓을 들어 자신의 저서에 서명을 하였고, 이동인은 그것을 받아 들면서 천금보다 더 무겁고 소중한 교훈으로 간직하리라고 다짐한다.

"제가 말을 너무 많이 했나 봅니다. 허허허, 어떻습니까? 교실도 둘러보셔야지요. 면학의 열기가 뜨겁게 느껴질 것으로 압니다."

이동인은 후쿠자와 유키치의 안내로 게이오의숙의 강의실을 둘러보다가 숨 막히는 광경을 목격한다. 교단에서 벽안홍모碧眼紅毛의 서양인이 열강을 하고 있었기 때문이다.

"서양의 신학문은 미국인 교수가 강의합니다."

"미국인 교수면……, 어느 나라 말로 가르칩니까?"

"그야 영어로 생물학을 강의합니다."

"생물학이면……?"

하나에서 열까지, 모두가 생소한 경험이었으므로 이동인에게는 충격의 연속일 수밖에 없다. 게다가 면학의 열기는 교정에서도 들뜨고 있었음에랴.

"허허허……, 서양 문물이 저렇듯 강성해진 것은 모두가 자연과학의 덕분이 아니겠습니까."

이동인은 흥분을 감추지 못한다.

"선생님의 허락이 계신다면, 자주 들러서 가르침을 받고 싶습니다."

"허허허, 그건 제가 청하고 싶었던 일입니다. 조선의 개항을 염원하시는 동인 선사를 위해서라면 일본국 외무성의 고위관리와도 만날 수 있는 자리를 주선해야겠고……, 또 도쿄에 주재하고 있는 서양 각국의 공사들도 두루 만나 보아야 하지를 않겠습니까."

"……!"

이동인은 숨 막히는 놀라움에 휩싸이면서도 유신일본의 정신적인 지주나 다름이 없는 대석학 후쿠자와 유키치의 후의를 어떻게 받아들여야 할지 가늠할 수가 없다.

"놀라지 않으셔도 됩니다. 동본원사의 오타니 대교정께서도 각별하신 당부가 계셨으니까요."

"아, 오타니 법사께서……. 교토의 동본원사에서 머무는 동안 대교정 오타니 법사께서 일본의 지도자 중에서 특히 후쿠자와 유키치 선생의 사상과 인품을 강조했던 연유를 이제야 알겠습니다."

"아, 오타니 법사께서 그런 말씀까지……."

이동인은 만감이 교차하는 감회를 뿌리칠 수가 없다. 교토의 동본원사에서 머무는 동안 대교정 오타니 고쇼가 일본의 지도자 중에서도 특히 후쿠자와 유키치의 사상과 인품을 되풀이 강조하지를 않았던가.

아사쿠사 별원으로 돌아가는 이동인의 발걸음은 가볍기만 하다. 그는 일본으로 밀항해 온 모든 소망을 이루었다는 만족감에서 헤어나지를 못한다. 그럴 수밖에 없지 않은가. 당대 일본에서 가장 영향력이 있다는 후쿠자와 유키치와 더불어 외무성을 방문하여 유신정부의 고위관리를 만난다는 것, 더구나 도쿄에 주재하는 서양 각국의 공사들과의 교유가 실현된다면 그야말로 조선 제일의 외교통으로 부상할 날도 머지않았을 것이리라.

교토를 떠나 아사쿠사에 이르는 먼 노정을 함께하였고, 후쿠자와 유키치와의 만남에 시종 동참하였던 진종 승려 니시타 겐조도 기쁨을 감추지 못한다.

"동인 선사······, 저는 오늘 조선의 개혁이 선사의 주도로 이루어질 것이라는 사실을 다시 한 번 확인하였습니다."

"이제 겨우 시작인 것을요. 앞으로 더 많은 보살핌이 있었으면 합니다."

두 사람의 들뜬 심회가 미타에서 아사쿠사에 이르는 먼 길에 아낌없이 뿌려지고서도 식지를 않았던 것은 또 다른 놀라움이 그들을 기다리고 있었기 때문이다.

"이 사람, 자네······, 무불이 어떻게 예까지?"

어찌 놀랍지 않으랴. 무불 탁정식이 동본원사 아사쿠사 별원의 큰 대문 앞에서 이동인이 돌아오기를 기다리고 있었음에랴.

"동인······."

탁정식은 대문께로 다가오는 이동인을 오랫동안 바라보고 있었을 것인데도 그의 몸뚱이에 걸쳐진 검은빛 진종 승려의 복색이 몹시 눈에 거슬리는 모양이다.

"왜승이 되었다더니만, 과시 몰골이 가관이구먼······."

"옷이 무슨 상관이야······. 호랑이 굴에 들어왔으니 호랑이 행세를 해야지."

"부산으로 돌아온 오쿠무라 엔신으로부터 소상하게 전해 듣기는 했네만, 그래도 설마 했었지."

"내게는 모든 것이 다급하기만 한 시간이었어. 한데, 오쿠무라가 자넬 예까지 보내 주던가?"

"내가 서둘렀어. 하루속히 동인을 만나고 싶었고, 일본의 속사정도 알아보고 싶었거든……."

"그럴 테지. 어떻든 잘 왔어. 아, 참! 인사부터 나눠야겠군. 니시타 겐조라고 나를 보살펴 주고 있는 동본원사 제일의 학승일세."

무불 탁정식은 믿음직스러운 모습으로 니시타에게 수인사를 건네는데, 나무랄 데 없는 일본어를 구사한다.

"이거 조선 스님들의 일본어가 참으로 놀랍지 않습니까. 제가 조선어로 말할 수 있고서야 오늘의 수치심을 면할 것이라는 생각이 듭니다. 부끄럽습니다."

이동인은 머리를 숙이면서까지 민망해하는 니시타 겐조의 내심을 읽으면서 더욱 뜨거운 우정을 느꼈다. 그가 양식을 갖춘 학승이라는 사실이 게이오의숙에서 보았던 뜨거운 열기와 맞물려 있었기 때문이다.

이동인과 탁정식은 승방으로 들었다.

나날이 달라지는 이동인의 급변을 짐작케 하듯 많은 일본 책들이 연상 위에 정리되어 있다.

"조선에서의 일이 궁금하던 참인데……, 자네가 나타나다니. 이거야말로 부처님의 자비가 아니겠나. 응, 허허허."
"마찬가질세. 나는 일본에서의 소식이 주야로 궁금했어."
"그야 그랬을 테지. 자네의 도일도 부산별원의 오쿠무라 법사의 주선일 테고."
"음, 대은을 입고 있다는 생각이야."
"교유해야 하네. 그들의 도움을 받지 않고서는 일본의 문물을 배우고 익힐 수가 없어."
"정녕 도움을 받을 만한 사람들이던가?"
"당연하지. 절대로 소홀히 해서는 아니 될 사람들이야."
그제야 탁정식은 속내를 털어놓는다.
"내가 부산포로 떠날 때, 오쿠무라 남매는 원산항으로 갔으나, 지금쯤은 도성에 당도해 있겠지."
"도성에……?"
"자넨 그들과의 교유를 소중히 하라고 하나, 우리 조선으로는 경계해야 마땅한 인물이 분명해."
"무슨 소리야. 그게?"
이동인은 참지를 못했다. 그는 일본에서 경험한 갖가지 일들을 조선에서의 사정과 비교해 보고 싶었기에 짧은 시간도 참지를 못했다.

부마의 추억 만들기

오경석의 죽음

사역원司譯院 당상 오경석이 유명을 달리한 것은 이동인이 부산포를 떠나 일본으로 향한 뒤인 8월 22일이었다. 향년 49세의 길지 않은 생애였으나 그가 조선의 개항에 미친 영향은 실로 엄청나다.

오경석은 역관의 가문에서 태어났으므로 양반이 아닌 중인의 신분이다. 그가 가계를 이어받아 역관이 되어야 했던 것은 운명적인 진로였고, 역관에게 주어진 임무의 하나인 청나라를 내왕할 수 있었던 것은 행운 중의 행운이었다.

청년 오경석은 급변하는 국제정세의 거센 바람을 청나라에서 목격하게 된다. 그 바람은 동양의 문화와 관행을 휘청거리게 하는 폭풍이나 다름이 없었다. 청나라는 그 모진 바람에 적응하지 못한 채 망국의 수렁으로 빠져 들고 있었다. 오경석은 연년세세대국으로 섬겨 온 청나라가 힘없이 무너지는 것을 지척에서 지켜보면서 자주개항의 중요성을 뼈저리게 느꼈다.

"우리 조선은 서양 제국에게 문호를 개방하고서만이 나라를 온전하게 보존할 수가 있을 것일세!"

오경석은 중원에 다녀올 때마다 서양 문명의 실상과 산업의 융성을 알리는 전적典籍과 급변하는 국제정세를 한눈에 살필 수 있는 기물을 한 아름씩 안고 와서는 대대로 이웃하고 살아온 죽마고우이자 의원인 유홍기에게 전하면서 자주개항의 필요성을 역설하곤 하였다. 그리고 환경 박규수의 수역首譯으로 발탁되는 행운을 맞았다.

조정의 고위관리이자 유림의 신망이 두터웠던 박규수의 비호를 받으면서 걸출한 개화승인 이동인과도 의기투합하지를 않았던가. 이동인이 일본 땅에 밀항하게 된 것도 오경석의 부추김이 컸던 것임을 간과할 수가 없다.

약관弱冠의 나이로 도승지의 자리에 올라 외척의 위세를 한바탕 과시했던 민영익閔泳翊이 광통방 유홍기의 약국을 찾은 것은 오경석의 장례를 치른 지 열흘 남짓 지나서다. 그 또한 중전 민씨의 각별한 당부가 있었기 때문이다.

중전 민씨가 박진령을 통해 개항세력들의 동태를 세세히 파악해 두고 있었던 것은 언제라도 그들의 결집된 힘과 조직을 자신의 편으로 만들어야겠다는 야심의 발로이고도 남는다.

아무리 어려도 일국의 도승지라면 왕명을 출납하는 승정원의 우두머리다. 게다가 민영익의 깔끔한 성품이라면 역관의 죽음에 깊은 애도를 표할 까닭이 없다. 그는 송죽재로 들어서자 성큼 유홍기의 앞으로 다가와 앉으면서 무겁게 입을 연다.

"일본인들의 짓거리가 심상치 않아서요."

"짓거리라니요?"

유홍기는 긴장하지 않을 수가 없다. 일본국의 대리공사가 도성에 상주하고 있는데도 대일관계가 원만하게 풀려 가지 않는 것이 마음을 상하게 하고 있었기 때문이다.

"저들이 수륙水陸의 형세를 살피려 들었다면, 참으로 방자한 소행이 아니겠습니까."

사건의 개요는 이러하다.

하나부사 대리공사는 서대문 청수관에 머물고 있으면서 남양부南陽府 고온포古溫浦에 일본군 일개 소대의 병력을 상륙시켜 도성까지 도보로 행진할 것을 명했다.

일본국 육군중위 가이즈 미쓰오海津三雄가 선봉에 서고, 그의 뒤를 소총에 착검한 일본국 육전대의 병사 20여 명이 따르는 대열이었다. 그들이 고온포를 떠나 서울로 행진하는 동안 처음으로 제지를 받은 곳은 수원에서다. 수원유수水原留守와 장병들은 이들의 통과를 끝까지 허락하지 않았다.

"통과할 수 없다. 당장 돌아가라!"

이에 격분한 하나부사 대리공사는 몸소 서기관 곤도 마스키를 거느리고 예조를 찾아가 참판 홍우창에게 엄중항의를 한 것이 사건의 발단이었다. 통역은 현석운이었다.

"병사들의 통행을 막는 행위는 수호조약을 위반하는 일이며, 일본국 공사의 업무를 방해하는 일이오이다. 당장 행진을 계속할 수 있도록 조처하시오!"

"이것 봐요. 조선 조정의 허락 없이 정규병의 행진을 감행하는 것은 주권에 대한 도전이 아닌가!"

"아니, 뭐야."

"당장 배로 돌아가게 하시오!"

"이것 봐요. 참판."

하나부사 대리공사가 눈알을 부라리며 탁자를 내리치자 홍우창도 지지 않고 자리를 박차고 일어나며 소리친다.

"대리공사는 망동을 삼가라!"

일촉즉발의 불행한 사태는 간신히 모면되었으나, 이 사건은 외교 문제로까지 비화되었다가 어처구니없는 수습으로 가닥이 잡히게 된다. '이번 한 번'이라는 조건으로 일본 병사들의 통행을 허락하였기 때문이다.

이로 인해 일본국 육전대의 병사들은 소총에 착검을 한 채 도성 한복판을 누비면서 청수관에 이르렀고, 그 과정에서 조선 백성들이 그들에게 돌을 던졌다 하여 또 한 번의 외교적인 마찰을 빚고서야 해결되는 우여곡절이 있었다.

"도승지 영감."

유홍기는 약 30년 연하의 민영익을 영감이라고 불렀다. 그러면서도 문하를 다독이듯 따뜻하게 타이른다.

"우리 조선은 예부터 큰길을 닦아서 물자를 유통하는 일을 소홀히 하였습니다. 왜냐하면 닦아 놓은 새 길이 침략군에게 이용되는 것을 두려워하였기 때문입니다."

"외침에 시달렸던 조선의 처지로는 당연하지를 않습니까."

"아니지요. 길을 내지 않고서는 물자의 유통을 원활하게 할 수가 없어요. 물자의 유통이 막히면 물산物産의 융성은 공염불이 되고 맙니다. 외침이 두려워서 길을 내지 않는 것은 진정한 국익이 무엇인지를 깨닫지 못한 데서 오는 과실임을 아셔야지요."

"……!"

"도승지 영감, 이 나라 조선을 바로 이끌어 가시고자 한다면 무엇보다도 더 크게 눈을 뜨셔야 합니다. 세계는 엄청나게 크고 넓습니다. 바다와 육지를 말하는 오대양, 육대주에는 일본국이 아니고도 더 큰 나라들이 얼마든지 있는데 어찌하여 이 나라 조정은 일본국과의 수교에만 연연하시고자 합니까. 항구는 우리가 먼저 열어서 세계의 문물을 받아들여야 하는데……, 열어 달라는 항구를 닫아만 놓는다면 나라의 발전이 있겠습니까. 설사 기득권을 지키려는 조정의 훈구대신들이 반대를 거듭한다 해도 영감께서는 더 크고 넓은 세계로 눈을 돌리는 것이 중전 마마께 보은하는 길이 아니겠습니까."

마침내 민영익의 안색이 창백하게 바랜다. 중전 민씨가 박진령을 통해 유홍기를 비롯한 개항세력의 의지를 점검하고 있었다면, 그들의 견해가 이미 고종에게 전해졌을지도 모른다는 생각이 들어서다.

계책

 찬바람이 불면서 조선 조정은 원산의 개항의사를 확정하여 일본국 공사관에 통고하였다. 백의정승 유홍기의 개항의지가 알게 모르게 박진령을 통해 중전 민씨에게 전달되었고, 욱일승천의 기세로 떠오르는 민영익의 주청이 주효하였다면 개항세력들에게는 더할 나위 없는 기쁨이고도 남는다.
 이미 개항되어 있던 부산포에 이어 동해안의 중심항인 원산을 개항하겠다면 비로소 조선의 개항이 명실상부하게 실현된 것이나 다름이 없다. 바로 이 무렵 개항세력에게는 또 한 가지 가슴 설레는 소식이 전해진다.
 동본원사 부산별원의 오쿠무라 엔신과 그의 여동생 오쿠무라 이오코가 마침내 서울에 도착하였다는 소식이 전해진 때문이다. 그들은 부산포에서 제물포까지는 군함을 이용하였고, 제물포에서 서울까지는 두 대의 인력거로 경인가로를 질주하여 서대문 청수관에 도착하였다.

조선 땅 도성 거리에 일본 여성의 고유의상인 기모노가 등장하고, 커다란 바퀴가 굴러가는 인력거에 그녀가 타고 있었다면 문화적인 의미로는 정서의 충돌이 아니고 무엇인가.

오쿠무라 엔신 남매는 일본국 공사관인 청수관에 여장을 푼다. 일본국 대리공사 하나부사 요시타다는 그들을 융숭하게 예우하지 않을 수 없다. 동본원사 아사쿠사 별원에서 조선국 사신들의 숙소를 제공하고 있었으므로 일본국 유신정부와 동본원사는 한 끈으로 묶여 있는 유착관계를 유지하고 있었기 때문이다.

교토의 동본원사가 아무리 진종본묘임을 내세운다고 하더라도 「병자수호조약」의 체결과 동시에 부산포에 별원을 개설할 수 있었던 것도, 원산의 개항과 때를 같이하여 원산에 또다시 별원을 개설할 수 있게 되는 것도 따지고 보면 일본국 유신정부의 동조와 협력이 있었기에 가능했던 일이 아니겠는가.

하나부사 대리공사는 접견실로 들어서는 두 남매를 공손하면서도 정중하게 맞는다.

"어서 오십시오. 원로에 고생이 많았을 것으로 압니다."

"공사님께 귀국인사도 여쭐 겸……, 조선의 개항인사들과 교유의 폭도 넓혀야 하겠기에 불편한 것을 알면서도 육로를 택하게 되었습니다."

"허허허, 선사의 심정은 알고도 남아요. 이동인과 탁정식을 이미 품 안에 두었는데, 여기서는 또 누굴 지목하셨소이까!"

"백의정승으로 예우받고 있는 대치 유홍기 선생과의 유대를 돈독히 하고 싶어서요."

"허허허, 과연 동본원사의 추진력에는 감탄을 아니 할 수가 없어요. 선사가 노리는 대치 선생이야말로 조선 개항을 주도하는 우두머리가 아니오이까."

"아닙니다. 그런 뜻이 아니라 전적으로 이 오쿠무라 엔신의 개인적인 소망으로 보셔야 합니다. 일본에서 공부하고 있는 동인 선사의 편지를 전할 일도 있고요……."

"그럴 테지요. 암, 그렇고말고. 하나, 오쿠무라 선사께서 대치 선생과의 유대를 공고히 하시겠다는 사실 그 하나만으로도 나는 모든 지원과 협력을 아끼지 않을 작정이에요."

일본국 대리공사 하나부사 요시타다는 오쿠무라 엔신과 유홍기의 접촉에 큰 관심을 표명한다. 유홍기의 문하에서 김옥균, 홍영식, 유길준, 박영효와 같은 준재들이 자라나고 있었고, 그들 모두가 조선의 개항을 열망하고 있다면 장차 일본국의 전위대前衛隊로 이용할 가치가 있을 것이라는 간교한 생각이 아니고 무엇이겠는가.

하나부사 요시타다는 지체 없이 공사관의 서기관 곤도 마스키를 불러 지시한다.

"지금 곧 홍문관 수찬修撰 김옥균이나, 금릉위 박영효의 행방을 수배하도록!"

"지금 말씀입니까?"

"암, 그분들을 만나기 위해서 오쿠무라 선사께서는 부산에서 예까지 달려오시지 않았나."

"하오시면 공사관에서 만나시도록 주선하겠습니다."

"쯔쯔쯧……!"

하나부사 요시타다는 곤도 마스키의 지혜롭지 못한 판단에 혀를 찰 수밖에 없고, 오쿠무라 엔신이 부드러운 어조로 부연하는 것으로 곤도 마스키의 난감해진 처지를 구원한다.

"그 두 분은 소승과도 지면이 있는지라, 부산포에서 소승이 왔다고 하면 회답이 있을 것으로 압니다. 그런 연후에 만나는 장소를 그쪽에서 정해 주시면 제가 아우와 함께 찾아가서 뵙겠다고 전하면 될 것으로 압니다."

실로 절묘한 접근방법이 아닐 수 없다.

곤도 마스키가 머쓱해진 모습으로 공사실을 물러나자, 하나부사 요시타다는 다시 한 번 감탄을 아끼지 않는다.

"허허허, 과시 동본원사의 치밀함이요. 김옥균이나 박영효를 중심으로 한 조선의 개항세력들과 만나게 되면 대치 선생과의 만남도 아주 자연스럽게 이루어질 것으로 압니다."

"그 어른과의 면담은 시생이 먼저 청할 생각으로 있습니다.

아주 오래전부터 소망해 왔던 일이어서요."

오쿠무라 엔신은 이동인과 탁정식으로부터, 그리고 김옥균과 박영효로부터도 유홍기의 높은 학덕과 인품을 세세히 들어 왔던 터이므로 자신의 내심을 솔직하게 토로한다. 그러나 하나부사 요시타다는 냉정한 어조로 말한다.

"다만 한 가지……. 어떠한 경우에도 일본국 정부가 관여하였다고 알려지거나 우리의 국익을 손상하는 일이 있어서는 아니 될 것으로 압니다. 이 점 각별히 유념해 주셨으면 합니다."

일본국 대리공사의 협박과도 같은 마지막 당부가 오쿠무라 남매의 간담을 서늘하게 하였으나, 그들은 애써 아니 들은 것으로 하리라고 다짐한다.

창덕궁昌德宮의 협문인 경추문景秋門이 열렸다.

박진령은 빠른 걸음으로 궐문을 나서면서 장옷長衣(조선의 부녀자들이 외출할 때 얼굴을 가리는 쓰개치마)으로 얼굴을 가린다. 지체를 생각해서가 아니라 궐문을 나선 아녀자임을 숨기려는 민첩함이었다. 박진령은 거처를 진장방으로 옮기면서부터 줄곧 경추문을 통해 중궁전에 드나들고 있다.

박진령의 퇴궐을 기다리며 행길을 서성이던 최우동은 재빨리 그녀의 곁으로 다가서며 말한다.

"서둘러 약국으로 가야겠네."

"약국이면……?"

"소상한 것이야 알겠는가만, 일본에서 손님이 왔다면 동인 선사의 소식이 아니겠나."

"……!"

박진령은 온몸을 스치고 지나가는 전율감에 젖는다. 그리고 웃으며 달려오는 이동인의 환영을 보았다. 박진령은 엉거주춤하게 서 있는 최우동을 뒤로 하고 빠른 걸음을 내딛기 시작한다. 몽매에도 잊지 못할 정인의 소식이라면 만 리 길이라도 한걸음으로 달려가야 하지를 않겠는가.

광통방 유홍기의 약국으로 들어서는 박진령에게 내정에서 나오던 강창균이 놀리듯 말한다.

"서재로 가게나. 동인 선사께서 사람을 보내셨다네."

"아……!"

이동인이 사람을 보냈다면 대체 누가 왔다는 말인가. 더구나 그가 유홍기의 서재에 당도해 있다면 무슨 말부터 입에 담아야 하는지……, 박진령의 가슴이 쿵쿵거리기 시작한다.

"저, 진령입니다."

박진령은 방 안에서의 전언을 기다리지 못하고 방문을 연다. 그러나 송죽재에는 김옥균의 모습만 보일 뿐 이동인의 소식을 전할 만한 사람은 없다. 서운함이 지나쳐서인가, 박진령은 문지방을 넘어서면서부터 무너져 내리는 심신을 가누질 못한다.

유홍기는 전에 없이 허둥대는 박진령에게 위로하듯 입을 연다.

"동인 선사를 인도하여 일본으로 갔었던 동본원사 부산별원의 주지가 동인 선사의 소식을 가지고 돌아왔다는 전언이 왔구나."

"오쿠무라 엔신……, 그분은 지금 어디에 계신지요?"

박진령의 반문이 다급하게 튕겨져 나왔으나 유홍기의 어조는 차분하게 이어진다.

"그래, 그 오쿠무라 엔신 남매가 도성으로 들어왔는데 거처가 마땅치를 않아서 청수관에 머무르고 있다는 게야."

"데려오면 될 일을……. 진장방 제 거처에서 머물게 하시지요. 넓고 아늑하기도 하오나……, 동인 선사의 뜻이 또한 그러할 것으로 아옵니다."

박진령의 대답이 너무도 명쾌하여서인가, 유홍기와 김옥균은 서로 시선을 마주치며 안도한다.

"허허허, 동인 선사도 네 총명에는 손을 들곤 하였지."

"서둘렀으면 하옵니다."

"방금 고균과도 의논을 하고 있었다만, 일본인 외교관도 아니고, 더구나 군인도 아닌 승려의 남매가 움직이자면 무엇보다 은밀한 거동이어야 하는데……."

"소녀에게 맡겨 주오소서."

"네가……?"

"그 두 분이 타실 가마를 차비하고 소녀가 청수관으로 갔다가, 일몰 후에 움직인다면 남의 눈에 뜨일 까닭이 없지를 않겠사옵니까."

나무랄 데 없는 계책이다.

김옥균은 일본국 공사관의 서기관 곤도 마스키를 통하여 이같은 사실을 하나부사 대리공사에게 알렸다. 공사로서는 소리쳐 반길 일이 아닐 수 없다. 첫째는 일본국 동본원사와 조선의 개항세력이 제휴하는 일이었으므로 공사관이 주선하거나 개입하였다는 흔적을 남길 필요가 없었고, 둘째 오쿠무라 엔신 남매의 거처를 조선의 개항세력에서 제공한다면 앞으로 야기될지도 모르는 모든 불상사에 대한 책임을 조선 측에 떠넘길 수가 있을 것이기 때문이다.

청수관 주위에 어둠이 깔리자 두 채의 사인교四人轎가 소리 없이 다가와서 내정으로 스며든다.

"어서 오십시오. 기다리고 있었습니다."

곤도 마스키가 사인교에서 내리는 두 사람에게 허리를 굽힌다. 사복 차림의 김옥균이 먼저 내리고, 뒤 따르듯 박진령이 내린다.

"폐를 끼치게 되었습니다."

"당치 않습니다. 자, 드시지요. 기다리고 계십니다."

곤도 마스키는 김옥균과 박진령을 서양식으로 개조한 청수관의 응접간으로 안내한다. 두 사람이 방으로 들어서자 진종본묘의 승복 차림인 오쿠무라 엔신과 화려하면서도 품위 있는 색채의 기모노를 입은 오쿠무라 이오코가 김옥균에게로 다가서면서 허리를 굽힌다.

"고균 선생, 예까지 오셔 주신 은혜가 백골난망입니다."

"그렇습니다. 저희가 찾아뵙는 것이 도립니다만……."

아름다운 미모와 상냥한 웃음을 뿜어내는 오쿠무라 이오코가 김옥균에게 서양식 악수를 청하자, 지켜보던 박진령은 조선 여인의 관행이 뒤틀리기 시작하는 충격을 받는다.

"우리는 동인 선사의 소식을 애타게 기다리고 있습니다."

김옥균이 일본어를 심하게 더듬거리자 곤도 마스키가 통변을 자청하였지만, 그의 조선어 역시 매끄럽지는 못했다. 수인사가 끝나자 김옥균은 비로소 박진령을 그들 남매에게 소개한다.

"동인 선사의 분신과 같은 분이십니다."

말뜻을 정확히 이해하였음일까, 오쿠무라 이오코는 가지러한 치아를 하얗게 드러내 보이면서 김옥균에게 악수를 청할 때처럼 손을 내민다. 박진령은 마다하지 않고 그녀의 손을 잡아 가볍게 흔든다. 조선에도 개명한 여성이 있음을 보여 주겠다는 안간힘인지도 모른다.

"반갑습니다. 잘 오셨습니다."

일본국 공사관에서의 대면은 오래가지 않았다. 김옥균이 오쿠무라 엔신에게 필담을 청하면서 거처를 옮길 것을 제안하였고, 오쿠무라 남매는 마치 기다리고 있었다는 듯이 동조한 탓이었다. 그들은 진장방의 거처가 이동인이 기거하던 곳이라는 부연에 만족감을 더하는 것이 완연하였다.

"자, 출발하시오."

청수관 주변에 아무 이상이 없다는 보고를 받고서야 곤도 마스키는 출발을 종용한다. 김옥균은 그에게 감사의 뜻을 표하면서도 일본국 대리공사 하나부사 요시타다가 끝까지 얼굴을 내밀지 않은 것을 내심 괘씸히 여겼다.

청수관의 대문을 나선 사인교 두 채는 김옥균과 박진령의 인도를 받으면서 조심스러운 발걸음을 옮겨 놓기 시작한다.

"무사히 갈 수 있을지?"

"걱정할 일이 아닐세. 우리 두 내외가 어른들을 모시고 가는 형상이 아니겠나."

김옥균의 재담임을 알면서도 박진령은 얼굴을 붉힌다. 그러나 다시 이어지는 그의 부연이 박진령을 안도하게 한다.

"사복한 일본국 공사관의 병사들이 은밀하게 따르고 있을 것일세."

"……!"

"하나부사 공사란 자는 낯짝조차 내밀지를 않았어. 제 놈들의 계책일 것인데도 말일세."

"계책이라니요?"

"우리가 저들을 만나는 것이야 동인 선사와의 인연을 소중히 하려는 것이나, 저들에게는 꼭 그렇지만은 않을 것일세."

김옥균은 오쿠무라 엔신 남매와 만나는 것이 일본국 공사관의 계책에 말려드는 일이 될지도 모른다는 우려를 떨쳐내지 못한다. 그러면서도 그것을 우회적으로 입에 담아야 하는 것은 그들 남매의 예우에 하자가 생기는 것을 두려워하고 있음이 아니겠는가.

진장방에서

 이윽고 두 채의 가마는 진장방 박진령의 집 솟을대문 안으로 자취를 감춘다. 그러나 김옥균은 잠시 대문께를 서성이며 사위를 둘러본다. 미행이 있었을까 두려워서다.
 "잡인들의 근접이 있어서는 아니 될 것일세."
 김옥균은 청직으로 보이는 장년에게 주의를 환기시키고서야 중사랑으로 발걸음을 옮긴다.
 김옥균이 방으로 들어서자 와룡촛불이 일렁거렸다. 오쿠무라 이오코의 미모는 그녀가 입고 있는 기모노와 어우러져 한 폭의 그림처럼 아름답게 보였다.
 "사인교를 처음 타셨으면 불편하셨을 것으로 압니다."
 "심려 마십시오. 그것보다는……, 조선 사대부의 품위가 어디에서 비롯되는 것인지 이제야 알 것 같습니다."

오쿠무라 엔신은 가지런하면서도 품위 있게 꾸며진 방 안의 분위기에 압도된 모양이다. 보료에 놓인 비단 사방침四方枕, 병풍에 그려진 아름다운 산수, 문갑을 장식한 서책과 백자필통 등을 어찌 일본의 생활문화와 비길 수 있으랴.

"너무나 아름다워 황홀한 지경입니다."

오쿠무라 이오코의 감탄이 채 끝나기도 전에 다과상이 들었다. 송화다식과 갖가지 강정으로 가득한 소반에 은수저가 놓이고, 수정과가 담겨진 조선 백자의 찻잔이 올려지자 두 남매는 열려진 입을 다물지 못한다.

"조선에서는 다과茶菓라고 합니다만, 사양치 마시고 드셨으면 합니다."

"고노 야키모노와(이 도자기는)……."

오쿠무라 이오코는 조선 백자의 찻잔을 들어 보면서 너무도 황홀한 나머지 일본어로 감탄을 연발한다. 일본 땅에서라면 보옥寶玉으로 불려야 마땅한 조선 백자가 생활용품으로 쓰이고 있다면 얼마나 놀라운 일인가.

"지필묵을 내주시겠는가……."

김옥균이 당부하자 박진령은 필묵문갑을 대령하고 난초가 그려진 청화연적을 들어서 물방울을 뿌린다. 그리고 먹을 가는 그녀의 단아한 모습도 오쿠무라 이오코 못지 않게 아름답다.

김옥균은 묵향이 풍기는 필묵문갑을 오쿠무라 엔신 쪽으로 옮겨 놓으면서 필담을 시도한다. 물론 수화手話도 곁들인 다양한 의사소통이었지만, 이동인이라는 걸출한 매개체가 작용하고 있었던 탓에 아무 불편함이 없을 만큼 화기애애한 분위기가 연출되어 간다.

"동인 선사께서 고균 선생께 전해 주었으면 하는 각별한 당부가 계셨습니다. 안에 대치 선생께 전해 올려야 할 서찰도 있을 것으로 압니다."

오쿠무라 엔신은 김옥균의 앞으로 두툼한 보자기 하나를 밀어 놓는다. 한눈에 보아도 서찰만이 아닌 또 다른 귀중품을 보낸 것이 분명하다.

"고맙습니다. 그럼……."

김옥균이 보자기를 풀자, 다섯 권의 서적과 두 통의 편지가 들어 있다. 김옥균은 자신의 이름이 적힌 서찰부터 읽고 싶었으나, 오쿠무라 남매의 면전이라 서책부터 살핀다. 세 권은 일본어로 쓰인 책이고, 나머지 두 권은 두툼한 서양 서적이었지만 무엇을 적은 책인지는 짐작조차도 할 수가 없다. 오쿠무라 엔신이 그의 곁으로 다가와 앉으면서 부연한다.

"일본어로 쓰인 책은 명치유신 전후의 사상적, 사회적인 배경을 논설한 것이고, 이 서양 서적은 사진이 많은 것으로 미루어 서구의 산업과 주거, 그리고 풍속을 소개한 것으로 보입니다만, 저희들 심려는 마시고 동인 선사께서 보낸 서찰부터 살피시지요. 허허허, 무척 기다리셨던 소식일 테니까요."

김옥균은 마다하지 않는다. 그가 꿈틀거리는 듯한 이동인의 필적을 펼쳐 들자 박진령은 눈물부터 흘린다.

서찰의 내용은 도도하게 흐르는 강물과 같아서 김옥균을 자극하고도 남았다. 이동인은 부산포를 떠나 나가사키, 고베, 오사카, 교토에 이르는 과정을 소상히 적으면서 유신일본의 약진상을 소개하였고, 동본원사의 대교정 오타니 고쇼와 소교정 시노하라 준메이가 일러 준 평등사상이 일본국 민초들의 개혁의지를 채찍질하면서 면면히 흘러가고 있음을 강조하고 있었다. 그것은 김옥균을 비롯한 조선 개항의 선봉들에게 분발을 촉구하는 격려의 글과 무엇이 다르겠는가. 그리고 마지막으로 동본원사 부산별원의 오쿠무라 남매와 제휴하는 것이 조선 개항에 크게 도움이 될 것이라고 적었고, 특히 금릉위 박영효와 오쿠무라 이오코의 개인적인 교유를 주선할 수 있다면 더 바랄 것이 없겠다는 부탁과 함께 자신의 편지를 박진령에게도 읽게 할 것을 당부하는 것으로 매듭짓고 있었다.

김옥균은 읽기를 마친 이동인의 편지를 박진령에게 건넨다. 그러나 박진령은 선뜻 받아 들지 못한다.

"자네에게 읽게 하라는 당부가 계셨으이."

박진령은 정인의 필적이 담긴 서찰을 받아 들면서 또다시 눈물을 쏟는다. 자신의 존재를 소홀하게 여기지 않는 이동인의 마음씀이 고마워서다. 오쿠무라 이오코는 그런 박진령의 모습을 지켜보면서 만만치 않은 여인임을 머릿속에 새겨 두고 있다.

김옥균과 오쿠무라 엔신의 필담에는 대치 유홍기의 이름이 자주 거론될 수밖에 없다.

"고균 선생과 다시 만나게 된 것도 기쁜 일입니다만……, 대치 선생을 뵈었으면 하는 것이 저희 남매의 소망입니다. 고균 선생께서 힘이 되어 주셨으면 합니다."

"그야 이를 말씀이겠습니까. 동인 선사님의 타국소식을 전해 주신 것을요."

이동인은 김옥균에게 보내는 편지에 동본원사의 부산별원과의 제휴가 조선 개항에 큰 힘을 보탤 것이라고 적고 있다. 그것을 읽은 김옥균이 오쿠무라 엔신의 소망을 마다할 까닭이 없다.

"대치 선생께서 동인 선사의 서찰을 읽으시면 동본원사가 베풀어 주신 여러 가지 배려에 대한 치하의 말씀을 전하기 위해서라도 몸소 달려오시리라 믿습니다. 또 시생이 인도할 것이니 심려 마십시오."

"고맙습니다. 아미타불."

밤이 이슥해지자 김옥균은 밝은 날 대치 유홍기 선생과 함께 다시 찾아오겠다는 다짐을 남기고 진장방을 떠났고, 박진령은 오쿠무라 엔신 남매의 잠자리를 보살피기 위해 또 한 번 분주를 떨어야 했다.

오쿠무라 엔신에게는 중사랑을 내주었으나, 오쿠무라 이오코는 그녀의 활달한 성품답게 박진령과 함께 있기를 청하였으므로 내당에서 기거하기로 하였다.

군불을 지핀 조선의 온돌은 따뜻하고 안온하였다. 오쿠무라 이오코는 갸름한 두 손을 깔려진 요 밑으로 밀어 넣으면서 조선의 생활문화에 감동을 거듭하다가는 다시 몸을 일으켜서 방 안을 장식하고 있는 의걸이장롱을 세세히 살필 만큼 새롭고 신비한 경험을 만끽하였다.

박진령은 오쿠무라 이오코의 진솔한 모습을 눈여겨 살피면서 금릉위 박영효와의 만남을 주선하라는 이동인의 당부가 무엇을 뜻하는 것인지를 비로소 실감할 수가 있었다.

오쿠무라 이오코

 조선의 늦가을은 온 천지가 투명하게 보일 만큼 아름답다. 더구나 흐르는 물소리와 새소리까지 어울려서 들려오는 진장방 박진령의 거처는 선경仙境과 다름이 없다.
 오쿠무라 엔신은 동생인 이오코와 함께 정자와 노목이 어우러진 후원 뜰을 거닐면서 조선 사대부가의 가을 정취를 만끽하고 있다.
 "놀랍구나. 조선이 선비의 나라임을 이제야 알 것도 같다만……, 온돌에서 전해지는 훈기는 습기 찬 다다미방에서만 살아온 내게는 선경이고도 남았어."
 "아침식사의 푸짐함은 또 어떻고요. 조선 사람들의 후한 인심이 어디서 나오는지 이제야 알겠어요."
 "나도 그 점을 생각했었다. 주인에게는 폐를 끼치는 일일 것이다만, 일본국 공사관이 아닌 여기서 머물게 된 것은 정말로 천우신조야……."

"동인 선사의 소망일 것으로 알아요."

"음, 그래. 그럴 수도 있겠지."

노랗게 시든 낙엽은 그들의 발끝을 피하면서 굴렀다. 누군가 가까이로 다가서는 발소리가 들리더니 곧 박진령이 모습을 드러낸다.

"바람이 차지를 않습니까?"

"아닙니다. 우리는 선경을 거닐고 있는 것을요."

오쿠무라 이오코가 웃으면서 대답한다.

"어서 가시지요. 대치 선생님께서 오셨습니다."

"아, 예. 고맙습니다."

오쿠무라 엔신의 목소리는 이미 상기되어 있다. 그는 진실로 조선 개항의 지도자로 존경받는 대치 유홍기를 만나고 싶었다. 조선과 같은 극심한 계급사회에서 중인의 신분인 한 의원이 그것도 살아서 백의정승으로 숭앙되고 있다는 것이 믿어지지 않아서다.

두 남매는 큰사랑의 내정으로 인도되었다. 박진령의 기척이 있자 김옥균이 방에서 나왔다.

"편히 쉬셨습니까. 지난밤에는 결례가 많았습니다."

김옥균의 환한 표정과 격의 없는 인사가 그들의 긴장감을 풀어 주었다.

"조선 제일의 숙사였다고 생각합니다. 고맙습니다."

"다행이십니다. 자, 드시지요."

오쿠무라 엔신은 어젯밤에 머물렀던 중사랑과 또 다른 분위기를 느끼면서 김옥균의 뒤를 따라 조심스럽게 방으로 들었다.
"어서 오시오. 내가 유홍기라는 의생이외다."
문가에 나와서 거침없이 손을 내밀면서 환하게 웃는 유홍기의 소탈한 모습이 오쿠무라 남매를 더욱 놀라게 한 모양이다. 그들은 악수를 청한 유홍기의 손을 잡으면서 압도당하고 있는 기색이 완연하였다. 그럴 수밖에 없다.
1944년, 고균기념회에서 편찬한 『김옥균전』 상권에 유홍기의 인품과 풍채를 다음과 같이 적고 있음에랴.

대치 선생은 본시 역관의 집안에서 태어났으나 의醫를 업으로 삼았고, 깊게 불교를 믿었다. 도道가 높고 품성이 청백하였으며 학문으로는 역사에 통달하여 조선 고금의 역사에 막힘이 없었고, 또한 세계사에도 능통하였다. 변설이 유창하며 신체는 장대하였는데 홍안백발이었다. 언제나 배운 바를 몸소 행하는 행동가였다.

유홍기는 절제된 손짓을 섞으면서 몸소 오쿠무라 남매를 좌정하게 하는데, 그 자상함이 마치 동기간을 대하는 듯하였다.
"전해 주신 동인 선사의 서찰을 읽고 이렇게 달려왔습니다. 그와 동행까지 하면서 고통을 나누셨다니 동족의 한 사람으로서 감격하지 않을 수가 없었어요."

필묵문갑을 당겨 놓은 김옥균이 유홍기가 말한 것을 적어서 오쿠무라 남매에게 건네자 그들은 상체를 깊게 숙이고 나서 화답하는 말을 붓으로 적어 보였다.

"과분한 찬사를 주시니 부끄럽기 한량없사옵고, 말씀으로 듣던 대치 선생의 인품을 지척에서 대하게 되어 큰 영광입니다."

필담이란 번거롭기 마련이어서 수인사를 길게 나눌 겨를이 없다. 유홍기는 이동인의 편지에 적혀 있었던 평등의 문제에 대해 위험한 대목을 골라서 오쿠무라 엔신에게 묻는다.

"사람은 서로 평등하게 살아야 하고, 나라 또한 대등하게 수교하여야 하는 이치는 잘 알고 있으나, 우리 조선은 불행하게도 귀국의 막부와 같은 때려눌 대상이 없어요. 그렇다고 왕부를 뒤엎어서 평등을 찾는 것에 명분을 둘 수 없음은 대영 제국이나 귀 일본과 같은 훌륭한 왕실이 건재하기 때문이오. 이 점에 대한 귀공의 자문을 청하오."

오쿠무라 엔신에게는 난감한 물음이 아닐 수 없다. 일본국의 명치유신이 농민이나 천민 들을 결속할 수 있었던 것은 '존황토막'이라는 절묘한 명분이 있었기 때문이다. 그러나 조선의 개항은 왕실과의 투쟁이 되어서는 성사될 수가 없다. 오쿠무라 엔신은 먹물이 마르지 않은 필담지를 아우인 이오코의 앞으로 밀어 놓는다.

유홍기와 김옥균은 난감해하는 오쿠무라 남매의 모습을 싸늘하게 지켜보다가 또 다른 견해를 추가한다.

"구십여 년 전에 있었던 불란서의 혁명은 부패한 왕실을 타파한 민중들의 승리라고 기억될 것이지만……, 우리 조선의 아름다운 도덕과 충의의 정서는 그것을 용인하지 않을 것이오!"

김옥균은 그제야 유홍기의 내심을 알아차리고 스승의 인품에 머리를 숙이지 않을 수가 없다. 유홍기는 이동인의 밀항을 도와 일본국에서의 활동을 주선해 준 진종본묘 동본원사와 오쿠무라 엔신 남매의 배려에 고마움을 표시하면서도, 그것을 계기로 조선의 개항에 개입하거나 간섭해서는 아니 될 것이라는 사실을 우회적으로 경고하고 있었기 때문이다.

난감해하던 오쿠무라 이오코가 자세를 고쳐 앉으면서 오라비 엔신에게 뭔가를 청한다. 목소리는 크지 아니하였으나 그 모습은 대단히 진지하게 보였다. 오쿠무라 엔신은 고개를 끄덕이며 아우의 진언을 경청하고서야 붓을 든다.

"조선의 개항은 어떠한 경우에도 자주적이어야 하며, 저희는 대치 선생의 학덕과 인품으로 그것이 이루어질 것을 확신합니다. 다만 대치 선생께서 도움을 청하신다면 어떠한 어려움이 있어도 감내할 것임을 감히 약조드립니다."

오쿠무라 엔신이 필담지를 유홍기의 앞으로 돌려놓자 이오코는 다시 한 번 깊게 허리를 굽혀서 기필코 지켜 갈 것임을 다짐해 보인다.

때를 같이하여 금릉위 박영효가 당도했다는 전언이 들린다.

"이오코 상……. 금릉위께서 도착하셨답니다."

김옥균은 유독 오쿠무라 이오코를 향해 박영효가 왔음을 강조한다. 이동인의 서찰에 적힌 바가 상기되었기 때문이지만, 오쿠무라 이오코의 얼굴에도 홍조가 돌고 있다.

옥색으로 물들인 명주도포와 새것으로 보이는 통영갓, 그리고 턱 밑까지 흘러내리는 호박갓끈은 그가 한때나마 부마의 지위에 있었다는 품격을 살리는 데 부족함이 없다. 더구나 그의 나이 이때가 열아홉 살이라면 그야말로 귀공자의 모습이 아니겠는가.

"선생님, 근자에는 자주 문안 여쭙질 못하였습니다. 용서하소서."

박영효는 유흥기에게 정중한 예를 올리고 나서야 오쿠무라 남매가 조선의 도성에 들어온 것을 치하한다.

"만난 지가 오래되었는데, 부산포가 아닌 조선 도성에서의 재회라 기쁘기 한량없습니다."

놀랍게도 박영효는 또박또박 일본어를 구사하고 나선다. 더듬거릴 만큼 서툰 일본어였으나 오쿠무라 남매에게는 감동적인 순간이 아닐 수 없다. 물론 유흥기도 놀라워하는 기색이다.

"재회도 재회려니와, 공의 일본어를 들으니 반갑고 부끄럽기가 반반입니다. 허허허……."

"아직은 일본어랄 수 없을 만큼 서툴지만 더 열심히 배워서 익힐 작정으로 있어요."

"부마님께서 원하시고, 그런 기회가 주어진다면 제가 부마님의 일본어를 돌보아 드리겠습니다."

"아, 허허허, 그렇다면 제자가 스승을 찾아가야지요. 제가 부산포로 달려가서라도 배울 수밖에요. 허허허."

박영효의 일본어가 몹시 더듬거리고 있었는데도 오쿠무라 남매는 빠짐없이 알아듣는 모양으로 특히 이오코의 감격해하는 모습은 지나치다 싶을 만큼 호들갑스럽게 보였다.

유홍기는 나어린 박영효가 대견하기 그지없다.

"금릉위의 일본어 학습이 참으로 놀랍지 않은가."

"당치 않으신 분부십니다. 지난번 부산별원에서 머무는 동안 무불 선사께 부탁하여 교습서를 한 벌 필사해 온 덕분이옵니다."

"허허허, 바로 그 점이 대견하다는 게지……."

유홍기는 박영효의 집념에 찬사를 아끼지 않는다. 민망해하는 박영효의 상기된 모습을 바라보는 오쿠무라 이오코의 얼굴에는 함박 같은 웃음이 피어나 있다.

분위기가 무르익으면서 홍영식이 당도하였고, 뒤이어 유길준까지 합석하게 되자 조선의 미래를 짊어지고 나갈 젊은 개항세력과 오쿠무라 엔신 남매는 의기투합하지 않을 수가 없다. 이들은 손짓과 몸짓으로 의사소통을 시도하였고, 때로는 주고받은 내용을 필담으로 확인해 보고서는 파대웃음을 치곤 하였다.

유홍기는 젊은이들의 열기를 살려야겠다는 생각으로 슬며시 몸을 일으켜서 중사랑으로 나온다. 그는 따르는 박진령에게로 몸을 돌리면서 따뜻한 위로의 말을 아끼지 않는다.

"동인이 이번에 아주 큰일을 했구나. 이 땅의 젊은이들에게 새로운 전기를 마련해 주었음이야."

박진령은 기쁘기 한량없다. 정인은 비록 이국만리에 있지만, 그를 향한 유홍기의 칭송이 너무도 따뜻하여 자신에게로 넘치고 있음을 실감할 수 있어서다.

"선생님의 각별하신 보살핌이 계신 때문인 줄로 아옵니다."

"그렇지가 않아. 동인이 보내 준 편지를 읽으면서 그가 돌아와야 이 땅의 개항세력들이 새로운 자극을 받게 되고, 그로 인해 비로소 행동강령이 정해지리라고 믿었는데, 오쿠무라 남매를 우리 곁으로 보낸 동인의 지혜가 참로 슬기롭질 않느냐. 비로소 젊은 문도들은 개항이 몰고 올 실상이 무엇인지 앞당겨 실감할 수가 있을 것이야."

"……!"

"이번 일에는 진령이 네 노고도 동인 못지않았음을 나는 고맙게 여기고 있느니라."

"당치 않으시옵니다. 선생님."

"어제부터 네 행동거지를 세세히 살펴보고 있었고……, 또 오늘은 저들을 수발하는 네 모습을 지켜보면서 문득 동인 선사의 기개가 네게로 옮겨 왔음이라고 여겨졌거든……. 허허허."

"선생님……!"

유홍기는 박진령의 양 볼을 적시며 흘러내리는 눈물을 본다.

그리고 그녀와 처음 만났던 평양에서의 일을 상기한다. 천주교 도였던 그녀는 그때는 박진령이 아니라 관기 춘선이었다.

"나으리께서 소녀를 거두어 주신다면……, 배교背敎를 해서라도 나으리를 돕겠사옵니다. 거두어 주소서."

박진령은 장독으로 세상을 떠난 아버지의 죄에 연좌되어 관기가 되었으나, 그녀의 수청을 마다한 박규수의 인품에 보답하기 위해서라도 세상을 이롭게 하는 일에 몸을 던지기로 하였다.

"만민은 태어날 때부터 평등하다는 것을 소녀는 굳게 믿고 있사옵고, 나으리께서 이 나라의 개항을 짊어지실 어른이라는 사또의 분부가 지금도 귓전을 울리고 있사옵니다."

라고, 자신의 속내를 다짐해 보인 일이 있었다. 그로부터 13년의 세월이 지난 지금의 박진령은 기적妓籍에서 벗어났으되 유홍기를 위해 이동인에게 몸을 던졌고, 참언讖言을 입에 담는 무당이 되어서는 개항세력들의 의지를 중전 민씨에게 전하는 사자로 변신해 있다.

유홍기는 박진령의 어깨를 따뜻하게 감싸 안으면서 다시 한번 그녀의 노고를 치하한다.

"우리 조선의 헐벗고 가난한 민중들이 서양 여러 나라의 국민들처럼 사람답게 살아갈 수 있는 신천지가 도래하면 나는 너의 은공을 잊지 않을 것이니라."

"선생님……, 소녀는 어떠한 어려움이 있어도 선생님과의 약조를 지켜 가리라고 다짐하고 있사옵니다. 변함없이 돌보아 주소서."

　박진령의 감동은 끝이 없다. 생명의 은인이나 다름이 없는 유홍기의 주위를 맴돌면서 조선의 개항을 위한 일이라면 목숨도 아끼지 않으리라는 결기를 다짐하면서도 때로는 국외자局外者로 밀려나 있을지도 모른다는 불안감에 젖어야 했는데, 이제 비로소 스승의 가슴에 얼굴을 묻으면서 지난 세월 동안 앙금처럼 쌓여 온 불안감을 말끔히 씻어 내게 되었다.

　방 밖이 술렁거린다.

　"자리가 파한 모양이구나."

　유홍기의 귀띔을 듣고서야 박진령은 젖은 얼굴을 매만지며 방을 나간다. 오쿠무라 엔신을 비롯한 김옥균, 홍영식, 유길준 등이 어둠 속에서 웅성이고 있었으나, 유독 박영효와 오쿠무라 이오코의 모습만이 보이질 않는다.

　박진령이 조금은 다급하게 댓돌을 내려서고 있을 때 김옥균이 우렁우렁한 목소리로 고한다.

　"선생님……, 저희들 이만 물러갈까 하옵니다."

　박진령은 그의 곁으로 다가서며 묻는다.

　"금릉위께서는요?"

　"동인 선사의 소망이 이루어질 것도 같으이."

　"……!"

　박진령의 귓전으로 전해지는 김옥균의 목소리는 은밀하다.

그제야 오쿠무라 이오코의 모습이 보이지 않는 연유를 짐작할 수가 있었다. 유홍기가 마당으로 내려서자, 일행은 대문께로 발걸음을 옮기기 시작한다. 그들은 한결같이 오늘의 만남을 크게 만족해하고 있는 것으로 보인다.

대문께에 이르자 김옥균은 다시 박진령의 곁으로 다가서면서 은밀하게 당부한다.

"내일 내가 다시 올 때까지 금릉위를 그대로 머물게 하는 것이 어떻겠는가."

"심려 마오소서."

"고맙네."

김옥균의 모습이 어둠 속으로 스며들자 오쿠무라 엔신은 박진령을 향해 합장하면서 감격해한다.

"고쿠로사마데 고자이마시타(수고 많이 하셨습니다)."

박진령은 그에게 환한 웃음을 지어 보이고 나서야 큰사랑을 향해 빠른 발걸음을 옮긴다. 물론 박영효의 일이 궁금해서다.

"안 돼요. 이오코 상……."

박진령은 댓돌을 뛰어오르면서 소리친다. 이미 깨끗하게 치워진 술상이 툇마루에 정돈되어 있어서다. 박진령은 황급히 방으로 들어선다. 아니나 다를까, 오쿠무라 이오코는 기모노의 소매를 걷어붙이고 방바닥에 걸레질을 하고 있다.

"이오코 상은 손님입니다."

박진령은 그녀에게 달려들면서 걸레를 뺏으려고 했으나 이오코의 완강한 저항을 감당할 수 없다. 한참 동안의 실랑이가 있고서야 두 여인은 파대웃음을 토하면서 일을 분담하기로 뜻을 모은다. 걸레질은 이오코가 계속하되, 박영효의 이부자리는 박진령이 보살핀다는 합의였다.

박진령이 중사랑에 있는 침구를 내왔을 때 오쿠무라 이오코는 사방침에 몸을 기댄 채 잠이 들어 있는 박영효의 곁을 지키고 있다. 박진령은 이오코의 도움을 받으면서 박영효의 갓과 탕건을 내리고, 도포를 벗긴다. 그리고 대님을 끄르고 버선을 벗긴 다음 비단금침으로 옮길 때까지도 박영효는 눈을 뜨지 않았다.

"오네가이가 아리마스(부탁이 있습니다)."

오쿠무라 이오코의 어조는 간절하다. 그리고 그녀는 손짓과 몸짓을 섞으면서 자신의 의중을 진지하게 설명해 보인다. 그때 비로소 박진령은 그녀가 박영효의 수발을 청하고 있음을 알았다.

박영효와 오쿠무라 이오코의 은밀한 교유를 주선해 보라는 이동인의 당부가 있었다면 박진령의 처지로는 물불을 가릴 겨를이 없다. 더구나 오쿠무라 이오코가 스스로 박영효의 수발을 청했다면 마땅히 기뻐해야 할 일일 것이리라. 그러나 박진령은 이제 막 조선 문화에 심취하기 시작한 오쿠무라 이오코에게 실망을 주어서는 아니 되겠다는 생각 때문에 선뜻 허락할 수가 없다.

"이오코 상의 성의는 고맙기 그지없으나 손님으로 제 집에 오셨는데 어찌 그런 노고를 끼칠 수가 있겠습니까."

"아닙니다. 지난번 부마님께서 부산포에 오셨을 때도 저에게 따뜻한 말씀을 많이 해 주셨는데……, 잠시 전 주석에서는 저에게 일본어를 배우기 위해서라면 부산포로 달려오시겠다고까지 하셨습니다."

"……!"

"……이 같은 제 심정을 잘 아시는 고균 선생께서 부마님을 과음하게 하였습니다. 아무 걱정 마시고 저에게 맡겨 주신다면 폐가 되는 일이 없도록 각별히 유념하겠습니다. 허락해 주십시오."

그것은 사랑을 고백하는 것이나 다름이 없다. 아무리 말이 통하지 않는다고 하더라도 한 여인이 품어 온 간절한 소망이 전달되지 않는대서야 말이 되는가.

박진령은 이오코의 염원에 새삼 감동을 아끼지 않으면서 그녀의 소망을 받아들여야 할 것이라고 다짐한다. 아니 그것은 이동인의 당부를 따르는 것이기도 하다.

"이오코 상……, 주인 된 도리가 아닌 줄로 압니다만, 금릉위의 수발을 부탁드리겠습니다."

"고맙습니다."

오쿠무라 이오코는 진실로 고마워하는 기색이다. 박진령은 거친 숨을 뿜어내는 박영효의 모습을 물끄러미 바라보면서 오늘 밤이 두 사람에게 운명적인 해후가 되기를 마음속으로 기원하였다. 그리고 오쿠무라 이오코에게 박영효에 대해 사적인 부연을 해 두는 것도 잊지 않는다.

"금릉위 박영효 대감께서는 세상을 떠나실 때까지 독신으로 살아야 할 처지였습니다. 부마님은 상처喪妻를 하더라도 재혼할 수 없는 왕실의 법도를 따라야 하기 때문입니다. 그러나 천만다행으로 박영효 대감의 경우만은 예외입니다. 상처했을 때의 나이가 어리다 하여 이미 국법으로 재혼이 허락되어 있습니다."

"잘 알고 있습니다. 지난번 부산포에 오셨을 때 고균 선생께서 말씀해 주셨습니다."

박진령의 입가에 미소가 돌았다. 사내들이란 모여 앉으면 정녕 그런 말로만 화제를 삼는 것일까. 그렇다면 박영효와 오쿠무라 이오코의 재회는 이미 오래전에 계획된 것이 아니고 무엇이란 말인가.

내당으로 돌아온 박진령은 잠을 이룰 수가 없다.

큰사랑에서 일어나고 있을 일들이 뇌리를 어지럽히고 있어서다. 박영효가 술에서 깨어나면 자리끼를 찾을 것이다. 그때 그의 갈증을 덜어 주기 위한 오쿠무라 이오코의 상냥하고 빈틈없는 수발은 보지 않아도 안다. 게다가 박영효는 서툴게나마 일본어를 구사할 수가 있지를 않던가.

'선사께서도 바라는 일인 것을……!'

그러면서도 박진령은 형용할 수 없는 목마름에 젖어야 했다.

부마의 외도

．

 박영효가 숙취에서 깨어난 것은 첫닭이 울 무렵이었다. 그는 습관적으로 머리맡을 더듬어서 자리끼를 찾다가 뜻밖의 촉감에 손놀림을 멈추었다.
 "부마님……, 이오콥니다."
 어디서 들려오는 여인의 소린가. 박영효는 비로소 눈을 뜨고 사위를 살핀다. 처음에는 등촉이 환하게 밝혀진 넓은 방으로만 느껴졌는데, 다음 순간 황홀한 색채의 기모노가 어른거린다. 그리고 오쿠무라 이오코가 놋대접을 두 손으로 받쳐 들고 있는 모습이 보였다.
 "이오콥니다. 기억하시겠습니까?"
 "아, 다들 어디 갔나요?"
 박영효가 몸을 일으키며 당혹해하자 오쿠무라 이오코는 재빨리 그의 곁으로 다가가 앉으면서 꿀물이 담긴 대접을 비우게 한다.

"모두 돌아가셨습니다."

"하면, 지난밤을 이오코 상 혼자서, 그렇게 줄곧……?"

"네. 하지만 진령님의 허락이 있었습니다."

오쿠무라 이오코의 상냥하고 세련된 몸가짐은 나어린 박영효의 정감을 뒤흔들고도 남는다. 그녀는 박영효가 알아들을 수 있는 일본어에 손짓까지 섞으면서도 사랑을 갈구하는 애절한 눈빛을 보내고 있다.

"저는 지난여름과 가을을……, 오직 부마님만 그리워하면서 지냈는데 이제야 그 소망이 이루어졌습니다. 이오코에게는 아름답고 소중한 밤이었습니다."

"……!"

"부마님께서 원하신다면 무슨 일이라도 하겠습니다. 일본을 다녀오라고 하신대도 뒤로 미루지 아니할 것입니다."

"이오코 상, 지금 무엇이라고 하셨소?"

"부마님이 원하신다면 목숨이라도 버리겠다고 하였습니다."

"이오코 상……!"

박영효는 부마도위라는 허울 좋은 지체에만 얽매어 있을 수 없다. 그는 오쿠무라 이오코의 두 손을 감싸듯 잡았다. 코끝을 맴도는 이국 여성의 향취가 박영효의 욕정을 곤두박질치게 한다.

이윽고 오쿠무라 이오코가 박영효를 끌어당겨 안는다. 이혼 경력만도 세 차례. 그녀는 남녀가 공히 느끼는 최상의 애무가 어떤 것인지를 완벽하게 터득하고 있었으므로 열아홉 살 박영효를 열락의 늪으로 밀어 넣기에 부족함이 없다.

이로부터 5년의 세월이 흐르고 나면, 박영효는 김옥균, 홍영식 등과 더불어 이른바 개화당의 '삼일천하'라고 불리는 갑신정변甲申政變을 주도하다가 일본국으로 망명하게 된다. 그때 오쿠무라 이오코는 망명객인 박영효의 통역으로, 여비서로, 또 그의 병구완에 임하는 간호원으로 견마犬馬의 노고를 마다하지 않는 등 그야말로 동반자와 다름이 없었다고……, 그녀의 오래비 오쿠무라 엔신이 『조선국포교일지』에 기록할 정도였다면 오늘의 만남을 예사롭게만 보아 넘길 수가 없을 것이리라…….

사토 페이퍼

외무경과 만나서

　동본원사 아사쿠사 별원의 신록은 눈부시게 아름답다.
　이동인은 승방을 나서면서 싱그러운 아침 바람을 가슴 가득히 쓸어 담는다. 생기가 솟구치는 느낌이다. 그는 남다른 열정으로 도쿄에서의 일과를 분주하게 보내고 있다.
　게이오의숙을 설립한 후쿠자와 유키치의 따뜻한 후원에 힘입어 일본국 유신정부의 외무경外務卿(외무대신) 이노우에 가오루井上馨와의 면담이 허락된 것은 큰 행운이 아닐 수 없다.
　이름 없는 조선인 승려가 근대화된 일본국의 외무경과 교유할 수 있다는 사실은 그야말로 상상을 초월하는 일이고도 남는다. 이동인을 태어나게 한 배불숭유하는 나라 조선 땅에서는 일개 승려의 신분으로 이조판서吏曹判書나 예조판서禮曹判書와 마주 앉아 국정을 논하는 것은 꿈에서도 상상하기 어려운 일이었고,

또 그런 일이 있다면 살아남기 어려울 것이 분명하다.

"허허허, 어서 오시오. 동인 선사!"

이동인이 일본국 외무성의 정문으로 들어섰을 때 가까이로 다가서며 너털웃음을 웃는 사내가 있었다. 이동인은 걸음을 멈추고 소리 나는 쪽으로 고개를 돌렸다. 놀랍게도 모리야마 시게루가 다가서고 있질 않은가.

"아니, 그대는……?"

"허허허, 모리야마 시게루요. 이게 얼마 만이오이까."

"한데……?"

"동인 선사를 정중히 맞으랍시는 외무경 각하의 명을 받들고 있소이다. 자, 드십시다."

이동인은 모리야마 시게루와의 만남을 악연으로 여기고 있다. 부산포에서도 그랬고, 강화도에서도 그랬었는데 일본국 외무경과의 만남에 모리야마 시게루가 끼어드는 것이 어쩐지 께름칙하다는 느낌이 든다.

외무성 건물의 2층에 위치한 외무경의 접견실은 붉은빛 양탄자가 깔려진 넓은 방이고, 서양식 집기들로 장식된 방 안의 분위기는 호화로우면서도 고전적인 기풍을 풍겼다.

모리야마 시게루가 접견실로 들어서는 이노우에 가오루에게 이동인을 소개한다.

"각하, 조선 최고의 개화 스님인 이동인 선사십니다."

우락부락한 거구를 흔들면서 이노우에 가오루는 만면에 웃음을 담는다. 그러면서도 모리야마 시게루에게는 핀잔을 줄 만큼 빈틈이 없다.

"무슨 소리야. 조선 개화승이라니. 나는 동본원사의 득도승 아사노 게이인 스님을 기다리고 있었어."

"아, 예. 각하……."

이노우에 가오루는 모리야마 시게루가 그의 부하임을 성심을 다해 다짐하듯 깊게 상체를 꺾는 것을 보고서야 이동인에게로 몸을 돌리면서 너스레를 떤다.

"아니 그렇습니까. 허허허."

"빈도의 이름이야 아무렴은 어떻습니까. 빈도는 다만 외무경 각하를 뵙게 된 것만으로도 광영인 것을요."

"반갑소이다. 자 앉으세요."

두 사람이 힘찬 악수를 나누고 소파에 묻히듯 좌정을 하자 모리야마 시게루가 다시 부연한다.

"지난번 조약을 체결할 때……, 아사노 선사께서도 강화도에 계셨습니다."

"오, 그렇던가. 후쿠자와 유키치 선생께서 소개의 말씀이 계셨습니다만……, 우리 유신 일본국의 수도를 두루 살펴보신 소감은 어떠하십니까."

"글쎄요. 아직은 놀랍다는 생각뿐입니다. 다만 빈도는 저희 조선의 개항을 열망하고 있는지라 모든 것이 부럽기도 하고요."

"허허허, 그래서 우리 일본국이 조선의 개항을 적극적으로 돕고 있지를 않습니까. 조선이 우리 일본의 지도와 편달을 따른다면……, 조선의 개항은 결단코 어렵지가 않을 것이외다!"

지도와 편달이라는 말에 이동인의 반감이 일었다. 조선의 도성 거리에 일본국 공사관이 문을 열게 되었고, 외교관임을 빙자한 일본인들의 행보가 만만치 않을 것이라는 탁정식의 말이 떠올라서다.

"저희 조선은 자주개항을 열망하고 있음을 유념해 주셨으면 합니다."

"……!"

이노우에 가오루의 눈초리가 꿈틀거린다. 이동인의 배포가 만만치 않아서일 것이리라.

"그래, 일본에서 견문을 넓히는 데 어려운 점은 없으십니까?"

"걱정하실 필요는 없습니다. 오타니 법사와 후쿠자와 유키치 선생의 높으신 가르침으로 일본국 유신정부의 발전상과 구미 선진국들의 문물을 세세히 살피면서 익혀 가고 있으니까요."

"허허허, 참으로 다행입니다. 사카모토 료마의 화신이 되고자 머나먼 일본국까지 건너오신 선사가 아니십니까. 하루속히 소망을 이루시고 조선의 개화를 이끌어 나가셔야지요."

사카모토 료마의 이름이 거명되자 이동인은 공연히 가슴이 두근거린다. 외무경 이노우에 가오루가 이동인에 대한 정보를 속속들이 알고 있는 것으로 보여서다.

"허허허, 사카모토 료마와는 나도 교유가 있었던 터이라 선사의 뜻에 대찬동을 할 수밖에요."

"고맙습니다."

이동인이 고개를 숙여 보이자 이노우에 가오루는 비로소 어조를 바꾸면서 새로운 화두로 옮겨 간다.

"내가 어려서 영국에 밀항을 했을 때, 제일 먼저 놀란 것이 근대화된 산업시설이었습니다. 산업의 뒷받침 없이는 부강한 나라가 되지를 않습니다. 그런 점에서 본다면……, 지금 조선이 서둘러야 하는 것은 개항뿐이 아니겠습니까."

"실례지만……, 일본은 지금 몇 나라와 통상하고 있습니까?"

"지금은 17개 국입니다만……, 장차는 세계의 모든 나라와 통상을 해야겠지요."

"부럽습니다. 빈도가 왜 좀 더 일찍 일본에 오질 못했는지 후회막급이기도 하고요."

"허허허, 내가 도와 드리지요. 어려운 점이 있으면 언제든지 사양치 마시고 말씀해 주세요."

"각하의 배려……, 빈도로서는 은혜로울 따름입니다."

"은혜랄 것은 없어요. 조선은 개항해야 합니다. 더 많은 나라와 수교하고 통상하지 않고서는 낙후될 수밖에 없어요. 우리 일본은 바로 그것을 위해 수많은 지사들과 우국충정들이 목숨을 잃었습니다. 그 숭고한 희생을 딛고 이루어 낸 근대화라는 사실을 명심하셔야 할 것으로 압니다."

이동인의 가슴이 쿵쿵거리며 울린다. 일본이 수많은 지사들과 우국충정들의 희생을 딛고 번영의 기반인 근대화로 나가고 있다는 사실에 가슴이 뜨거워진 때문이다.

이동인은 그 뜨거워진 가슴으로 일본국의 유신에 앞장섰던 지사 이노우에 가오루에게 묻는다.

"각하, 지금 조선이 급히 서둘러야 할 일은 무엇이라고 보십니까?"

"노서아露西亞(러시아)를 경계해야 됩니다. 노서아가 얼지 않는 항구를 찾아 남진을 할 수밖에 없다면……, 기필코 조선으로의 진출을 시도할 것이 아니겠습니까."

"……!"

러시아를 조선에서는 '아라사俄羅斯'라고 부른다. 그 아라사가 얼지 않는 항구를 찾아 남진을 한다면 기필코 조선을 침략할 것이라는 이노우에 가오루의 충고는 이동인을 혼란스럽게 한다. 병인년(1866) 이후 프랑스, 미국, 일본 등의 나라가 무력으로 조선의 개항을 재촉하고 있는데 거기에 러시아까지 가세한다면 어찌 되는가.

"그렇다면, 우리 조선은······."

이동인은 자세를 고쳐 앉으며 조선 반도를 에워싼 국제정세를 익혀 보고자 했지만, 총리대신실에서 외무경을 부른다는 비서관의 쪽지가 전해지면서 이노우에 가오루는 서둘러 몸을 일으키면서 말한다.

"여기 모리야마 군이 선사의 모든 편의를 보아 줄 것으로 압니다. 나와의 면담 또한 모리야마 군을 통하면 언제든지 이루어질 것이니 그리 아세요."

"고맙습니다. 외무경 각하."

이노우에 가오루가 접견실을 나가자 비로소 모리야마 시게루는 주눅에서 깨어나듯 긴장을 푼다.

이동인은 거침없이 그에게 묻는다.

"외무경이 사카모토 료마와 교유했다는 게 무슨 뜻인가?"

"친구나 다름이 없었지요."

"친구······?"

이동인이 화들짝 놀라면서 몸을 굳히자 모리야마 시게루는 마치 자신의 무용담을 입에 담듯 신바람을 돋우고 나선다.

"당연하지. 명치유신이란 문자 그대로 '삿초동맹薩長同盟'의 산물이 아닌가. 그러니까 두 분 모두 명치유신의 일등공신이고······!"

외무경 이노우에 가오루는 조슈 번長州藩(지금의 야마구치 현) 출신으로 저 유명한 요시다 쇼인吉田松陰이 주도하던 쇼카손주쿠松下村塾에서 호연지기浩然之氣를 배우고 키웠다. 그와 함께 공부한 지사志士들인 다카스기 신사쿠高杉晉作, 구사카 겐즈이久坂玄瑞, 기도 다카요시木戶孝允(본명은 桂小五郎), 이토 히로부미伊藤博文, 야마가타 아리토모山縣有朋 등은 명치유신의 영웅들이다.

사카모토 료마는 이들 불같은 지사들과 사쓰마 번薩摩藩(지금의 가고시마 현)의 사이고 다카모리西鄕隆盛를 손잡게 하였고, 그것이 명치유신을 성사되게 한 원천이 되었다. 그런 소용돌이를 헤쳐 나온 이노우에 가오루가 지금은 유신정부의 핵심인물이 되어 있는 것은 너무도 당연하다.

이동인이 고개를 끄덕이며 달아올랐던 열기를 식히자 모리야마 시게루는 악동의 모습으로 다시 돌아오고 있다.

"허허허, 오랜만인데 어디 가서 객고客苦나 풀지요."

"객고……?"

"동래 관아에서 선사의 바라춤을 보았으니, 오늘은 내가 일본의 요정이라는 데를 구경시켜 드릴 생각입니다."

"그거 좋지. 거기 가면 얼굴을 하얗게 칠한 게이샤라는 계집들이 있겠지."

"아무렴, 선사에게 진상할 수도 있어요."

"예끼. 허허허."

얼굴에서 어깨까지 하얗게 칠한 이른바 일본의 기생을 '게이샤藝者'라고 부른다. 이 같은 화장법은 지금도 일본이 세계에 자랑하는 그들의 민속극인 가부키歌舞伎로 이어지고 있다.

모리야마 시게루는 두 대의 인력거를 불러 긴자銀座로 갈 것을 명한다.

시오도메 기차역

 두 대의 인력거는 인파를 누비면서 긴자 거리로 들어선다.
 "아, 저건?"
 이동인의 입에서 탄성이 새어 나온다. 어두침침한 목조건물이 한일자로 길게 이어진 2층 나가야長屋만 보아 오던 이동인에게 긴자 거리는 사진에서 보아 왔던 서양의 거리나 다름이 없어서다.
 "허허허, 이쯤에서 걸읍시다."
 어느 틈에 내렸는지 모리야마 시게루가 이동인의 인력거를 세우면서 너털웃음을 웃는다. 긴자 거리가 마치 서양의 풍물과 같이 신기하였던 터라 이동인으로서도 마침 반가운 소리였다.
 거리의 양쪽에는 비록 목조건물이지만 2층짜리 서양식 건물이 즐비하게 들어서 있고, 거리에 나선 사람들은 양복 차림인 서양인 반, 고유한 민속의상 차림인 일본이 반이었는데 놀랍게도 서양 남성의 팔짱을 끼고 걷는 일본인 여성들도 있다.

"이 긴자 거리는 우리 정부에서 의도적으로 서양식 거리로 꾸미고 있어요."

"의도적이면……?"

"하루속히 서양의 문물을 몸에 익혀야 사람들의 마음도 근대화가 될 것이 아니오이까."

"……!"

어찌 놀랍다고 아니 하랴. 일본국 유신정부는 긴자 거리를 의도적으로 서양식 거리로 개발하고 있었다. 일본 백성들로 하여금 서양 문화에 접근하게 하여 그들의 고루한 생각을 근대화하겠다는 일종의 전략이다.

"기왕 여기까지 나왔으니, 어떻습니까? 기차역을 구경하시겠습니까."

"기차역……?"

"바로 근처에 시오도메 역汐留驛이 있습니다."

"보지요. 보아야지요."

시오도메 스테이션이라고 불리는 기차역은 요코하마橫浜에서 도쿄의 신바시新橋를 연결하는 종착역이자, 도쿄를 출발하는 시발역이기도 했다.

시오도메 역으로 들어선 모리야마 시게루는 역장을 불러 이동인에게 기차의 운행을 설명하게 한다.

"개통한 첫 해에는 대략 오십만 명을 실어 날랐고, 다음 해에는 백사십만 명이 열차를 이용했습니다."

당시의 신문인 『동경일일신문東京日日新聞』의 기사에 따르면 동경의 환락가(遊廓)가 몰려 있는 곳에 자리 잡은 모리타 좌守田座를 구경하기 위해 요코하마에서 아침 8시 기차를 타고 신바시에 와서 9시경에는 볼 일을 볼 수가 있고, 저녁때가 되면 요코하마로 돌아갈 수 있으니 참으로 빠르다고 경탄하고 있다.

이동인은 승차요금이 궁금했다.

"요코하마에서 이곳 신바시까지 기차를 타자면 돈은 얼마를 내야 합니까?"

"상등은 1원12전5리, 중등은 75전, 하등은 35전5리입니다."

하등요금인 35전5리를 지금의 화폐단위로 환산한다면 5천 원 정도가 된다.

뚜우, 하는 기적소리가 울린다.

"오, 마침 들어오는군······."

모리야마 시게루가 가리키는 쪽으로 검은 연기와 하얀 수증기를 뿜어 올리며 열차가 들어서고 있다. 검게 칠해진 기관차의 지붕에는 연기를 뿜어내는 큰 굴뚝과 수증기를 뿜어내는 작은 굴뚝이 있고, 기관차의 뒤로 사람을 태운 객차가 이어져 있다. 모두 3량이다.

기차는 이동인의 바로 눈앞에서 섰다. 객차에서 사람들이 쏟아져 내린다. 상등객차에서 내리는 사람 중에는 연미복에 고산모를 쓴 서양 사람들이 섞여 있고, 중등이나 하등객차에서 내리는 사람들은 대개가 나들이옷으로 차려 입은 일본인들이었으나 마치 큰 동네의 모든 사람들이 함께 기차를 탄 듯한 착각이 들 정도였다.

"저렇게 사람들이 일거에 옮겨 다니고서야 정치가 온전할 수 있을지……."

이동인이 혼잣소리로 중얼거리자 모리야마 시게루는 마치 기다리고 있었다는 듯 대답한다.

"허허허, 민주국가의 헌법에는 거주의 자유가 보장되어야 합니다."

"헌법……, 거주의 자유……?"

이동인은 자신의 무지를 개탄하지 않을 수가 없다. 민주국가는 짐작한다 해도 헌법은 무엇이며, 거주의 자유란 또 무엇이란 말인가. 모리야마 시게루는 재빨리 이동인의 속내를 읽고 악동의 소임을 거침없이 발휘한다.

"허허허, 그게 어디 공짜로 배워진답니까. 어서 요정에 가서 게이샤의 엉덩이를 다독이노라면 쉽게 알 수 있지를 않겠소이까."

이동인은 묵묵히 그의 뒤를 따른다. 큰길을 벗어나자 어두침침한 전래의 일본식 거리가 다시 나타났다. 머리에 수건을 동인

사람, 등지게를 진 사람 등 서민들의 모습에서도 활기가 넘치고 있다.

"허허허, 일본의 술집 계집들은 입 안의 조청이지. 선사의 품에 들었다 하면 오만간장을 모두 녹여 없앨 것이외다."

"그래서 유신정부의 고관들은 기생을 데리고 사는가!"

이동인이 거칠어진 목소리로 핀잔하자 모리야마 시게루는 못 들은 척 헛기침만 토해 낸다. 일본국 유신정부의 가장 윗자리에 있는 총리대신 이토 히로부미의 아내가 우메코梅子라는 기생 출신의 여인이었고, 해군대신 야마모토 곤베에山本權兵衛의 아내가 유곽의 창녀 출신임을 빈정거렸기 때문이다.

이동인은 모멸감에서 허덕이는 모리야마 시게루에게 비웃음을 담아서 묻는다.

"여기서 아카사카赤坂까지는 얼마나 먼가?"

"그리 멀지 않아요."

"그렇다면, 아카사카로 갑시다."

"요정에 가기로 하였질 않았소이까?"

"게이샤의 엉덩이보다 더 만져 보고 싶은 것이 있어요."

"뭐요. 대체 그게 무엇이오?"

"허허허, 가쓰 가이슈 선생의 손이라도 한번 잡아 보고 싶소이다."

"……!"

모리야마 시게루는 걸음을 멈추면서 이동인을 바라본다. 그의 입에서 가쓰 가이슈勝海舟의 이름이 거명되리라고 어찌 짐작이나 했던가.

"왜 그리 놀라시오. 가쓰 가이슈 선생이야말로 사카모토 료마의 스승이 아니신가. 나 또한 가쓰 선생의 문도가 될 생각이오."

모리야마 시게루의 얼굴이 창백하게 바랜다. 조선인 승려에게 일본인 게이샤의 알몸을 던져 주면 사족을 쓰지 못할 것이라고 내심 코웃음까지 치고 있었던 희대의 악동인 모리야마 시게루의 시선도 이때만은 초점을 잃는 것으로 보인다.

거주의 자유가 무슨 뜻인지 몰라 어리둥절하던 이동인이었는데, 아카사카에 사카모토 료마의 스승 가쓰 가이슈의 저택이 있다는 사실을 알고 있는 이동인의 종횡무진을 어찌 다스려야 하는가.

"나와 가쓰 선생이 만나는 것을 일본국 외무성이 반대한다면 할 수 없소이다만……"

"아니, 그렇지가 않아요. 갑시다. 내가 인도하지요."

"아니요. 인력거를 불러 가쓰 선생의 거처를 알려 주시면 당신의 소임은 다하는 것이오."

"……!"

"외무경은 당신이 나의 모든 편의를 보아 줄 것이라고 말하지 않았소."

"할 수 없군……."

모리야마 시게루는 벌레를 씹은 듯한 상판을 지으면서 지나가는 인력거를 불러 세우고 아카사카의 히카와 거리氷川町에 있는 가쓰 가이슈의 거처를 소상히 일러 준다. 그리고 이동인에게 허리를 숙여 보인다.

"타시죠."

이동인은 만면에 웃음을 담으면서 모리야마 시게루와 작별의 악수를 나누고 인력거에 오른다. 악동에게 핀잔을 주면서 따돌릴 수 있었던 것이 이동인의 흐렸던 마음을 다시 개이게 하였다.

가쓰 가이슈

　사카모토 료마를 유신의 영웅으로 만들었던 불세출의 선각자 가쓰 가이슈의 어릴 때 이름은 린타로麟太郞였다. 그는 1823년(일본 연호 文政 6) 혼죠本所 가메자와 거리龜澤町의 쓰러져 가는 오두막에서 태어났다.

　어려서 불우했던 린타로는 16세에 시마다 도라노스케島田虎之助에게 검술을 배웠다. 시마다는 열성적으로 그를 가르치면서도 선학禪學을 권했다. 그리하여 린타로는 우시지마牛島의 고오도쿠절廣德寺에서 4년간 수도를 했다.

　20세가 되면서 가이슈라는 성인의 이름을 쓰게 된 린타로는 검술을 그만두고, 당시 유행하던 네덜란드의 문명蘭學을 배우기로 한다. 대개 난학에 빠진 젊은이들이 의학, 말하자면 현대의학에 몰두하던 당시의 분위기와는 달리 청년 가쓰 가이슈는 난학에서도 병학兵學에 매달리게 되었다.

1853년(嘉永 6), 미국 군함의 출현이 그에게 날개를 달아 준 셈이었다. 네덜란드의 병학을 익혔다 하여 막부에서 그를 발탁하여 나가사키의 네덜란드 사람에게서 해군의 조직과 운영을 배우게 하였다. 1860년, 근대 해군의 조직과 운영을 배운 그는 1858년에 체결된 「미일수호통상조약」의 비준서를 교환하기 위한 사절단의 호위함인 간린마루咸臨丸의 선장으로 태평양을 횡단함으로써 일본 최초로 배를 타고 미국에 건너가는 데 성공했다. 미국에서 돌아온 뒤에는 일본 해군을 근대화하고 해안방어체제를 발전시키는 데 노력하면서 막부의 주요인물로 부상하였고, 사카모토 료마와 같은 걸출한 문도를 거느리며 일본국 근대화에 크게 공헌하였다.

이동인은 가쓰 가이슈의 저택 앞에 이르자 인력거에서 내려, 대문을 흔들어 내객이 왔음을 알린다. 잠시 뒤 청직으로 보이는 중로의 사내가 나왔다.

"조선에서 온 개화승 이동인이라 하오만은……, 가쓰 선생의 가르침을 받고자 찾아왔소이다."

"잠시만 기다려 주십시오."

중로의 청직은 공손하게 말하고 안으로 들어간다. 이동인은 안으로 들게 되기를 기원하는 마음으로 눈을 감았다. 가쓰 가이슈와의 만남이 자신의 운명을 가름하게 될지도 모른다는 생각에서다.

잠시 뒤, 청직이 다시 나와서 공손한 몸짓으로 이동인을 안으로 인도한다. 현관 옆에 팔손이나무가 우거져 있을 뿐, 주인의 명성에 비해서는 황량하게 보이는 정원이다.

이동인이 긴 마루를 지나 가쓰 가이슈의 서재로 안내되자 수수하게 차려 입은 하녀가 단정한 몸짓으로 마루에 꿇어앉으며 미닫이를 열었다.

이동인은 방으로 들어섰다. 다다미 여덟 장 정도 넓이의 방에는 일본, 중국, 서양의 서책들이 산더미처럼 쌓여 있었는데, 햇빛이 들지 않아서인지 종이 냄새가 퀴퀴하게 코를 찔렀다.

중방으로 통하는 문틀 위에는 '海舟書屋해주서옥'이라고 쓰인 명필 편액이 걸려 있다. 바로 그 중방의 문이 열리면서 작달막한 키의 가쓰 가이슈가 들어섰다. 이동인은 몸을 일으키며 그를 맞는다.

"아, 괜찮아요. 조선에서 온 개화승이라고요. 내가 가쓰 가이슈요. 반갑소이다."

오목조목하면서도 특색 있게 생긴 가쓰 가이슈의 얼굴은 설득력을 갖춘 변설의 달인답지 않게 편안한 분위기였고, 목소리에는 힘이 넘치고 있었다.

"조선 승려임은 분명합니다만, 동본원사에서 득도한 진종본묘의 승려이기도 합니다."

"아, 그렇지. 호랑이를 잡으려면 호랑이 굴로 들어와야 하니까."

"……!"

이동인은 가쓰 가이슈의 거침없는 말투에 친근감보다는 두려움을 느낀다. 그의 거리낌 없는 험담은 이미 일본 조야에도 잘 알려져 있다.

예컨대, 일본인들이 자긍심을 갖고 떠벌리는 '신국神國'이란 것을 상고시대의 미개인들이 살던 때를 말하는 것이라고 혹평하면서 지금 새삼스럽게 미개로 돌아가려 하는 것은 세상의 흐름에 반역하는 일이므로 그 따위 미친 바보 놈들의 주장을 나는 납득할 수가 없다고까지 소리칠 정도였다.

막부의 신하로서는 감히 입에 담을 수 없는 말을 자유롭게 뱉어 내면서도 강한 설득력을 담아 낼 수가 있었다면, 그야말로 당대의 설변가로도 손색이 없을 터이 아니겠는가.

그러므로 후일 데라다 후쿠주寺田福壽는 가쓰 가이슈가 자신의 상관인 막부의 대관들을 향해서도 '바보 같은 놈', '새대가리보다 못하다' 등 거침없이 험담을 쏟아 부었다고 적었다.

"다만 소승은 사카모토 료마의 구국정신을 배워서……."

"아, 료마. 그 녀석은 날 죽이러 왔었는데……, 설마 선사는 그렇지가 않겠지. 허허허."

"……!"

그랬다. 사카모토 료마는 검도장의 동문 지바 주타로千葉重太郎와 가쓰 가이슈를 암살하기 위해 그의 저택에 스며들었다가 오히려 그의 설변과 지도력에 감동하여 입문入門을 청하게 되었고, 그의 가르침과 편달에 힘입어 명치유신을 설계하고 성사케 하는 대업을 이루어 낼 수가 있었다.

가쓰 가이슈는 몸을 일으켜서 커다란 지구의地球儀를 이동인의 앞으로 옮겨 놓으면서 입가에 웃음을 담는다. 이동인은 그의 웃음이 무엇을 뜻하는지를 알 까닭이 없다.

가쓰 가이슈는 지구의를 돌려서 푸른색이 넘치는 태평양 쪽을 이동인의 앞에 멈추게 하면서 입을 연다.

"조선의 개화승은 푸른빛을 칠한 것이 바다라는 사실은 알고 있겠지?"

"아, 예. 소승은 그런 지구의를 수백 번 돌려 보았습니다."

"오, 허허허, 그렇다면 죽은 료마보다는 개명한 청년이구먼……."

사카모토 료마가 가쓰 가이슈를 암살하기 위해 처음으로 여기 해주서옥에 스며들었을 때는 세계의 정세에 너무도 생소하였기에 가쓰 가이슈의 해박한 지식과 설득력 넘치는 설변에 감동을 하였고, 그 감동이 마침내 암살의 칼을 접게 하였다. 그에 비하면 이 무렵의 이동인은 이미 세계의 정세에 상당히 눈뜨고 있다.

가쓰 가이슈가 사카모토 료마에게 지구의를 돌려 보이면서 토해 낸 설변의 핵심은 다음과 같은 내용이었다고 전해지고 있다.

"저 푸른 데가 모두 바다가 아닌가. 사람들은 세계, 세계 하지만……, 사실은 세계란 이렇게 조그마한 것이고, 게다가 대부분이 망망대해일 뿐이야. 이 바다에서 금이 마구 쏟아져 나온다는 사실을 깨달아야지. 내 말이 믿어지지 않거든 여기 영국을 보게. 세계 제일의 대국이라고 자타가 인정하는데도 실제는 이렇게 조그만 섬이야. 영국 놈들이란 얼마나 영리한가. 저들은 이 새파랗게 칠해진 지구상의 바다를 집으로 삼겠다는 생각을 했고 또 그 이상을 현실로 만들었어. 해상을 육지처럼 달리는 대화선大火船을 몇천 척 가지고 활발하게 외국과 장사를 벌여 국가의 이익을 올려서 번영을 누리고 있지를 않나. 그 덕분으로 해가 지지 않는 대영 제국을 건설하게 되었고……, 인간의 역사가 시작된 이래 가장 빛나는 번영을 자랑하고 있지 않은가. 그런데 일본은 어떤가!"

이 같은 논거를 바탕으로 가쓰 가이슈는 일본국의 백년대계를 위한 번영책을 만들어서 막부에 제출했다면서 그 내용을 다음과 같이 요약해서 들려주었다.

일본 열도의 방위를 위해 바다를 동북해, 북해, 서북해, 서해, 서남해 등의 여섯 구역으로 나누고, 6개 함대를 바다에 띄운다. 이 여섯 함대의 총수를 2백여 척으로 구성하기 위해서는 승무원 6

만1천2백5명이 필요하고, 이 밖에 운송선, 측량선, 해방선海防船 등 일흔다섯 척의 선박이 필요하다.

당시의 도쿠가와 막부는 기겁할 수밖에 없다. 아직 근대화의 개념조차도 모르고 있었던 막부의 고관들에게는 황당한 제안으로 들렸을 것이 분명하다. 게다가 그런 엄청난 함대를 구성할 수 있는 재원이 없는데 무슨 수로 그의 번영책을 받아들일 수가 있다는 말인가.

비로소 가쓰 가이슈는 가늘게 뜬 눈에 장난 같은 웃음을 담으면서 이동인에게 묻는다.

"만일 선사께서 조선 조정에 그런 번영책을 제출하였다면……, 어떤 회답이 내려질 것으로 보는가?"

"……!"

이동인은 대답할 말이 없다. 회답은 고사하고 혹세무민惑世誣民의 죄로 구금이 되거나, 대죄를 면치 못할 것이 뻔했기 때문이다. 가쓰 가이슈는 그런 이동인의 답답한 마음을 시원하게 풀어준다.

"허허허, 지금의 조선도 그때의 막부나 다를 것이 없겠지. 제놈들이 무식하고 미욱한 것은 모르고, 도리어 나더러 미친놈이라 했거든."

"설마 하니……?"

"이건 설마가 아니라, 돈이 없다는 것이었어. 도대체 돈이 없으니까 아무 것도 못 하겠다는 것이 아니겠나. 그 바보들은 돈을 바다에서 만들어 낼 수 있다는 사실을 까맣게 모르고 있었거든. 바다에서 돈이 나온다는 사실……. 선사는 먼저 이 점을 알아야 해!"

"……!"

"조선이 하루라도 빨리 개국하여 근대국가의 번영을 누리기 위해서는 서양의 열강들과 활발하게 무역을 해야지. 그 무역으로 돈은 얼마든지 벌 수가 있지를 않겠나. 조선도 삼면이 바다니까 말야."

"선생님……!"

이동인은 쿵쿵거리며 울려오는 가슴의 고동소리를 참아 내지 못하고 자세를 고쳐 앉는다. 그리고 상체를 깊이 굽혀서 경의를 표한다. 가쓰 가이슈가 외교적인 수사가 아니라 조선의 부국을 참으로 절실하게 입에 담고 있었기 때문이다.

"개국을 서둘러서 바다로 나가기 위해서는 군함을 사들여야 할 것이며, 또 그런 군함을 조선소에서 건조하기 위해서는 제철소를 세워야 하고, 그 제철소에서 생산되는 쇠로 대포나 기계를 만들자면 공작기계창이 있어야 하지를 않겠나. 그 기계창에서 일하는 기술자를 양성하기 위해서는 근대화된 학교를 세워서 인재를 양성해야지. 내 말 알아듣겠는가?"

이동인은 후쿠자와 유키치가 세운 게이오의숙에서 보았던 여러 장면들을 떠올려 본다. 교정에서도 면학의 열기를 내뿜던 젊은이들과 서양 교수들에게 영어로 물리학과 생물학을 배우던 청년학도들이 일본국의 미래를 이끌어 갈 인재들이 아니겠는가. 마침내 그들에 의해 유신 일본국은 더욱 세계를 향해 도약할 것이라는 생각에 이르자 이동인은 소름이 끼치는 전율감에 몸을 떨 수밖에 없다.

"기위 호랑이 굴에 들어온 선사니까, 선사가 조선의 개국을 이끌어 가는 영웅이 되어야 해."

"영웅이라 하오시면……?"

"아무리 좋은 약에도 반드시 독성이 있다고 하질 않나. 그와 마찬가지로 영웅이란 나라가 태평할 때는 독물이나 다름이 없지만, 나라가 위급에 처했을 때는 특효약이거든……."

"……!"

"역사 이래 인간의 독성만을 캐내어 실익을 챙긴 소인배들은 얼마든지 있었으나 그들이 이루어 놓은 것은 아무 것도 없었어. 그러나 영웅은 쓸어 넘겨야 할 상대의 장점까지 간추려서 대의를 살리지 않았나. 근대일본의 모태랄 수 있는 명치유신은 사카모토 료마가 단 4년 동안에 이루어 놓은 불후의 명작이기에 그가 비록 서른세 살에 죽었어도 그의 이름은 이 나라 일본국과 함께 만세에 빛나고도 남을 것일세!"

급기야 이동인의 얼굴에 뜨거운 눈물이 주룩 흘러내린다.

쓸어 넘겨야 할 상대의 장점까지 간추려서 대의를 살리는 조선의 영웅이 되라는 가쓰 가이슈의 충고가 너무도 절실하게 가슴을 울려 놓았기 때문이다.

"내가 필요하면 자주 들러 주게나. 조선을 개명하게 할 영웅을 한 사람쯤 만들어 보는 것도 내 노후의 보람이 아니겠나."

"아니옵니다. 조선은 너무 낙후되었사옵니다. 바다에서 돈을 만들기 위해서라도 귀국을 서둘 생각이옵니다."

"허허허……!"

가쓰 가이슈는 소리 내 웃었으나 이동인의 뇌리에는 찌든 가난에서 헤어나지 못하는 조선의 처지가 어른거렸다.

병인양요, 신미양요, 운양호 사건 등 미증유의 외환을 거치는 동안 산더미 같은 오랑캐의 증기선蒸氣船에 의해 국토가 쑥밭이 되는데도 겨우 고깃배에 의지하면서 활을 쏘아야 했던 조선의 처지가 너무도 안타깝지 않은가.

비록 조선의 땅덩이가 영국이나 일본과 같이 바다 한가운데 떠 있는 섬은 아니더라도 삼면이 바다로 둘러싸인 코딱지만 한 반도라면 증기선을 활용하여 외국과의 무역에 나서야 하고, 군함을 건조하여 국토를 방위하는 것만이 국가의 안위와 융성을 보장받는 길이라고 이동인은 굳게 믿었다.

어니스트 사토

귀국 차비를 서두는 이동인의 돌연한 행태가 탁정식에게는 이해가 되지를 않는다.

"정작 해야 할 일은 이제부터인데 느닷없이 귀국이라니?"

"더 이상 허송세월할 수가 없어. 돌아가서 국론을 모아야 해!"

"억불숭유하는 나라에서 중놈이 국론이라니?"

"내 아무리 중놈이기로……, 나라를 위하는 충정이라면 썩어 문드러진 양반 나부랭이들보다는 백 번은 나을 테지!"

"헛, 죽기로 작정을 했구먼."

"암, 죽어서 불후가 된다면 이름이라도 남아서 만세에 빛날 것이 아닌가!"

"……!"

이동인의 전에 없이 단호해진 모습을 지켜보고 있던 탁정식은 잠시 할 말을 잃는다. 그동안 사 모았던 책들을 묶는 이동인의 당찬 결기는 싸움터로 나가는 장수의 모습을 방불케 한다.

"선사, 동인 선사. 니시타에요."

이동인은 호들갑과도 같은 니시타 겐조의 목소리에도 아랑곳하지를 않는다. 탁정식은 어이없다는 시선이면서도 이동인을 대신하여 문을 열었다.

니시타 겐조는 만면에 웃음을 담으면서 방으로 들어섰다. 뭔가 기쁜 소식을 전할 모양이다.

"허허허……, 동인 선사의 용명이 날로 더해 가고 있질 않소이까!"

"용명이라니, 갑자기 그게 무슨 소리요?"

그제야 이동인은 하던 동작을 멈추면서 니시타 겐조에게 반문한다.

"게이오의숙의 후쿠자와 선생께서 인편을 보내 왔어요."

"아니, 예까지 말씀입니까?"

"어서 읽어 보세요. 후쿠자와 선생의 서찰이면 나까지 으쓱해지는 지경이 아니겠습니까."

니시타 겐조는 숨겨 간직했던 하얀 봉서를 이동인의 앞으로 내민다. 당시대 최고의 지식인이자 유신정부에 막중한 영향력을 행사하는 후쿠자와 유키치의 친서가 그가 직접 보낸 사자(使者)에 의해 이동인에게 전해졌다면, 지켜보고 있는 니시타에게도 분에 넘치는 영광이 아닐 수 없다.

이동인은 조심스럽게 봉투를 열고 채 먹물이 마르지 않은 후쿠자와 유키치의 서찰을 꺼내 든다. 사연은 길지 않았다.

몇 자 적습니다.
지금 곧 주일 영국 공사관으로 가시오.
2등 서기관인 어니스트 사토 Ernest Satow가 선사를 기다리고 있을 것이오. 그는 조선어의 개인교사를 찾고 있었던 참이라면서 크게 기뻐하였소. 두 사람의 만남에 큰 성과가 있기를 기대하겠소.

읽기를 마친 이동인은 편지를 가지고 온 사자에게 거듭 감사의 뜻을 전하고 나서 탁정식에게 말한다.

"허허허, 자네의 소망대로 귀국은 취소야."

"쓸데없는 소리 그만 하고, 어서 다녀와야지. 얼마나 기다렸던 일인가."

"음, 하늘의 배려야. 다녀와서 봄세."

이동인은 어지럽게 흩어진 이삿짐은 아랑곳 아니 한 채, 외출 차비에 몰두한다. 서양인 외교관을 만나게 되었다면 양복 차림이어야 했다.

이동인은 빠르게 달리는 인력거에 흔들리면서 깊은 감회에 젖는다. 영국인 외교관 어니스트 사토를 만나기 때문만은 아니다. 며칠 전 일본국 외무경 이노우에 가오루는 이동인의 귀국을 강력히 요구했었다.

"동인 선사, 일본국에서 그만치 견문을 넓혔으면 그만 조선으로 돌아가시는 게 좋겠소이다!"

"돌아가라니요. 대체 그게 무슨 말씀이십니까!"

"돌아가시거든 조선국의 외무대신을 자청하시오!"

"……!"

조선의 외무대신을 자청하라니, 대체 무슨 소린가.

"조선엔 사람이 너무 없어. 사람이 그렇게 없고서야 개항인들 온전하게 하겠는가. 그러니 동인 선사라도 돌아가야 나라를 위해 큰일을 할 것이 아닌가."

"무슨 일이냐고 묻질 않습니까!"

"내 일전에 미국 해군대장 슈펠트 제독이 나를 찾아와서 조선국과의 수교를 주선해 달라는 얘기를 하질 않았소!"

"그런데요?"

"해서……, 내 몸소 조선 조정에 보내는 밀서를 초하고, 거기에 쓰기를 미국과의 수교가 조선의 국익에 도움이 될 것이라고 간곡히 강조하였는데, 조선 조정에서는 내 밀서를 휴지쪽 대하듯 하였다질 않소. 그러니 동인 선사가 하루속히 돌아가서 조선 외교의 중심이 되어야 하지를 않겠느냐, 이 말씀이외다!"

미국의 해군대장 슈펠트^{Robert W. Shufeldt} 제독은 일본국 외무경 이노우에 가오루의 밀서를 초량 왜관을 통해 동래 관아에 접수케 했는데, 동래부사 심동신沈東臣은 부산 주재 일본국 영사 곤도 마스키를 불러 일언지하에 거부의사를 통고했다고 한다.

그런 까닭으로 이동인은 조선 조정의 무지와 무능에 체머리를 흔들면서 귀국을 서둘기로 결심했었다. 물론 가쓰 가이유와의 만남이 계기가 되긴 했지만, 자신이 돌아간다면 조금은 나아질 것이라는 확신이 들어서였다.

군함을 사고 싶소

동경 주재 영국 공사관은 2층으로 된 양관洋館이었다. 이동인은 어딘지 모르게 세련되었다는 느낌을 받으면서 바람에 펄럭이는 유니언 잭Union Jack을 한참 동안이나 쳐다보았다. 작은 섬나라가 세계를 제패하고 있다는 가쓰 가이슈의 말이 생각나서다.

이동인은 건물 입구에서 접수를 맡아 보는 일본인에게 어니스트 사토의 면담을 청하자 그는 기다리고 있었다며 반가워한다.

"기다리고 계십니다. 따르세요."

이동인은 그의 뒤를 따라 2층에 자리 잡은 공사의 접견실로 안내된다.

"오, 어서 오십시오. 내가 바로 어니스트 사토입니다."

이동인은 능숙하게 그의 손을 잡아 흔들면서 자신을 소개한다.

"처음 뵙겠습니다. 아사노 게이인이라고 합니다."

"아사노 게이인이면……, 당신은 일본 사람이 아닙니까!"

"이거 죄송하게 되었습니다. 분명히 조선에서 온 이동인이니까 아무 걱정 마십시오."

"오오, 어찌하여 조선에서 오신 승려께서 아사노라는 일본 이름을 쓰십니까!"

"아, 허허허, '아사노朝野'는 조선에서 온 야만인이라는 뜻입니다. 영어로는 '코리언 새비지Korean Savage'가 아니겠습니까. 허허허……"

"오, 코리언 새비지……. 그거 아주 재미있는 유머입니다. 허허허."

일본국 주재 영국 공사관의 2등 서기관인 어니스트 사토는 1843년 런던 출생으로 런던대학을 졸업하고, 1862년 19살의 어린 나이로 일본 땅에 건너와 명치유신을 지켜보았던 호기심 많은 청년 외교관이다. 후일 영국인 최고의 영예인 경卿 칭호를 받을 만큼 정부와 국민들로부터 존경을 받았으며, 특히 극동 문제에 관한 한 타의 추종을 불허하는 전문지식인의 반열에 있었다.

1880년(고종 17) 5월 12일, 이날은 조선 외교사에 기록되어야 마땅하다. 조선의 개항을 열망하는 승려 이동인이 주일 영국 공사관의 2등 서기관인 어니스트 사토의 조선어 선생이 되었기 때문이다. 이때 어니스트 사토의 나이 37세였다.

어니스트 사토는 일본에서의 근무를 계기로 조선과 영국의 수교를 주선하고, 조선 주재 영국 공사관의 근무를 자원하리라고 다짐하고 있었다. 그는 백방으로 조선어 선생을 물색하고 있다가 후쿠자와 유키치로부터 조선의 승려 한 사람이 도쿄에 와 있다는 사실을 알게 되었다.

"후쿠자와 선생께서 선사를 추천하면서 많은 칭찬을 하셨습니다. 정말 반갑습니다."

"저는 오늘에서야 모든 소망을 이루게 되었습니다."

"이룬 것이 아니라 이제 시작이겠지요. 나도 힘이 되어 드리겠습니다."

"아, 예……. 미스터 사토는 조선말을 많이 배우셨습니까?"

"조선말……, 대단히 어렵습니다. 이제 조선 선생님이 오셨으니까 많이 배울 수 있을 것입니다."

"그렇지요. 나는 미스터 사토의 조선어를 열심히 가르칠 것입니다만……, 그 대신 미스터 사토는 내 소원을 들어주셔야 합니다."

"오, 소원……. 말하십시오."

"첫째 소원은 나를 영국에서 공부할 수 있도록 유학을 주선해 주셨으면 합니다."

"조선도 우리 영국에 관심을 두고 있습니까?"

"물론입니다. 영국의 산업혁명이 세계를 바꾸어 놓지를 않았습니까."

"……!"

어니스트 사토는 자세를 고쳐 앉는다. 아직은 미개국으로만 알고 있었던 조선의 승려가 어찌 산업혁명을 입에 담으리라고 짐작이나 했던가.

"일본국의 명치유신은 영국 유학생들이 주도하지를 않았습니까. 나도 영국에 유학하여 영국의 근대화를 공부하고 싶습니다."

"오, 참으로 놀랍습니다. 그렇다면 다음 소원은 무엇입니까?"

"군함을 한 척 사고 싶습니다."

아, 어니스트 사토는 비명을 토할 지경이다. 조선과 같이 작고 가난한 나라에서 군함을 사야겠다는 발상을 할 수 있다면, 일본국의 가쓰 가이슈와 비길 수 있는 두둑한 배포가 아니고 무엇인가.

"우리 조선은 삼면이 바다입니다. 우리의 국토를 지키고 선진 문명국과 무역을 하기 위해서는 군함이 있어야 하오이다!"

"조선에 그만한 재정이 있습니까!"

"이것 보시오. 미스터 사토! 조선에서 군함을 구입하게 되면……, 영국 정부에서 재정보증을 해 줄 수도 있지를 않겠습니까!"

"아, 아. 그러나 그것은 내 소관이 아니라……."

"미스터 사토, 본국에 조회해 주시오. 우리 두 사람의 우애가 깊어지면 조선과 영국의 수교조약도 쉽게 체결될 것이오!"
"……!"
"미스터 사토는 그런 생각으로 조선말을 배우고 익히시오. 내가 성심으로 지도하겠소."
"고맙소. 나는 우리 영국 정부의 이름으로 당신을 도울 것이오!"
"고맙소. 미스터 사토!"
이동인은 어니스트 사토의 손을 굳게 잡는다. 조선 젊은이의 열정을 담아서 전하고 있음이 분명했다.

어니스트 사토와 이동인의 만남은 이렇게 시작되었다.
조선에 대해 지극한 관심을 가지고 있었던 어니스트 사토는 이동인과의 만남을 놀랄 만큼 소상하게 일기체로 적어서 남겼는데, 그 내용은 조선 개항기의 사료적인 가치로도 손색이 없다. 그러나 대개의 경우 외교관의 비망록은 비공개의 연장선에서 사장되는 경우가 허다하지만, 이와는 반대로 비공개의 시효가 만료되면 외교문서로 공개되는 경우도 또한 허다하다.
조선의 개항기에 남다른 열정으로 선각의 꿈을 불태웠던 이동인의 행적이 이만큼이라도 복원될 수 있었던 것은 『사토 페이퍼Satow Paper』라고 불리는 그의 비망록이 영국 정부에 의해 시효가 만료된 외교문서로 공개되었기 때문이다. 후대를 살고 있는 우리에게는 천만다행한 일이 아니고 무엇인가.

여기서 『사토 페이퍼』의 본문을 살펴보기로 한다.

1880년 5월 12일.

오늘 아침 아사노라는 이름을 가진 조선인 승려가 찾아왔다. 그는 '조야朝野'라는 이름이 조선야만朝鮮野蠻, Korean Savage이란 뜻이라고 재치 있게 설명하면서, 세계를 돌아보고 자기 나라 사람들을 개화시키기 위해서 비밀리에 일본에 왔노라고 말했다. 그의 일본어는 서툰 편이었지만, 우리는 서로를 충분히 이해할 수 있었다. 그는 외국의 문물이 엄청나다는 것이 거짓이 아니라는 것을 조선에 돌아가서 확신시키기 위해, 유럽의 건물이나 그밖에 흥미 있는 사진들을 구입하고자 했다. 또한 영국을 방문하기를 열망하였다. 그는 자기가 서울 본토박이라고 하면서, 서울에서는 '쯔tz'라고 발음하지 않고 '츠ch'라고 발음한다고 말했다. 그는 오는 일요일 아침 다시 오겠다고 약속했다.

이동인과 어니스트 사토의 극적인 만남을 상당히 소상하고도 흥미 있게 기술하고 있음을 볼 때, 두 사람은 초대면인데도 서로의 관심사에 대해 허심탄회한 의견교환이 있었음이 분명하다. 이동인이 영국을 방문하기를 열망하였다는 대목이 그 점을 입증하고 있는 것이며, 또 조선말의 발음을 논의하면서 '쯔'라고 발음하지 않고 '츠'라고 발음해야 한다고 교정해 주고 있다면 어니스트 사토가 이미 조선어를 학습하고 있었음도 분명하다. 『사토 페이퍼』는 더욱 흥미롭게 이어진다.

1880년 5월 15일.
나의 조선인 친구가 다시 왔다. 그는 조선이 수년 내에 외국과의 관계를 맺게 될 것이지만, 그러기 위해서는 현 정부를 전복할 필요가 있을 것이라고 말했다. 그는 자기와 같은 생각을 가진 젊은 사람들이 날로 늘어나고 있다고도 했다.
〈중략〉
나는 여러 가지 건물의 사진과 전쟁터의 사진 그리고 잡지에서 추려 낸 사진들을 다 그에게 주었다. 그는 또 이홍장李鴻章이 청국 주재 영국 공사관의 제의에 따라 외국 열강들과 관계를 열도록 조선 정부에 충고하는 편지를 보냈는데, 그의 친구들이 일본을 좋지 않게 이야기했을 그 문서를 일본에 있는 자기에게 보내는 것이 안전하지 않다고 생각했기 때문에, 그 문서의 사본을 받아 볼 수 없었다고 말했다. 한국인들은 16세기에 도요토미 히데요시가 일으킨 부당한 전쟁 때문에 일본인을 싫어하며, 많은 조선 주민들이 일본인과 이웃하고 있는 것을 피하기 위해 조국을 떠났다고 했다.
그는 한일 간의 무역은 전적으로 유럽 상품을 거래하고 있으며 조선이 다른 나라와 교역을 하게 되면 일본과의 교역이 사라질 것이라고 하면서, 영국이 조선과 교역할 생각이 있느냐고 나에게 물었다. 나는 영국으로서는 어느 나라와도 교역관계를 갖기를 열망하지만, 원하지 않는 나라에 사절을 보냈다가 사절이 거절당해 되돌아오게 되면 영국으로서는 이 모욕에 대해 보복을 해야 하기 때문에 그러한 나라에는 사절을 보내지 않을 것이고, 따라서 조선이 교역관계에 들어갈 의욕을 보일 때까지는 그대로 둘 것이라고 말했다. 그는 1878년에 내가 가져갔던 문서의 사본을 보고 내 이름을 익혀서 나를 찾아왔던 것이다.

그는 3시간가량 있다가 갔다. 나는 오는 20일 시계를 사기 위해서 그를 요코하마에 데려가기로 약속했다. 그는 금, 석탄, 철 및 연해의 고래 등 풍부한 조선의 자원을 개발하는 일에 매우 깊은 관심을 가지고 있었다. 그는 좋은 인삼과 나쁜 인삼의 견본을 나에게 주었는데, 유럽의 의사들이 인삼을 이용할 수 있게 되면 인삼이 조선의 주요 수출품목이 될 것이라고 생각하고 있었다.

우선 인용해 본 『사토 페이퍼』의 몇 대목에서 우리는 다음과 같은 사실들을 알 수 있게 된다. 어니스트 사토는 1878년에 동래부와 제주도를 방문한 바가 있다. 제주도에서 난파한 영국 상선을 구해 준 데 대한 감사장을 전하기 위해서였다. 그때 동래부에 전했던 문서의 사본을 보고 어니스트 사토의 이름을 알았다는 것이니, 이동인이 얼마나 철저한 사전조사에 임했던가를 확인할 수 있다. 또 몇 가지 중요한 사실로는 이동인이 일본 땅에 밀항하여 동본원사의 승려로 득도하면서까지 일본인과 교유하며 일본국의 새로운 문물을 익히고 있으면서도 반일감정을 갖고 있었다는 점이며, 조선이 개화를 하기 위해서는 정부를 전복할 필요가 있다고 입에 담았다는 점을 주목하지 않을 수 없다. 이로부터 4년 뒤에 갑신정변이 일어나게 되는데, 김옥균, 홍영식, 박영효, 유길준 등의 주역들이 모두 그의 문도들이었다는 사실을 감안한다면 이동인의 밀항이 갖는 의미가 더욱 새삼스러워진다.

『사토 페이퍼』는 더 계속되지만 여기에 인용해 둘 만한 보다 새로운 내용이 없는 것이 유감이다. 일본의 명치유신을 주도하였고, 일본국 유신정부의 실세로 군림하고 있는 이토 히로부미나 이노우에 가오루는 모두 영국에 유학했던 사람들이다. 그러므로 이를 모를 까닭이 없는 이동인이라면 어니스트 사토와의 교유를 통하여 무엇을 얻고자 하였는가를 유추하기는 그리 어렵지 않다.

이동인은 어니스트 사토와의 교유를 더욱 돈독히 한다. 그것은 일본 정부의 고위관리들과의 접촉을 용이하게 하는 데도 큰 도움이 되지만, 도쿄의 한복판을 거닐고 있으면서도 서구 열강의 움직임은 말할 나위도 없고, 심지어 조선 조정의 사정까지 그야말로 환하게 알 수 있었기 때문이다.

천우신조

태평양에서 불어오는 습한 바람은 일본의 여름을 끈적거리게 하였다. 이동인이 스미다가와를 오르내리는 뱃길을 이용하여 도쿄의 번화가를 출입하게 된 것은 잠시라도 끈적거리는 무더위에서 헤어날 수 있는 방편이기도 하였지만, 그것보다는 강의 양쪽 연안에 펼쳐지는 풍광을 바라보면서 객고에 시달리는 심신에 새 기운을 불어넣기도 하고 때로는 조선의 미래를 숙고하는 상념의 시간을 즐길 수 있었기 때문이다.

오늘도 이동인은 아사쿠사로 돌아가는 뱃전에 기대앉아 어니스트 사토와의 대화를 곱씹어 본다.

"조선의 외교는 무엇보다도 조선이 능동적이어야 합니다. 지금과 같이 중국이나 일본에 의지하게 되면 자주적인 개혁에 성공할 수 없습니다. 조선의 미래를 보장받기 위해서는 하루속히 서구 열강의 문물에 눈떠야 합니다."

이동인은 한숨을 놓으면서 중얼거린다.

"동도서기東道西器인가!"

길은 우리의 것으로 하되, 실용적인 것은 서양의 그릇에 담자는 뜻이다. 물론 그것이 창의적인 말일 수는 없다. 일찍이 중국에서는 '중체서용中體西用'이라 하였고, 일본의 경우는 '화혼양재和魂洋才'라는 같은 뜻의 용어가 보편화되어 있지 않던가.

"아니야. 그럴 겨를이 없어!"

이동인은 고개를 저으면서 탄식을 토한다. 조선의 개항은 중국이나 일본에 비해 무려 수십 년을 뒤지고 있었기 때문이다. 그 공백을 따라잡기 위해서는 급진적인 방법을 택할 수밖에 없다. 그래서 이동인은 어니스트 사토에게 조선의 개항을 위해서는 정부를 전복할 필요가 있다는 결기를 표명할 수가 있었다.

여름 무더위는 아사쿠사 별원으로 돌아온 이동인의 온몸을 땀으로 젖게 했다. 그는 경내로 들어서기가 무섭게 목욕간으로 달려갔다. 땀에 젖은 승복을 벗어 던지면서 찬물이 담긴 나무통에 몸을 던지는 순간 탁정식이 허둥지둥 들어서면서 짜증을 토한다.

"이렇게 끈적거려서야 원……!"

"왜국에 오면 왜국의 법도를 따라야지. 저들이 뻔질나게 등목을 하는 것을 우리도 배워야 한다니까. 허허허."

두 사람은 언제나 그랬던 것처럼 실오라기 하나 걸치지 않은 알몸이 되어 서로의 등을 밀어 주면서 각기 경험한 이런저런 정보를 교환한다. 탁정식이 입에 담은 오늘의 화두는 이동인을 놀라게 하고도 남는다.

"조선에서 수신사가 온다는구먼……!"

이동인은 화들짝 놀라면서 탁정식에게로 알몸을 돌린다. 그리고 찌르듯 반문한다.

"수신사가……. 하면, 정사는 누구고?"

"김홍집이라고 들었으이."

"김홍집……?"

이동인에게는 생소한 이름이다. 그럴 수밖에 없는 것이 광통방 약국을 찾아왔다가 유홍기로부터 '비오는 날의 나막신'이 되어 달라고 당부받았던 김굉집金宏集이 김홍집金弘集으로 개명하였기 때문이다. 그러나 이동인은 곧 김홍집이 자신이 알고 있는 김굉집일 것이라고 직감한다.

"고균이나 금릉위도 수신사에 끼어 있다던가."

"아직은 그렇게 소상하게 알려질 까닭이 없겠지."

"아직이면……, 대체 누구에게서 들었다는 게야."

"이렇게 허술하긴……. 숙사를 정비하고 있지를 않던가."

조선에서 오는 수신사에게 숙소를 제공하고 있었던 동본원사의 아사쿠사 별원이었으므로 일본 정부와는 긴밀한 협조가 있게 마련이다. 그러한 연유로 며칠 전부터 조선 수신사가 머물 숙사를 개수하는 제법 큰 규모의 공사가 시작되고 있었는데 무심히 보아 넘겼던 모양이다.

"손님을 맞을 준비를 한다기에 꼬치꼬치 캐물었더니 실토를 하더군. 약 육십 명의 조선 수신사가 올 것이라고 말일세."

이동인의 가슴이 쿵쿵거리며 울린다. 그는 비로소 중인으로 태어난 설움을 씻어 내리라는 다짐을 거듭한다. 수신정사修信正使 김홍집을 비롯한 또 다른 콧대 높은 사대부들이 아무리 잘난 척해도 이동인에게 자문을 구하지 않고서는 조선 외교의 방향이 어딘지조차도 깨닫지 못할 것이기 때문이다.

"벌써부터 가슴이 설레는군……."

"그럴 테지. 동인이 먼저 와 있었음은 천우신조야."

그랬다. 조선 수신사의 일행이 도쿄에 당도하면 일본국 외무성에서는 새롭게 피어나는 자국의 문물을 과시하면서 조선 정부와의 교섭에서 우위를 점하기 위한 다각적인 접근을 시도할 것이었다. 그러한 과정에서 이동인의 역할이 얼마나 중요할 것인지는 말하지 않아도 알 수 있다. 게다가 이동인이 동본원사 아사쿠사 별원의 승려라는 사실은 같은 숙소를 쓰게 될 조선 수신사에게도 큰 행운이고도 남는다.

이동인은 불현듯 오쿠무라 엔신 남매를 떠올린다. 그들이 부산포에 동본원사의 별원을 개설하지 않았다면, 또 그들 남매가 베풀어 준 따뜻한 우의가 없었다면 어찌 이 같은 절호의 기회를 맞을 수 있었겠는가.

"대치 선생께서 서찰이라도 보내 주실지……."

"글쎄, 오쿠무라 남매의 빈틈없는 성품이라면 그보다 더한 소식도 있을 것이네만, 그것보다는 고균이나 금릉위께서 수신사로 오신다면 금상첨화이고도 남을 일인 것을……."

"그래, 그래 주었으면 얼마나 좋겠는가."

"진인사 대천명이듯……, 이젠 동인의 노고도 꽃피울 때가 되지 않았는가."

이동인은 오쿠무라 엔신 남매가 유홍기를 비롯한 김옥균, 박영효 등과의 유대를 더욱 공고히 하고 있기를 기원할 수밖에 없다. 그들의 주선이라면 김옥균, 박영효가 아니면 유길준 하나만이라도 수신사의 대열에 낄 수 있을 것이라는 기대 때문이다.

조선책략

유홍기의 노여움

　예조참의 김홍집을 정사로 한 수신사의 일행은 모두 58명, 적잖은 규모다. 김홍집이 도성을 떠나기에 앞서 유홍기를 찾아가 자문을 청하기로 한 것은 일본 땅에서의 행동거지를 어떻게 정해야 할지가 난감해서였다.
　조정의 분위기는 아직도 수구세력이 강세에 있었기에 반일하는 것이 충정이나, 「강화도조약」이 체결된 이후의 여러 가지 여건의 변화는 일본국에 의해서 조종되는 급류에 휩쓸리고 있는 형편이나 다름이 없다. 이러한 때 수신정사가 되어 일본 땅으로 가게 되었다면 나름대로의 계책을 세워 두지 않으면 안 된다.
　"고맙고 갸륵한 일이 아닌가. 고균과 금석琴石(홍영식의 호)도 자리를 함께하는 게 좋겠군……."
　유홍기는 김홍집의 신중한 성품을 잘 알고 있었기에 소담하게 차려진 전별의 술자리를 마련하고 김옥균과 홍영식을 불러서 동석하게 한다. 김홍집의 심기를 편하게 하려는 배려였다.

수인사가 끝나면서 순배가 돌았다.

"허허허, 이제야 비 오는 날의 나막신이 되어 주었으면 하던 내 소망이 이루어질 듯도 싶습니다만……, 오늘은 전별의 자리라고 생각하시면서 심중에 있는 말씀을 모두 들려주었으면 합니다. 두 사람의 후학은 그래서 불렀어요."

김홍집은 잠시 김옥균과 홍영식의 늠름한 기개를 살피다가 신중한 목소리로 입을 연다.

"수신정사의 소임이 막중하다는 것은 잘 알고 있습니다만, 일본 땅에 이르러 사리를 판별하지 못하는 등의 어려움을 겪게 된다면 종사에 누를 끼칠 것도 같고……."

"허허허, 그 무슨 겸사의 말씀이십니까. 나는 공의 신중한 성품을 잘 알고 있기에 맡으신 소임을 훌륭하게 이루어 내실 것으로 확신을 합니다만……, 동경에서의 일은 동인 선사에게 자문을 구하신다면 아무 하자도 없을 것으로 알아요."

"동인 선사에게 자문이라니요?"

"우리끼리는 모두 알고 있는 일입니다만……, 동경으로 가신다기에 말씀드립니다. 동인 선사는 지금 동경에 있습니다."

"……!"

김홍집은 놀라지 않을 수 없다. 수년 전, 유홍기의 약국에 들를 때마다 가식이 없는 직설로 듣는 사람을 민망하게 하였던 그 이동인이 동경에 있다면 어찌 되는가. 김홍집은 불현듯 소외되어 있다는 외로움에 젖는다.

유홍기의 부연은 그를 더욱 놀라게 한다.

"조선 수신사들이 머물게 될 숙사가 동본원사의 천초별원淺草別院(아사쿠사 별원)일 것으로 압니다만, 바로 거기가 동인 선사의 거처니까 만나기도 어렵지 않을 것으로 압니다. 허허허, 이만하면 실로 천우신조가 아니겠습니까."

"아니, 그 모두가 정녕 사실이란 말씀입니까."

"허허허, 어디 그뿐이겠습니까. 지금쯤은 일본국 외무성의 고위관직이나 서양 제국의 외교사절과 상당한 교유관계를 유지하고 있을 것으로 봅니다만……, 그리 되었다면 마치 공의 소임을 돕기 위해 선발로 가 있는 격이 아닌가 싶기도 하고요."

"부끄럽습니다. 대치 선생님!"

김홍집은 자세를 고쳐 앉으며 얼굴을 붉힌다.

김옥균과 홍영식은 시임 예조참의 김홍집이 중인中人 신분의 의원인 유홍기에게 상체를 굽히는 모습을 지켜보면서 일찍부터 선각의 꿈을 불태우고 있었던 자신들의 용기에 뿌듯한 자부심을 느낄 수가 있었다.

김홍집을 다독이는 유홍기의 목소리는 인자하다.

"부끄러워하실 일만은 아닐 테지요. 워낙 신중하신 성품 탓이라고 여겨집니다만……"

"신중이 지나친 것을 늘 안타까이 여기고 있었습니다."

"허허허, 그게 공의 자랑일 수도 있겠지요. 그나저나 수신사는 떠나가야 하고 공은 약 예순 명이나 되는 휘하를 거느리게 되지를 않았습니까. 나라의 명예를 지키기 위해서도 그렇고……, 휘하의 안전을 도모하기 위해서도 공은 동인 선사의 조언을 소중히 여겨야 할 것으로 압니다."

"조언이라 하오시면……?"

"동인 선사를 가까이에 두자면 수신정사의 수역으로 써야 되지를 않겠습니까. 그것이 간교한 왜인들의 속임수에서 벗어날 수 있는 유일한 길일 것으로 알아요."

"……!"

수신사가 정해지면 역관도 정해지게 마련이다. 그런 절차를 모를 까닭이 없는 유홍기였으나, 그는 정부에서 정한 역관보다 이동인의 통역에 의지할 것을 종용하고 있다.

"그리고 또 한 가지는 만에 하나라도 동인 선사가 만류하는 일이 있다면 천명으로 알고 따르시는 것이 종사와 공을 위하는 일임도 명심해 주셨으면 합니다."

마침내 김홍집의 안색에 핏기가 가시기 시작한다. 유홍기의 당부를 따라야 한다면 수신정사의 권한을 이동인에게 위임해야 하는 지경이 되지를 않겠는가.

"말씀의 진의를 헤아리지 못하는 것은 아닙니다만……."

"나는 공과 더불어 토론을 할 생각은 추호도 없습니다. 다만 외교의 경험이 미숙한 공이기에 종사를 위해서라도 그의 도움을 받아야 한다는 뜻이에요. 일본 땅에 당도하신 다음에 공이 홀로 충분히 설 수 있다면……, 그까짓 일개 승려의 조언이 무슨 도움이 되겠습니까!"

"……!"

좌중의 시선은 모두 김홍집에게로 쏠린다. 따뜻하게 다독이던 유홍기의 목소리에 강도가 실리고 있었기 때문이다. 그는 사대부들의 자만과 오만으로 인해 조선의 개항이 늦어지고 있다는 사실을 환기시키고 있다.

김옥균이 분위기를 수습하고 나선다.

"얼마 전에 시생 등은 동인 선사가 보내 주신 편지와 몇 권의 서책을 받아 본 바 있었사옵니다. 그것을 돌려 보면서 시생 등은 급변하는 국제정세에 눈뜨지 못한 우물 안의 개구리임을 통감할 수밖에 없었사옵니다. 대치 선생님께서 말씀하시는 동인 선사의 조언이라는 것은……."

"그만 되었으이. 내가 그것을 모를 까닭이 있겠는가. 다만 더 소상한 가르침이 계셨으면 하는 소망일 뿐이었어."

김홍집의 목소리는 참담하게 들린다. 그는 김옥균에게 대답하는 형식을 빌려 심기가 불편해진 유홍기에게 사죄의 뜻을 밝혔지만 유홍기는 끝내 아무 말도 하지 않았다.

휘청거리는 수신사

　김홍집을 수신정사로 하는 사절단 일행 58명이 도성을 떠난 것은 5월 28일(양력 7월 5일)이었다. 그들은 부산포에서 십 일 정도 머물면서 자신들의 소임을 점검하였고, 6월 25일에 이르러서야 일본 기선 치토세마루千歲丸에 올라 부산포를 떠났다.
　김홍집은 치토세마루의 갑판 위에서 넘실거리는 현해탄의 파도를 바라본다. 몇 해 전 김기수 일행이 수신사가 되어 부산포를 떠날 때는 모두 비장한 각오를 했을 것이지만……, 자신의 경우는 그렇지 않다. 적지의 한복판일 수 있는 일본 땅 도쿄에 당도하면 자문을 구할 수 있는 이동인이 기다리고 있을 것이라는 사실이 이토록 위안이 될 줄을 어찌 짐작이나 했던가. 그는 유홍기의 선견지명에 감탄을 아끼지 않으면서도 자신에게 주어진 임무를 수없이 곱씹어 보면서 다짐한다.

첫째, 부산에 이어 원산을 개항해 주었는데, 일본은 제물포까지 개항해 줄 것을 집요하게 강청하고 있다. 이를 철회하게 해야 한다.

둘째, 면세 혜택을 받는 일본 선박에 대하여, 적어도 부산포에서만이라도 관세를 징수할 수 있도록 해야 한다.

셋째, 일본에 대한 미곡 수출을 금지한 조선 조정의 조처를 해제해 달라는 일본의 요청에 대하여도 계속 금지를 주장해야 할 것이며,

넷째는 미국과의 교섭에 관한 일이다. 미국의 해군제독 슈펠트는 이해 들어 조선과의 통상을 요구하며 부산 앞바다에 나타나곤 하였는데, 최근에는 일본 정부가 이를 중재하겠다고 나섰다. 이에 대한 거부의 뜻도 확실하게 통고해야 할 처지에 있지만, 자신과 담판할 상대가 누구인지도 모른 채 일본국으로 떠나가고 있다.

'어찌해야 하나!'

김홍집은 스스로 백의정승 유홍기를 찾아가 조선의 미래를 배우고자 한 때도 있었다. 그때 유홍기는 김홍집의 신중한 성품을 읽었으므로 '비 오는 날의 나막신'이 되어 줄 것을 당부하지 않았던가. 그런데도 두 사람의 교유가 계속되지 못했던 것은 김홍집의 성품이 지나치게 신중하여 반상의 계급을 타파해야 하는 개혁의 선봉에 설 용기가 없어서였다. 그러나 지금은 조선의 앞

날을 양 어깨에 짊어지고 일본 땅으로 가고 있다.

"일본 땅에 당도하신 다음에 공이 홀로 충분히 설 수 있다면……, 그까짓 일개 승려의 조언이 무슨 도움이 되겠습니까!"

김홍집은 비로소 폐부를 찔러 오는 유홍기의 충언에 마음속으로나마 감사히 여긴다. 그리고 자리를 함께하였던 김옥균과 홍영식의 빛나던 눈초리를 상기하면서 두 주먹을 불끈 쥔다. 그것은 이동인과 힘을 합쳐서라도 국익을 위해 몸을 던지리라는 다짐이기도 하였다.

치토세마루는 험하기만 한 현해탄의 물결을 헤치면서 순항을 거듭하였다. 조선 수신사의 일행은 나가사키 항에서 처음으로 이국의 풍물을 접하는 감동에 젖었고, 고베 항에서는 또 다른 설렘을 맛볼 수가 있었다. 마침내 치토세마루는 동경의 관문인 요코하마의 내항에 닻을 내렸다.

김홍집을 정사로 하는 조선 수신사의 일행이 기선에서 내리자 승복 차림의 건장한 사내가 손을 번쩍 들면서 달려오는 것이 보인다.

김홍집은 그가 이동인임을 한눈에 알아 볼 수 있었다.

"먼 뱃길이라 노고가 크셨을 것으로 압니다."

이동인은 서양식 악수를 청하면서 김홍집을 반긴다.

"대치 선생께서 선사의 근황을 알려 주셨습니다만……, 머무는 동안만이라도 큰 힘이 되어 주셨으면 합니다."

"그야 이를 말씀이겠습니까만, 여기서 동경까지는 기차로 가시게 됩니다."

"기차라……?"

김홍집은 고개를 갸우뚱거린다. 어디서 들어 본 말 같기는 하였어도 귀담아 두지를 않았던 탓으로 생소하게 들려서다.

뚜우—

증기기관차의 기적이 울리면서 검은 기관차가 요코하마 역으로 들어선다. 객차에서 내린 일본국 외무성의 모리야마 시게루가 고산모를 벗으면서 김홍집을 비롯한 조선에서 온 수신사를 영접한다.

"일본에 오신 것을 진심으로 환영합니다. 저는 일본국 외무성 모리야마 시게루라고 합니다."

이동인이 통역을 하면서 모리야마 시게루는「강화도조약」이 체결될 때, 현장에 있었음도 부연한다.

"자, 오르시지요."

김홍집과 이동인은 모리야마 시게루를 따라 가운데 객차에 오른다. 따르는 조선 수신사 일행은 기차가 그야말로 낯선 괴물이라 조심하는 기색이 완연하다.

이윽고 기차가 움직이기 시작한다. 요코하마 역의 플랫폼을 벗어난 동경행의 열차는 순식간에 넓은 들판을 가로지르기 시작한다. 조선 수신사와 그 수행원들은 창밖을 흐르는 풍경으로 기차의 속력을 짐작하면서 거대한 쇳덩이가 수많은 사람들을 싣고도 거침없이 달려가는 괴력에 탄성을 토해 내지 않을 수가 없다.

이동인은 창밖을 내다보는 김홍집의 기색을 살피면서 조용히 입을 연다.

"입에 담기가 민망한 말씀입니다만……, 수신사의 접대에 임하는 외무성의 동태가 너무 소홀한 듯싶습니다."

"소홀하다니, 대체 무슨 말씀이오?"

"삼 년 전에 왔던 김기수 일행에게 극진한 예우를 베풀었던 선례가 있는데도 이번에는 거기에 반도 미치지 못하고 있기에 드리는 말씀입니다."

"심려 마시오. 굶지는 않을 것이니까!"

김홍집의 목소리가 퉁명스럽게 튕겨져 나온다. 일본국 정부의 예우가 아니고도 소임을 마칠 수 있다는 결기가 아니고 무엇인가. 사실 김홍집 일행은 왕복 경비로 10만 원을 지참했을 뿐만 아니라, 쌀 45가마, 팥 7가마, 건어 30묶음, 식기류까지 준비하고 있었다.

"예우란 꼭 숙식에만 있는 것이 아니질 않습니까!"

"……!"

"시생이 여기 와서 느끼고 배운 것은, 외교에도 약육강식의 섭리가 엄격하게 적용되고 있다는 사실입니다. 이 점 각별히 유념해 주셨으면 합니다."

김홍집은 창밖을 응시한 채 고개만 끄덕인다. 유흥기의 모진 당부가 서서히 현실로 드러나고 있다는 생각에서다.

조선 수신사의 일행은 신바시 역에서 일본국 외무성 관리의 영접을 받았는데, 상당수의 신문기자들이 취재에 열을 올리는 광경도 목격할 수 있었다.

김홍집 일행이 신바시에 도착한 것이 7월 6일, 당시의 신문인 『동경일일신문』의 기사는 이러하다.

수신사 김 공은 매우 침착한 인물로 조선국 조정이 얼마나 신중하게 인선했는가를 짐작케 한다. 학문이 높고 글씨도 잘 쓰며 문장도 매우 훌륭하다. 만사에 정중히 대하는 태도는 물론이요, 용모도 지극히 태연하고 평온하며 안색과 미우眉宇도 청수하고 고결하다.

신문기사가 보여 주는 찬사와는 달리 조선 수신사를 대하는 일본국 외무성의 동태는 소홀하다 못해 비열하기까지 하였다. 그들이 책정한 조선 수신사의 접대비가 겨우 5천 원에 불과하였고, 안내를 겸한 통역도 때로는 두 명, 때로는 세 명이 배정될 뿐이다.

이동인은 김홍집에게 귀띔하지 않을 수 없다.

"수신사께서 수행하셔야 할 소임이 막중한 것으로 압니다만, 불행하게도 일본국 외무성에서는 단 한 가지도 들어줄 것 같지가 않습니다. 실로 난감한 일이 아니오이까."

"……끔!"

김홍집이 신음을 토하는 것으로 대답을 대신하자, 이동인은 실로 엄청난 대책을 제시하고 나선다.

"신문을 동원하여 일본 정부에 압력을 가하는 방법이 있지 않겠습니까."

"신문이면…?"

"여론에 호소하는 방법을 택하자는 것입니다!"

"그것이 실제로 가능한 것인지……."

김홍집은 솔깃해하면서도 이동인이 말하는 바를 이해할 수가 없다. 신문의 위력을 실감하지 못하고 있었기 때문이다. 이동인이 그런 김홍집의 내심을 읽지 못한대서야 말이 되는가.

"경능景能(김홍집의 자)께서 허락을 하신다면……, 영국 공사의 힘을 빌려서라도 신문사에는 내가 제보하겠소이다."

어찌 놀랍지 않은가. 이동인은 김홍집의 자를 부르면서 영국 공사를 거론하고 나선다. 조선의 수신정사와 대등한 위치에서 국익을 도모하겠다는 것이 아니고 무엇인가.

"신문을 동원하였다가 도리어 일본국 외무성을 자극하게 되지나 않을지……."

"당치 않아요. 동경 땅에는 또 다른 나라의 공사관이 있지 않습니까. 그들 나라에도 우리 조선의 처지를 호소해 두는 것이 후일을 기약하는 일일 것으로 압니다!"

"알겠어요. 선사만 믿으리다."

김홍집의 대답은 마치 항서를 쓰는 패장의 목소리와도 같다.

조선 수신사를 위한 이동인의 활동은 눈부셨다.

그는 후쿠자와 유키치의 주변과 동본원사 아사쿠사 별원을 동원하여 여론을 환기시키는 한편, 어니스트 사토를 비롯한 서구의 외교관을 통해서도 신문사에 압력을 가해 줄 것을 청했다.

이에 대한 반응을 보인 『동경일일신문』의 논설은 이러하다.

이번의 조선국 수신사가 일본 정부에 요청한 주요 안건은 3개 조항인데, 그 첫째는 인천의 개항을 사절하자는 것이요, 둘째는 미곡 수출을 금지하자는 것이며, 셋째는 해관세칙을 개정하자는 것이다.

첫째로, 인천항 문제는 막부 말엽의 일본 정부도 국내 쇄항鎖港, 양이론攘夷論으로 똑같은 곤경을 체험한 바 있으니 조선 정부의 곤경도 짐작하여 잘 절충해야 할 것이다.

둘째로, 미곡 수출의 금지 문제도 막부 말엽의 일본 정부가 외국과 더불어 문호개방의 담판을 전개할 때 미곡을 금수禁輸 품목에 삽입한 바 있으니, 일본도 이러했거늘 조선이 이제 똑같은 주장을 한다 하여 무엇이 나쁜 것인가.

셋째, 해관세칙의 개정을 요구하는 것도 일본은 이미 외국과의 통상무역을 통하여 잘 체험한 바이라, 조선 정부가 그 개항장의 시설과 외교상의 경비를 다소라도 보충하기 위해 이를 요구함은 결코 무리한 일이라고 할 수 없다.

김홍집은 이동인이 읽어 주는 신문기사를 들으면서 감격하지 않을 수 없다. 자신이 하고 싶었던 주장이 한 자의 착오도 없이 그대로 실려 있었기 때문이다.

"일본국 외무성에서 이 기사를 읽었다면, 우리의 주장이 관철되어야 옳지 않겠는가?"

"아직은 저들을 믿을 수 없습니다. 그러나 우리 조선의 주장이 세계만방에 알려졌다는 사실만으로도 경능께서 소임을 다하고 계시는 증좌가 아니겠습니까."

이동인은 김홍집에게 수신사의 소임을 다하고 있다는 상찬을 아끼지 않으면서도 일본국 외무성이 조선의 요구를 액면 그대로 받아들이지 않을 것임을 은연중에 암시한다.

"그렇다면 아무 성과도 없이 귀국할 수도 있다는 말씀이 아니오?"

"그럴 수도 있겠지요. 하나, 경능께서 일본 땅에 머물면서 서구의 문명을 확인하였다는 사실 하나만으로도 시생은 조선의 개항이 앞당겨질 것이라고 확신합니다."

김홍집은 난감하기만 하다. 그는 자신의 소임에 가시적인 성과가 있기를 고대하고 있었질 않았는가. 그런 김홍집의 속내를 헤아린 이동인의 선의는 따뜻하기만 하다.

"여기에 체재하시는 동안 다른 나라의 외교관들과의 접촉도 주선해 보겠습니다. 너무 심려 마십시오."

"고맙소이다. 선사."

이동인의 일과는 더욱 분주해진다. 사안이 중대하지 않은 접촉일 경우에는 일본국 외무성에서 파견한 통역에게 수신사의 일행을 맡기고, 자신은 외국의 공사관과 신문사를 방문하는 일로 하루해를 보내곤 했다.

그리고 며칠 후, 『동경일일신문』은 또 다른 논설을 게재하여 조선에 대한 관심을 높였다.

조선은 동아시아의 터키며 부산은 콘스탄티노플이다. 비록 조선이 극동에서 국력은 없지만 그렇다고 우리 일본이 조선을 점령하겠는가. 조선이 일본에게 별 가치가 없다고 할지라도 지정학적으로 보아 타국의 침략에 대해 영구한 방벽의 구실을 하고 있다. 이러한 관점에서 본다면 조선의 독립은 극동에서 세력균형을 유지하게 하고 또한 결과적으로는 일본의 이익에 일치되는 것이 분명하다. 그러므로 우리들이 해야 할 가장 필요한 일은 조선 국민과 우호적인 관계를 유지하고 그들의 독립을 보전하기 위해 점진적으로 문명화하도록 이끌어 그들에게 영국, 불란서 및 타국과 조약을 체결하도록 권고하는 일이다.

이동인은 수신사의 일행을 불러 놓고 격해진 목소리로 신문기사를 읽어 주면서 부연한다.

"참으로 훌륭한 내용이 아닙니까. 공들이 여기에 오신 것은 바로 이러한 국제감각을 익히기 위해서라는 사실도 명심하여야 할 것으로 압니다."

김홍집의 얼굴에 핏기가 가시고 있다. 신문기사의 내용이 진실로 훌륭한 것이라면 자신의 소임과 상반되기 때문이다. 그는 군관 윤웅렬尹雄烈만 남게 하고 해산을 명한다.

방 안이 수습되자 김홍집은 이동인에게 불만을 토로한다.

"선사……, 내가 여기에 온 데는 미리견과의 조약체결을 반대한다는 우리 조정의 뜻을 전하는 소임도 포함되어 있었어요."

"잘못되었소이다. 조선 조정의 옹졸한 생각을 국외에 나와서까지 퍼뜨려야 할 까닭이 없질 않소이까."

"옹졸이라니, 말을 삼가시오."

"헛, 이거야 원, 경능마저도 그런 편협한 생각에 매여 있으니까 일본국 외무성에서 조선 수신사에 대한 예우를 소홀히 하고 있질 않소이까!"

이동인은 언성을 높이면서 수신정사 김홍집을 질타한다.

김홍집은 당황해하지 않을 수가 없다. 어찌 일개 승려의 처지로 수신정사의 면전을 이토록 어지럽힐 수 있는가. 그러나 이동인의 기개는 강도를 더할 뿐이다.

"경능, 시생의 충언을 노여워 마시오. 공이 외교를 아시오이까, 국제정세를 아시오이까. 여기서 더 휘청거리면 공의 과실이 국익을 손상하게 할 것임을 명심해야지요."

"······!"

"또한 조선과 미리견은 공이 아무리 반대하여도 수호통상하게 되는 것이 필연일 것이며······, 조선 조정이 소망하는 바도 반드시 이루어지게 되어 있는 것이 국제관례라는 사실을 잊지 마시오. 오늘 공이 못한 소임은 또 다음 사람으로 넘겨지는 것이 천지자연의 이치가 아니오이까."

"······아니!"

"진실로 경능의 소임이 무엇인지를 말씀 여쭈리다. 경능의 높은 학덕과 인품을 저들에게 과시해 주셨으면 합니다. 조선에도 기개를 갖춘 고위관직이 있음을 저들에게 보여 주신다면······, 아무 말씀을 안 하셔도 수신정사의 소임을 다한 것이 될 것이오이다. 시생의 충언에 과실이 있었다면 용서하시오."

이동인은 조용히 몸을 일으키며 방을 나간다.

김홍집은 손을 흔들면서 이동인을 다시 불러 앉히고자 하였으나 뜻을 이루지 못한다. 정곡을 찔렸다는 생각, 수모를 당했다는 생각······, 김홍집은 착잡해지는 심중을 가누기가 어렵다.

"자넨 선사의 말을 어찌 생각하는가?"

김홍집은 젊은 윤웅렬에게로 시선을 옮기면서 나직한 목소리로 묻는다.

"오직 놀랍다는 생각뿐이옵고, 동인 선사야말로 조선의 외교를 이끌어 갈 선각의 모습이라는 생각이 들었사옵니다."

김홍집은 한숨 같은 시름을 토하면서 고개를 끄덕여 보인다. 윤웅렬의 말에 전적으로 동감을 표하는 모습이다.

조선 수신사와 일본국 외무성의 접촉이 다시 활발해지기 시작하였다. 김홍집은 외무경인 이노우에 가오루를 만날 때도, 총리대신 이토 히로부미를 만날 때도 조선 조정의 의향만 제시할 뿐, 조금도 초조해하는 기색을 보이지 아니하자 오히려 이노우에 가오루와 이토 히로부미가 당황해하는 때가 많았다. 통역에 임한 이동인은 자신의 충언을 말없이 따라 주는 김홍집이 고맙기만 하였다.

그리고 7월 25일에는 명치천황을 만났다. 그 자리에서도 김홍집의 행동거지는 중후하면서도 준수하여 일본인 관리들을 압도하고도 남았지만, 두 나라의 견해차는 좁히지 못했다.

일본국 외무성과 조선 수신사의 교섭이 여의치 못하다는 사실을 감지하고 쾌재를 부르고 나선 쪽은 일본 주재 청국 공사관이었다. 그들은 조선에 대한 영향력이 약화되는 것을 심히 우려하고 있었으므로, 일본국 외무성과 조선 수신사 간의 갈등을 이용하면서 새로운 동맹관계를 수립할 수 있을 것이라고 판단하고 있다.

조선책략

"어서 오시오. 수신정사 각하."

"초청해 주셔서 고맙습니다."

"허허허, 우리 청나라와 조선은 오랜 우방이 아니었습니까. 고향 까마귀만 보아도 반갑다는 조선의 속담도 있고요."

"아, 예. 허허허."

주일 청국 공사 하여장何如璋은 김홍집을 비롯한 조선 수신사 전원을 청국 공사관으로 초청하여 거창한 연회를 베풀곤 했다. 청나라는 조선의 여러 사정이 일본 쪽으로 기울게 될지도 모른다고 우려하고 있었기 때문이다.

"각하, 지금 조선에서 가장 조심해야 할 점이 무엇이라고 생각하십니까?"

연회가 무르익자 청국 공사관의 참찬관參贊官 황준헌黃遵憲은 필기도구를 갖추어 들고 김홍집의 곁으로 다가와 앉으면서 묻는다. 이른바 『사의조선책략私擬朝鮮策略』의 요지를 설명하기 위해서다.

후일 조선 조정을 발칵 뒤집어 놓게 될 이른바 『사의조선책략』은 흔히 『조선책략』이라고 줄여서 말한다. 그 주된 내용은 주일 청국 공사 하여장과 참찬관 황준헌이 조선 수신사 김홍집과 주고받는 얘기 중에서 특히 러시아가 남진하였을 때 조선에서 야기될 제반 문제를 정리한 것이다.

지구 위에 더할 수 없이 큰 나라가 있으니 러시아라고 한다. 그 땅의 넓음이 3대주三大洲에 걸쳐 있고 육군 정병이 100만 명이며, 해군의 큰 함정이 200여 척이라……

『조선책략』은 이렇게 시작된다. 러시아라는 나라가 강성하고, 그 강성한 힘으로 조선을 공략할 것이라는 것은 김홍집보다 먼저 수신사로 일본에 다녀온 김기수가 고종에게 복명하는 자리에서도 언급되었었다. 그러므로 김홍집에게는 생소한 내용일 수가 없다.

조선의 땅덩이는 실로 아시아의 요충을 차지하고 있어 형세가 반드시 다툼을 가져오게 되어 있다. 따라서 조선이 위태로우면 중국의 정세도 날로 위급해질 것이다. 따라서 러시아가 강토를 공략할진대 반드시 조선으로부터 시작할 것이다. 그렇다면 조선의 책략은 러시아를 막는 일보다 더 급한 것은 없다.

러시아를 막을 수 있는 조선의 책략으로는 어떤 것이 있을까. 그것은 오직 중국과 친하고, 일본과 맺으며, 미국과 이어짐으로써 자강自强을 도모하는 길뿐이다.

이렇게 『조선책략』의 핵심은 친중국親中國, 결일본結日本, 연미국聯美國으로 되어 있다. 이것을 어찌 중국의 견해요, 황준헌만의 뜻이라 하겠는가. 일본 외무성도 바로 이 점을 주장하고 있지를 않던가.

중국과 친해야 한다는 것은 무엇을 말함인가. 조선은 동쪽과 서쪽과 북쪽이 러시아를 등지고 있으며, 경계를 잇고 있는 것은 중국뿐이다. 중국은 땅이 크고 물자가 풍부하며 그 형국이 아시아를 차지하고 있는 까닭으로, 천하의 여러 나라는 침공하는 러시아를 제어할 나라로는 중국만 한 나라가 없다고 생각하고 있다. 또한 중국이 사랑하는 나라로는 조선만 한 나라가 없다.

정세의 분석으로는 나무랄 데 없다. 김홍집에게는 새로이 알게 된 국제정세가 아니던가. 또 당시의 조선 사대부로 중국과 친해야 한다는 것을 거부할 사람은 없을 터이었다. 김홍집은 고개를 끄덕여서 수긍한다.

일본과 맺어야 한다는 것은 무엇을 말함인가. 중국 이외의 가장 가까운 나라는 일본뿐이다. 만일 일본 땅을 잃으면 조선팔도는 스스로 보존할 수 없게 되고, 조선에 한번 변고가 생기면 일본도 또한 규슈九州·시코쿠四國를 영유할 수 없을 것이다. 그러므로 일본과 조선은 실로 보거상의輔車相依의 형세에 놓여 있다.

김홍집이 조선 땅에서 이 같은 말을 들었다면 수긍하지 않았을지도 모른다. 그러나 지금은 일본 땅에 이르러 신문물을 접하고 있으며, 근대외교의 필요성도 절감하고 있었기에 실감을 더하는 말이고도 남았다.

황준헌은 다시 입을 열어서 조선과 미국이 연합해야 하는 까닭을 설명하고 나선다. 미국과의 조약체결을 반대해야 하는 김홍집에게는 큰 관심사가 아닐 수 없다.

미국과 이어져야 한다는 것은 무엇을 말함인가. 조선의 동해로부터 곧장 가면 아메리카가 있으니 그것이 곧 미합중국이 도읍한 곳이다. 미국의 강성함은 유럽의 여러 대국과 더불어 동서양을 휩쓸 만한데도 항상 약소국을 부조扶助하고 공의公義를 유지하며 유럽 사람들로 하여금 그 악을 함부로 행사하지 못하게 하고 있다. 미국의 국세는 대동양大東洋에 두루 가깝고, 그 상무商務는 홀로 태평양에서 성하였다. 조선으로서는 마땅히 만리대양萬里大洋이라도 사절을 보내서 그들과 더불어 수호해야 할 것이다. 미국을 끌어들여 우방으로 삼으면 많은 도움을 얻을 것이며 화를 막을 수 있을 것이다.

김홍집에게는 혼란스러운 노릇이 아닐 수 없다. 미리견과의 직접적인 조약체결은 고사하고, 일본의 중재마저 뿌리쳐야 하는 판국인데 황준헌의 설득이 마음에 와 닿을 까닭이 없다. 그러나 김홍집은 미국에 대한 이만한 정보를 알게 된 것만으로도 다행한 일이 아닐 수가 없다.

대저 중국과 친하게 지내는 일은 조선이 믿을 것이요, 일본과 맺는 일은 조선이 반신반의할 것이요, 미국과 이어지는 일은 조선이 매우 의심할 것이다.

친절하게도 『조선책략』은 조선 사람들의 생각까지도 언급하고 있다. 어쨌건 몇 날 며칠을 두고 조선을 중심으로 한 국제정세를 토론한 김홍집은 설렘과 답답한 심중을 동시에 누릴 수밖에 없다. 설렘은 미지의 세계에 발을 들여놓는 이른바 국제정세에 대한 새로운 눈뜸이었고, 답답하다 함은 조선의 사대부들이 이를 받아들이지 않을 것이 분명했기 때문이다.

"지금까지 우리가 주고받은 말을 간추려서 한 권의 책으로 엮어 드린다면, 조선의 주상께 올릴 수 있겠습니까."

황준헌의 이 같은 제의를 김홍집은 흔쾌히 받아들인다.

"이르다 뿐이겠습니까. 앞으로 조선이 나아갈 지표로 삼을 수도 있을 것으로 압니다."

"알겠습니다. 수신사께서 귀국하실 때까지 정리해 올리겠습니다."

이렇게 하여 쓰인 것이 이른바 황준헌의 『사의조선책략』이다. 이 『조선책략』으로 인해 조선의 조야가 발칵 뒤집힌 것은 물론 김홍집이 귀국한 다음의 일이었으니, 적어도 체일滯日 중의 김홍집에게는 큰 수확이 아닐 수 없었다.

마지막 회담

그리고 8월 4일.

김홍집 등의 수신사 일행이 조선으로 돌아가기 위한 귀국준비에 열중하고 있을 때, 일본국 외무경인 이노우에 가오루는 마지막 회담을 청하면서 김홍집을 기차로 초대하였다. 두 사람은 달리는 기차를 타고 양국의 현안을 논의하게 된다. 이동인이 통역으로 동참한 것은 말할 나위도 없다.

"그동안의 노고에 위안을 드리면서 우리 일본 정부에서 숙의한 결과를 말씀 여쭙겠습니다. 첫째, 부산항과 원산항을 출입하는 일본 선박은 조선 정부에 관세를 지불하도록 할 것입니다. 그리고 둘째, 조선 정부에서 미곡의 수출을 금지하는 조항도 받아들이기로 하였음을 알려 드립니다. 이러한 일본 정부의 조처는 수신정사의 인품에 감동한 때문임을 유념해 주셨으면 합니다."

"고맙습니다. 외무경 각하."

"허허허, 어떻습니까. 우리 일본국 외무성의 용단에 화답하는 뜻으로라도 인천항의 개항을 허락해 주셔야 하지 않겠습니까."

이노우에 가오루가 능글맞은 웃음을 흘리면서 김홍집을 회유하고자 하자, 통역에 임한 이동인은 긴장하지 않을 수 없다. 김홍집이 노련한 이노우에 가오루의 술수에 말려들까 두려워서다.

"각하께서 심려하시는 바는 헤아리고도 남습니다만……, 제가 받은 훈령이 거기에 미치지 못하는 것을 유감으로 생각합니다. 그러나 양국이 서로 노력을 아끼지 아니한다면 머지않은 장래에 좋은 성과가 있을 것이라고 확신을 합니다."

"오, 허허허, 이거 유감천만입니다만, 수신정사의 인품을 믿고 기다려야지 어쩌겠습니까. 허허허."

"각하의 덕분에 큰 선물을 받아 가지고 귀국하게 되어서 다행입니다. 고맙습니다."

이동인은 김홍집의 얼굴에 회심의 미소가 담기는 것을 보았다. 그 웃음에는 얼마 전 이동인에게 들었던 혹독한 충고가 담겨 있는 것이 분명하다.

"이건 개인적인 부탁이 되겠습니다만……, 수신사께서 귀국하신 다음에라도 조선 주재 일본 공사인 하나부사 요시타다가 겪고 있는 여러 가지 어려운 사정을 각별히 보살펴 주신다면 그 은혜는 잊지 않겠습니다."

"아무 심려 마십시오. 제가 돌보아 드리겠습니다."

"허허허, 흔쾌히 거두어 주시니 고맙기 그지없습니다."

"당치 않아요. 지난 한 달 동안 각하께서 저희 일행을 잘 보살펴 주신 데 대한 보답일 뿐입니다."

달리는 기차를 이용한 도쿄에서의 마지막 공식회담은 쌍방 모두에게 부족함이 없을 만큼 유익한 만남이었다.

이동인은 아사쿠사로 돌아가는 배 위에서 김홍집의 노고를 치하한다.

"지난 한 달 동안 갖가지 만남에 동석하면서 통역에 임했으나 오늘처럼 떳떳하고 보람 있는 날은 흔치 않았습니다."

"허허허, 이제야 외교가 무엇인지 조금은 알 것 같은데……, 꼼짝없이 돌아가게 되어 아쉽기는 합니다만, 선사께서 베풀어 주신 후의는 잊히지 않을 것입니다."

"그런 뜻이 아니라, 조선의 앞날에 서광이 비치고 있음을 확신하게 되었다는 것이지요."

그랬다. 이동인은 수신정사로서의 임무를 훌륭하게 수행한 김홍집의 모습에서 조선의 앞날을 예견할 수가 있었다. 그가 귀국하여 일본을 변화시킨 서구 문명의 위력을 구체적으로 복명한다면 조선의 수구세력도 변하지 않을 수 없을 것이기 때문이다.

'아니야. 그 일은 내가 맡아야 해!'

이동인은 불현듯 조선으로 돌아가고 싶어진다. 일본국에서 겪고 배운 귀중한 체험을 하루속히 젊은 문도들에게 전해야 한다는 생각……. 박진령을 잘만 이용한다면 중전 민씨와의 면담이 다시 이루어질 것이고, 그런 만남을 위해 준비해 둔 갖가지 실증적인 자료를 제시한다면 고종의 배알도 허락될 것이었다.

'가야 해. 먼저 가야 한다니까!'

이동인은 어금니를 문다. 수신사의 일행보다 먼저 귀국해야 한다는 조급한 생각 때문이다. 궁하면 통한다는 말대로 새로 개항한 원산항에 드나드는 일본 군함을 얻어 탈 수만 있다면 수신사의 귀국을 얼마든지 앞지를 수 있지를 않겠는가. 게다가 원산항에 동본원사의 별원이 개원되어 있다면 일본국 정부로서도 이동인의 귀국을 적극적으로 후원하지 않을 수 없다. 일본을 가장 정확하게 아는 유일한 조선인이기 때문이다.

급거 귀국

동본원사의 아사쿠사 별원은 어수선하기만 하였다.

지난 한 달 동안 북새통을 쳤던 조선 수신사의 일행이 귀국을 서둘고 있었기 때문이다. 수신정사 김홍집은 수행원들을 하나하나 거처로 불러서 체일기간 중의 성과를 점검하였다. 모두가 맡은 바 직분에 충실하였지만, 그중에서도 지석영池錫永이 거둔 성과는 참으로 놀라웠다.

"허어, 놀라운 열정이로세!"

김홍집은 지석영의 집념에 감탄을 아끼지 않았고, 지석영은 김홍집의 후원에 머리를 숙인다.

"수신사 어른의 각별하신 당부가 계셨던 탓으로 동인 선사께서 백방으로 수소문해 주셨사옵니다. 시생에게는 큰 광영이자 과분한 성과가 아닐 수 없사옵니다."

"장하이, 공윤이야말로 우리 조선의 선각자일세."

공윤公胤은 지석영의 자다. 26세의 젊은 나이로 수신사를 수행하게 된 지석영은 김홍집의 보증과 이동인의 지원으로 일본국 내무성 위생국의 우두종계소牛痘種繼所에서 공부할 수 있었다. 비록 한 달이라는 짧은 기간이었지만 남다른 열정으로 배움에 임했던 지석영은 세 번에 거친 실습을 통하여 두묘痘苗를 만드는 기술부터 터득하였다. 뿐만 아니라, 두묘 50그릇과 『소아종두법』, 『소아두장채취법小兒痘漿採取法』, 『두묘제조痘苗製造』, 『독우사양법犢牛飼養法』 등과 같은 귀중한 서책까지 구했다.

"동인 선사께서 일본국 정부에 협력을 요청해 주셨기 때문으로 아옵니다."

"그럴 테지……. 나를 비롯한 우리 수신사 일행이 실수를 줄이고 그나마 소임을 다할 수 있었던 것도 따지고 보면 선사의 선견지명이 있었기 때문이 아니겠나."

"그러하옵니다. 수신정사 어른의 홍복洪福이기도 하고요."

"아니야. 그렇지가 않아."

김홍집은 불현듯 대치 유홍기의 당부를 떠올린다. 그는 이동인의 조언을 천명으로 받들 것을 강청하였고, 김홍집은 그 강청에 응함으로써 수신정사의 소임을 다할 수가 있었다.

"그래, 선사와 작별의 술잔을 들어야겠군……."

김홍집은 수행군관인 윤웅렬을 부른다. 윤웅렬은 윤치호尹致昊

의 아버지 되는 사람으로, 그는 줄곧 이동인과 행동을 같이하면서 영국 공사관에까지 초대된 바 있었던 젊은이다.

"찾아 계시옵니까."

"음, 어서 가서 동인 선사를 뫼셔 왔으면 하네. 사양을 하시거든 전별의 자리를 마련하였다고 전하면 오실 것일세."

윤웅렬은 이동인의 거처로 달려갔으나 참으로 기막힌 소식이 그를 기다리고 있었다. 이동인은 교토의 동본원사로 거처를 옮긴다는 구실만 남겨 놓고 이미 자취를 감추고 없었기 때문이다. 윤웅렬은 황급히 탁정식의 거처로 달려가 보았으나 거기도 방은 깨끗하게 치워져 있다.

"대체 그 무슨 경망한 작태라는 게야. 아무리 수신정사가 미욱하기로 어찌 일언반구의 상의도 없이 경도京都로 거처를 옮길 수가 있다던가!"

김홍집은 자신도 모르게 언성을 높였다. 이동인의 행실이 마음에 들지 않아서다.

"소상한 것은 알 수 없으나, 수신사의 소임도 이미 끝난 터이라……."

"아무리 그래도 그렇지."

"선사께 불가피한 일이 생긴 것이 아닐지요?"

서운해하는 김홍집의 모습은 보기에도 민망하다. 자리를 함께하고 있던 지석영과 윤웅렬은 마음속에서 우러나는 위안의 말을 입에 담았지만, 그렇다고 이동인을 찾아 교토로 달려갈 수도 없는 노릇이다.

바로 그 시각, 귀국행장을 꾸린 이동인은 주일 영국 공사관에서 어니스트 사토와 작별인사를 나누고 있다. 지난 한 달여 동안 이동인의 지도로 조선의 고전소설을 읽고 있었던 어니스트 사토는 스승과의 작별을 몹시 아쉬워했다.
"이거 너무 서운하게 되지를 않았소. 선사께서 귀국한다면 나는 조선어를 배울 수 없게 됩니다."
"염려 마시오. 내 기필코 다시 올 것이오."
"오, 믿어도 되겠습니까?"
"믿으세요. 그리고 내가 없는 동안에는……,『임장군전』을 더 열심히 소리 내 읽으면 됩니다."
이동인은 어니스트 사토와 함께 조선의 고전소설을 소리 내 읽어 가는 방법으로 그가 조선어를 독해할 수 있도록 지도하였다. 비록 짧은 기간이었지만 어니스트 사토의 학구열이 대단하여『풍량전風梁傳』,『황운전黃雲傳』은 이미 독파하였고, 영국의 언어학자인 체임벌린Basil H. Chamberlain이 소장하고 있던『임장군전林將軍傳』을 읽고 있다.
"내가 다시 도쿄로 돌아올 때는 더 재미있는 조선의 고전소설을 많이 가지고 올 것이니, 사토 서기관은 조선어의 수련을 게을

리 하지 마시오."

"고맙습니다. 우리는 조선의 미래를 위해서라도 다시 만나야 할 것입니다."

"당연하오. 그건 내가 소망하는 바가 아니겠소."

어니스트 사토는 이동인과의 작별을 아쉬워하면서 자리에서 일어선다. 그리고 책상서랍을 열고 무엇인가를 꺼내 들고 다시 소파로 돌아왔다.

"내가 쓰던 것입니다만, 선사께서 고국으로 돌아가신다기에 드리는 선물입니다."

"아니, 이건……?"

"오페라글라스라고 가극이나 연극을 볼 때 소용되는 것입니다만, 그 원리는 망원경과 같습니다."

이동인은 오페라글라스의 렌즈를 통해 방 안의 집기를 살펴본다. 모두가 눈앞으로 다가와 보였다. 천리경千里鏡(지금의 망원경)과 같이 모양이 크지 않으면서도 그 효능이 같다는 점에서 이동인은 새삼스러운 감동을 맛보고 있다.

"고맙소이다. 사토 서기관."

"아닙니다. 잠깐만 기다려 주시면 고베에 주재하고 있는 우리 영국 공사에게 소개장을 써 드리겠습니다. 큰 도움이 될 것으로 압니다."

이동인은 쿵쿵거리며 울려오는 가슴의 고동을 주체할 길이 없다. 고베는 나가사키, 요코하마와 함께 일본국으로 들어서는 3대 관문이나 다를 바가 없는데, 거기에 주재하는 영국 공사와 교유할 수 있다면 영국과의 수교를 앞당기면서 그 중추적인 역할을 담당할 수가 있을 것이었다.

어니스트 사토는 떠나가는 이동인을 위해 그가 할 수 있는 일이라면 무엇이든지 하겠다는 열의를 보였다. 이동인은 고베 주재 영국 공사 애스턴$^{William\ G.\ Aston}$에게 보내는 편지를 쓰고 있는 어니스트 사토의 진지한 모습을 지켜보다가, 수일 전에 있었던 일을 상기하며 미소 짓는다. 그날도 어니스트 사토는 아무 예고 없이 이동인을 동경 주재 영국 대리공사인 케네디의 방으로 인도하고서,

"조선의 개혁과 외교를 짊어질 젊은 스님을 소개합니다. 물론 일본 승적도 가지고 있습니다."
라고, 조금은 엉뚱하게 소개를 하더니 뒤이어 참으로 엄청난 말을 입에 담는 것이었다.

"우리 영국도 조선과의 수교가 불가피하지 않습니까. 이 중차대한 일을 순조롭게 진행하기 위해서는 조선에 우리 영국의 대리인^{agent}을 두어야 할 것으로 믿습니다. 이에 저는 동인 선사를 조선 정책에 대한 우리 영국의 대리인으로 천거하고자 합니다."

"……!"

이동인은 숨이 막혔다. 물론 케네디 대리공사의 확답이 있은

것은 아니었지만, 영국과 같은 강대국의 외교관으로부터 능력을 인정받았다는 사실 하나만으로도 만리이국에 밀항해 온 보람을 느낄 수 있었다.

어니스트 사토는 잉크도 채 마르지 않은 편지봉투를 입김으로 불면서 응접소파로 돌아왔다.

"고베에 도착하시거든 우리 영국 공사관을 찾아가서 애스턴 공사를 만나십시오. 지난번 케네디 대리공사에게 말한 바와 같이 동인 선사를 우리 영국의 조선 정책을 수행하는 대리인으로 임명해야 한다는 사실을 강조하였으니까, 애스턴 공사는 선사의 모든 편의를 아낌없이 보살펴 줄 것으로 압니다."

"고맙소이다. 사토 서기관."

"아닙니다. 동인 선사는 내 조선어 선생님입니다. 무엇이든지 도와 드리고 싶습니다."

동방의 작은 은둔의 나라라고 알려진 조선왕조, 그 왕조가 개항이라는 격동의 파도에 휩쓸리고 있을 때, 일개 중인의 신분인 이동인이라는 젊은 승려가 일본 땅으로의 밀항을 결행하여 1년 남짓 거기에 머물면서 일본국 조야(朝野)의 지도자들과 두루 교유하고 일본 주재 중국 공사관을 비롯한 영국 공사관의 외교관들과 조선의 개항과 개화를 논의하고 있었다는 사실에 우리는 주목할 필요가 있다.

우리가 흔히 조선의 개항 과정을 논의하면서 흥선대원군 이하응과 명성황후 민씨 간의 세력 다툼에 그 성패의 책임을 묻고자 하는 따위의 잘못된 사관史觀이 아직도 상존해 있기에, 이때 이동인이 경험한 일련의 일들이 우리에게 더욱 소중하게 느껴지는 것이 아니겠는가.

비밀 외교관

고국

  이동인은 무불과 함께 고베를 출발하는 일본국의 우편선을 타고 새롭게 개항된 원산항을 통해 그리던 고국으로 돌아왔다. 조선 수신사의 일행보다 사흘이나 앞서다. 그는 다시 부산포까지 가야 하는 무불과 송별하고 새로 개원된 동본원사 원산별원에 들러 보았으나, 오쿠무라 엔신도 그의 여동생인 이오코의 모습도 보이질 않았다.

  함경도의 남단이자 강원도의 북단인 원산항은 초가을 기운이 완연하였다. 이동인은 새 개항지인 원산항에서 일고 있는 조심스러운 변화를 감지할 수 있었다. 그것은 미구에 소용돌이치게 될 신문물의 물결이 아니겠는가.

  이동인은 만족감에 흔들리며 도성을 향한 힘찬 발걸음을 내딛고 있지만, 한편으로는 서글프다는 생각을 떨쳐 내지 못한다.

가도 가도 먼지만 풀썩이는 황량한 길을 걸어야 했기 때문이다.

일본의 개항지이자 수도의 관문인 요코하마에서 기차를 타면 눈 깜짝할 사이에 도쿄의 신바시에 도착한다는 사실을 감안한다면 아직 조선은 깊은 잠에서 깨어나지 못하고 있음이 아니고 무엇인가.

1년여 만에 딛어 보는 도성 거리다.

육조관아를 가로지르는 이동인의 발걸음은 무겁기만 하다. 거리가 죽어 있다는 느낌 때문이다. 도쿄의 번화가인 교바시京橋나 니혼바시日本橋께를 걷고 있노라면 살아서 꿈틀거리는 생기를 맛볼 수 있었질 않았던가.

'불을 질러야 해. 혁명의 불길을 당겨야 한다니까!'

이동인은 두 주먹을 불끈 쥐며 발걸음을 재촉한다. 백의정승 유홍기와의 만남이 그의 가슴을 울렁거리게 하고 있다. 회색 승복자락을 바람에 날리면서 빠른 발걸음을 옮겨 놓던 이동인의 발길이 혜정교惠政橋를 건너면서 휘청거린다.

"아……, 아니, 진령아……!"

까마득히 멀리, 대광교大廣橋 난간을 서성이고 있는 여인이 박진령이 분명해서다.

이동인은 승복의 소맷자락을 뒤져서 오페라글라스를 꺼내 든다. 렌즈를 통해 시계로 들어온 박진령의 상반신은 욕정을 자극

할 만큼 싱싱하였고, 그녀의 얼굴에는 함박 같은 웃음이 담겨 있다. 그녀는 이미 정인 이동인이 달려오고 있음을 보고 있었던 모양이다.

"어찌된 게야. 자네 영험함이 만리타국에서의 일까지 알고 있었음이 아닌가."

이동인은 박진령에게로 다가서며 큰 소리로 말한다.

"엊그제부터 예서 서성이고 있었사옵니다."

"하면, 알고 있었음인가……?"

"사랑하는 분의 일인 것을요."

"예끼, 어디서……. 허허허, 참으로 용한 신통력이긴 하네만은 그러다가 내가 진장방으로 빠지면 어찌하려구?"

"당치 않으시옵니다. 대치 선생님께서도 벌써 며칠째 기다리고 계시는 것을요."

박진령은 양 볼을 붉히면서 웃어 보인다. 이동인은 그녀의 알몸을 뇌리에 그리며 그대로 덥석 안아서 눕히고 싶은 충동에 젖었으나 행인들의 내왕이 잦은 다리께임을 어찌하랴.

두 사람은 대광교를 건너서 나란히 걷는다. 소광교를 왼편으로 끼고 광통방으로 들어서면 곧 유홍기의 약국이다.

"아니, 선사님……!"

약재를 손질하던 최우동이 황급히 몸을 일으키며 소리치자, 약국에서는 유홍기의 외동아들인 유운두劉運斗와 젊은 명의로 소문이 자자한 강창균이 달려 나온다.

"허허허, 잘들 있었는가. 날세. 이 사람들아."

이동인의 호방한 너스레가 온 마당을 찌렁하게 울리는데도 유운두는 어리둥절해진 표정을 씻어 내지 못한다.

"수신사와 동행을 하셨습니까?"

"동행이라니. 그들은 부산포로 귀국할 터이지만, 난 원산항으로 돌아왔지."

"아, 예. 소식이라도 좀 주시지 않으시고요."

"허허허, 소식보다 앞서서 본편이 왔으니까 무소식이 희소식이 아니겠나."

모두가 왁자하게 웃고 있을 때 사랑채로 통하는 중문께가 술렁거리면서 김옥균, 유길준, 박영효가 달려 나오는 것이 보인다.

이동인은 그들을 향해 두 손을 번쩍 들어 보이면서 소리친다.

"벗들이여, 안녕들 하셨는가. 그대들의 심려를 업고 내 이렇게 무사히 돌아왔느니!"

이동인은 젊은 문도들의 뜨거운 손을 으스러지게 움켜잡으며 눈시울을 적신다. 그들에게 읽힐 한 짐의 서책과 함께 그들에게 들려주어야 할 태산보다 더 큰 말들을 가슴에 간직한 채 발길을 재촉하지 않았던가. 이동인은 뿌듯하게 치미는 재회의 감격을 끝내 눈물로 쏟아낼 수밖에 없다.

"드시지요. 선생님께서도 기다리고 계십니다."

"암, 자 함께들 가세나……. 금릉위께서도요."

이동인은 박영효의 환한 얼굴에서 오쿠무라 이오코의 잔영을 찾고 있다. 아무리 1년 남짓한 세월을 헤어져 있었기로, 그가 귀공자의 준수한 외모만이 아닌 사내로서의 의지와 성숙미를 풍기고 있었다면 지난날의 박영효일 수 없다. 이동인은 그와 오쿠무라 이오코와의 만남이……, 다시 말하면 남녀 간의 아름답고 지고한 접촉이 빚어낸 성숙된 변화일 것이라고 확신한다.

선진문물

 유홍기는 조선 개항의 산실과도 같은 송죽재의 댓돌을 맨발로 내려서며 이동인을 반긴다.
 "어서 오시게나. 만리타국이라 객고가 컸을 것인데도……, 신관이 훤하니 보기에도 좋으이."
 "선생님의 심려를 등에 업고 있은 탓으로 압니다."
 "허허허, 당치 않으이. 이젠 누가 뭐라고 해도 동인의 견문으로 이 나라의 미래가 열리질 않겠는가. 나도 열심히 배울 생각일세. 자, 드세나."
 이동인은 송죽재로 들어서면서 매캐한 책 냄새에 젖어 든다. 그에게는 한동안 잊고 있었던 조선의 냄새일 수밖에 없다.
 "복명의 예를 올리겠사옵니다."
 "그 무슨……, 복명이란 당치 않아."

두 손을 내젓는 유홍기를 향해 이동인은 정중한 예를 올린다. 그리고 젊은 문도들과는 맞절을 나누는 것으로 귀국한 인사치례를 마친다.

"무엇부터 어떻게 실마리를 풀어 가야 할지 짐작이 서지 않아서 난감한 노릇일세만……, 선사가 몸소 겪은 견문이 우리들에게는 곧 학문이요, 길이 될 것이 아니겠는가."

이동인의 견문보따리를 열고자 하는 유홍기의 심회는 조심스러운 것이었지만, 이동인의 대답은 명쾌함이 지나쳐서 좌중을 어리둥절하게 하고도 남는다.

"시생이 듣고 본 바를 함부로 입에 담는다면 사언邪言을 퍼뜨렸다 하여 처벌을 면치 못할 것이옵고, 가지고 온 서책을 돌려가며 읽는 것도 사학邪學을 전파한 대죄에 해당될 것인지라……, 우선은 은밀한 장소를 물색해야 하고, 또 넉넉한 시일을 두고 익혀 가야 할 일인 줄로 압니다."

"신학문을 사학이라 한대서야 말이 되는가!"

"하오나, 그쪽의 사정은 조선과 판이하게 달라서 별천지나 다를 바 없던 것을요."

"별천지라면……?"

"벽안홍모의 서양 학자가 일본의 젊은이들에게 신학문을 가르치고 있었다면 믿으시겠습니까."

방 안은 깊은 침묵 속으로 빠져 들 수밖에 없다. '양이洋夷'라고 불리는 서양 오랑캐에게 일본의 젊은이들이 신학문을 배우고 있다는 사실이 믿어지지 않아서다.

"경응의숙慶應義塾이라는 신식 학당을 아주 세세히 살펴볼 기회가 있었습니다. 거기서는 서양의 실용적인 학문을 가르치면서 일본국을 이끌어 나갈 새 일꾼을 양성하고 있었는데……, 놀랍게도 가르치는 교수 중에는 서양 학자도 포함되어 있었습니다."

"……!"

유길준의 눈초리에 광채가 돌았다. 그는 신학문의 본고장에서 학구열을 불태우리라는 결기를 다지고 있었으므로, 이동인의 열변 속에 자신의 진로가 있으리라고 믿었다. 그래서 보다 세세한 것을 알고자 하였다.

"그 서양인 교수가 일본의 젊은이들에게 무엇을 가르치고 있었습니까?"

"생물학과 물리학이었어."

"생물학이면……?"

화제가 이어질 까닭이 없다. 주자학朱子學에만 매달려 있던 조선의 젊은이들에게 생물학이란 신학문의 개념이 이해될 까닭이 없다. 잠시의 침묵이 다시 있고서야 유홍기가 입을 연다. 화제가 단절되는 것을 우려해서다.

"수신사로 간 경능의 심중은 어떠하던가. 그 사람의 성품이면 사안의 중대성을 조금은 헤아렸을 것으로 보네만……."

"선생님께서 당부하신 대로 경능의 통변通辯을 시생이 맡아 하면서 한 달 동안이나 기거를 함께하였습니다만……, 그분으로서도 워낙 생소한 일들만 경험하게 되는지라 그저 귀동냥으로 얻어듣는 것이 고작이 아니었겠습니까."

"그럴 테지……."

유홍기는 탄식을 토해 낼 수밖에 없다. 이동인의 거침없는 언동에서 유신일본의 부국역강함을 읽을 수 있었기 때문이다. 젊은 문도들의 두려움도 유홍기와 다를 것이 없다.

"우선은 젊은이들에게 책부터 읽혀야 하겠는데, 아직은 돌려가면서 읽을 책도 아니려니와 그렇다고 떼 지어 몰려다니는 것도 바람직한 일이 못 된다면 어디 승방 같은 곳을 몇 군데 정해 두는 것이 상책 아니겠습니까."

"승방이 있다면야 안성맞춤이겠지……. 하나, 그리 되자면 더욱 선사의 의향이 존중되어야 하지 않겠는가."

"외람되지만, 시생이 정하겠습니다. 우선 두 곳으로 나누되 돈의문敦義門(서대문) 밖 봉원사奉元寺와 흥인문興仁門(동대문) 밖 영도사永導寺가 좋을 듯싶습니다."

조선의 개항과 개화를 열망하는 이동인의 열정은 타오르는 불길이나 다를 바 없고, 또 일본에서 체험한 견문을 전파하는 그의 영향력은 막강할 수밖에 없다.

『사토 페이퍼』에 적힌 대로 이동인은 수많은 서책을 수집하였고, 서양 문물의 실상을 담은 진귀한 사진들도 구해 들였는데, 그것은 조선의 젊은이들을 놀라게 하는 데 부족함이 없었다. 집 위에 또 집을 지은 것으로 보이는 빌딩, 파리와 런던의 번화한 시가지, 화려한 무도회의 의상, 군함과 대포의 위용을 과시하는 무기창의 사진 등은 조선의 낙후됨을 깨우치게 하는 충격적인 내용이었고, 게다가 어니스트 사토와 함께 요코하마에서 구입한 자명종, 그에게서 선물로 받은 오페라글라스 등은 사진에서 얻은 감동을 입증하고도 남았다.

이때의 감격과 흥분이 어떠했던가는, 후일 서재필徐載弼이 쓴 회고문에 소상히 담겨져 있다.

그가 가지고 온 서적이 많았는데 역사도 있고, 지리도 있고, 물리, 화학과 같은 것도 있었으며, 그것을 보기 위해서 3, 4개월간 그 절(봉원사를 말함)에 자주 들렀지만 당시 이러한 책은 적발되면 사학邪學이라 해서 중벌에 처해졌기 때문에 한 장소에서 장시간 독서할 수가 없어, 그 다음에는 동대문 밖의 영도사라는 절에서 독서하고 다시 봉원사로 옮겨 가는 등, 이와 같이 되풀이하기를 일년이 넘어서야 그 책들을 모두 판독하였다. 그 책들은 모두 일본어로 쓰여 있었지만 한자漢字를 한 자 한 자 더듬어 읽으면 의미는 거의 통했다. 이렇게 해서 책을 완독한바, 세계의 대세를 거의 알 수 있게 되었다. 여기에서 우리나라도 타국과 같이 민중의 권리를 수립해야겠다는 생각이 솟아났다. 이것이 우리로 하여금 개화파로 등장하게 한 근본이었다. 바꿔 말하자면 이동인이라는 승려가 우리를 이끌어 주었고, 우리는 그러한 책을 읽어 그 사상을 몸에 익혔으니 봉원사가 우리 개화파의 온상인 것이다.

이동인의 귀국으로 조선 젊은이들의 개화의지가 불길처럼 타오르고 있을 때, 김홍집이 이끄는 수신사 일행은 8월 11일에서야 무사히 부산포에 귀국하였다. 이들이 상경하여 일본에서 보고 들은 신문물을 퍼뜨리고 다닌다면 개화의 소용돌이는 더 거세게 일 것이었다. 그러나 훈구세력의 거센 반발도 감안해야 한다. 부산포에 이은 원산의 개항으로 유림을 주축으로 하는 훈구세력들의 반발이 조직화될 기미를 보이고 있었던 시기이므로.

근친 반차

 진장방의 해질녘은 가을의 향취가 돌았다.
 이동인은 긴 그림자를 드리우며 내당으로 이어지는 중문을 들어선다. 먼저 돌아와 있던 박진령은 먼 길에서 돌아온 정인을 새삼스러울 만큼 따뜻하게 맞아 준다.
 "아주 늦으실 것으로 짐작했사옵니다만……."
 "내일부터는 눈코 뜰 사이도 없을 테니까."
 "선사님의 소임인 것을요."
 이동인은 박진령에게 이끌리듯 내당으로 들었다. 그녀는 1년 남짓 헤어져 있었던 정인의 품을 파고들면서 몸을 떤다.
 "꿈속에서라도 선사님을 뵙고자 하였사옵니다."
 박진령의 빈틈없는 꾸밈새와 처연한 몸짓은 이동인의 욕정을 자극하고도 남았다. 이동인은 그녀의 목덜미를 세차게 당겨 안으면서 뜨거운 입김을 쏟아 붓는다.
　박진령의 알몸은 촉촉하게 젖어 들고 있다. 이동인은 그녀가 소망하는 모든 것을 아낌없이 받아들이겠다는 몸짓으로 박진령의 깊은 늪을 휘저어 간다. 그것은 살아 있음을 확인하는 일이며, 열락의 기쁨을 누리는 최상의 방편이기도 하다.
　박진령은 이동인의 알몸을 으스러지게 안아 들인다. 아무리 작은 희열도 놓치지 않으려는 안간힘이 아니겠는가. 이동인은 박진령의 열정을 알고 있었기에 그녀의 영혼까지 잡아 두리라고 다짐한다.
　"요즘의 조정도 달라질 기미가 보이질 않던가?"
　"달라지는 게 다 무엇입니까. 오히려 심상치 않은 기운마저 돌고 있는 것을요."
　"심상치 않은 기운이라니?"
　"대원위 대감의 주변에 훈구세력들이 다시 모이고 있답니다."
　"허어, 이런 딱한 지경이 있나. 중전 마마께서 그런 엄청난 일을 보고만 계셨다는 것이더냐."
　"사람이 없음을 안타까이 여기고 계시옵니다만……, 시세의 흐름이 그러하다면 불가항력이 아닐지요."
　"……!"
　이동인은 알몸을 일으키며 불길한 예감에 사로잡힌다. 박진령의 말이 사실이라면 조선의 개화는 또다시 뒷걸음을 칠 수밖에 없을 것이기 때문이다.

아니나 다를까, 박진령이 우려했던 그 심상치 않은 기운이 현실의 일로 나타난 것은 8월 27일이다. 석 달 앞으로 다가온 생부의 회갑일을 무심히 보낼 수 없다 하여 고종이 운현궁雲峴宮을 방문하는, 이른바 근친 반차覲親班次를 치르게 되었기 때문이다. 열두 살 어린 나이로 잠저潛邸(임금이 되기 전에 살던 집)인 운현궁을 떠났던 고종이었으므로 실로 17년 만에 잠저를 찾아와 부모님께 인사를 여쭙게 되는 셈이다.

흥선대원군 이하응은 치미는 감회를 억누를 길이 없다. 창덕궁의 통용문通用門이 폐쇄되면서 섭정의 자리에서 강제로 밀려난 이래 고종과는 마주 앉아 본 일도 없다. 흥선대원군에게는 이보다 더 큰 회한이 어느 천지에 다시 있겠는가. 그는 고종이 당도했다는 전언을 듣는 순간 황급히 몸을 일으키며 마당으로 달려 나간다.

"주상, 이게 얼마 만의 해후랍니까. 보령 열둘에 잠저를 떠나가시질 않으셨습니까."

"아버님……, 송구하고 불효한 마음 실로 헤아릴 길이 없사옵니다."

"기다렸습니다. 나뭇가지가 바람에 흔들려도 주상께서 납시는 꿈을 꾸곤 했었지요. 하늘이 정해 주는 것이 핏줄이기에 주상과 나는 천륜입니다."

"……"

흥선대원군의 눈언저리는 물기에 젖어 들고 있다. 고종을 만나고 싶은 심정은 오죽했으며, 하고 싶은 말은 또 얼마나 많을 것인가. 흥선대원군은 물기에 젖은 목소리로 아비의 심중을 토로하며 고종의 어려움을 위로한다.

"나라를 경영하는 것이 얼마나 어려운 일인가는 몸소 깨달으셨을 것으로 믿습니다만……, 때로는 범부로 태어나지 못한 것을 후회하시는 고초도 계셨을 것으로 압니다."

"아버님……!"

"압니다. 어렵고 답답한 때가 아닙니까. '양이攘夷 · 보국保國'의 이념이 흔들리고 있다면, 그 어느 때보다 주상의 결단이 요구되는 시기임은 삼척동자도 알고 있을 것으로 압니다."

흥선대원군 이하응은 끝이 없는 회한을 쏟아 놓는다. 그 회한은 조정의 일각에서 일고 있는 개항과 개화의 논의를 차단하려는 치국론이다. 그는 먼저 유능한 인재를 등용해 쓸 것을 종용하였고, 미욱한 신하들을 가까이에 두면 성총이 흐려질 것이라는 점도 또한 강조하였다. 그리고 두 부자의 공식적인 대면에 배석한 훈구대신들인 이최응李最應, 김병국金炳國, 홍순목洪淳穆 등을 의식한 듯 일본국과의 수교를 맹렬히 비난하면서 수신사의 내왕이 나라를 망칠 것임을 경고하는 것도 잊질 않았다.

고종은 시대의 변화를 거론하는 것으로 흥선대원군의 반발을 완곡하게 무마하려 한다.

"아버님, 어제의 세계와 오늘의 세계가 딴판으로 다르다면 나라를 경영하는 도리도 달라지는 것이……."

흥선대원군은 고종의 말을 가로막는다.

"다르지요, 다르다마다요. 하나, 어제의 세계와 오늘의 세계가 아무리 다르기로 지난 천여 년 세월 동안 왜구로 불러 온 도적 떼와 손을 잡고서도 부끄러워하지 않는 것이 정녕 용서받을 수가 있는 일이라고 보신답니까. 저기 저 얼빠진 중신들이 세상이 달라지고 있다는, 개뿔보다 못한 명분으로 주상의 성총을 흐리게 하고 있음은 세상이 다 알고, 또한 하늘도 노할 일이 아니옵니까!"

"……!"

흥선대원군의 열변은 칼날과도 같이 예리하다. 그는 조정에 충성하는 신하가 없었기에 「병자수호조약」이 체결되었음을 수없이 되풀이했고, 또 그것이 망국으로 가는 조약임을 뼈아프게 지적하고서야 자신의 내심을 드러내 보인다.

"천만다행으로 이 애비에게는 아직 기력이 남아 있습니다. 애비는 이 나라 오백 년 사직을 이어 가는 일이라면……, 또 그것이 주상을 성군의 반열에 올려놓는 일이라면 기꺼이 목숨을 버리리라 다짐하고 있습니다. 이 점 각별히 유념하셨으면 합니다."

어려우면 불러 달라는 당부일 것이다. 고종은 아버지의 회한을 잘 알고 있으면서도 아무 대답도 하지 못한다. 그러나 고종의 근친 반차는 고종 자신에게도, 흥선대원군에게도 의미 깊은 행차가 아닐 수 없었다.

고종으로서는 민망하리만큼 소원해졌던 아버지와의 거리가 좁혀졌음을 내외에 알리게 됨으로써 저간의 부담을 덜게 되었고, 흥선대원군으로서는 자신의 '양이·보국' 정책을 지지하는 훈구대신들이 지켜보는 앞에서 고종과의 끈끈한 유대를 다시 한 번 과시할 수 있었기 때문이다.

고종과 승려

고종의 근친 반차가 있던 다음 날인 28일에는 수신정사 김홍집이 입궐하여 귀국복명을 하면서, 조선 조야를 발칵 뒤집어 놓게 될 문제의 서적인 황준헌의 『사의조선책략』을 올린다.

"일본 주재 청나라 공사인 하여장과 참찬관인 황준헌이 우리 조선의 외교노선에 많은 조언을 아끼지 아니하기에, 생각한 바를 적어 줄 것을 당부하였더니 한 권의 책으로 엮어 주었사옵니다."

"오, 경의 노고를 무엇으로 치하해야 하는가."

"신의 노고라 하오시면 당치 않사옵니다. 다만 신이 복명의 말씀을 여쭈어 올리면서 꼭 입에 담아야 할 일은 일본국의 도성에 봉원사에 승적을 두었다는 조선인 승려 한 사람이 밀항해 있었사온데, 일본국 조야의 지도자는 말할 것도 없고, 서양 각국의 외교사절과도 두루 교유하고 있었사옵니다."

"조선인 승려가……. 대체 그가 누구란 말인고?"

고종은 상체를 당겨 앉을 만큼 크게 놀란다. 어찌 고종뿐이랴. 부복한 조정중신들의 놀라움도 이만저만이 아니다. 아직도 엄연한 배불숭유의 나라가 아니던가.

중인이자 승려의 신분으로 조선의 개항과 조선인의 개화를 위해서라면 목숨도 내던지리라던 이동인의 열정이 마침내 어전에서 거론되는 순간이다.

"이동인이라 하옵니다. 전하."

"이동인……, 봉원사의 승려라 했던가."

"그러하옵니다. 신을 비롯한 이번 수신사의 일행이 소임을 다할 수 있었던 것은 모두 그의 공헌한 바가 있었기 때문임을 유념해 주소서."

"참으로 놀라운 일이 아닌가."

"그러하옵니다. 전하. 지금 이 나라 조선 안에서 세계의 문물을 바로 알고, 격동하는 국제정세를 꿰뚫어 볼 수 있으며, 일본국 동경에 주재하는 서구 열강의 외교사절 그리고 일본국 조야의 대관들과 수시로 만날 수 있는 사람은 오직 이동인 한 사람뿐이옵니다. 전하, 비록 이동인이 승려의 신분이오나 원하옵건대 가까이로 부르시어 긴요하게 쓰신다면 종사의 일에 큰 보탬이 될 것이라 사료되옵니다. 유념해 주오소서."

"……!"

어찌 세월의 흐름을 실감하지 않으랴. 이동인이 개항에 눈뜨게 된 것은 14년 전인 병인년이었다. 프랑스 함대의 함포사격으로 강화도가 초토화되고 있을 때 이동인은 바로 그 초연(硝煙)이 자욱한 전장에서 대치 유홍기와 처음 만났었다. 그 후 이동인은 유홍기로부터 서구 열강의 역사와 문화를 배웠고, 자주개항만이 조선의 살길임을 터득하게 되면서는 몸소 급변하는 세계정세의 물결 속으로 뛰어들었다. 이동인이 스스로 개항세력의 행동파임을 자임하고 일본 땅으로의 밀항을 결행한 것은 그 때문이었다.

"이동인이란 승려는 아직도 일본 땅에 있는가?"

"아니옵니다. 이미 돌아와 있을 것으로 아옵니다."

"돌아와 있다면……, 내 기꺼이 그를 부를 것이니 이동인의 거처를 수소문하라!"

고종의 관심이 아무리 이동인에게 쏠려 있다고 하여도 승려를 탑전까지 들게 할 수는 없다. 아직은 주자학을 으뜸으로 여기는 배불숭유의 나라, 조선왕조이기 때문이다.

생각다 못한 고종은 척족의 우두머리이자 개항 쪽에도 관심을 보여 온 민영익을 불러서 조언을 청한다.

"무슨 묘책이 없을꼬?"

사안의 중대성을 헤아린 민영익은 순발력을 발휘한다.

"봉원사의 이동인이라면 신 또한 만난 바 있었사옵니다."

"오, 그래……. 하면, 일본으로 밀항한 일도 알고 있었던가."

"그러하옵니다. 언젠가는 긴요히 써야 할 사람이기에 모른 척하였을 따름이옵니다. 통촉하오소서."

"그렇다면 더욱 잘된 일이 아닌가. 과인과의 만남을 서둘러 주선하라."

"전하, 아뢰옵기 송구하오나, 이동인이 승려의 신분인지라 중전 마마께서 그를 부르시고, 전하께서는 우연하게 중궁전으로 드시오면 큰 하자가 없을 것으로 아옵니다."

"묘책이로다. 서둘러 이동인을 중궁전으로 부르라!"

고종이 들뜨면 들뜨는 만큼 민영익에게는 신바람 나는 일이 아닐 수가 없다. 이미 이동인을 중궁전으로 인도한 일까지 있었음에랴.

중전 민씨는 민영익으로부터 고종의 어의를 전해 듣고 만족감을 표시한다. 그녀는 박진령을 통하여 이동인의 근황을 알고 있었다.

"지난번처럼 관복을 입게 하면 되는 것을……."

중전 민씨는 박진령을 불러 이동인의 입궐을 명하면서 주상을 배알하게 될 것임도 아울러 알린다. 그것은 일본에서 수집한 갖가지 자료들을 빠짐없이 준비하라는 주문이기도 하였다.

"선사님……, 하례드리옵니다. 이제야 그간에 못다 한 꿈을 이루심이옵니다."

"자네의 대공임을 잊지 않을 것이네."

"당치 않으시옵니다. 선사님의 노고를 부처님께서 헤아려 주셨음이라고 사료되옵니다."

이동인은 단주 알을 돌린다. 까까머리 소년일 때 모든 액운을 덜어 줄 것이라면서 분신처럼 아끼던 단주를 던져 주었던 무공선사도 이젠 이승 사람이 아니었고, 환재桓齋(박규수의 호) 박규수도 역매亦梅(오경석의 호) 오경석도 세상을 떴다. 이동인은 스승들의 따뜻한 가르침을 떠올리면서 뜨거운 눈물을 흘린다.

불교를 탄압하고 유교를 숭상하는 조선 땅에서 일개 승려의 신분으로 임금과 마주 앉아 조선의 개항을 입에 담게 된 사실이 얼마나 자랑스러운 일이던가. 이동인은 입궐하게 되는 날을 기다리며 고종 임금에게 진언할 내용을 꼼꼼히 살폈다. 모두가 조선의 명운과 상관되는 일이기 때문이다.

입궐하는 날은 뜻밖으로 빨리 왔다. 고종 임금과 중전 민씨가 서둔 것이 분명하다. 이동인은 전날과 다름없이 민영익의 인도로 입궐길에 오른다. 그러나 전날과는 달리 이동인의 얼굴은 한없이 들떠 있다.

"전하, 중궁전의 전언이옵니다."

"오, 어서 서둘라."

고종은 들떠 오르는 심중을 애써 추스르며 중궁전으로 거둥한다. 그는 이동인의 모습을 뇌리에 그려 보면서 입가에 웃음을 담는다. 짧은 머리는 어찌 가렸을 것이며, 또 겉옷을 어찌했을 것인지가 몹시 궁금해서다.

"주상전하 듭시오."

내관의 목소리가 길게 울리자 중궁전에는 긴장감이 돌았다. 중전 민씨와 이동인은 문가로 몸을 옮기면서 고종의 임어에 대비한다.

"어서 납시옵소서."

중전 민씨의 낭랑한 목소리가 들리고 고종이 좌정하는 기미가 있었지만, 이동인은 고개를 들 수 없다.

"선사께서는 문후 여쭈시오."

민영익의 목소리다. 비로소 이동인은 굽은 절曲拜로 숙배肅拜를 올린다. 이동인의 복색이 관복 차림이었으므로 고종의 용안에는 미소가 지나간다.

"동인은 과인이 묻는 말에 소상히 대답하되 한 치의 거짓이 있어서도 아니 될 것이니라. 알겠느냐."

"망극하옵니다. 전하."

"동인이 동경에 머물고 있을 때, 일본국 조야의 대관들과 수시로 만났다는데 그 대관이란 대체 어떤 사람들이던고?"

"신이 입에 담기에는 민망하기 한량없사오나, 일본국 정부의 총리대신인 이등박문 이하 외무경, 내무경, 육군대신 등이옵고, 정부 밖으로는 일본국 제일의 석학이자 경응의숙의 설립자인 복택유길, 일본국 해군을 창설한 승해주 등이옵고, 동본원사의 대교정도 포함되옵니다."

"오, 그래……."

어찌 놀랍지 않으랴. 신임장도 지니지 않은 일개 조선의 승려가 일본국 정부의 수뇌들과 수시로 만날 수 있었다면, 조선의 외교가 그에게 맡겨지는 것이 순리이고도 남는다. 그래서 민영익은 놀라움보다 두려움으로 가득한 표정을 짓고 있다.

"하면, 동인이 만났다는 외국의 사절이란 또 누구누구인고……?"

"일본에 주재하는 청국 공사 하여장을 비롯한 영길리英吉利(영국)의 대리공사 케네디 등이옵고, 영길리 공사관의 2등 서기관인 어니스트 사토에게는 조선어를 가르치기도 하였사옵니다."

"조선어까지……. 하면, 그들과의 의사소통은 어느 나라 말로 하였는고?"

"천만다행으로 신이 애써 터득한 일본어가 저들과의 의사소통을 용이하게 하였사옵니다."

"하면, 동인은 누구에게서 일본어를 습득하였는고?"

고종의 하문이 끊이지 아니하자, 이동인은 부산포를 떠나서 일본 땅에 이르는 모든 과정과 동경에서 경험한 갖가지 사연들을 하나하나 쏟아 놓는다.

고종과 중전 민씨에게는 모두가 새롭고 신기한 내용이 아닐 수 없다. 일찍이 수신정사로 일본을 다녀온 김기수에게서는 말할 것도 없고, 심지어 얼마 전 다녀온 김홍집에게서도 들을 수 없었던 새로운 사실들이 봇물처럼 터져 나오고 있었음에랴.

중전 민씨가 상기된 표정으로 입을 연다.

"전하, 동인 선사를 자주 불러서 외국의 선진문물을 익혔으면 하옵니다. 윤허해 주소서."

"그게 왜 중전만의 소망이겠는가. 나 또한 동인을 자주 불러서 우리 조선의 나아갈 바를 배우고 싶음인 것을……."

"전하, 성은이 망극하옵니다."

배석한 민영익은 숨이 막힌다. 이동인에 대한 고종의 신임이 여기서 더 두터워진다면 조선 조정의 모든 대외정책은 이동인이 생각한 대로, 이동인이 바라는 방향으로 흘러갈 것이기 때문이다. 아무리 그렇기로 이미 이동인의 설득력 넘치는 변설에 빠져든 고종에게 그와의 면담을 중지하도록 진언할 수도 없는 노릇이다.

이동인은 소매 속에 간직하고 온 프랑스와 영국의 풍물이 담긴 사진과 어니스트 사토에게서 받은 오페라글라스와 자명종 등을 고종의 연상 위에 올려놓으며 그것들의 소용됨을 세세히 설명하였다. 고종과 중전 민씨는 벌어진 입을 다물지 못하는 지경이다.

"내 동인을 자주 부를 것이니 도성 밖으로 나가는 일을 삼가도록 하라."

"명심하겠사옵니다. 전하."

고종과 이동인의 만남이 잦아지면서 민영익의 일상도 덩달아 분주해졌다. 이동인에 대한 고종의 신임이 두터워지는 데 대한 대책을 세워 두어야 했기 때문이다. 그 대책의 첫째는 고종이 관심을 보이는 모든 신지식을 터득해야 하는 일이었고, 둘째는 유홍기를 자주 만나서 이동인이 무엇을 생각하고 있는지를 빈틈없이 알아 두는 일이다.

고종은 황준헌이 쓴 『사의조선책략』을 읽으면서는 김홍집을 불러서 그것이 쓰일 때의 분위기를 익혔고, 거기서 풀어지지 않았던 의문은 다시 이동인을 불러서 확인하곤 하였다.

"내가 듣기로는 일본국 동경에 조선말을 가르치는 학교가 있다는데……, 그 또한 사실인가."

"그러하옵니다. 동경외국어학교에 조선어학과가 있사옵니다."

"하면, 누가 무슨 연유로 조선어를 배운다는 말인가."

"외무성에서 조선에 파견할 젊은 외교관과 육군성, 해군성에서 파견할 젊은 장교들이 조선어를 배우고 있사옵니다."

"허어……!"

"전하, 한 나라가 자력으로 근대화되기 위해서는 외국어에 능통한 젊은 인재들이 있어야 하옵니다. 일본이 개항과 유신에 성공할 수 있었던 것은 외국에 유학을 하여 서양 각국의 문물을 익힌 젊은 인재들이 있었기 때문임을 유념하오소서."

고종은 고개를 끄덕이면서도 내심 두려움에 젖어 들고 있다. 이동인이 진언하는 말을 그대로 실행에 옮긴다면 지금 당장에라도 서양 제국과 통상조약을 체결해야 할 터인데, 그것은 훈구세력들의 극렬한 항거를 불러일으킬 것이 아니겠는가.

고종은 문득 황준헌이 쓴 『사의조선책략』의 내용을 떠올린다.

"동인은 황준헌이 쓴 『조선책략』을 읽었는가."

"그러하옵니다."

"거기에 적힌 친중국, 결일본, 연미국이라는 글귀를 동인은 어찌 생각하는가?"

이동인은 망설이지 않을 수 없다. 일본과의 통상조약이 체결된 것만으로도 수구세력들이 거세게 반발하고 있는 마당인데, 미국과의 수교까지 이루어진다면 온 유림들의 결사적인 항거가 있을지도 모른다. 그것을 두려워하고 있을 고종에게 『사의조선책략』에 적힌 바를 따라야 할 것이라고 진언한다면 거기서 파생될 갖가지 문제를 감당하기가 어려워진다. 바로 그때 고종이 다시 채근한다.

"어찌 생각하느냐고 묻지 않았는가."

이동인은 결단을 내려야 했다. 조선의 개항과 개혁을 앞당기는 일이라면 혁명도 불사하겠다는 이동인이 아니던가. 그는 결기의 칼날을 날 세우듯 입을 연다.

"전하, 아뢰옵기 송구하오나 서둘러 거기에 적힌 바를 따르는 것이 국익에 도움이 될 것으로 아옵니다."

"따르라니……. 저 기세등등한 유림이 그것을 받아들이리라 보는가!"

"전하, 우리 조선은 유림들만이 사는 나라가 아니옵니다. 그들에게 시달리기만 하는 백성들이 있음을 유념하소서."

"하면, 너 이동인은……!"

"전하, 신 이동인은 개명한 일본 땅에서 구박만 받던 백성들의 힘으로 나라가 부강해지는 것을 똑똑히 살펴보고 왔사옵니다. 바라옵건대, 만민이 평등하다는 사실을 깊이 유념하옵시고 친중국, 결일본, 연미국의 정책을 어명으로 표명하셔야 할 줄로 아옵니다. 통촉하소서."

"……!"

고종의 용안이 창백하게 바랬다. 이동인의 급진적인 진언은 이미 신하로서의 도리를 잃고 있는 것이나 다를 바 없다. 그것이 비록 급변하는 국세정세에는 부합되는 내용일지라도 반상의 법도가 엄연한 조선에서 어찌 실현 가능한 일이겠는가. 그러나 이동인의 진언은 계속된다.

"전하, 신 이동인 돈수백배하고 아뢰옵니다. 우리 조선의 자주적인 개항이 예서 더 뒤로 미루어진다면……, 끝내는 일본국의 식민지로 전락될 위험이 있사옵니다. 통촉하소서."

아, 고종은 신음을 토하며 어수를 들어서 이마를 짚는다. 조선은 사대부만이 사는 나라가 아니며, 만민이 평등하다는 사실에 유념해야 하며, 백성들의 힘으로 나라가 부강해질 것이며, 일이 잘못되면 일본국의 식민지로 전락될 위험이 있다는 이동인의 진언은 고종의 심기를 어지럽히고도 남았기 때문이다.

만일 누군가가 이 광경을 목격하였다면 이동인은 임금에게 폭언하였다는 죄명으로 살아남지를 못할 것이리라. 그러나 고종은 그를 질책할 수 없다. 이동인이 들려주는 견문과 식견에 감탄을 거듭하고 있었다면 그의 진언이 옳을 것이라는 판단이 들어서다.

"오늘은 그만 물러가라. 내 다시 부를 것이니라!"

이동인이 퇴궐한 다음 고종은 침식을 물리친 채 황준헌의 『사의조선책략』에 다시 몰두한다. 친중국, 결일본, 연미국해야 하는 논리적인 근거를 터득하려는 고종의 집념이 세간에 알려지자, 글을 읽을 수 있는 조선의 선비들은 서로 앞을 다투어 『사의조선책략』을 필사하여 읽더니 마침내 그것을 가지고 온 김홍집을 향해 비난의 화살을 퍼붓기 시작한다.

"그 짐승만도 못한 김홍집이 이제 서양 오랑캐까지 조선 땅으로 불러들이고 있다!"

김홍집을 향한 거센 비난은 마침내 인신공격으로 비약하였다. 김홍집은 얼굴을 들고 나다닐 수가 없을 뿐만 아니라, 밤이 되면 거처로 돌덩이가 날아드는 곤혹을 겪기까지 했다. 조선의 개항을 저지하려는 훈구세력들의 반격이 아니고 무엇이겠는가.

박진령은 김홍집에게로 집중되고 있는 훈구세력들의 비난이 이동인에게로 옮겨지는 것을 우려하지 않을 수가 없다. 이동인을 향한 고종의 신임이 날로 두터워지고 있다면 그를 시기하고 모함하는 무리가 생겨나는 것은 당연하다.

"전하의 성총을 흐리게 하는 중놈이 있다는 게야!"
"헛, 전하께서 그자를 신임하기를 하늘과 같이 하신다는군."
"배불숭유하는 나라에서 중놈이 대궐을 드나들다니!"

발 없는 말이 천 리를 간다는 속언이 있다. 더구나 국론이 개혁과 수구로 갈라져 있을 때의 유언비어라면 어느 한쪽에 살기가 실려 있기 마련이 아니겠는가.

역성혁명

 유홍기는 이동인의 신변을 우려하지 않을 수 없다. 그가 추구하는 조선의 개혁은 그야말로 화급을 다투어야 할 일이지만, 훈구세력들의 지지는 고사하고 집권층의 견제까지 받아야 한다면 불행을 자초하고 있음이 분명하다.
 척족의 젊은 두령이자 이동인의 동태를 누구보다 잘 알고 있을 민영익이 유홍기를 찾아와서 뜻밖의 말을 입에 담은 것도 그 무렵이다.
 "대치 선생께서도 『조선책략』에 적힌 바를 따르는 것이 옳다고 생각하십니까."
 "그야 당연하지 않습니까. 국제정세의 흐름인 것을요."
 "동인 선사가 추구하고 있는 것이 불공하게도 역성혁명이라면, 그때도 대치 선생께서는 그를 지지하고 비호하실 작정이십니까."

유홍기는 소름끼치는 전율감에 빠져 든다. 이동인의 언동이 척족의 두령에게 역성혁명易姓革命으로 비쳐지고 있다면 이미 그의 신변에는 위험이 닥쳐와 있음이나 다름이 없다.

"영감, 동인이 생각하고 있는 것은 역성혁명이 아니라……."

"더 소상히 말씀드리지요. 그가 전하의 탑전에서 이 나라 조선은 사대부만이 사는 나라가 아니라 그들의 핍박을 받으면서 살아온 백성들이 있다고 했고, 또 만민이 평등하고서만이 조선의 미래가 옳게 열릴 것이라는 망언을 입에 담았는데……, 바로 이 점이 대치 선생의 가르침이 아닌가 싶어서요."

유홍기는 지그시 입술을 물면서 고개를 끄덕인다. 민영익의 진의를 헤아리고 싶어서다. 그가 원하는 것이 무엇인가. 이동인을 역성혁명의 주모자로 몰아가자면 그의 제거가 전제되어야 한다. 그러면서도 유홍기를 찾아와서 그가 개항과 개혁의지의 진원지임을 확인하려는 저의가 무엇인가.

유홍기는 정면 돌파를 시도하고 나선다.

"만민이 태어날 때부터 평등한 것은 하늘의 가르침일 것이고, 백성들의 힘으로 나라가 부강해지는 것 또한 천지자연의 이치가 아니겠습니까."

"그럴 테지요. 바로 그런 나라를 세우기 위해서 역성혁명을 기도하고 있는 것이 아니겠습니까!"

민영익의 목소리에는 살기가 담겨 있다.

유홍기는 민영익을 설득하리라고 다짐한다. 그것이 이동인을 위기에서 구하는 일일 것이기 때문이다.

"영감, 역성혁명이 아니고도 얼마든지 만민이 평등하고 부강한 나라를 이룩할 수가 있어요. 영길리가 그렇지를 않습니까. 그들은 왕실을 극진히 떠받들면서도 근대화된 산업국가를 이루었습니다. 또 일본은 어떻습니까. 그들의 근대화는 존황토막尊皇討幕에서 출발하지 않았습니까. 유명무실해진 왕실의 위엄을 더 드높이면서도 부패한 막부를 때려눌 수 있었습니다. 우리 조선의 근대화도……"

"그게 바로 반상의 법도를 무너뜨리자는 허황된 생각일 것이며, 나아가서는 역성혁명의 신호가 아니오이까!"

"아니지요. 반상의 법도는 무너져서 마땅하고 또 기필코 무너질 것입니다만……, 분명한 것은 저나 동인과 같은 중인들에 의해서가 아니라 영감과 같은 사대부들에 의해서 무너질 것으로 확신합니다. 따라서 영감과 같으신 지체 높은 어른들께서 먼저 그 일에 앞장을 서 주셔야만 오백 년 사직이 무사할 것이 아니겠습니까."

"……!"

백의정승이라고 불리는 유홍기의 설변이다. 민영익은 더 반발하지 않는다. 그렇다고 그의 말을 수긍하거나 기세가 꺾인 것은 아니다.

"분명히 당부드립니다만……, 이동인으로 하여금 탑전에서의 언동을 각별히 유념토록 대치 선생께서 경고해 주셨으면 합니다. 나는 그 뒷일을 감당할 수가 없어요."

유홍기는 이동인에게 테러가 가해질지도 모른다는 불길한 예감에 젖을 수밖에 없다. 고종이 이동인을 신임하면서 그의 진언을 수용하게 되는 날이면 개항에 관심을 보인 세력들이라도 이동인의 영향력을 두려워하지 않을 수가 없지를 않겠는가.

이동인이 고종의 곁에서 개항을 계책하고 실천해 나가게 된다면 이 땅의 사대부들은 중인 승려의 앞에서 허리를 굽히게 된다. 게다가 의정부와 6판의 제도가 무너지고 조직이 근대화된 새로운 정부가 탄생한다면 이동인이 외무대신이 되어야 하는 것은 불가피하다.

지난 5백 년 동안 불교를 탄압한 조선왕조에서 젊은 승려가 외교권을 장악한다면……, 이 땅의 사대부들에게는 설 곳이 없어진다.

"죽여 없애지 않고서야!"

조선의 개항을 반대하거나, 조금이라도 뒤로 미루어야 하는 수구세력들에게는 이동인의 제거가 선결 문제로 대두될 수밖에 없다. 그것이 어디 수구세력뿐이겠는가. 개항을 지지하지 않을 수 없는 민씨 일족들인들 어찌 왕조의 진로를 이동인에게만 맡겨 둘 수가 있으랴.

민영익이 돌아가자 유홍기는 서랑壻郞인 이승준을 부른다.

"어서 진장방으로 달려가서 진령에게 알리되, 문도들을 그리로 부르라고 이르게."

"하면, 선사께는요?"

"출입을 삼가라면 알 것일세."

빙부의 명을 받은 이승준의 얼굴에 결기가 일었다. 기다리고 기다려 온 결행의 시기가 눈앞으로 다가왔다는 느낌 때문이다.

유홍기는 해가 지기를 기다렸다가 광통방을 나선다.

칠흑 같은 어둠이 그를 에워싼다. 유홍기는 두렵다는 생각을 떨쳐내지 못한다. 민영익의 상기된 얼굴이 뇌리를 어지럽히고 있어서다. 그가 유홍기를 찾아와서 경고의 말을 입에 담았을 정도면 이동인에게 칼을 던지고 폭약을 터트릴 준비쯤은 하고 있을 것이 아니겠는가.

진장방도 어둠 속에 잠겨 있다. 유홍기는 이동인이 거처로 쓰고 있는 거택으로 천천히 발걸음을 옮기면서 사위를 살핀다. 민영익의 수하들이 배치되어 있을지도 몰라서다.

"어서 납시오소서."

유홍기가 대문 앞으로 다가서자 박진령이 모습을 드러낸다.

"다들 모였느냐."

"예. 내당으로 들게 하였사옵니다."

박진령은 유홍기를 내당으로 인도한다. 이동인을 비롯한 김옥균, 박영효, 홍영식, 유길준, 서광범, 서재필 등이 몸을 일으킨다. 유홍기는 유독 서광범과 서재필의 어깨를 다독이며 상석으로 오른다. 뒤늦게 합류한 젊은이들인데도 이제는 어엿이 중심부에 들어와 있다는 대견함에서다.

유홍기는 태산교악泰山喬嶽과도 같은 모습으로 좌정을 한다. 그러나 좀처럼 입을 열지 않는다. 자신이 입에 담아야 할 말들이 자칫 젊은 문도들의 혈기에 상처를 내게 될지도 모른다는 우려 때문이다.

촛불이 일렁거리면서 이동인의 얼굴에 싸늘한 결기가 스쳐지나가는 것이 보인다. 그것을 감지한 유홍기가 먼저 입을 연다. 목소리는 침중하게 가라앉아 있다.

"세간에 나도는 해괴한 풍설을 동인 선사께서도 듣고는 있었겠지요."

"그렇기는 합니다만……."

"동인 선사는 그 진원지가 어디라고 보시는가?"

"빈도의 생각으로는 민영익의 소행이 아닌가 싶습니다만……."

좌중은 모두 놀라는 기색이 완연하다. 이동인이 입궐하는 날이면 대개 민영익이 그를 인도한다는 것을 알고 있었고, 또 중전 민씨가 이동인을 신임하고 있는데……, 어찌하여 민영익이 그를 모함하는 유언비어를 퍼뜨린다는 말인가.

"그 연유가 어디에 있다고 생각하시는가?"

"조선의 사대부들이 천박하고 방자하여, 차라리 망국의 길로 들어설지언정 빈도와 같은 중놈의 영향하에 들어오지 않겠다는 옹졸함을 드러내 보이는 것이 아니겠습니까."

이동인은 사욕밖에 모르는 조선 사대부들을 천박하고 방자하다고 질타한다. 자리를 함께한 젊은 문도들에게 확실한 개혁의 방법을 일깨워 줄 모양이다. 그러나 유홍기는 그를 나무라지 않을 수 없다.

"이 사람, 동인……, 정녕 위해危害를 자초할 참인가!"

"빈도는 위해를 두려워한 일이 없사옵니다. 왕실과 조정이 조선의 개혁에 앞장서기를 거부한다면……, 당연히 민중들이 봉기하여 스스로의 권익을 찾을 밖에요. 빈도는 그 일에 앞장서고자 할 따름이옵니다!"

"동인은 불란서 혁명을 표본으로 삼고자 하는가?"

"당연하지요. 단두대에 목이 걸리는 것이 두렵다면 왕실과 조정 그리고 사대부들이 먼저 나서야지요!"

이동인의 안총眼聰은 불빛을 뿜어내고 있다. 그것은 자리를 함께한 사대부들인 김옥균, 유길준, 홍영식, 서광범, 서재필, 박영효 등에게 맹성猛省을 촉구하는 결기일 것이리라.

"삼백 년 전……, 왜적이 이 나라의 강토를 쑥밭으로 만들었을 때, 왕실과 조정은 무엇을 했습니까. 그들이 망명을 궁리하면서 의주까지 몽진蒙塵을 했을 때, 이름 없는 무지렁이 백성들이 의병을 일으켜서 왜병과 싸우지 않았습니까. 그들은 조정으로부터도 또한 섬기는 사대부들로부터도 아무 혜택도 받아 보지 못한, 그야말로 핍박만 받아 온 무지렁이 민중들이 아니었습니까. 나라의 명맥은 그들의 충정에 의해서 유지되었는데……, 피란에서 돌아온 그 잘난 조정과 사대부들은 나라를 구한 무지렁이 백성들을 위하여 무엇을 베풀어 주었습니까. 베풀기는 고사하고 옛날과 다름없이 매질과 타박과 착취의 대상으로만 여기질 않았습니까. 빈도라도 나서서 저들 불쌍한 백성들에게 당연히 누려야 할 권리를 일깨워 주면서, 자신들이 누려야 할 권리는 싸워서 쟁취하는 것이라고 역설하지 않을 수 없지를 않습니까. 저 무지렁이 백성들이 빈도의 말을 알아듣는다면 몽둥이를 들고서라도 총칼과 맞설 것이 분명하질 않습니까. 지금의 저 무력하고 부패한 조정이 평등을 외치면서 거리로 달려 나온 백성들의 분노를 수습할 수 있다고 보시옵니까. 이와 같은 민중의 봉기가 불란서에서만 가능한 것이라고 생각한다면 그 얼마나 한심하고 답답한 노릇입니까. 주상께서 『조선책략』의 내용을 따르겠다고 천명해야 하는 것은 민중의 봉기를 차단하기 위해서라도 불가피할 것으로 압니다."

대담한 발설이 아닐 수 없다. 조선왕조가 5백 년 동안 왕권을 유지하면서 반정反正이라는 이름의 쿠데타에 의해 임금을 축출한 경우가 두 번 있었지만, 민중혁명의 성격을 띤 경우는 아직 없었다. 그러므로 이동인의 열변은 충격을 동반하면서도 설득력이 있다.

 유홍기는 젊은 문도들의 표정을 살핀다. 모두가 두 주먹을 불끈 쥐고 일촉즉발의 결기를 불태우고 있는 것으로 보인다. 유홍기는 천천히 고개를 끄덕이고 나서 이동인이 불러일으킨 민중혁명론에 찬물을 끼얹고 나선다.

 "동인의 열변에 잘못이 있다고 타박할 생각은 추호도 없네만, 그와 같은 민중의 봉기가 시작되기도 전에 동인에게 어떤 위해가 가해질 때는 어찌하려는가."

 "……!"

 "우리는 지금 동인의 생사를 걱정하고 있지 않은가. 저 못난 사대부들이 동인을 위해하려는 판국이면……, 잠시 몸을 피하는 것이 순서가 아니겠느냐 이 말일세."

 "그렇게는 아니할 것이옵니다. 여기서 더 시기를 놓친다면 우리에게는 희망이 없습니다!"

 이동인은 조금도 뒤로 물러서지를 않는다. 그는 자신을 위해하려는 무리들에게 먼저 철퇴를 던질 결기를 내세운다.

 "이 사람, 동인……, 자네에게 불행이 온다면……, 아직은 동인의 뒤를 이을 만한 인재가 없질 않은가. 그 점을 안다면 얼마간 몸을 피하는 것이 순리라니까."

"중궁전의 뜻이라면 기꺼이 따를 것이나, 나어린 영익의 치기에서 비롯된 것이라면 정면으로 승부하는 것이……."

"아니야. 지금은 몸을 사려서라도 영익의 진의를 살피는 것이 상책이라는데도. 아직은 그 사람들의 표적이 될 필요는 없어."

유홍기는 이동인을 비롯한 젊은 문도들에게 격조가 있는 설득을 시도한다. 이동인에 대한 고종의 신임이 커지면 커질수록 조선의 외교정책은 이동인에 의해서 입안될 것이 분명하다. 그러면 정부의 조직은 근대화될 것이며, 그 중심부에 이동인이 자리하게 될 것은 명약관화한 일이 아니겠는가.

이 엄청난 정세의 변화에 찬동할 사람이 없다면 이동인의 제거는 어느 파별의 문제가 아니라, 조선 사대부의 생존권과 직결된 일이기에 모면하기가 어려울 것이라는 게 유홍기의 지적이다.

"내 말에 큰 하자가 없다면……, 동인의 제거공작은 이미 시작되었질 않겠나."

"저 선생님, 소녀가 나설 자리는 아니오나……."

"아니다. 중궁전이나 민문의 일이라면 진령일 따를 사람이 없겠지. 괘념치 말고 어서 말하라."

박진령은 송구스럽다는 표정을 지어 보이면서도 또렷한 목소리로 자신의 의사를 개진한다.

"아직은 중전 마마께오서도 선사에 대한 신임이 돈독하여 자주 만나서 배우기를 청하고 계시옵고, 참판 영감께서도 선사의 견문과 식견이 종사를 위해서 쓰여야 할 것임을 침이 마르도록 입에 담고 있음을 소녀는 지켜보고 있었사옵니다."

"당연하지. 바로 그 점이 동인에게 불운이 닥쳐와 있음을 보여 주는 것이 아니겠느냐."

"선생님……!"

"동인, 당분간 도성을 떠나서 부산포에 내려가 있는 것이 목숨을 부지하는 일이 될 것일세. 오쿠무라 남매의 도움을 받으면 망명도 어렵지 않을 것이네."

어찌 두렵지 않으랴. 마침내 유홍기는 이동인의 목숨을 구하는 방편의 하나로 망명이라는 말까지 입에 담았다. 방 밖이 술렁거린 것은 바로 그때다.

"아씨, 중궁전의 전언이옵니다."

방 안에는 긴장감이 돌 수밖에 없다. 민중혁명을 거론한 이동인을 고깝게 여긴 민영익이라면, 중궁전의 전언에 그의 의사가 반영되었을 수도 있다.

지체 없이 달려 나가야 할 박진령도 유홍기의 눈치만 살필 뿐 몸을 움직이지 못한다.

"중궁전의 전언이면 소홀히 할 수 없음이 아니더냐."

유홍기의 채근을 듣고서야 박진령은 조심스럽게 몸을 일으킨다. 그러나 바다 밑과도 같은 방 안의 긴장감은 풀어질 기미가 없다. 그 침묵을 견디지 못한 때문일까, 김옥균이 뜨거운 열기를 토해 낸다.

"선생님, 시생 등은 동인 선사께서 제공해 주신 새로운 지식을 습득하고 있사옵니다. 아직은 미비한 소견입니다만……, 동인 선사께서 지적하신 대로 민중혁명의 방법으로라도 조선의 개혁을 서둘 때라고 생각되옵니다."

"시생도 고균의 생각에 전적으로 동감합니다."

김옥균의 의지에 동감을 표시한 사람은 놀랍게도 홍영식이다. 조선의 수구세력을 이끌어 가고 있는 전 영의정 홍순목의 핏줄인 홍영식의 결기였기에 서광범, 박영효의 동조도 거침없이 쏟아져 나왔다. 더구나 서재필의 의지는 들어 둘 만하다.

"저희가 서양의 문물을 알게 된 것은 동인선사께서 가지고 오신 서책을 읽으면서부텁니다. 따라서 저희가 이 땅의 개화를 입에 담고, 거기에 나서야 하는 당위는 모두가 선사의 가르침이나 다름이 없지를 않습니까!"

젊은이들은 하나 같이 수긍한다. 이동인이 일본에서 돌아올 때 가지고 온 서책들이 이 땅의 젊은이들에게 개화사상을 불타게 한 원동력임을 아무도 부인하지 못한다. 그 당사자들이 한자리에 모였다면 그들의 숨결에서 결단의 의지가 느껴지는 것이 당연하질 않겠는가.

유홍기는 미간을 찌푸린 채 미동도 하지 않는 유길준의 모습을 지켜보면서 절묘한 생각을 굴린다. 유길준의 내심을 끄집어 낸다면 김옥균, 홍영식 등의 열기를 식힐 수 있겠다는 궁리다.

"구당矩堂(유길준의 호)도 그리 생각하는가."

"시생의 생각으로는 모든 사대부들로 하여금 신학문을 연마하고 터득하게 하여 스스로 조선의 미래를 그려 보게 한다면……."

"어느 천 년에…!"

김옥균이 소리치며 반발하자 유길준의 안색이 벌겋게 달아오른다. 일촉즉발의 기미가 아닐 수 없다. 유홍기는 다급해진 어조로 김옥균을 나무란다.

"고균은 자신의 결함이 어디에 있는지 숙지하고 있어야 할 것일세. 아무리 뜻을 달리하는 말이기로 남의 얘기를 경청하지 않고서야 어찌 자신의 의지를 관철할 수 있겠는가!"

김옥균이 당황해하면서도 불복의 태세를 취했다면 격론으로 번질 수밖에 없다. 바로 그때 방문이 열리면서 박진령이 다시 들어와 앉는다. 그녀의 표정은 상기되어 있다. 좌중은 박진령을 주시하면서 숨을 멈춘다. 중궁전에서 보냈다는 전언의 내용이 궁금해서다.

"날이 밝는 대로 입궐하랍시는 분부셨사옵니다."

"입궐이라니, 너를 말이더냐?"

"동인 선사를 찾으신다 하옵니다."

"누가……, 중전께서?"

"어명이라 하옵니다."

"어, 명이면!"

유홍기는 말을 이어 가지 못할 만큼 불안해하는 기색을 보인다. 누군가가 어명을 사칭하여 그를 유인할 수도 있을 것이기 때문이다. 좌중의 모든 시선이 이동인에게로 쏠린다. 그의 결기를 알고자 하는 채근의 시선임을 이동인이 모른대서야 말이 되는가.

"기꺼이 입궐할 생각입니다."

이동인이 단호한 어조로 입궐할 것임을 선언한다. 유홍기는 박진령에게 시선을 옮긴다. 그녀의 신통력에 마지막 기대를 걸어 볼 생각이다.

"중전 마마께서만 배석하신다 하옵니다."

"그래, 그렇다면 다행이다만……."

유홍기의 안도가 방 안에 가득했던 긴장감을 씻어 낸다. 그들은 곧 고종이 무엇을 하문할 것인가를 논의하면서 개화세력이 추진해야 할 대정부, 대국민 정책을 정비한다. 그리고 황준헌의 『조선책략』에 적힌 바를 조선의 외교정책으로 채택할 것임을 왕명으로 선포하게 한다는 데 뜻을 모았다.

유홍기를 비롯한 젊은 문도들이 돌아가자, 이동인은 사랑채로 돌아와 참선하듯 심신을 가다듬는다. 날이 밝으면 고종과 중전 민씨의 면전에서 오랜 세월 동안을 가다듬어 온 조선의 개화와 개혁을 주청하게 된다. 이동인에게는 자신이 구상한 조선의 미래를 어전에서 펼쳐 보일 수 있다는 사실 하나만으로도 가슴 뿌듯한 일이 아니고 무엇이겠는가.

신임장

다음 날, 진장방 박진령의 집 솟을대문이 열리면서 꽃가마 한 채가 나온다. 장옷으로 얼굴을 가린 박진령이 가마를 호종하고 있다면 타고 있는 사람은 이동인이 분명하다. 영특한 박진령은 지난밤에 있었던 불길한 의논을 상기하면서 이동인의 입궐을 사대부가의 내당마님이 출타하는 가마로 위장하였다.

이동인을 태운 가마는 박진령의 전용문이나 다름없는 경추문으로 들어선다. 수문하는 갑사들은 박진령에게 허리를 굽혀 보이며 상전 대하듯 한다.

"멈추어라."

가마는 만수전萬壽殿 뒤에서 내려지고, 관복 차림의 이동인이 모습을 드러냈지만 긴장이 지나쳐서인지 온몸이 굳어 있는 것으로 보인다.

"말 그대로 구중궁궐이 아니옵니까. 아무 심려 마옵시고 따르소서."

별일이 없을 것임을 장담하면서도 박진령의 걸음은 빠르다. 이동인은 그녀의 뒤를 따르면서도 사방을 두리번거린다. 중궁의 내정도 이미 비어 있다.

"중전 마마."

박진령이 고하자 중전 민씨의 목소리가 들렸다. 두 사람이 안으로 들자, 병풍 앞 보료에는 이미 고종이 친임해 있었고 중전 민씨는 조금 떨어져 있으면서 들어서는 이동인을 반긴다.

"어서 오시오. 선사."

이동인은 굽은 절로 예를 올리고 나서야 입을 연다.

"전하, 미천한 신이 하해와 같은 성은을 입고 있사옵니다."

"동인은 아무도 모르게 다시 한 번 일본에 다녀올 수 있겠느냐?"

"……!"

이동인에게는 충격이 아닐 수 없다. 고종의 밀명으로 다시 일본 땅으로 갈 수가 있다면 사령장만 없다 뿐 주일 조선 공사의 소임이 주어진 것이 아니고 무엇인가. 게다가 조선 사대부들이 자신을 위해할 것이라는 소문이 자자한 때고 보면 일거양득의 쾌거가 아닐 수가 없다.

"선사, 전하께오서 하문하시질 않으셨소!"

중전 민씨가 정색하면서 채근한다.

"다녀오는 것은 어렵지 아니하오나……, 어인 하교시오니이까!"

"과인이 지난 며칠 동안을 곰곰이 숙고해 보았는데, 작금의 국제정세를 고려한다면 우리 조선은 미국과 수호통상조약을 체결하고서만이 세계의 여러 나라와 어깨를 나란히 할 수 있지를 않겠는가!"

"……!"

"전하께오서는 수구세력들의 반대가 아무리 크다 해도 이 나라 조선을 새로운 시대로 이끌어 나가시고자 결단을 내리셨어요!"

"전하, 신 이동인은 전하의 하교를 받자옵고 눈시울을 적시고 있사옵니다. 전하의 성지聖志가 세계의 만방에 전해진다면 비로소 우리 조선이 여러 열강과 어깨를 나란히 하는 자주독립국가의 위용을 갖추게 될 것이옵니다!"

이동인은 뜨거운 눈물을 흘리고 있다. 지난밤, 유홍기를 비롯한 젊은 후학들은 고종의 심기가 정해질 때까지만이라도 몸을 숨기라고 했었다.

"이르다 뿐이겠는가. 해서 동인이 내 밀사密使가 되어 다시 일본 땅으로 가서 주일 청국 공사 하여장에게 조선과 미국의 수호조약을 체결할 수 있도록 주선해 줄 것을 당부하라!"

"전하!"

"선사, 이 일은, 나라의 존망을 좌우하는 막중대사일 것이오. 선사와 책무를 분담하여 일본국을 내왕할 수 있는 사람이 있거든 한 사람 천거해 주셨으면 하오!"

"……?"

"만에 하나라도 일이 여의치 않으면……, 그 사람을 다시 일본 땅으로 보내야 하질 않겠소!"

이동인은 만에 하나라도 자신에게 불행이 닥친다면 또 다른 밀사를 파견할 것이라는 뜻으로 받아들인다.

"그것이 이 나라 조선의 국익을 도모하는 일이 아니겠소?"

"중전 마마, 이미 일본 땅에 다녀온 탁정식을 천거하옵니다. 소상한 것은 진령에게 하문하오소서."

"알겠소."

그제야 중전 민씨는 방석 밑에서 작은 보자기를 꺼내 이동인의 앞으로 밀어 놓는다.

"전하께오서 내리시는 금붕이오. 하사금으로 생각하고, 이나라 종사를 위해서 요긴하게 쓰도록 하오!"

"전하……, 성은이 망극하옵니다."

이동인은 깊이 상체를 숙인다. 고종은 결정적인 말을 입에 담는다.

"내 동인에게 신임장과 밀서를 내릴 것이나, 이를 아는 관원이 있어서는 아니 될 것임을 명심하라!"

"예. 전하……!"

"그리고 또 한 가지는 출항에 관한 일인데 부산포는 번거로운 곳이라 눈이 많을 것이니, 새로 개항한 원산항을 출항지로 정하는 것이 안전을 도모하는 길이 아니겠는가!"

"명심하여 거행하겠사옵니다!"

"떠나라. 서둘러 떠나서 소임을 다하도록 하라!"

이동인의 도일에 대하여 세심한 배려를 아끼지 아니하면서도 서둘러 떠나기를 권하는 고종의 용안은 뭔가 쫓기고 있음이 완연하였고, 하사금으로 쓸 금봉을 내리면서도 또 한 사람의 도일을 주선하려는 중전 민씨의 싸늘한 표정에서도 불길한 예감을 찾아내기가 어렵지 않다. 더구나 부산포가 번거로운 곳이라 사람의 눈이 많을 것이니 새로 개항한 원산항을 출항지로 정하는 것이 밀사의 도리일 것이라는 고종의 당부는 이동인이 쫓기고 있는 몸임을 시사하고도 남는다. 그렇다고 국왕의 탑전에서 더 소상한 전말을 물어볼 일은 더욱 아니었기에, 이동인은 허둥지둥 숙배를 마치고 중궁전을 물러나온다.

이동인이 중궁전의 댓돌을 내려서자 박진령이 빠른 걸음으로 다가서며 귀엣말로 속삭인다.

"대치 선생님과 다시 의논하소서."

"나도 그럴 생각이다만……."

"소녀가 중전 마마의 내심을 다시 받자올 것입니다. 아무 심려치 마오시고 먼저 퇴궐을 하소서."

박진령의 귀엣말이 이동인을 더욱 허둥거리게 한다. 그는 쏜

살같이 만수전으로 달려간다. 가마를 이용하여 광통방으로 가는 것이 신변의 안전을 도모하는 길이라고 믿은 때문이다.

"광통방 약국으로 간다. 화급을 다투는 일이니라!"

이동인을 태운 가마는 지체 없이 경추문을 빠져나와 돈화문 앞 큰길을 내닫기 시작한다. 조선의 개화가 불러일으키는 뜨거운 열기가 아니고 무엇이랴.

"아니, 궐 안에 있어야 할 동인이……."

유홍기는 마당으로 들어서는 이동인의 초췌한 몰골을 살피면서 그에게 위험이 닥쳐와 있음을 직감하였고, 유홍기의 곁에 엉거주춤 서 있는 이승준은 이동인의 관복 차림에 놀라워하는 기색이다.

"선생님, 송죽재로 드셔야겠습니다. 승준이 자네도."

이승준은 유홍기의 맏사위이자 무반이다. 이동인은 그의 건장한 모습을 보는 순간 본능적으로 구원을 청하고 싶어진 모양이다.

"왜, 자객이라도 만나고 왔는가!"

유홍기는 송죽재로 들어서는 이동인을 쏘아보며 거칠게 묻는다. 평소의 이동인답지 않은 몰골이 마음에 들지 않아서다. 아니나 다를까, 이동인은 중궁전에서 있었던 자초지종을 전하면서 자신이 쫓기고 있다는 불길한 예감까지 토로한다.

"지난밤, 내가 그와 같은 예감을 입에 담았을 때 동인의 의지는 참으로 굳건하지 않았는가!"

"……!"

"또 이 나라 조선의 개화를 위해서라면 목숨을 초개같이 버리겠다는 것이 동인의 기개였다면, 무불을 뒤따라 보내시려는 전하의 배려에 감읍을 하는 것이 동인의 취할 바가 아니겠나. 도성에서의 일은 걱정하지 말고 서둘러 어명을 받들게. 승준이가 원산까지 동행을 한다면 불미한 일은 없을 테니까!"

유홍기의 후덕한 인품은 천하가 아는 것이지만, 이동인을 나무라는 이날의 충언은 채찍과도 같다. 그는 이동인의 수치감을 자극해서라도 불같은 기개를 다시 살려 내고 싶었기 때문이다.

"일본 땅 동본원사라면 동인의 목숨을 부지하는 일에 앞장을 서 주지 않겠는가."

이동인이 번쩍 고개를 든다. 모욕감을 토해 낼 기색이지만 유홍기는 아랑곳하지 않는다.

"동인을 대신할 사람이 없는 것이 안타까운 노릇일세. 군왕의 밀명이야 간혹 내려지는 것이지만, 동인에게 부여된 밀사의 소임보다 더 큰 밀명은 고금에 없을 터. 게다가 일본 땅이 동인에게 더 안전한 곳이라면 그야말로 일석이조가 아니고 무엇인가. 알았거든 떠나가게. 그게 동인에게는 목숨을 부지하는 일이고, 우리 조선으로서는 새로운 시대를 열어 가는 첩경이 될 것일세!"

"제가 우려하는 것은 빈도가 목숨을 잃는 것이 아니라, 빈도의 목숨을 노리는 무리들이 있다는 현실입니다. 그들이 척족이요, 관직이 높은 수구세력이라면 이 나라의 개화는 백년하청이 아니오이까!"

"그러게 떠나라는 게 아닌가. 앞서 가는 선각의 일꾼이 뒷일을 탓할 겨를이 있던가."

"……!"

"자네가 가르친 후학들이 있음을 안다면 지금 당장에라도 원산으로 떠나는 것이 동인의 자랑스러운 모습일 것일세."

창백했던 이동인의 얼굴에 화기가 돌아와 있다. 그는 비로소 쫓기듯 흘려보낸 반나절의 악몽에서 깨어나고 있다.

"수치스러운 몰골을 보여 드렸습니다. 선생님!"

유홍기는 고개만 끄덕일 뿐 아무 대꾸도 하지 않는다. 문도의 흔들림보다 나라의 진로를 바로잡게 되었다는 뿌듯함을 맛보고 있음이 아니겠는가.

그리고 잠시 후 박진령이 달려와서 중궁전의 소식을 전한다.

"내시와 상궁 들이 전하는 말로는 선사에게 중벌을 청하는 신하들이 있었다고 하옵니다."

"누가……, 민영익이라더냐!"

유홍기가 다그치듯 물었으나 박진령의 대답은 뜻밖이다.

"그 어른보다는 양사의 수장들이 앞장설 기미를 보이는지라 서둘러 밀서를 내리게 되었는데……, 중전 마마의 진언이 주효

하였다고 하옵니다."

어찌 놀랍지 않은가. 양사兩司의 수장이라면 대사헌大司憲과 대사간大司諫을 말한다. 조선왕조의 채찍으로 군림해 온 간관諫官의 두령들이 선봉에 서서 이동인을 탄핵하고 나선다면 고종으로서는 속수무책일 수밖에 없다.

"동인은 중전 마마의 대은을 입었음일세."

"그렇기는 하옵니다만, 빈도는 진령의 공헌도 잊지 않을 것이옵니다."

유홍기는 박진령의 얼굴로 시선을 옮긴다. 설혹 아무 말 없는 시선이라고 하더라도 그간의 노고를 위로하고 있음을 그녀가 모른대서야 말이 되는가.

이동인이 박진령을 대신하여 당찬 결기를 토해 낸다.

"선생님, 촌각을 다투어서 떠날 것이며, 아무리 큰 난관이 있어도 우리 조선과 미국의 수교만은 이루어 놓겠습니다. 아무 심려 마오시고 기다려 주소서."

"그게 왜 미국과의 수교만인가. 영길리와도……, 불란서와도 수교할 것임을 만방에 알리는 것이 동인에게 주어진 소임일 것일세!"

광통방은 예로부터 중인들 중에서도 역관들이 모여 사는 마을이다. 이 나라 조선에 개항의 씨앗을 뿌린 역관 오경석과 유홍기는 대대로 광통방에서 살아온 토박이이자 죽마고우였다. 오경석은 이미 세상을 떠나고 없지만, 그와 더불어 조선 개항에 이바지할 후학을 다듬어 온 백의정승 유홍기는 마침내 조선의 근대외교를 짊어질 중인 한 사람을 탄생하게 하지를 않았는가.

유홍기의 목소리는 물기에 젖어 들고 있다.

"이 사람, 동인, 아무리 우리가 노심초사, 염원한 일이기로 오백 년 동안이나 숭상해 온 주자학의 나라에서 신분의 벽이 무너지고 있음을 지켜보게 되다니."

"대치 선생님의 가르침이 계셨고……."

"아니야. 선각의 꿈을 키우면서도 두려움을 모르는 동인이 있었음을 나는 꿈에서도 잊지 않을 것이야!"

잠시 전, 그토록 혹독하게 이동인을 나무라던 유홍기의 노여움은 이미 어디에도 없다. 그는 오직 눈앞이 환하게 열려 오는 감격을 가슴 뭉클하게 쏟아 내고 있을 뿐이다.

"선생님, 떠나겠사옵니다. 서둘러 왕명을 받들어서 선생님의 은혜에 보답하겠사옵니다."

"어디에 가서 누구를 만나더라도 떳떳해야 할 것이며, 우리 조선이 개명한 나라임을 만방에 과시해야 할 것일세. 그것이 동인으로 하여금 조선의 근대외교를 짊어지게 하신 주상전하의 성은에 보답하는 길이 아니겠는가."

"명심하겠사옵니다. 선생님……!"

이동인은 떨리는 목소리로 다짐한다.

수신정사 김홍집이 일본에서 가지고 온 황준헌의 『사의조선책략』이 불러일으킨 파장은 실로 엄청났다. 처음에는 조선의 사대부들을 분노로 들끓게 하더니, 끝내는 일개 중인의 신분인 이동인으로 하여금 미국과의 수교를 교섭하게 하는 어명까지 내리게 하였다.

9월도 그믐으로 접어들면 찬바람이 볼을 시리게 한다.

이동인은 유홍기의 갓과 무명 두루마기로 변장하고 광통방을 나선다. 물론 그의 곁을 박진령이 따르고 있지만 두 사람은 말없이 걷고 있을 뿐이다. 그들에게는 무척 길고 답답했던 하루가 아니었던가. 게다가 날이 밝으면 또 헤어져야 한다.

이동인은 박진령에게로 다가서며 그녀의 싸늘한 손을 세차게 움켜쥔다.

"아깐 선생님의 면전이라 감히 말씀드리지 못했습니다만, 척족의 두령도 선사를 멀리할 것을 양전兩殿께 진언했답니다."

"……그랬을 테지!"

이동인은 비통하게 중얼거리면서도 박진령의 가녀린 어깨를 따뜻하게 감싸 안는다. 중전 민씨가 척족의 진언을 물리치면서까지 자신에게 조선의 외교를 맡기고자 하였다면, 저간에 있었던 박진령의 공헌을 무시할 수 없을 것이기 때문이다.

아, 이동인

다시 출항

원산항의 10월은 한기가 돌았다.

고종의 밀명을 받은 이동인은 동본원사 원산별원에서 기식을 하며 고베 항과 연결되는 일본국 우편선을 기다리고 있다. 이승준이 이동인과 기거를 같이하고 있는 것은 유홍기의 두 가지 배려가 있었기 때문이다. 그 배려의 첫째는 이동인의 신변을 보호하기 위한 것이었고, 둘째는 이승준으로 하여금 일본국과의 무역에 관심을 갖게 하려는 것이었다.

"빙부님의 배려는 자넬 개화파의 자금책으로 쓸 의향이시네."

"방금 개화파라고 하였는가?"

"음, 이젠 그렇게 불러도 무방하지를 않겠나. 우리의 의지가 극명하게 드러나고 있으니까 말일세."

이동인은 스스로 선각의 길에 나선 자신들을 '개화파開化派'라

고 불렀다. 그러나 이때를 기점으로 이들 개화파를 '개화당開化
黨'으로 기록한 문서도 눈에 띄기 시작한다.
"내가 떠나더라도 동본원사 원산별원에 자주 드나들면서 교
류할 물산과 그 유통의 동향을 면밀히 살펴 두어야 할 것일세."
"명심하겠네."
그리고 10월 6일, 일본국의 우편선 치토세마루가 원산항에
닻을 내렸다. 이동인은 승선할 준비를 갖추고 부두로 나갔다가
전혀 예기치 않았던 즐거움과 만나게 된다. 오쿠무라 엔신 남매
와 마주쳤기 때문이다.
"어머나, 선사님······!"
오쿠무라 이오코는 두 손을 흔들면서 달려온다. 그리고 거침
없이 이동인의 가슴팍으로 뛰어든다.
"여, 이오코 상, 오랜만입니다."
"얼마나 뵙고 싶었다고요. 얼마나요!"
이동인은 오쿠무라 이오코의 호들갑스러운 반김을 아낌없이
받아들인다. 두 사람의 포옹이 풀어지기를 기다리던 오래비 엔
신이 너털웃음을 토하면서 말한다.
"보자 보자 하니 조선 제일의 선사를 땡초로 만들 참이 아니
냐. 허허허."
"오라버니는······."
오쿠무라 이오코는 오래비 엔신에게 눈을 흘겨 보이고는 아

양을 섞어서 말한다.

"이제 일본국 조야에서 선사님의 함자를 모르는 사람은 아무도 없는 듯싶었습니다. 하례드립니다."

"그 무슨……."

이동인이 계면쩍어하자 오쿠무라 엔신은 그녀가 일본에서 돌아오는 길임을 부연하였다.

"다시 도일하십니까?"

"그렇습니다. 이번에는 우리 국왕전하의 어명을 받았습니다."

"하면……, 조선 국왕의 밀사가 아니십니까!"

"당연히 밀사지요. 이번 도일은 미국과의 수호조약을 추진하기 위해서입니다."

"동인 선사, 고진감래라는 말을 실감하게 됩니다."

이동인의 후견인임을 자처하면서 그의 밀항을 성사시켰던 오쿠무라 엔신이다. 그는 솟구쳐 오르는 감격을 주체하지 못한다.

"이오코, 부산포까지만이라도 선사와 동행을 하는 것이 도리가 아니겠느냐."

오쿠무라 엔신은 이오코를 이동인과 부산까지 동행하게 한다면 새로운 정보가 교환될 것이라고 확신하였지만, 이동인은 이를 완곡하게 사양한다.

"따뜻한 배려는 고맙기 한량없습니다만……, 폐가 되는 일이라 사양하겠습니다. 더구나 이오코 상은 일본에서 돌아오는 길이라면서요?"

"이오코 저 아이도 원하는 일일 것입니다. 선사께서도 일본 쪽의 새 사정을 숙지해 두신다면 큰 도움이 될 것으로 압니다."

이동인은 오쿠무라 이오코에게로 시선을 옮긴다. 그녀는 정중하게 상체를 굽혀 보이는 것으로 오래비의 당부를 따라 줄 것을 소망하였다.

우편선이 출항하기까지는 서너 시간의 여유가 있다.

오쿠무라 엔신은 이동인과 이승준을 원산항의 일본 측 해관소海關所로 인도한다. 해관소의 사무원들은 오쿠무라 남매를 마치 상전 대하듯 한다.

이동인은 비로소 이승준에게 오쿠무라 엔신 남매와의 관계를 세세히 알려 주면서 유홍기가 희망하는 대일무역도 그에 의해 추진될 것임을 설명하였다.

"소개하겠습니다. 이승준 씨라고……, 대치 선생님의 맏서랑 되십니다."

"오, 대치 선생."

오쿠무라 엔신 남매는 마치 유홍기를 만난 듯이 이승준을 반긴다. 이동인은 앞으로 이승준이 유홍기와의 연락을 책임지게 될 것임도 분명히 하였다.

"힘이 되어 주셨으면 합니다."

이동인의 통역으로 이승준의 의지가 개진된다. 그는 무반다운 기개로 조선의 개화가 급진전하고 있음을 입에 담았고, 또 그 개화를 힘차게 추진하기 위해서는 자금이 필요하다는 사실을 구체적으로 거론하였다.

"저희가 상인일 수는 없지만, 조선의 개화에 필요한 자금을 마련하기 위해서는 인삼이나 호피 혹은 양질의 종이를 마련할 수는 있겠는데……, 일본 쪽의 거래선을 정할 수 없는 것이 안타까운 지경입니다."

"당연히 그러실 테지요. 하나, 대치 선생의 인품이나 동인 선사의 정열을 위해서라도 우리 동본원사의 부산별원에서 일본 쪽의 거래선을 주선하겠으니 아무 걱정 마십시오."

오쿠무라 엔신의 열정도 이승준 못지않다. 그는 이동인이 고종의 밀사가 되어 조선의 비밀외교에 나섰다는 사실에 흥분을 감추지 못하고 있는 것으로 보였다.

동본원사의 품 안에서 조선의 비밀외교가 펼쳐지게 되었다면, 일본 정부에 대한 동본원사의 영향력은 말할 나위도 없을 것이지만……, 조선의 개화에 대해서도 보다 큰 영향력을 행사할 수 있을 것이라는 자부심이 오쿠무라 엔신에게는 큰 자랑이고도 남았다.

뚜우…!

우편선 치토세마루는 녹이 슨 듯한 무적을 울리면서 출항하였다.

 이동인과 오쿠무라 이오코는 갑판에 나와 서서 멀어지는 원산항의 선착장을 바라보고 있다. 오쿠무라 엔신과 이승준이 힘차게 두 손을 흔들고 있는 모습이 까마득히 보인다. 이동인에게는 가슴 뭉클한 정경이 아닐 수 없다.

 가을 바다는 청명한 하늘만큼이나 잔잔하다. 이동인은 헐벗고 굶주리면서도 계급사회의 구각을 벗어던지지 못하고 오직 체제수호에만 급급해하고 있는 모국의 산천에서 눈을 뗄 수가 없다.

 '열강의 대열에 서게 하리라!'

 이동인은 선진문물을 과감히 수용하여 조선 나름의 독자적인 개혁에 성공할 수 있다면 일본이 이룩한 유신쯤은 단숨에 뛰어넘을 수 있으리라고 확신하고, 그 야심찬 포부를 실현할 수 있는 천재일우의 기회가 자신에게 주어졌음에 사명감을 불태우고 있다.

 "선사님……!"

 오쿠무라 이오코가 머리칼을 날리면서 이동인의 곁으로 다가오는 것이 보인다. 그녀는 갑판 난간에 기대서며 조금은 들뜬 목소리로 입을 연다.

 "선사님께서 뜻하시는 모든 의지와 소망이 남김없이 이루어지시길 진심으로 기원합니다."

 "고맙소. 피곤함을 무릅쓰고 동승해 준 이오코 상의 우의는 잊지 않을 것이오."

"아닙니다. 보잘것없는 일본국 여성입니다만, 선사님께서 조선의 개항과 개혁을 이끌어 가실 분이라는 것은 이미 오래전부터 마음에 두고 있었습니다."

이동인은 오쿠무라 이오코의 감격을 이해하고도 남는다. 오래비 오쿠무라 엔신과 더불어 자신의 밀항과 체일하는 동안의 편의를 위해 물불을 가리지 않았는데, 그 결과가 조선국의 밀사로 발탁되는 영광을 안겨 주었다면 가슴 뿌듯한 일이 아니고 무엇이겠는가.

"주제넘은 말씀입니다만……."

오쿠무라 이오코가 이동인에게로 몸을 돌리면서 상기된 목소리를 토해 낸다. 이동인은 그녀의 눈빛에 담겨진 진솔한 의지를 읽으면서 문득 숙연해지는 것을 느낀다. 지금 전하지 않으면 아니 될 급박하고도 긴요한 말을 입에 담을 것이라는 직감 때문이다. 그러나 오쿠무라 이오코는 얼굴을 붉히면서 뒤로 물러서려 한다.

"아, 아닙니다."

"이오코 상, 말해 주시오. 내게는 지혜가 필요하오. 무엇이든 들어야 하는 것은 내가 조선의 운명을 짊어지고 있기 때문이오."

"……."

"내 이름은 진종본묘의 승적에도 올라 있지 않습니까. 이오코

상, 비난도 충언도 마다하지 않을 것이오. 말해 주시오. 무엇이든 좋으니까 말해 주시오."

오쿠무라 이오코는 투명한 눈빛으로 한 발자국 다가서는 이동인의 열정에 감동한 모양이다. 이동인은 진실로 그녀에게 도움을 청하고 있다.

이윽고 오쿠무라 이오코는 다짐하듯 말한다.

"조선과 미국이 수교를 함에 있어 일본국에 도움을 청하는 일이 있어서는 아니 될 것으로 압니다."

이동인의 숨결이 거칠어진다. 내심이 드러난 것 같아서다. 그는 조선 국왕의 밀사라는 지위에 위엄과 활기를 더해서라도 서구 열강과의 수교를 자주적으로 추진할 것이며, 거기에 부수되는 갖가지 실익도 남김없이 챙길 것이라고 다짐하고 있었기에 오쿠무라 이오코의 충고가 섬뜩하게 들릴 수밖에 없다.

"고마운 충고이기는 하오만……."

"같은 연유로 청나라에 중재를 요청하는 우를 범해서도 아니 될 것으로 압니다."

"……!"

"조선이나, 선사님에게 천재일우의 기회가 되는 것처럼, 서구의 열강들에게도 천재일우의 기회가 제공되었다는 사실을 한시도 잊어서는 아니 될 것으로 압니다."

"이오코 상, 무슨 뜻이오. 좀 더 소상히 말해 주시오."

"일본의 개항과 중국의 개항을 보다 면밀히 살펴보셔야 할 줄로 압니다."

이동인은 그제야 오쿠무라 이오코의 내심을 헤아리며 고개를 주억거린다. 일본은 미국의 강압에 의해 개항되었으면서도 자주개항이라는 명분을 살릴 수 있었으므로 근대화의 과정에서 미국 문물에만 의지할 필요가 없었다. 그러나 중국의 경우는 영국과의 전쟁(아편전쟁)에서 패전하는 수모를 겪으며 강제 개항(「남경조약」)을 하게 됨으로써, 영국, 프랑스 등의 서구 문물에 예속될 수밖에 없었다.

"결국 조선만이 개항도, 근대화도 자주적으로 성취할 수 있게 되질 않았습니까. 일본이나 청나라의 도움이 지나치면 그들의 야욕도 개입될 것으로 압니다. 주제넘은 말씀입니다만, 저는 선사님의 정확한 판단이 계시기를 갈망하고 있사옵니다."

이동인에게는 광명천지가 열려 오는 충언이다. 그는 청나라의 근대화를 구체적으로 탐지해 두지 못한 것을 크게 후회하면서도 미국과의 수교에 앞서 그것을 일깨워 준 오쿠무라 이오코에게 고개를 숙여서 감사의 뜻을 표한다.

"고맙소. 이오코 상이 내게 큰 가르침을 주었소."

오쿠무라 이오코와의 동행은 원산항에서 부산포까지였지만 참으로 값진 시간이 아닐 수 없었다. 이동인은 그녀와의 동행을 계기로 일본국에서 겪게 될 갖가지 일들을 하나하나 다시 점검해 볼 수가 있었기 때문이다.

이때 이동인의 흥분이 어떠했는가는 예의 『사토 페이퍼』에도 잘 나타나 있다.

> 아사노朝野(이동인)가 어젯밤 갑자기 나타났다. 이제 막 도착하였다면서 큰 가방을 들고 있었는데, 국왕이 개명開明했다는 희소식과 국왕이 내준 여권신임장을 가지고 있었다. 그는 조선이 러시아로부터 공격당할 위험이 있다는 것을 국왕이 깨닫고 있으며, 몇 주일도 채 지나기 전에 개화당이 현 배외내각排外內閣을 대치하게 될 것 같다고 말했다.

비록 짧은 기록이지만 담겨진 내용에 주목할 필요가 있다.

첫째는 고종의 개명이라는 것이 러시아의 침공을 우려하여 싹튼 것이라면 『사의조선책략』이 조선 조정에 미친 영향이 얼마나 컸던가를 말해 주는 것이며, 둘째는 이미 이때 개화세력에 의한 새 내각이 출범할 것임을 강하게 시사하고 있다는 사실이다.

청국 공사관의 음모

 조선 국왕의 밀사로 일본국 동경에 다시 나타난 이동인의 모습은 그 외양부터가 전과는 판이하였다. 구태여 동본원사의 승복을 입어야 할 까닭이 없었으므로 서구의 외교사절과 만날 때는 양복을 입는 경우가 많았고, 일본국의 고관이나 재야의 지도자와 대면할 때는 조선 승려의 법복을 입는 것으로 밀사의 위엄을 당당하게 과시하였다.
 숙소만 해도 그랬다. 애초에는 동본원사의 아사쿠사 별원을 쓰기로 하였으나, 번화가인 교바시京橋 근처의 고급 여사旅舍를 빌려 대부분 거기서 기거하였다. 여비도 넉넉하였거니와 동경에 주재하는 외교사절들과의 접촉이 용이해서였다.
 '외교란 국익이 우선인 것을!'
 이동인이 서둔 것은 서구 열강들이 동양으로 진출하면서 무엇을 얻고자 하는가에 대한 대책을 세우는 일이었다. 그는 어니스트 사토를 설득하여 대영 제국이 청나라를 개항할 때의 조약문과 일본과 수교할 때의 조약문을 입수하여 면밀히 검토하였다. 그리고 뒤이어 미국과 일본, 미국과 청나라가 수교할 때의 조약문까지 입수하여 그 내용을 비교, 검토하는 과정에서 조선 외교가 나갈 방향을 확실하게 잡아 갈 수 있었다.

"우리 조선은 유구한 역사와 찬란한 문화를 간직한 동방의 예의지국이오. 따라서 세계의 모든 나라와의 수교를 통하여 자주적인 근대화를 이룩해 나갈 것이며, 또 우리는 수교한 나라의 국익을 보장하기 위해 어떠한 노력도 아끼지 않을 것입니다."

이동인의 열정이 담긴 일본어는 서양 외교관들을 압도하고도 남았다. 동경의 외교가에는 이동인으로 인한 신선한 바람이 불었다. 그 바람은 조선의 근대화와 자주외교를 부추기는 바람이기도 하였다.

"이동인이 동경 땅에 다시 나타나서 조선 국왕의 밀사니 뭐니 하면서 외교가를 들쑤시고 다닌다는 게 사실인가!"

주일 청국 공사 하여장의 분노는 이만저만이 아니다. 약 250년 동안이나 행사해 온 조선에 대한 절대적 영향력이 이동인이라는 일개 승려의 농간으로 깡그리 무너진대서야 말이 되는가. 그래서 하여장은 『사의조선책략』을 쓴, 아니 이동인과 친분이 두터운 참찬관 황준헌을 불러서 호통을 친다.

"사실인지, 아닌지를 묻고 있지 않은가!"

"사실일 뿐만 아니라……, 구라파의 사절들이 그의 변설에 현혹되고 있다는 소문입니다."

"헛, 이거야 원, 정녕 그것이 사실이면 조선 국왕의 신임장을 제시할 수 있이야 하지 않겠는가!"

"이미 공개되었다는 소문입니다."

"참으로 고얀 중놈이로세. 사정이 그와 같다면 당연히 상국의 공사관부터 찾아와야 하질 않겠는가!"

그러면서도 하여장과 황준헌은 김홍집까지 원망한다. 애써 『사의조선책략』까지 적어 주었는데 어찌 이동인과 같은 풋내기 승려 따위에게 농락된다는 말이던가.

"그 중놈을 처치할 수밖에 없어!"

"처치라 하오시면……?"

"몰라서 묻는가. 조선에 대한 영향력을 잃고서 중원대국의 위엄을 세울 수가 있겠는가!"

주일 청국 공사 하여장은 동방의 작은 예의지국인 조선 반도가 미구에 열강들의 각축장으로 변할 것임을 예견하고 있었다. 이미 일본국은 「병자수호조약」을 내세우면서 조선에 대한 영향력을 행사하고 있었고, 여기에 얼지 않는 항구를 찾아서 남진하고 있는 러시아가 가세한다면 무력충돌이 있을 가능성도 있다.

조선왕조의 상국으로 군림해 왔던 청나라로서는 초조해지는 것이 당연하다. 청나라에서 조선의 개항과 근대화를 돕겠다는 구실로 미국과의 수교를 주선하겠다고 자청한 것은 일본은 물론 러시아를 견제하려는 속셈에서다.

"우리가 조선의 외교권을 대행하여 미국과의 수교를 성사시켜야만, 러시아도 일본도 조선에 대해 더 이상 영향력을 행사하지 못할 것이 아닌가."

"시생도 전적으로 동감합니다."

"그래서 이동인과 미국 공사와의 접촉이 더 진전되기 전에, 그의 제거가 매듭지어져야 한다는 것이야. 알아듣겠는가!"

"아, 예……. 알겠습니다."

"일본인 낭인浪人(건달)들을 이용하되, 단순 강도 사건으로 위장하는 것이 외교분쟁의 여지를 없애는 첩경일 것일세!"

"명심하겠습니다!"

주일 청국 공사관에서 조선 국왕의 밀사인 이동인을 제거하기 위한 음모가 진행되고 있을 때, 그는 게이오의숙의 응접간에서 후쿠자와 유키치를 만나고 있다. 조선의 젊은이들에게 게이오의숙에 유학하여 신학문을 연마할 수 있는 기회를 마련해 주기 위해서다.

"인재의 양성이 시급하기 때문입니다. 원하건대 조선의 젊은이들에게도 면학의 기회를 열어 주셨으면 합니다."

"허허허, 우리 게이오의숙에서는 아직 외국인의 입학을 허가한 일이 없으나, 동인 선사의 소청이라면 기꺼이 허락할 생각입니다. 언제든지 추천해 주십시오."

"고맙습니다. 비로소 우리 조선에도 신학문을 배워서 나라에 이바지할 젊은이가 탄생하게 되었습니다. 후쿠자와 선생님, 이 은혜는 죽어서도 잊지 않을 것입니다."

"당치 않아요. 나는 동인 선사의 모습에서 조선의 미래를 그려 보고 있으니까요."

후쿠자와 유키치는 이동인의 열정에 감동을 아끼지 않으면서도, 아직은 지배세력일 수 없는 승려의 몸으로 너무 깊이 정치권에 개입되어 있는 것이 걱정되기도 하였다.

"선사……, 선사께서 추진하는 조선과 미국과의 직접 수교에 대하여 청나라는 어찌 생각하고 있을까요?"

"이미 자신들이 주선하겠다고 나섰으나, 그건 어디까지나 종주국의 행세를 하겠다는 것이지, 진실로 조선을 돕자는 것이 아니기에 시생은 그들과의 의논에 응하지 않고 있습니다."

후쿠자와 유키치는 고개를 끄덕이는 것으로 이동인의 자주외교노선에 동조를 표하였지만, 주일 청국 공사관의 반응이 걱정된다. 이동인이 그들의 표적이 될지도 모른다는 불길한 예감이 들어서다.

바로 그 무렵 또 다른 조선 국왕의 밀사인 무불 탁정식이 동경 땅에 나타나 주일 청국 공사 하여장에게 고종의 밀서를 전하게 된 것은 이동인의 자주외교에 찬물을 끼얹은 일대 사건이었다. 청나라가 조선의 종주국임을 다시 확인시켜 주는 우를 범했기 때문이다.

무불 탁정식은 동본원사 아사쿠사 별원에 여장을 풀면서 이동인의 행방이 묘연하다는 소식에 접했으나 조금도 당황해하지 않았다. 조선 국왕의 밀사임을 숨기면서 활동하기 위해서는 천하의 이동인이라도 주일 청국 공사 하여장과 협력하면서 미국과의 수교를 진행하고 있을 것이라고 믿었기 때문이다. 그래서 탁정식은 허둥지둥 청국 공사관으로 달려갔다.

"어서 오시오. 무불 선사."

황준헌은 공사관의 마당으로 들어서는 탁정식을 반갑게 맞는다. 그러나 탁정식은 참사 따위와 노닥거릴 겨를이 없다.

"우리 국왕전하의 밀서를 전할 것이오. 속히 하 공사에게 인도하시오."

"아, 예……."

탁정식은 하여장의 집무실로 인도된다. 그는 고종의 밀서가 하여장에게 전해지면 이동인의 행방도 자연스럽게 알려질 것이라고 믿었지만, 사정은 그와 정반대였다.

하여장에게 전달된 고종의 밀서는 다음과 같다.

미국과의 수호에는 변함없이 귀 공사의 협조를 구하는 바이나,

서정개혁庶政改革은 아직 쉽지가 않고, 또한 우리나라는 서양인에 대한 원한이 오래 맺혀 있는 고로, 『조선책략』의 내용을 실행하는 데는 시일이 걸릴 듯하오.

하여장은 고종의 밀서를 읽으면서 잃었던 전의를 회복하는 기쁨에 젖는다. 고종은 변함없이 미국과의 수교를 청나라에 요청하고 있다. 게다가 조선 반도에서의 개화와 서정개혁이 요원하다면, 조선의 외교권을 장악하고 청나라에 유리하도록 행사할 수 있겠다는 자신감이 불타올랐기 때문이다.

하여장은 탁정식에게 거들먹거리듯 말한다.

"조선 국왕의 밀서에 적힌 바에 따라서 우리 청나라가 조선과 미국의 수교를 주선할 것임을 특히 이동인에게 분명하게 전하시오."

"……!"

탁정식의 안색이 하얗게 바랜다. 하여장과 이동인의 사이에 심상치 않은 갈등이 있음을 알아차렸기 때문이다. 아니나 다를까, 하여장의 입에서 이동인을 비난하는 폭언이 터져 나온다.

"이동인의 불충은 우리 대청황제 폐하께서 처단할 것이오!"

"처단이라니요. 대체 무슨 말씀이오이까?"

"그자는 아직 조선 국왕의 밀지도 전하지 않았거니와 상국의 공사관에 문안조차 들지 않았소. 마땅히 불충의 죄목으로 처단되어야 옳지를 않겠는가!"

"대인……, 노여움을 풀어 주시오. 조선의 뜻이 그렇지 아니하다는 것을 전하의 밀서로 이미 밝혀지지를 않았소이까. 동인의 일은 빈도에게 맡겨 주시오. 내가 데려오겠소이다."

고종의 밀서는 하여장을 기고만장하게 하였다. 그는 청나라의 근대화를 은연중에 과시하면서 조선의 미래가 천진天津에 진을 치고 있는 북양대신北洋大臣 이홍장의 수중에 있음을 강조하고 나선다.

"지금 러시아의 함대가 우리 청나라의 동북방에 머무르고 있는데, 저들이 언제 남진할지 모른다는 사실을……, 또 미국의 해군대장 슈펠트 제독이 우리 북양대신 각하에게 조선과의 수교를 주선해 줄 것을 애원하고 있음을 정녕 그대는 아는가!"

이동인이라면 거침없이 반박할 수 있는 허점투성이의 오만이었지만, 정치와 외교술에 능란하지 못하였던 탁정식으로서는 오직 이동인의 안전만이 염려될 뿐이다.

"알지요. 알다마다요. 다만 빈도에게 말미를 주신다면 기필코 동인과 함께 다시 찾아올 것입니다. 더 구체적인 다짐은 그때 얼마든지 받아 낼 수 있지 않겠습니까."

"선사의 뜻이 그러하다면……, 한번 믿어 보겠소이다!"

하여장은 마치 큰 인심이나 쓰듯 거들먹거린다.

주일 청국 공사관을 나서는 탁정식의 몰골은 몹시 허둥거렸다. 이동인을 응징할 것이라는 하여장의 폭언이 마음에 걸려서다.

왕명의 거역

 탁정식은 이동인의 행방부터 수소문하였다. 주일 청국 공사관에서의 살벌했던 분위기를 그에게 전한다면 저간에 있었던 어려움도 파악할 수 있을 것이었고, 나아가서는 이동인 나름의 대책도 들어 볼 수 있지 않겠는가.
 "미타三田로 가세. 게이오의숙으로!"
 탁정식은 게이오의숙으로 인력거를 몬다. 후쿠자와 유키치라면 이동인의 행방을 알고 있을 것이기 때문이다. 그러나 이날따라 후쿠자와 유키치는 부재중이었다. 총리대신의 자문에 응하기 위해 궁내성宮內省으로 갔다는 대답이다.
 탁정식을 태운 인력거는 다시 니혼바시께로 나온다. 아사쿠사 별원으로 돌아가자면 선착장으로 가야 하기 때문이다.
 "그만……, 내려 주게나."

탁정식이 인력거에서 내린 것은 동경 제일의 번화가임을 자랑하는 니혼바시의 큰길에서다. 일본국에 주재하는 외교관들의 내왕이 빈번한 대로를 서성거리고 있노라면 이동인의 족적을 확인하게 될지도 모른다는 막연한 기대를 버리지 못해서다.

 궁하면 통한다고 했던가. 탁정식의 기대는 헛되지 않았다. 바로 눈앞으로 니시타 겐조가 두리번거리면서 다가오는 것이 보여서다. 니시타 겐조는 아사쿠사 별원의 승려이면서도 이동인과는 절친한 사이가 아니던가.

 "이보시오. 니시타 상!"

 탁정식이 손을 흔들면서 소리치자 니시타 겐조의 반색은 이만저만이 아니다.

 "아니, 동경 바닥이 아무리 좁기로……, 무불 선사를 찾아 나선 길인데 이렇게 만나다니요."

 "동인의 행방을 알아냈습니까?"

 "알아낸 것이 아니라, 동인 쪽에서 인편을 보냈어요."

 "허어, 이거야 원, 대체 그 사람 어디에 있답니까!"

 "자, 갑시다. 멀지 않은 곳이에요."

 니시타 겐조는 거침없이 교바시께로 발걸음을 옮긴다. 탁정식은 그의 곁으로 다가서며 보조를 맞춘다.

 "선사께서 별원을 나가시자 곧 동인으로부터 인편이 왔어요. 화급을 다투어서 여사로 모시라는 전언이었어요."

"여사라니요?"

"허허허, 그 여사라는 곳이 또한 어마어마해서 지방의 토호들이나 묵는 곳인데, 어떻든 가 보면 알 테지요."

니시타 겐조는 자랑스럽게 말하고 있으나, 탁정식에게는 가슴 섬뜩한 노릇이 아닐 수 없다.

이동인이 머물고 있다는 어마어마한 여사야 아무려면 어떤가. 탁정식이 섬뜩하게 느낀 것은 명색이 조선 국왕의 밀서를 지니고 온 이동인이 자신의 거처를 백일하에 드러내고 있었기 때문이다.

탁정식은 니시타 겐조에게 은밀하게 묻는다.

"빈도가 왔음을 알고 있다는 게 신기하질 않습니까?"

"신기하다니요. 동인의 위력이 아니겠습니까. 동인은 그보다 더한 일까지도 소상히 알고 있을 것으로 압니다."

"……!"

"동인은 일본국 정부로부터도, 재야로부터도 도움을 받고 있는 것으로 압니다. 뿐만 아니라 외교사절들도 나라를 위하는 동인의 열정에 감동을 아끼지 아니한다고 들었습니다."

그제야 탁정식은 주일 청국 공사 하여장이 그토록 맹렬하게 이동인을 비방하는 까닭을 알 수 있었다.

두 사람은 곧 고색창연한 목조 2층 구조의 여사에 도착한다. 니시타 겐조가 현관으로 들어서면서 이동인의 이름을 거명하자

수많은 여종들이 달려 나와서 호들갑을 떤다.
"어서 오십시오!"
"손님께서 드시면 정중히 모시랍시는 엄명이 계셨습니다. 어서 오르십시오. 안내하겠습니다."
여종들은 상체를 굽히고 앉은 채 움직이지 않는다.
"어서 오르지 않고요. 제 소임은 끝났습니다."
"그렇지가 않아요. 자, 함께 오릅시다."
니시타 겐조는 탁정식의 간곡한 권유를 정중하게 사양한다.
"두 분의 긴요한 말씀을 방해하고 싶지가 않아서요. 전 이만……"
현관을 나서는 니시타 겐조의 검은 승복자락이 바람에 날리고 있다. 탁정식은 그의 뒷모습에서 풍기는 인간적인 후의에 다시 한 번 감동한다.
"아, 뭣 하고 있는 게야. 왔으면 올라오지 않고!"
이동인의 우렁우렁한 목소리가 계단 위에서 울리자 여종들이 다시 분주해진다. 탁정식은 그녀들의 옷자락에 밀리듯 삐걱거리는 나무계단을 오른다.
이동인은 다다미가 열 장이나 깔린 넓은 방을 두 개나 쓰고 있다.
"헛, 국왕이 보낸 밀사라면 이만한 위세쯤 부리고도 남지 않겠나……. 하긴 무불도 밀서를 가지고 왔을 테지만."

"알고 있었군."

"허허허, 내가 암살이라도 당하면 자네가 조선의 외교를 짊어져야 하는 판국이니까!"

탁정식은 언성을 높이지 않을 수 없다. 이동인의 얼굴에 넘쳐흐르는 오만이 자신감으로 위장되어 있었기 때문이다.

"그걸 알면서도 여태 청나라 공사를 만나지 않은 연유가 무엇인가! 왕명을 거역한 것은 고사하고, 스스로 위해를 자초하고 있었음이 아닌가!"

"······!"

이동인의 얼굴이 하얗게 바랜다. 탁정식이 주일 청국 공사 하여장에게 고종의 밀서를 전했을 것이라는 직감 때문이다.

"이런 철없는 중놈하고······. 그래 전하의 밀서에는 무엇이라 적혀 있던가?"

이동인은 쥐어짜는 듯한 목소리로 탁정식을 타박한다. 탁정식은 일이 뒤틀어지고 있음을 직감하면서도 사실대로 전할 수밖에 없다.

"미국과의 수교는 재삼 하여장에게 당부하셨고, 서정의 개혁과 『조선책략』의 내용을 따르기는 어렵다고 하셨네."

"아니야. 아니야. 그건······!"

이동인은 벽력같이 소리치며 벌떡 몸을 일으킨다. 그리고 행길이 내려다보이는 창문을 세차게 열어젖히고 다시 탁정식에게로 다가와 앉으면서 울분을 토해 낸다.

"우리 조선이 세계의 열강과 어깨를 나란히 하는 근대화를 이룩하기 위해서는 무엇보다도 조선의 외교가 자주적이어야 하지 않겠나. 조선이 미국과 수교하는 과정에 청나라나 일본이 개입한다면 주권국가의 외교권을 타국에 위탁하는 것이 되는데, 그것이 바로 식민통치를 자청하는 꼴이 아니면 무엇인가!"

이동인은 책상의 서랍을 열고 두툼한 서류철을 꺼내더니 탁정식의 앞에 펼쳐 놓는다. 영문으로 찍힌 문서와 일문으로 쓰인 문서가 하나로 묶인 여러 종류의 서류였는데, 각 장마다 이동인의 필적으로 보이는 번역문이 첨부되어 있다.

"이걸 보면 믿을 테지. 우리 조선이 서구 열강과 직접 수교하는 데 필요한 조약문서일세. 이 문서에 대해 서구의 외교관들은 이미 찬동을 했어. 내가 귀국하여 전하의 재가를 받아 오면 우리 조선은 세계의 모든 나라와 자력으로 수교하게 되지 않겠나. 이런 판국인데 청나라 공사 하여장 따위에게 무엇을 당부할 것이며 또 그가 나설 일이 무엇이겠느냐, 이 말이야!"

"……!"

탁정식은 확연히 깨닫는다. 아무리 이동인의 열정이 뜨겁기로 일본에 주재하는 서구 열강의 외교관들을 찾아다니면서 조선과의 수교조약에 필요한 문면까지 다듬자면 한두 번의 접촉으로는 불가능했을 것이 아니겠는가.

그러나 탁정식은 침통한 목소리로 입을 연다.

"동인, 그간의 노고에는 머릴 숙여서라도 치하를 아끼지 아니 하겠네만……, 일단은 귀국을 서둘 수밖에 없겠어."

"하여장, 그놈이……!"

"음, 우리 조선과 미국의 수교를 위해 청나라가 나설 것임을 특히 자네에게 분명히 전하라면서……, 특히 동인에 대한 비방은 듣기가 민망할 지경이었다네."

"비방이 아니라, 죽이겠다는 것일 테지!"

"동인……."

"어차피 귀국은 서둘러야 해. 조선 외교의 전권을 위임한다는 주상전하의 신임장이 있어야 하니까."

탁정식의 충고가 아니더라도 이동인은 귀국을 서둘러야 했다.

이동인은 출발에 앞서 탁정식과 함께 동경 주재 영국 공사관으로 어니스트 사토를 찾아가, 자신이 귀국하더라도 일본 땅에서 야기되는 조선에 관한 여러 가지 정보를 취합해 줄 것을 당부하면서 탁정식이 자신의 대리인임을 명백히 한다.

"염려 마시오. 나와 우리 영국은 아무 변함이 없을 것이오."

어니스트 사토는 이동인에게 조선어를 배우고 있었음을 과시하려는 듯 탁정식을 신임하겠다는 다짐을 또렷한 조선어로 강조하고서야 다시 일본어로 부연한다.

"아사노, 기뻐해 주시오. 오늘 본국에서 좋은 소식이 있었는데, 모두가 아사노에 관한 일이었어요."

"그래요? 얼마나 좋은 소식인지 어서 말해 주시오."

"첫째는 영국에 유학을 하고 싶다는 아사노의 소망이 이루어졌음을 알려 드립니다. 우리 정부에서 아사노에게 장학금을 주기로 결정하였소."

"오오, 고맙소이다. 미스터 사토……!"

"그리고 아사노가 매입을 희망한 최신형 군함에 관해서도 우리 정부에서 재정보증을 하겠다는 훈령이 있었어요."

이동인의 기쁨은 헤아릴 길이 없다. 그는 삼면이 바다인 조선의 국토를 방위하기 위해서는 최신형 군함이 있어야 하고, 막강한 해군력을 보유하고서만이 가능할 것이라고 믿어 왔기에 영국 군함의 매입을 타진해 두었었다. 그리고 조선의 자주외교가 실현되면 자신은 영국에 유학하여 새로운 문명과 학문을 익히리라고 다짐하지 않았던가.

"허허허, 오랫동안 소망하던 모든 것이 일시에 풀리질 않았나. 내 서둘러 귀국하여 우리 국왕전하의 윤허를 받아 올 것이니 앞으로도 차질 없이 실행될 수 있도록 각별히 보살펴 주시오."

"당연하지요. 다시 돌아오시면 곧 영국으로 떠날 것으로 알고 준비에 박차를 가할 것이오."

"허허허……, 고맙소!"

이동인은 어니스트 사토의 손을 잡아 흔들면서 감격해한다.

탁정식은 이동인의 모습을 지켜보면서 그의 진면목에 넋을 잃을 수밖에 없다. 이동인이 첫 밀항에 성공하면서부터 탁정식은 그의 정열적인 활동을 눈여겨 살펴 오고 있었으나, 오늘 이같이 당당한 성공이 있을 것이라고 어찌 짐작이나 했던가.

"동인, 정말 장하이!"

탁정식은 영국 공사관을 물러나오면서 울먹이는 목소리를 토해 냈으나, 이동인의 대답은 따뜻하기만 하다.

"무불의 일본어가 나를 여기까지 오게 하였다면 내가 오히려 고마워해야지. 우리가 힘을 모으면 조선의 미래는 어둡지가 않을 것이야. 이제 겨우 시작이니까."

"바로 인도해 주게나."

"어차피 조선의 외교는 우리가 주도해야 되지를 않겠나. 저 거들먹거리기만 하는 사대부를 거느리고 조선의 미래를 설계한다면……, 그 자체가 조선의 유신을 앞당기는 길일 것이야!"

탁정식은 이동인의 자신감 넘치는 포부에 동의를 표한다. 이동인이 조선의 외교를 감당해야 하는 것은 시대의 흐름이다. 그 시대의 흐름을 거역하지 못한다면 이동인이 조선 조정의 예조판서가 되든가, 아니면 개혁정부의 외무대신이 되어야 하는 것이 순리다.

아, 얼마나 기다렸던 일인가. 배불숭유하는 나라의 일개 승려가 조선의 자주외교를 이끌어 가는 총수가 된다면 그것이 곧 신분의 차별이 타파되는 일이며, 만민이 평등하다는 것을 세계만 방에 선언하는 일이다.

　탁정식의 감동은 도무지 사그라들 줄 모른다.

선생님의 마중

신바시 역을 출발한 요코하마행 열차는 늦가을 들판을 줄기차게 달린다. 이동인은 차창 밖으로 흘러가는 농촌 풍경도 예사롭게 보아 넘기지 않는다.
'두고 보면 알리라!'
이동인은 자신의 힘으로 조선의 미래를 열어 갈 것임을 야멸치게 다짐하고 있지만, 불행하게도 이 길이 죽음의 길로 연결되어 있다는 사실을 그는 까맣게 모르고 있다.

동짓달도 중순께를 넘어서면 제법 쌀쌀한 바람이 분다.
부산포의 초량 왜관에는 일본인 장사꾼으로 위장한 수많은 낭인浪人들이 몰려들고 있다는 소문이다. 그들은 대개가 개항된 항구를 거점으로 하여 조선 진출의 발판을 마련하려는 악덕 상인들의 앞잡이들이었으므로 더러는 허리에 칼을 차고 다니는 부류들도 있었다.

"정녕, 왜구倭寇라더니……!"
"누가 아니래. 저놈들은 남녀가 목욕도 함께 한다는 게야."
"헛, 오랑캐가 따로 없지!"

부산포의 조선인들은 초량 거리를 외면하기 시작한다. 왜인들의 행태나 몰골이 가관이어서다. 그 초량 거리의 한가운데에 위치한 진종본묘 동본원사의 부산별원에 진객珍客 한 사람이 찾아들었다. 오쿠무라 엔신 남매가 그를 상전 대하듯 하였다면 누구이겠는가.

백의정승 유홍기는 이동인의 귀국을 기다리며 동본원사 부산별원에 머물고 있다.

"대치 선생님, 다음 우편선이 입항하면 반드시 소식이 있을 것으로 아옵니다."
"그렇습니다. 조선의 자주적인 외교노선을 펼치고 돌아온다면 그야말로 금의환향이 아니겠습니까."

유홍기는 이동인의 활약에 기대를 모으는 오쿠무라 엔신 남매의 호들갑이 마음에 들지 않는다. 서랑인 이승준으로부터 원산항에서 있었던 이동인의 행적은 소상히 들어서 알고 있지만, 아무리 그렇기로 국왕의 밀명을 수행하는 밀사의 거취가 오쿠무라 엔신 남매의 입방아에 함부로 오르내리고 있대서야 나라 체모는 무엇이 되는가.

남달리 영특한 오쿠무라 이오코는 심기가 미편해진 유홍기에게 재빨리 변백辨白의 말을 입에 담는다.

"저희가 동인 선사님의 안부를 입에 담는 것은, 선생님의 면전이기 때문일 뿐……, 추호도 다른 뜻이 있어서가 아니옵니다. 유념해 주소서."

그제야 오래비 엔신도 당혹해하는 기색을 보인다.

"그렇습니다. 저희도 선생님과 똑같이 동인 선사의 열정적인 활약을 기대하고 또 무사한 귀국을 바라고 있을 뿐……, 다른 생각은 추호도 없습니다."

"그러실 테지요. 하나, 동인에게 주어진 소임이 무엇인지 아신다면 함부로 그의 거취를 입에 담아서는 아니 될 줄로 압니다. 더구나 두 분은 외국인이 아니십니까."

타이르는 듯한 낮은 목소리였지만 따끔한 충고가 아닐 수 없다. 오쿠무라 엔신 남매는 자세를 고쳐 앉으면서 상체를 굽혀 보인다. 바로 그때 가슴속까지 뒤흔드는 듯한 함선의 무적소리가 들렸다.

"우편선이 입항하나 봅니다. 나가 보고 오겠습니다."

오쿠무라 이오코는 상기된 목소리를 토하면서 재빨리 방을 나간다. 이동인을 함부로 거론한 것에 대한 유홍기의 나무람을 들으면서 수치감을 느꼈던 모양이다.

"허허허, 아무리 그렇기로 피하기까지야……."

유홍기는 소리 내 웃는다. 오쿠무라 이오코의 솔직하고 밝은 성품이 응어리지려는 심기를 말끔히 가셔 주었기 때문이다. 그리고 잠시 후 그녀의 목소리가 다시 들렸다.

"오라버니, 우편선이 입항하고 있답니다."

오쿠무라 엔신은 입가에 웃음을 담는다. 그 우편선에 이동인이 타고 있을 것이라는 확신이 들어서다.

"선생님, 나가시지요. 선사에게는 귀국선일 것입니다."

유홍기는 오쿠무라 엔신 남매를 따라서 동본원사 부산별원의 내정을 나선다. 행길에는 여전히 일본인 낭인들의 발걸음이 잦았다. 유홍기는 애써 그들을 외면하면서 걷는다.

선창에도 일본인들이 북적거리고 있다. 부산항을 드나드는 크고 작은 선박들의 대부분이 일본인 소유라면 부산포의 상권은 이미 일본인들의 수중으로 넘어갔음이 아니고 무엇이겠는가. 유홍기는 끔, 하고 신음을 토하면서 주위를 살핀다. 이동인을 살해하기 위한 암살자들이 잠복해 있을 것만 같아서다.

"오라버니, 저기 오십니다."

유홍기는 오쿠무라 이오코가 가리키는 곳으로 시선을 모은다. 우편선에서 내려진 보트가 빠른 속도로 다가오고 있는데 난간에 선 이동인이 손을 흔들고 있는 것이 보인다.

"무사해서 다행이야……."

유홍기는 이동인의 건장한 모습을 지켜보면서 혼잣소리로 중얼거린다. 사실 그는 탁정식이 고종의 밀명을 받고 다시 일본국으로 떠났다는 소식에 접하는 순간부터 이동인의 안전을 걱정하고 있었기에 부산포에까지 내려와서 그의 무사귀국을 기다리고 있었다.

보트가 선착장으로 들어서자 기다리던 일본인들이 웅성거렸지만,

"선생님!"

하고 소리치며 활개 치듯 뛰어내리는 이동인의 모습은 그들을 압도하고도 남는다.

유홍기에게로 달려오는 이동인의 얼굴에는 함박 같은 희열과 넘치는 자신감으로 빈틈이 없다.

"선생님, 빈도가 돌아오는 날을 어찌 아시고요?"

"허허허, 그러게나 말일세. 원산항에서 떠났으니 부산포로 돌아올 것만 같아서……."

"아무리 그렇기로, 선생님의 마중을 받을 줄은 꿈에도 생각지 못한 광영입니다. 고맙사옵니다."

"오쿠무라 남매도 동인의 심려를 많이 했어."

그제야 이동인은 오쿠무라 엔신 남매에게로 몸을 돌리면서 더욱 유창해진 일본어를 토해 낸다.

"심려하고, 후원해 주신 덕분으로 우리 조선이 자주외교의 길

로 들어서게 되었음을 특히 두 분께 감사드립니다. 고맙습니다."
"우리 남매는 선사의 열정으로 조선의 미래가 열릴 것임을 확신하고 있었어요. 축하하오. 동인 선사!"
"하례드립니다. 동인 선사님."
선창에서의 인사치례가 끝나자 유홍기는 이동인에게 귀경을 서둘 것을 종용한다.
"동인, 여기도 오래 지체할 곳이 못 돼. 귀경을 서두는 게 좋겠네만……."
"그렇게까지야. 도일했던 일도 이젠 모두 매듭지어지지를 않았습니까."
"하나, 여기 일이 그렇지가 못 해. 더구나 오쿠무라 남매와 가까이 있고서는 위험에서 헤어나기가 어려울 것일세!"
유홍기의 목소리가 침중한 만큼 이동인의 가슴도 쿵쿵거린다. 심상치 않은 사태가 일어나고 있다는 직감 때문이다.
"무슨 일입니까. 선생님……."
"진령이도 크게 걱정한 일일세만, 어찌 되었거나 가면서 얘길 하세나."
이동인은 박진령까지 거명하는 스승의 강청을 거역할 수 없다. 그는 며칠만이라도 쉬어 가기를 청하는 오쿠무라 남매의 간곡한 소청까지도 마다한 채 귀경길에 오른다.

부산포에서 도성까지는 천 리 길이 아니던가.

두 사람의 빠른 발걸음이 동래부에 이르고서야 비로소 유홍기는 얼굴에 가득하였던 긴장감을 씻어 내며 입을 연다.

"동인이 일본국으로 떠나면서부터 도성의 정황이 심상치 않게 변했어."

"짐작은 갑니다만……?"

"전하께서 너무 서두신 탓이었어. 동인이 돌아오기를 기다려도 늦지 않았을 것인데 말일세."

유홍기는 이동인이 일본 땅으로 떠난 다음 도성에서 있었던 일들을 소상하게 입에 담는다. 고종이 대소 신료들에게 명하여 황준헌이 쓴 『사의조선책략』을 의무적으로 읽게 하였다고 한다. 그것은 이미 극도로 악화되어 있던 수교반대의 여론에 불을 댕기는 일이었고, 훈구세력들에게는 조직적인 반발을 야기하게 하는 빌미를 제공한 꼴이었다.

고종이 『사의조선책략』에 적힌 내용을 국정에 반영하기 위하여 봉원사의 승려 한 사람을 일본국에 밀파하였다는 소문은 훈구세력들을 경악하게 하고도 남았다. 불교를 멀리하고 유교를 숭상하는 나라에서 어찌 일개 승려이자 중인의 신분에게 외교에 관한 전권을 위임할 수 있는가.

흥선대원군 이하응은 이동인의 밀파를 빌미로 고종의 실정失政을 지적하는 한편, 체제수호에 소극적이었던 훈구세력들을 질타하는 것으로 단합된 힘을 도출하고자 했다.

"사정이 이와 같고 보면 대원위 대감이 그냥 구경만 하고 있겠는가 이 말일세. 그분의 눈빛 하나에 자네의 목숨이 달려 있음이 아니겠나."

"……!"

"뿐만 아니라, 자네가 닦아 놓은 자주외교의 길을 송두리째 집어삼키려면, 민영익을 비롯한 척족들도 자넬 제거하려고 들지 않겠나. 해서 주상전하께 복명을 마치는 대로 다시 일본으로 가는 것이 동인의 안전을 도모하는 길이 아니겠나."

이동인은 완강히 고개를 저으면서 유홍기의 충언에 반대의 뜻을 명백히 한다.

"아닙니다. 그렇게 단순한 일일 수가 없어요!"

"어째서……?"

"기위 운현궁에서 반발을 하였고, 또 대원위가 유생들을 부추겨서까지 체제수호를 하겠다면, 숨기고 자시고 할 것도 없는 일이 아닙니까. 이쪽에서도 떳떳하게 나설 밖에요. 자주외교의 길이 열렸으니 광명천지를 내다볼 수 있게 되었음을 당당하게 내세우면서 개혁을 논하는 것이 순리가 아니겠습니까!"

"허어, 지금 나서면 자넨 목숨을 부지하질 못해……."

"이거야 원, 일본 땅에서는 청나라 공사가 목숨을 노리더니, 내 땅으로 돌아왔는데도 쫓기는 신세를 면치 못하게 되었다면

까짓것 죽어 줄 밖에요. 이 한 목숨을 버려서 이 나라 조선이 개화된다면 기꺼이 죽을 밖에요!"

"이 사람아, 그 무슨 당치 않은 소리야. 선각의 길에 들어서면 함부로 죽을 수도 없다는 사실을 왜 몰라. 동인이 진실로 나라를 위한다면 아직은 죽을 때가 아닐세."

유홍기의 말이라면 고분고분 따르던 이동인이었다. 그러나 이날의 이동인은 엄청난 자신감을 분출하고 있다.

"아무리 싸고 또 싸도 사향냄새는 숨길 수 없지 않겠습니까. 빈도가 주상전하의 명을 받고 바다를 건너간 일……, 일본국에 주재하는 모든 서양의 외교사절들과 접촉하면서 조선의 근대화를 앞당기려 한 것은 진실로 나라를 위하는 일인데, 대체 언제까지 숨겨 두어야 한다는 말씀입니까. 선생님, 이젠 선생님을 비롯한 우리 개화당의 면면들이 만천하에 알려져야 하고, 그래서 몽매한 사대부들을 깨우쳐 나가야 하지 않겠습니까!"

"……!"

"빈도가 일본국에 주재하는 서양 각국의 외교사절들과 만나서 조선의 근대화를 의논한 것은……."

"딱한 사람이로세. 바로 그 점을 우려하고 있음이 아닌가. 동인이 닦아 놓은 외교의 성과가 지대하면 지대한 만큼 저들은 동인을 위해하기 위해 혈안이 된다는 점을 왜 몰라. 아직은 조선의 외교노선을……, 개화의 방법을 완결 짓지 못하고 있기에 우리가 아끼고 소중히 하는 젊은 문도들을 앞장세울 수가 없지를 않겠나. 그러자니 죽고 싶어 하는 자네도 죽을 수 없고, 모자람이 많은 나 또한 아직은 죽을 수가 없음일세!"

유홍기의 진지한 타이름이 끝나고서야 이동인은 자신에게로 밀려와 있는 위험이 얼마나 크고 심각한 것인지를 헤아릴 수가 있었다.

"헛, 도성의 사정이 그 지경이면 편하게나 가십시다!"

이동인은 뱉어 내듯 말하고 몸을 돌린다. 그리고 거칠어진 걸음으로 성큼성큼 동래 관아로 향하는 것이다.

"아니, 이 사람, 동인!"

유홍기는 소리치며 그의 뒤를 따랐으나 이미 이동인은 동래 도호아문東萊都護衙門으로 들어서고 있다. 유홍기는 걸음을 멈추면서도 난감해지는 심중을 가눌 길이 없다. 만에 하나라도 이동인이 일본 땅에서의 성과를 과시하면서 동래부사를 윽박지르기라도 한다면 가뜩이나 조심스러운 행로에 위험을 가중하게 될 것이 아니겠는가.

스산한 바람이 유홍기의 옷자락을 날린다. 그는 동래 관아가 건너다보이는 담장가를 서성거리면서 이동인이 나오기를 기다리고 있지만, 아무리 기다려도 그의 모습은 보이질 않는다.

"이거야 원!"

유홍기는 짜증을 토해 낼 수밖에 없다. 이동인이 무슨 연유로 그리도 다급하게 관아로 달려갔는지 모르고 있다면 그를 불러낼 대책도 막연할 수밖에 없다.

동래부사에게라도 사정을 해야 하나, 유홍기는 빠른 걸음으로 관아를 향해 내닫기 시작한다. 그때 서리胥吏로 보이는 깡마른 사내 한 사람이 나타나서 사방을 두리번거리는 게 보인다. 유홍기는 황급히 그에게로 다가가서 묻는다.

"안에 스님 한 분이 들어가셨는데……."

"스님은 무슨, 하옥되는 것을 보고 나오는 길이외다."

깡마른 사내는 유홍기와 이동인이 무관한 사이가 아님을 알고 있다는 투로 거들먹거린다.

"대체 무슨 일이랍니까?"

"그 돌중 놈이 미치지 않고서야……. 글쎄, 그놈이 돌연히 충신당忠信堂(동래부사의 거처)으로 뛰어들면서 나랏일로 왜국엘 다녀오는 길이니 교군轎軍과 가마를 대령하라는 것이 아니겠소."

"가, 마를……!"

"상께 숙배를 드리기 위해서라니, 그 중놈이 실성을 하지 않고서야!"

유홍기는 혀를 차면서 난감해한다. 이동인이 난동을 가장하여 죄인을 압송하는 함거檻車에 태워지기를 자청하고 있다는 생각 때문이다. 설사 그것이 이동인의 안전을 도모하는 길이라고 하더라도 유홍기로서는 찬동할 수 없다. 그는 재빨리 서리의 옷자락을 잡아채며 은밀하게 말한다.

"바로 보셨어요. 실성을 한 스님입니다만……, 내가 그 스님을 돌보는 의생인데 눈 깜짝하는 사이에 안으로 뛰어들었기에 속수무책이었던 참이외다. 이거 얼마 되지 않소이다만, 한 번만 선처를 청해 주셨으면 하오이다."

유홍기는 여비를 털어서라도 이동인을 구해 내지 않을 수 없다. 여기서 일이 잘못되는 날이면 도성에 당도하기도 전에 다시 탈출을 기도해야 하는 번거로움을 거쳐야 하지를 않겠는가.

"기다려 보시오!"

서리의 간청이 주효했던 모양으로 관아의 아전들이 발버둥치는 이동인을 끌어내어 대문 밖으로 패대기친다.

"네 이놈들, 부사에게 분명히 일러야 할 것이니라. 날 괄시한 죄가는 파직으로 돌아올 것일 터!"

"닥치지 못하겠는가."

유홍기는 이동인의 등판을 때리듯 밀면서 노여움을 토해 낸다.

"가마를 청해서 뭘 어쩌자는 것이야. 은인자중隱忍自重하기를 그리도 간곡히 일렀으면 알아들은 척이라도 해 주어야 사람의 도리는 고사하고 문도의 책무를 다하는 것이 아니겠나!"

"세상 돌아가는 것이 하도 더러워서요. 이건 정도가 아니에요. 정도가 헝클어지면 나라는 망하고 맙니다."

두 사람은 산길을 택해서 걷는다. 이동인의 안전을 고려한 고

육지책이기도 하였지만, 그것보다는 넉넉지 못한 노자였으므로 산사에 숙식을 의탁할 수밖에 없어서다. 그러나 유홍기에게는 참으로 귀중한 시간이 아닐 수 없다.

유홍기는 이동인이 마련해 온 서양 각국과의 수교조약 문안을 검토하면서는 감동의 눈물을 흘렸고, 조선 정부의 근대화를 위한 기구의 개편방안에 이르러서는 찬사를 아끼지 않았다.

"대단한 성과야. 이 나라 조선의 근대화가 마침내 동인의 힘으로 이루어지고 있음이야!"

"과찬이십니다. 선생님."

"아니야. 과찬일 수가 없어. 이 나라 조선이 세계를 향해서 나아가야 할 뚜렷한 방향까지 잡히질 않았나. 이젠 우리 모두가 밀고 나갈 힘을 모으는 일만 남았어."

"바로 보셨습니다. 전하께서 윤허하신다면 조선 정부의 조직은 근대화되어야 하고, 그 근대화된 정부는 선생님에 의해서 주도되어야 하지를 않겠습니까."

"내가 아니야. 이제 이 나라 조선은 동인 자네가 끌고 나가야 해. 외무경도 총리도 모두가 자네의 몫이야!"

"선생님!"

"이 사람, 동인……, 그때가 언제던가. 통진부에서 우리가 처음 만났을 때, 동인은 내게 송엽장松葉杖을 만들어 주지를 않았나. 그때 동인은 열다섯 홍안 소년이었어."

유홍기는 울고 있다. 1866년, 지극히 지혜롭게 보였던 열다섯 살 까까머리 소년이 이젠 조선의 운명을 짊어진 선각의 지도자가 되어 눈앞에 서 있다. 뜨겁게 쏟아져 흐르는 백의정승 유홍기의 눈물에는 이동인과 함께한 14년의 세월이 모두 담겨 있다.

'고맙네, 이 사람아. 자네의 승복자락은 성의^{聖衣}가 아니라 투구였었지. 언제나 공명하고 정대하여 누구를 만나도 꿀리지 아니하였기에 자네에겐 도덕적인 용기가 있었지. 그게 바로 호연지기^{浩然之氣}가 아니겠나. 이제야 이 나라의 젊은이들에게는 뚜렷한 표상이 생겼어. 자네 이동인으로 인하여 이 나라 젊은이들에게 비로소 꿈을 가꾸어 갈 수 있는 길이 트이게 되었어. 나는 지금 통곡하고 싶은 심정이라네.'

"귀경부터 서두르세나. 자네의 젊은 문도들이 손꼽아 기다리고 있을 것이야."

"고맙습니다. 선생님의 가르침이 제게는 천명이었사옵니다."

"쓸데없는 소리. 떠나세나."

두 사람은 산길을 걷는다. 백의정승 유홍기는 이동인과의 동행이 자랑스럽기 한량없으면서도 도성에서의 일이 걱정스럽기 그지없다. 이 땅의 수구세력들은 이동인을 제거하기 위해 물불을 가리지 않을 것이었기 때문이다.

통리기무아문

 백의정승 유홍기와 밀사의 소임을 훌륭하게 마친 이동인이 도성에 당도한 것은 섣달 초순께 해질녘이었다. 그들은 먼저 유홍기의 서재에 들러서 이승준과 박진령을 불렀다. 중궁전을 비롯한 왕실의 분위기와 훈구세력들의 움직임을 파악해 두기 위해서다.

 "젊은 유생들이 떼 지어 다니면서 소두疏頭를 찾고 있다는 풍문이옵고, 운현궁의 대문 앞은 유림들이 몰려들어서 연일 성시를 이루고 있사옵니다만……."

 이승준은 담담한 어조로 유림들의 동태를 입에 담았으나, 박진령의 부연이 두 사람을 아연 긴장하게 한다.

 "하나부사 공사가 몇 번 찾아왔었습니다."

 "하나부사가……, 무슨 일로?"

"선사께서 주상전하를 배알하시기 전에 꼭 상의해야 할 일이 있다면서 귀경하시는 대로 연락을 주었으면 하였습니다."

"……!"

유홍기의 얼굴에 어두운 그림자가 스며든다. 주한 일본 공사 하나부사 요시타다가 이동인이 고종의 밀명을 수행하고 있다는 사실을 알고 있다면 어찌 되는가. 사정이 그러하다면 일본에서 있었던 이동인의 외교활동도 이미 그에게 탐지되지를 않았겠는가.

침통해하는 유홍기의 모습을 지켜보던 이동인이 퉁명한 목소리를 토해 낸다.

"대체 무엇을 상의하겠다는 것이야!"

"조정의 기구개편을 상의하고 싶다고 하면서 지금으로서는 선사님의 주청에 의지할 수밖에 없다는 말씀도 계셨습니다."

"그렇다면 도리 없지. 어차피 힘을 모아야 할 테니까."

조선의 근대화를 앞당기기 위해서는 정부의 기구를 개편해야 하는 것도 급선무의 하나였다. 유홍기는 이동인이 마련해 온 기구개편안을 이미 살펴본 바가 있었으므로, 일본 공사 하나부사 요시타다와는 자신이 만나서 상의하겠다는 절충안을 제시한다. 그리고 박진령에게는 이동인의 귀국복명이 중궁전에서 이뤄져야 한다는 사실을 몇 번이고 주지시킬 수밖에 없다.

고종은 이동인의 귀국에 큰 기대를 걸고 있다. 그의 활동여하에 따라 조선의 근대화가 방향을 잡을 것이기 때문이다. 그러므로 이동인의 복명은 중전 민씨에게도 지대한 관심사가 아닐 수 없다.

이동인은 예나 다름없이 관복으로 위장하고 입궐하였다. 물론 중궁전에서의 배알이지만, 민영익이 배석한 것이 전과는 달랐다.

"전하, 미신 이동인은 전하께서 하교하오신 소임을 무사히 마치고 귀국하였사옵니다. 이에 복명의 말씀을 여쭙고자 하옵니다."

"오, 동인은 이리 가까이 다가와서 앉으라. 이리 가까이……."

고종의 용안에는 함박 같은 웃음이 담겨져 있다.

이동인은 연상 가까이로 다가가서 정성을 다해 마련한 복명의 문건을 올린다.

"전하, 조선의 자주외교에 찬동한 서구 열강의 견해와 조약의 문안은 모두 서면으로 작성하였사옵고, 나라가 근대화되자면 정부의 기구가 개편되어야 하는 까닭으로 거기에 관한 진언도 문건으로 마련하였사옵니다. 가납하소서."

"대단한 노고가 아닌가. 과인은 이 문건들을 면밀하게 검토하는 것으로 동인의 노고에 보답할 것이니 그리 알라."

"성은이 망극하옵니다. 전하."

중전 민씨는 이동인을 위해 다과상을 내린다. 보다 많은 것을 듣기 위해서다. 이동인으로서도 마다할 일이 아니다. 그는 국토를 방위하기 위해서는 군함과 막강한 해군력이 있어야 하는데, 필요하다면 영국에서 건조한 최신형 군함을 차관으로 도입할 수가 있을 것임도 아울러 주청하면서 서구 열강과의 수교를 서두르는 것이 근대화의 상책임도 거듭 진언한다.

"동인은 자주 입궐하여 과인의 자문에 응하라!"

고종은 진실로 이동인을 대견히 여겼기에 언제나 그를 가까이에 두고자 하였다. 이동인의 곁에 있으면 세계가 가까이에 있다는 위안을 받을 수 있었기 때문이다.

고종은 이동인의 복명문건을 세세히 검토하는 과정에서 먼저 정부의 기구부터 개편하는 것이 자주외교를 보다 효율적으로 시행할 수 있을 것이라고 판단한다. 때를 같이하여 일본 공사 하나부사 요시타다가 조선 정부의 개편을 권고하였고, 또 청나라도 이미 정부를 개편한 다음이었으므로 단행의 시기를 앞당길 수 있는 모든 조건도 무르익어 있다.

12월 20일(양력 1881년 1월 19일).

고종은 정부기구의 개편을 단행한다. 통리기무아문統理機務衙門의 제도가 바로 그것이다. 조선왕조가 창업된 이래 의정부와 육조에 의해 정무가 관장되어 오던 것이 이때에 이르러 보다 근대적인 기구로 개편된다.

통리기무아문은 우두머리 격인 총리總理를 두고 그 밑으로 열두 개의 사司를 두었으니, 그 명칭과 관장하는 사무는 다음과 같다.

사대사事大司 - 청나라와의 외교에 관한 일.
교린사交隣司 - 일본 등 다른 나라와의 외교에 관한 일.
군무사軍務司 - 군대의 조직과 통솔에 관한 일.
변정사邊政司 - 국경관계 및 외국의 동정을 탐지하는 일.
통상사通商司 - 외국과의 무역, 통상에 관한 일.
군물사軍物司 - 병기의 제조에 관한 일.
기계사機械司 - 각종 기계의 제조에 관한 일.
선함사船艦司 - 각종 선박의 제조와 관리에 관한 일.
기연사譏沿司 - 국내의 항구를 내왕하는 선박의 조사와 검문에 관한 일.
어학사語學司 - 각국 문자와 언어의 역해譯解에 관한 일.
전선사典選司 - 재예才藝의 선발, 각 사의 수용需用에 관한 일.
이용사理用司 - 경리와 재정에 관한 일.

고종의 용단에 의해 단행된 정부의 개편이었으나, 유림으로 구성된 훈구세력들의 반발은 사생을 결단할 정도로 터져 오른다. 실로 난감한 노릇이 아닐 수 없다.

참모관

해가 바뀌어 고종 18년(1881)이 된다.

유림들은 조정의 개편에 조직적인 반발을 보였다. 영남 유생인 이만손李晩孫은 도성 한복판에 소청疏廳을 차리고 뜻을 같이하는 사람들의 연명을 받으니, 그 수가 무려 1만 명에 달했다. 그렇게 쓰인 만인소萬人疏가 마침내 고종의 탑전에 올려지기에 이른다.

고종은 척족의 우두머리 격인 민태호閔台鎬, 민영익을 불러 비록 은밀하게 명을 내리면서도 단호한 어의를 보인다.

"어차피 조정은 개편되어야 마땅하지 않은가. 청나라와의 형평도 고려되어야 하고, 또 일본국이나 다른 강대국과의 교린을 위해서도 개편하는 것이 도리인데 어찌하여 유림에서는 저리도 수구에만 열중하는가."

척족의 두령들은 입을 열지 못한다. 설사 그것이 이동인의 진언과 하나부사 오시타다의 권고로 이루어진 것이라고 하더라도 반대할 명분이 없고, 기위 시작된 일이라면 주도권을 장악하는 것이 더 바람직한 일일 것이기 때문이다.

"과인은 일본국에 신사유람단紳士遊覽團을 파견하여 정부의 조직과 운영을 배워 오게 할 것이며 특히 군사시설을 세세히 살피고 돌아오게 할 생각이오."

"전하, 서두시지 마옵소서."

"서둘러야 할 일이야. 신사유람단의 인선은 새로운 조선을 만들 수 있는 사람들을 가려서 뽑되 은밀하게 추진하도록 하시오."

"명심하여 거행하겠사옵니다."

민영익의 대답이 야멸치게 흘러나온다. 그는 조정을 근대화하고 새로운 인재를 양성하여 거기에 부응하게 하는 것이 당면 과제라면 그 주도권을 행사하고서만이 새로운 시대를 열어 가는 주역으로 등장할 수 있을 것이라고 믿었다.

민영익은 이동인에게 자문을 얻고자 하였다. 그가 세운 포부를 꿰뚫어 보지 않고서는 고종의 어의를 헤아리지 못할 것이기 때문이다.

"벌써 며칠째 아니 들어오십니다."

"아니 들어오면, 행선을 모르지는 않겠지?"

"봉원사에 계신다는 말을 들었습니다만……."

박진령은 끝까지 이동인의 행방을 입에 담지 않는다. 아무리 민영익이라도 이동인을 위해하려는 세력의 우두머리가 아니던가.

"대치 선생 댁에서 기다릴 것이니, 소식이 있으면 그리로 오라 이르게!"

민영익은 광통방 유홍기의 약국에 드나들면서 그로부터 조선의 근대화를 앞당겨야 하는 당위성과 거기에 부수되는 많은 지식을 얻었고, 신사유람단의 인선에 대하여서도 자문을 받을 수 있었다.

마침내 신사유람단의 진용은 총 62명으로 짜여진다. 결코 적은 수는 아니었지만 우리가 아는 면면들이 많았으니 박정양朴定陽, 이상재李商在, 홍영식, 유길준, 윤치호 등이 그들이며, 또 최고령인 이원회李元會가 55세일 뿐 대개가 40을 전후한 젊은이들이었고, 최연소는 윤치호로 겨우 17세의 소년이었다면 공들여 인선한 흔적이 역력하다.

신사유람단의 대표로 선임된 어윤중魚允中은 민영익과 함께 고종을 배알한다.

"맡은 바 소임이 막중하나……, 널리 내외에 밝히지 못하는 고충을 헤아린다면 은밀하게 도성을 떠나가야 하지 않겠는가."

"그러하옵니다. 전하."

"일본국에 당도하면 세계의 새로운 문물을 두루 익혀서 나라의 앞날에 서광이 비치게 하라."

"명심하여 거행하겠사옵니다."

고종은 어윤중에게 동래부암행어사東萊府暗行御史의 직첩을 내리면서 남몰래 부산포로 떠날 것을 명했고, 민영익에게는 다른 수행원들로 하여금 각자 부산포에 집결하도록 하는 명을 내리게 하였다. 훈구세력들이 눈치 채지 못하는 사이에 신사유람단을 떠나보내려는 고육지책이 아니고 무엇이겠는가.

그리고 2월 10일(양력 3월 9일).

고종은 이동인을 어전으로 다시 불러 오랫동안 고심하였던 속내를 입에 담는다.

"이젠 동인도 환로에 나서야 하지 않겠는가."

환로宦路에 나서라는 것은 곧 벼슬길에 오르라는 말이다. 이동인은 두 손을 흔들면서 소리치고 싶은 심정이다. 중인의 신분인 일개 승려에게 환로에 나서기를 권하는 고종의 성은을 어찌 보답해야 하는가. 이동인은 두 번에 걸친 일본국에서의 활동을 뇌리에 그려 보았다. 그와 같은 노고를 인정하여 벼슬길을 열어 주겠다는 고종의 어의가 눈물겹도록 고맙다. 다만 아직은 중인의 신분이 환로에 나설 수 있는 제도적인 장치가 마련되어 있지 않은 것이 마음에 걸릴 뿐이다.

"전하, 신 이동인은……."

"동인은 잠자코 들으라. 이번 신사유람단의 이원회를 참획관參劃官으로 삼았으니, 동인을 참모관參謀官으로 삼아서 함께 도일하게 하고자 함이야."

"……!"

이동인은 몸이 떨린다. 배신감 때문이다. 조선의 명운을 조금이라도 심려한다면 이런 어명이 나와서는 안 된다. 이동인은 용상으로 뛰어오르고 싶은 분노를 애써 눌러 참으면서 소리치고자 했다.

'전하, 참모관이라니요. 그게 어디 말이나 되옵니까. 소승은 이미 지난번에도 전하의 밀사로 도일하였사옵니다. 이제 또다시 신을 일본국에 보내신다면 당연히 국왕의 전권을 위임하는 밀사이어야 옳지를 않사옵니까. 전하, 일본 땅에 있는 서양 각국의 외교사절들은 전하의 전권을 위임받은 밀사를 기다리고 있는데……, 더구나 미국과의 수교와 영국의 군함을 구입해야 하는 등의 당면과제가 산적해 있사온데 참모관이라니오. 참모관의 자격으로야 일본국 외무성인들 드나들 수가 있으리까. 천만부당한 어명 거두어 주소서!'

이동인은 난동이라도 부리고 싶다. 지금까지 애써 온 자신의 노고가 자칫 도로에 그칠 염려가 있었기 때문이다. 그때 고종의 옥음이 다시 들렸다.

"이번에 뽑은 유람단은 모두가 젊고 유능한 인재들이나, 동인의 편달이 있고서야 일본의 새로운 문물을 바로 살필 수 있을 것이야. 또한 영길리와의 수교에 관한 일이나 일본에서 유학을 하고자 하는 인재들에게 그대가 길잡이가 될 것이 아니겠는가. 이 같은 연유로 동인은 유람단의 큰 힘이 되어야 할 것이야. 알겠는가."

"전하……!"

이동인의 외침은 더 이어지지 않는다. 오직 분통 터지는 눈물만 흐를 뿐이다.

탑전을 물러나온 이동인은 일본국에 주재하고 있는 서구 열강의 외교사절들과의 약조를 지키게 해 줄 것과 자신의 난감해진 처지를 명백하게 밝혀 놓지 못한 것을 몹시 후회하였다. 그러나 그것이 신사유람단의 일원으로는 일본 땅을 밟을 수 없다는 반발이라면 왕명의 거역이나 다름이 없다.

이동인은 퇴궐하는 가마 안에서 당상관堂上官으로 변장했던 의관을 벗어 던진다. 손길은 난폭하고 호흡은 거칠다. 고종에 대한 배심감이 들끓어서다.

"대감마님, 미행이 붙은 듯 하옵니다요."

교군들은 이동인을 대감마님이라고 부르면서 하회를 묻는다.

"몇 사람이나 되는가?"

"족히 여덟은 될 것 같사옵니다."

이동인은 가마의 틈 사이로 시계를 살핀다. 싸울 때는 싸우더라도 은신처가 있어야 했기 때문이다.

"그만 멈추게."

교군들은 발걸음을 멈춘다. 그리고 가마를 내린다. 미행을 하던 건장한 사내들이 우르르 가마로 몰려든다. 그들의 서슬에 눌린 교군들은 한 발 두 발 물러설 수밖에 없다.

이동인은 그러한 정황을 뇌리에 그리면서 자신이 취할 수 있는 최선의 방도가 무엇인가를 생각한다. 맞붙어 싸우면서 퇴로를 열어야 할 것이었다. 그러나 에워쌌을 자객들의 동태를 파악할 수 없는 것이 난제다.

"웬 소란들인가……."

이동인은 가마에서 나오면서 재빨리 주위를 살핀다. 땅거미가 스며드는 진장방 초입의 솔밭이다. 사내들은 이동인의 복색을 의아한 눈빛으로 살핀다. 당상관의 복색이 아닌 것이 이상해서다. 그것이 이동인에게는 허점으로 보였다.

"대체 뭘 하는 놈들이냐니까!"

이동인이 다그쳐 소리치면서 몸을 날렸을 때는 이미 사내 한 사람이 이동인의 손에 잡혀 들어와 있다. 이동인은 잡힌 사내를 방패로 삼으면서 다시 한 번 소리친다.

"누가 보냈느냐!"

"죽여 없애!"

검은 두루마기 차림의 사내가 카랑하게 소리치자 이동인을 에워싼 일곱 사람의 자객들이 포위망을 좁히듯 천천히 조여 온다.

"서둘라지 않았냐!"

찌렁한 목소리가 다시 울리자 장검을 휘두르면서 달려든 자객에게 이동인은 잡고 있던 사내를 돌려세우면서 몸을 뺀다. 장검은 바람소리를 내면서 사내의 왼팔을 잘라낸다. 이동인은 솟구치는 핏기둥을 자객들에게로 향하게 하면서 반격을 시도한다. 우선은 퇴로를 열어야 목숨을 부지할 수가 있는 절체절명의 순간이다.

이동인의 완력은 만만치 않다. 그는 소나무를 차고 올랐다가 내려오는 탄력으로 자객들의 목덜미를 후려 차는가 하면, 때로는 비호같이 주먹을 날려서 자객들의 피를 토하게 한다. 아무리 싸워도 중과부적임을 이동인이 모를 까닭이 없다. 그는 안간힘을 다한 괴력을 뿜어내면서 퇴로를 낸다.

이젠 달아나면 그만이다. 사위는 어둠에 잠기고 있다. 이동인의 뒤로는 네 사람의 자객들이 바람처럼 따른다.

"사람 살리시오. 사람 살리시오!"

이동인은 빠르게 달리면서 미친듯이 고함친다. 누군가가 그 소리를 듣고 달려 나와 준다면 목숨만은 부지할 수 있을 것 같아서다.

"누구 없느냐. 아무도 없느냐니까!"

이동인의 피나는 절규소리는 소나무가지를 스치면서 울려 퍼지고 있었으나 아무 반응도 없다. 뒤쫓는 무리들의 숨소리까지 들리는 지경이면 위기일발이 아닐 수 없다.

이동인은 진장방 쪽으로 방향을 튼다. 김옥균, 홍영식, 박영효 등 젊은 문도들이 진장방 별저에 와 있다면 이 위기의 국면을 모면할 수 있을지도 모른다.

"고균, 고균……. 금릉위, 금릉위 대감……!"

이미 지쳤는가. 이동인의 목소리는 안으로 잠겨 들기만 한다. 이동인은 저고리를 벗어 던진다. 불행한 사태가 있더라도 자신이 지나간 흔적만이라도 남겨 두고 싶어서다. 그러나 그나마도 뜻대로 되지를 않는다. 따르던 검은 두루마기의 사내가 이동인이 벗어 던진 저고리를 집어 들었기 때문이다.

그는 웃고 있다. 잔인함이 묻어 있는 웃음이다.

위대한 실종

 이 무렵 하나부사 요시타다는 조선 조정의 고위관직을 두루 찾아다니면서 개항의 필요성을 역설하다가 추방을 당하는 곤혹을 자청하는가 하면, 고종을 배알하여서는 조선 정부의 개편안을 제시하기도 하였다. 또 그 개편안을 채택되게 하는 등의 수완도 발휘하였다. 그러나 하나부사 요시타다의 그와 같은 선심이 인천항을 조속히 개항하게 하려는 술책임을 모르는 사람은 없다.

 조선 조정은 인천항의 개항을 5년쯤 늦추어야 마땅하다는 초지를 굽히지 않았고, 하나부사 요시타다는 어떠한 경우에도 1년 이상은 미룰 수 없음을 협박하듯 공언하고 다녔다. 공교롭게도 이와 같은 대립의 양상이 절정을 이루고 있을 때, 고종이 신사유람단을 일본국에 파견하기로 하였다.

하나부사 요시타다는 유람단의 인선 과정을 주시하지 않을 수가 없다. 그 구성원에 따라 고종의 어의가 드러날 것이며, 특히 이동인에게 주어질 임무를 파악하지 못하고서는 조선 조정의 밀계를 헤아릴 수가 없게 된다.

하나부사 요시타다는 본국으로 보낸 보고문에 이동인과 신사유람단을 견제하는 대책까지 적을 만큼 자신의 정보수집력을 과시하고 있다.

우리 정부는 이동인이 지참한 글과 그 반행인(伴行人)이 말하는 바에 따라서 숙고하되 만약 믿을 만한 것이 있으면 먼저 가약(假約)을 하여 그 성립의 가능성을 밝히고, 후에 공사의 손을 거쳐 공식적으로 정부와 본약(本約)을 정할 수 있다면 경솔의 염려도 없고, 조선의 개혁의도도 방해하지 않는 양면적인 계책이 있다. 단 이번 행차에서 전함 등의 구입은 모두 이동인의 임무이며, 홍·어 양인은 주로 일본과 어떻게 닦아 나가야 하는가 등을 시찰하는 자이다.

어찌 놀랍다 아니 하랴. 고종이 이동인에게 당부한 것은 밀명이나 다름이 없었는데, 그것이 어찌하여 이렇게도 소상히 일본국 공사관에 알려질 수 있다는 말인가. 이 한 가지 사실만으로 미루어도 당시의 왕실이나 조정이 국제정세에만 어두웠던 것이 아니라 정보의 관리라는 점에서도 터무니없는 실책을 거듭하고 있었음을 알 수가 있다.

'이번에는 보낼 수 없어!'

유홍기는 이동인의 도일을 심사숙고하지 않을 수 없다. 이미 그의 행적이 구체적으로 드러나기 시작하였다면 그로 인해 불이익을 당할 수 있는 부류들이 잠자코 있을 까닭이 없다. 이런 판국에 이동인이 공개적인 장소에 모습을 드러낸다면 변괴를 모면할 방도가 없다. 더구나 신사유람단의 일원 중에 그를 제거하기 위한 자객이라도 포함되어 있다면 스스로 사지로 들어가는 것과 무엇이 다르겠는가.

'몸을 숨기고서야 살아남을 수 있음인 것을!'

유홍기는 박진령을 불러 상의하였다. 그녀의 참언에 기대를 걸어 보리라는 생각에서다.

"왕명을 거역하는 불충일 것이옵니다만, 선사께서는 이미 선생님의 뜻을 받들고 계시는 것으로 아옵니다."

"무슨 소리야. 그게!"

유홍기는 불현듯 목소리를 높인다. 이미 자신의 뜻을 받들고 있을 것이라는 박진령의 참언이 불길해서다.

아니나 다를까, 박진령의 대답은 충격을 넘어서는 것이었다.

"그날 퇴궐한 후의 소식을 아직 모르고 있사옵니다."

"……!"

유홍기는 심장의 박동이 무질서하게 흔들리고 있음을 감지하면서도 사안의 중대성을 감안하지 않을 수 없다.

"그날 주상께서 무슨 하교가 계셨다고 하더냐?"

"참모관의 직첩을 내렸다 하옵고, 신사유람단의 뒤치다꺼릴 당부하셨다 하옵니다."

"그 무슨……!"

유홍기는 비명과 같은 탄식을 토하면서 얼굴을 붉힌다. 고종의 실책을 보완할 방법이 없었기 때문이다. 거칠어진 숨결을 가다듬던 유홍기가 안간힘을 다해 입을 연다.

"진령아, 이젠 네 수완에 기대를 걸 수밖에 없지 않겠느냐. 일본국에 주재하는 서구 열강의 외교관들은 동인이 조선 국왕의 전권을 위임받고 돌아오기를 기다리고 있을 것인데……, 참모관으로 도일을 한다면 동인의 몰골은 고사하고 조선의 체모는 또 무엇이 되겠느냐. 어려울 것이다만, 네가 중전 마마께 고해서라도 전하의 재고를 청해야 되지 않겠느냐."

"그렇기는 하옵니다만……."

박진령은 말을 이어 가지 못한다. 유홍기는 그녀의 심중을 헤아릴 수가 있다.

"그래, 알았다. 동인의 행방부터 수소문하자꾸나……."

박진령은 눈물을 흘리면서 고개를 떨군다. 절망한 가운데서도 실낱같은 희망에 기대를 걸어 보겠다는 심정일 것이리라.

백의정승 유홍기는 신사유람단의 일원이 되어 부산포로 떠나간 유길준과 홍영식을 제외한 모든 문도들을 약국으로 불러 고종의 실책을 뼈아프게 지적하였다. 그리고 이동인의 생사와 행방을 수소문할 것을 간곡히 당부한다.
 "설혹 침식을 거르는 일이 있어도 동인의 행방을 찾아야 하네. 이제 와서 동인을 잃는 것은 나라를 잃는 것이나 다름이 없어!"
 "명심하겠사옵니다."
 "찾아야 해. 무슨 일이 있어도 동인만은 찾아야 할 것일세!"
 백의정승 유홍기는 터져 오르는 오열을 간신히 참으면서 말을 마친다. 그의 행방을 박진령마저 모르고 있다면 고종을 배알하고 나오는 길에 변을 당했을 수도 있다. 일개 승려가 당상관의 관복을 입고 있었다는 사실 하나만으로도 수구세력의 사주를 받은 자객들의 공격을 받고도 남는다.
 '살아야 하느니. 동인이 있고서만 이 나라 조선은 세계로 향하여 뻗어갈 수가 있을 것이야!'
 유홍기에게는 밤잠을 이루지 못하는 나날이 계속되었다.

 진장방에도 어둠이 스며들었다. 박진령은 등불도 밝히지 않은 채 방 안 한가운데에 덩그렇게 앉아 있다. 후원야산에서 들려오는 바람소리가 스산한 밤이다.
 '어디에 계시온지, 숨소리라도 들려만 주신다면 단걸음에라도 달려가오리다. 부디 옥체를……, 옥체를 보전하고서만이 선사님의 소임을 다하실 수가 있을 것이옵니다. 불어오는 바람결에라도 인편을 주오소서. 소녀, 견딜 수가 없사옵니다!'
 박진령을 에워싸고 있는 어둠 속에서 이동인의 모습이 아련하게 보였다. 대체 거기가 어디란 말인가. 나무숲 같기도 하고, 천 길 낭떠러지가 이어진 절벽 같기도 하다. 이동인은 날아가듯 빠르게 움직이고 있고, 그를 뒤쫓는 무리들은 검은색의 옷으로 온통 얼굴까지 뒤덮고 있다.
 "안 돼……!"
 박진령은 비명을 지르면서 몸을 곧추세운다. 그리고 장지문을 세차게 열어젖힌다. 쏴아! 하고 밤바람이 분다. 박진령은 이미 흐트러진 머리칼을 날리면서 마루로 나선다.
 안간힘을 다하는 이동인의 모습이 선명하게 보인다. 그는 아름드리나무 사이를 몸을 구르듯 피해 다니고 있다.
 "선사님……, 거기가 아니옵니다. 어서 빠져나오소서."
 박진령은 마치 눈앞에서 벌어지고 있는 듯한 선명한 광경을 생시와 착각한다.
 이동인은 괴한들에게 겹겹이 포위되었다. 괴한들의 복색은 검정색만이 아니다. 회색도 있고, 보라색, 감색도 있다. 또 그들이 휘두르고 있는 창칼도 각색이어서 누구의 사주를 받은 괴한들인지 구분할 수가 없다.

이동인은 두 팔을 힘차게 흔들면서 다가서는 괴한들에게 호통 치는 것으로 보였으나, 괴한의 장검은 이미 이동인의 목덜미를 찌르고 있다. 이동인은 그 경황 중에서도 무릎을 털썩 꿇으면서 애원한다. 아직은……, 아직은 할 일이 남아 있다. 내가 소임을 마치면 이 하찮은 목숨은 반드시 너희들에게 줄 것이라고.

아, 붉은 핏줄기가 허공으로 피어오른다.

박진령은 몸을 가눌 수가 없다. 그녀는 힘없이 무너지면서 댓돌 아래로 굴러 떨어진다. 그리고 얼마의 시간이 흘렀는가. 박진령은 아득히 먼 곳에서 들려오는 유홍기의 목소리를 들으면서 눈을 뜬다.

"정신이 드는가? 꼬박 이틀 동안을 쉬지 않고 동인을 부르더구나……."

"선……사님께서. 아, 선사님께서."

박진령의 목소리는 울음과도 같다. 유홍기의 두 눈에도 눈물이 그렁하게 고여 있다.

"그만 기력을 찾아야지……."

"아, 흐윽……!"

박진령은 몸을 돌리며 통렬한 울음을 토해 낸다.

'선사님……, 지난 15년 세월 동안 소녀는 선사님의 호연지기에 조선의 명운을 걸었사옵니다. 이제 그간의 고초를 모두 씻어 내고 가슴에 간직했던 소망을 이루셨는데……, 아, 대체 이 일을 어찌해야 하옵니까. 중전 마마께오서는 소녀의 이름을 딴 진령군眞靈君의 군호를 내리시겠다며 저간의 노고를 치하해 주셨사옵니다. ……선사님, 천상에 계시든 어디에 계시든 이 나라 조선의 젊은이들에게 지혜와 용기를 일깨워 주소서. 이 나라 조선은 선사님의 뜻을 받들어 개항의 길을 열어 갈 것이옵니다. 선사님, 참으로 노고가 크셨사옵니다.'

유언비어라고 했던가. 소문처럼 맹랑한 것은 없다.

박진령이 기력을 회복하면서 이동인이 어명을 거역하고 몸을 숨겼다는 풍설이 난무하더니, 또 며칠이 지나고부터는 이동인이 자객의 칼을 맞고 숨졌다는 소문이 나돌기 시작했다. 불길하기 짝이 없는 풍설이었으나, 실제로도 이날 이후 이동인의 모습을 보았다는 사람은 없다.

조선의 개항과 근대화를 이끌어 갈 가장 뛰어난 선각자이면서 관직이 없는 외교관으로 일본국 동경 땅의 외교가를 누비고 다녔던 이동인의 실종은 유홍기를 비롯한 젊은 개화세력들에게는 충격이자 슬픔이 아닐 수 없다.

"흥선대원군이 자객을 보냈단다!"
"아니다. 민영익의 소행이다!"

풍설의 근원은 끝까지 밝혀지지를 않았으나, 이동인의 실종은 점차 암살로 결론지어지고 있었다.

'동인이 없는 것을……. 동인이 없고서야……!'
조선이 개항하고 근대화되는 길이 이렇게도 험난하다는 말인가. 유홍기는 침식을 잃을 수밖에 없다. 오경석이 세상을 떠났을 때는 그나마 시신이라도 끌어안고 통곡할 수도 있었지만, 이동인의 경우는 그의 죽음마저도 확인할 수가 없었기에 더욱 공허하고 비통할 수밖에 없다.

"동인 선사께서 소승에게 편지를 보냈습니다."

이게 무슨 소린가. 이동인의 실종이 기정사실로 굳어지고 있을 무렵, 동본원사 부산별원의 주지 오쿠무라 엔신이 광통방 유홍기의 약국으로 달려들면서 소리쳤다.

"그 무슨……, 동인의 편지라니요?"

"여기 있습니다. 대치 선생께서 직접 읽어 보십시오."

유홍기는 오쿠무라 엔신이 건네는 서찰을 받아 들고 송죽재로 들었다. 가슴을 울려오는 두근거림을 견뎌 내기가 어렵다. 유홍기는 기필코 이동인이 살아 있기를 바라면서……, 이동인이 일본 땅 어디쯤에 진실로 살아 있기를 바라면서 오쿠무라 엔신에게 보냈다는 편지를 펼쳐 들었다.

아, 그것은 이동인의 필체가 분명하다.

예측할 수 없는 세상일이 매우 많아 묻고 싶어도 따로 물을 수 없고 말하려 해도 말할 수도 없는 것을 어찌 다시 제기할 수 있으리오. 다만 당신께서는 대응함에 하자가 없어야 할 것이오. 저(동인)의 일에 대하여서는 혹 이미 탐문하였는지, 실제로 지필紙筆로써 기록해 말할 수가 없소. 또 기괴하고 경외한 일이 비일비재하니 이를 또한 어찌하리오. 다만 해육로海陸路가 멀리 떨어져 있어 마에다前田 공과 더불어 면전에서 논할 수 없었음이 한스러우니 탄식할 뿐이라오.

전일 당신이 내게 주었던 의관과 소지품을 작은 상자에 넣어 단단히 봉하여 부산별원에 보내니 간직해 두기를 바라오. 이 두 가지 물건은 비록 진품은 아니나 내가 나라로부터 하사받은 것이라 이로써 나의 마음을 표하니 뿌리치지 말기를 바랄 따름이오.

이외 갖가지 사정에 대하여서는 반드시 대치 선생에게 전달할 것이니, 때때로 특별히 방편에 대해서는 진언해 주기를 기원하오.

전일에 개혁하고자 했던 일이 지금은 모두 와해되어 정신이 산란하여 번거롭게 말하기 어렵소.

신력 4월 14일 밤 11시 조선.

각치覺治

신력新曆(양력) 4월 14일(음력 3월 16일) 밤 11시에 쓴 편지라면, 전후사정으로 미루어 보아 이동인이 실종된 날로부터 한 달쯤 되는 시기로 짐작된다. 그렇다면 이동인은 이날까지 살아 있었던

게 분명하다.

"하면······, 납치라는 말인가."

"그렇지요. 시생은 그리 보고 있습니다. 편지의 내용에도 '정신이 산란하여 번거롭게 말하기 어렵다' 라고 적었질 않습니까. 납치가 분명합니다."

"납치라면······, 대체 거기가 어딘가."

백의정승 유홍기는 눈물에 젖은 탄식을 토해 낸다.

"일본으로 망명하려고 했던 것도 사실일 테고요······."

오쿠무라 엔신은 이동인의 최후를 입에 담고자 하지를 않았다. 이동인이 망명을 시도한 것으로 믿었기 때문이다. 자신의 의관(양복과 모자)과 나라로부터 하사받은 물건들을 굳건히 봉하여 동본원사 부산별원에 보냈다면, 망명이라는 최악의 사태에 대비한 것이 분명하지 않은가.

이동인이 마지막으로 고종을 배알한 날은 고종 18년 2월 10일이었다. 배불숭유의 나라인 조선왕조의 국왕이 중인 신분의 일개 승려를 불러 국정의 자문을 받으면서 조선의 개항과 근대화를 의논했다면 훈구세력의 반발을 사서 마땅할 것이며, 또 이동인은 그들의 표적이 될 수밖에 없다.

무불 탁정식이 동본원사 부산별원의 오쿠무라 엔신에게 보낸 또 다른 편지에는 이동인이 실종되던 무렵의 도성 분위기를 짐작하게 하는 내용이 적혀 있다. 바로 "암작변괴暗作變怪가 도성에 전에 없이 난무하여 피해자가 늘고 있다"라는 대목이다.

어찌 되었건, 이동인이 실종된 날을 이 시기로 잡는다면……, 나이는 서른 살의 아까운 젊음이었고, 그가 강화섬에서 프랑스 해병대의 분탕질을 목격한 때로부터는 15년째가 된다. 실로 불보다 더 뜨거웠던 열정의 세월이 아니고 무엇인가.

이웃나라 일본국은 서양의 함선인 구로부네黑船와 만나면서 명치유신의 닻을 올렸고, 그로부터 15년 뒤에 새로운 근대국가를 탄생시켰다. 그러나 조선왕조는 미국 상선 제너럴셔먼 호를 대동강에서 격침하게 한 해로부터 15년 뒤에 가장 위대하였던 선각의 지식인 한 사람을 암살로 버린다. 이동인의 암살은 격동기의 조선왕조를 혼미의 길로 접어들게 하였다.

이로부터 3년 뒤인 고종 21년(1884)에 바로 이동인에 의해 개화사상과 조선 근대화의 결기를 몸으로 익혔던 젊은 문도들인 김옥균, 홍영식, 박영효 등이 주도한 이른바 '3일천하'라고 일컬어지는 갑신정변甲申政變이 참담한 실패로 끝이 난다.

아무리 역사를 읽으면서 가정假定은 금물이라고 하더라도 선각의 지식인 이동인 한 사람의 빈자리가 이리도 클 수 있던가.

〈대미〉